Margherita Balb

Das Olivenhaus

MARGHERITA BALBI

Das Olivenhaus

ROMAN

Piper München Berlin Zürich

Mehr über unsere Autoren und Bücher:
www.piper.de

»Das Olivenhaus« ist eine fiktive Geschichte.
Ereignisse und Personen sind frei erfunden,
jede Übereinstimmung
mit der Realität wäre reiner Zufall.

FSC
www.fsc.org
MIX
Papier aus verantwortungsvollen Quellen
FSC® C083411

ISBN 978-3-492-06013-4
2. Auflage 2015

Satz: Satz für Satz. Barbara Reischmann, Wangen im Allgäu
Gesetzt aus der Janson Text
Papier: Munken Print von Arctic Paper Munkedals AB, Schweden
Druck und Bindung: CPI books GmbH, Leck
Printed in Germany

KAPITEL 1

Das wilde Tier oder wie alles begann

Anna liebte das Meer und betrachtete es zu jeder Tageszeit in seiner ganzen Pracht.

An manchen Morgen wirkte es wie ein impressionistisches Bild mit unzähligen Schattierungen von Blau: Direkt vor der Küste lag ein Dreieck in Türkis, das in sanften Kreisen in intensives Graublau überging. Danach folgte ein schmaler Streifen, der die Farben des hellen Dreiecks wieder aufnahm. Graublau, Türkis und Blau – wie die Klänge einer perfekten Symphonie wechselten sich, je nach Licht, die verschiedenen Töne miteinander ab. Aus dem dunklen Blau wurde lebendiges Lila, so, als wenn ein geübter Maler mit vergnügtem Lächeln einen Topf Farbe über dem Meer ausgekippt hätte. Erst wenn die Sonne langsam höher stieg, tauchte in der Ferne wieder der helle Dunst auf, vor dem sich die Konturen von fernen Inseln abhoben und Abenteuer in fernen Welten verhießen.

Im grellen Licht des Mittags schließlich verschwammen die Umrisse von Land und Meer. Dann kündigten ein paar sanfte Wolken an, dass die Sonne ihren Zenit überschritten hatte und bald die Landschaft wieder in wärmendes Licht eintauchte.

Den späten Nachmittag hatte Anna wie oft im Herbst unten an der Küste verbracht. Ende September waren deutlich weniger Menschen am Strand: ein älteres Paar, das gelassenes

Glück ausstrahlte, zwei Frauen, die ihr Buch aus der Hand gelegt hatten und fasziniert in den Sonnenuntergang sahen. Anna liebte diese Jahreszeit, und fast schwerelos schwamm sie im tiefblauen Wasser. In der Ferne zog ein Segelschiff vorbei, durch dessen aufgeblähte Segel die Abendsonne leuchtete. Die Luft war bereits kühler geworden, nur das Wasser hatte noch die Wärme des Sommers gespeichert, es erfrischte ihre Haut und sogar ihre Gedanken, wenn sie sich seinen sanft gekräuselten Wellen überließ. Wie als Entschädigung für die sich zurückziehende Wärme sandte die untergehende Sonne funkelnde Lichtreflexe aus. An Nachmittagen wie diesem war die Landschaft in ein atemberaubendes Licht aus Kupfer- und Rosatönen gehüllt.

Bevor Anna in ihr Haus in Albereto superiore hinauffuhr, ließ sie ihr Auto in einer der schmalen Seitenstraßen stehen und schaute wie immer bei Angelinas Trattoria vorbei. Als sie die Stufen zum Corso Italia hinunterging, verströmten die Jasminsträucher immer noch betörenden Duft. Sobald sie in den Vico della Mandorla einbog, vermischte sich der Duft von Jasmin mit dem verführerischen Geruch von gegrilltem Fisch, Knoblauch und Zitronen.

Angelina band sich gerade eine frische weiße Schürze um, bevor der Ansturm der Gäste begann, als sie Anna gut gelaunt durch das Küchenfenster begrüßte.

»Komm rein! Die *acciughe al limone* sind gerade fertig geworden.«

Der Gastraum mit den einfachen Holzstühlen und blauweiß karierten Tischdecken war noch leer, und Anna ging geradewegs in die Küche. Auf der blitzsauberen Anrichte standen aufeinandergestapelte Tontöpfe, die Angelina für Risotti und Fischsoßen verwendete. Allerdings blieb es ihr Geheimnis, wie sie es geschafft hatte, die alte Marmorplatte an der Gesundheitsbehörde vorbeizuschmuggeln, die sonst jedem Lokal eine hygienisch einwandfreie Aluminiumplatte aufgezwungen hatte. Vor dem Mittag- und Abendessen saßen hier lauter *abitués*, Gäste, die zu Freunden geworden waren und das Privileg genossen, in Angelinas Gesellschaft, mitten in ihrer Küche, ein köstliches Gericht nach dem anderen zu genießen: frische Kräutersoßen mit Oregano, Salbei und Rosmarin, in Zitronensaft eingelegte Sardinen, mit wildem Fenchel gebratene Rotbarben, in Tomaten, Wein und Petersilie geschmorte Tintenfische. Außerdem war Angelina leidenschaftliche Entdeckerin längst vergessener frugaler Gerichte, die sich durch raffinierte Einfachheit auszeichneten und die für sie und ihre Gäste eine höchst abwechslungsreiche kulinarische Reise in die Vergangenheit waren. Von ihren Gästen – oder sollte sie sagen Freunden? – erfuhr Angelina im Gegenzug alles, was sich im Dorf ereignete, sodass »Da Angelina« nicht nur eine ausgezeichnete Trattoria, sondern auch ein soziales Zentrum mit beständigem Informationsaustausch war.

Angelina zerrieb noch ein paar Oreganoblüten über den in Olivenöl und Zitronensaft schwimmenden Fischen, bevor sie den Teller vor Anna abstellte. »Kompliment für das gute Timing!«, rief sie gut gelaunt.

»Na siehst du, darauf kommt es doch im Leben an!«, entgegnete Anna und stellte ihre Badetasche auf den Stuhl neben sich.

Angelina schnitt ein paar dicke Scheiben von ihrem knusprigen Brot ab, das sie wie immer am Nachmittag in ihrem Holzofen gebacken hatte, und reichte es Anna.

»Noch nie habe ich so eine gut schmeckende Verbindung von Kräutern und Fischen gegessen wie bei dir.« Anna zupfte ein Stück Brot ab und tunkte es in das nach Zitrone und Oregano schmeckende Öl.

Angelina freute sich, wie immer, wenn sie ihre Gäste glücklich machen konnte. Neugierig sah sie Anna unter ihrem kurz geschnittenen braunen Pony an.

»Na, wie geht's dir? Setzt dir die Einsamkeit da oben nicht langsam zu?«

»Einsamkeit? Ich verstehe überhaupt nicht, was du meinst.« Anna kaute genussvoll auf einer Sardine.

»Ich meine, dass es bei dir da oben nicht gerade dicht bevölkert ist. Aber das wusstest du ja schon, bevor du aus München hierhergezogen bist.«

Anna protestierte lachend und mit vollem Mund. »Stimmt doch gar nicht! In Albereto superiore wohnen ebenso viele Menschen wie Katzen, und jede Nacht läuft eine vierköpfige Wildschweinfamilie durchs Tal. Gestern habe ich sie schon um neun Uhr gesehen, als ich den Müll weggebracht habe. Hast du eine Ahnung, was zwischen Wildschweinen, Menschen und Katzen alles passieren kann!«

Genussvoll spießte Anna ein Stück Fisch auf die Gabel und betrachtete es von allen Seiten.

»Köstlich, diese *acciughe*. Ihre Haut sieht aus wie Schiefer, blau schillernd, wie der Himmel von Albereto nach einem Gewitter.«

Belustigt sah Angelina ihr zu. »Jetzt übertreib nicht mit deinen Fischchen! Und den Teller musst du nicht mitessen, ich hab noch mehr davon.«

Angelina holte eine große weiße Porzellanschüssel aus dem Kühlschrank, die randvoll mit eingelegten Fischen war.

»Übrigens danke, dass du mir diesen Ottavio zum Grasmähen vorbeigeschickt hast«, bemerkte Anna, immer noch kauend.

»Ist wohl ein Frühaufsteher, er muss kurz nach sechs aufgetaucht sein. Ich habe ihn um zehn gerade noch getroffen, als er schon wieder wegfahren wollte. Wirkt ziemlich bodenständig, ein bisschen wild, aber irgendwie nett.«

»Oh ja, Ottavio«, lachte Angelina. »Ein Mann mit Prinzipien, ist wohl so was wie einer der letzten Aufrechten hier. Seit seine Mutter gestorben ist, hat er die Olivenhaine der Familie übernommen, und er pflegt sie perfekt.«

Anna war noch zu sehr mit ihren Sardinen beschäftigt, um überhaupt aufzusehen. »Meine Nachbarin Domenica war jedenfalls begeistert, dass es bei mir endlich *pulito* aussieht – ›sauber geputzt‹! Bevor ich hierherzog, habe ich das über Badewannen und Küchenböden gehört. Ich wäre jedenfalls nicht auf die Idee gekommen, dass eine Grasfläche sauber geputzt sein kann!«

Mit dem Zipfel ihrer weißen Schürze wischte sich Angelina ein paar Schweißtropfen von der Stirn.

»Du musst die Leute hier verstehen: Im Gras sind nachts Katzen und Mäuse, und wenn man Pech hat, Schlangen, Marder, Füchse und Wildschweine unterwegs. Und eine ordentlich gemähte Grasfläche trennt die Bereiche von Menschen und Tieren klar voneinander ab.« Konzentriert rührte Angelina in einem schweren Eisentopf, während Anna die letzten Tropfen Öl mit etwas Brot auftunkte. Neugierig schnupperte sie, in Erwartung neuer Köstlichkeiten, Richtung Herd.

»Was kochst du denn da?«

»Scampi mit Zucchini und geriebener Zitronenschale. Ich probiere gerade eine neue Soße aus: frisch und leicht, eine Verbindung von Land und Meer. Für kommenden Sonntag möchte ich ein Zitronenmenü kreieren.«

»Klingt gut. Wann kochst du es für mich?«

»Zu deiner Hochzeit.« Angelina drehte sich kurz um, sodass Anna sehen konnte, wie ihr der Schalk aus ihren braunen Augen blitzte. »Aber bis dahin müssen mir noch ein passendes Hauptgericht und ein Dessert einfallen.«

»Fang nicht schon wieder mit diesem leidigen Thema an.« Anna rückte ein Stück von Angelinas inoffiziellem Marmortisch ab. »Du weißt doch, dass ich nach meiner Trennung von Rolf eine Auszeit brauche.«

»Aber das ist doch schon drei Jahre her!«, rief Angelina aus, eine Spur ungehaltener, als es ihre Absicht war. »Findest du nicht, dass du dich allmählich wieder umsehen könntest? Ich kann ja verstehen, dass dir Rolf mit seiner Eifersucht das Leben schwer gemacht hat. Aber nicht jeder Mann ist eifersüchtig wie er. Es gibt auch ein paar nette Exemplare.«

»Aber wirklich nur ein paar. Aber das weißt du ja schließlich besser als ich«, antwortete Anna leicht genervt.

Angelina tat es sofort leid, das Thema Männer überhaupt angesprochen zu haben. Sie wollte ihre Freundin nicht verärgern, vor allem, da sie auf Harmonie an ihrem Küchentisch ganz besonderen Wert legte. Rasch wechselte sie das Thema.

»Die Wildschweine werden hier allerdings immer mehr zur Plage. Ottavio war vor zwei Tagen deshalb schon völlig verzweifelt. Stell dir vor, ausgerechnet an seinem Geburtstag haben sie in seinem Garten alle zweiunddreißig Salatköpfe gefressen!«

Fröhlich faltete Anna ihre Serviette zusammen. »Na siehst du, die haben sich eben an Ottavios Salatbuffet bedient!«

Angelina lächelte, während sie zu einem Glas mit knallgelbem Inhalt griff. »Kurkuma, genau, das fehlte noch. Ein phantastisches Gewürz, das vielen Krankheiten vorbeugt.« Genießerisch entnahm sie einen halben Teelöffel davon. »Allerdings braucht es eine Prise Pfeffer, weil es sonst seine Wirkung nicht freisetzen kann.« Sorgfältig schraubte sie das Glas wieder zu und stellte es in den Gewürzschrank voller bunter Gläser zurück. »Mach dich bitte nicht lustig über Ottavio. Früher ist er zur See gefahren, er spricht allerdings nicht viel darüber. Er hat einiges von der Welt gesehen und blickt etwas weiter als die Leute hier. Die meisten sind ihr Leben lang kaum über ihre Hügel hinausgekommen. Als er vor ein paar Jahren zurückkam, lebte er mit einer Frau zusammen. Die scheint aber verschwunden zu sein, jedenfalls sieht man ihn immer allein. Und jetzt fallen auch noch die Wildschweine über ihn her.«

Anna packte ihre türkisfarbene Badetasche und ging Richtung Tür. Die Sonne hatte ihre Haut gebräunt und ihrem dunkelblonden Haar kleine Glanzlichter aufgesetzt. »Tja, so ist das Leben, und die Wildschweine gehören in unserer Gegend eben auch dazu.«

Auf der Bank vor Angelinas Trattoria saßen wie immer Giancarlo und sein Freund Augusto beim abendlichen Aperitif, während Hund Ciccio eine Schüssel Kartoffelchips verschlang.

Alle drei waren hocherfreut, Anna zu sehen, besonders Ciccio, der genau wusste, dass jetzt eine zweite Runde folgte und er Annas Chips abbekam.

»Willst du einen *Albereto speciale*?«

»Aber gern.«

Giancarlo mit der wehenden weißen Mähne war der Baukünstler im Ort, der zusammen mit seinem Freund Augusto ein kleines Bauunternehmen betrieb. Giancarlo und Augusto waren ausgewiesene Feinschmecker und Stammkunden bei Angelina, wo Anna die beiden auch kennengelernt hatte. Wegen seiner Fähigkeit, alte, halb verfallene Häuser perfekt wiederherzurichten, und natürlich wegen seiner wehenden

Mähne, wurde Giancarlo im Dorf Michelangelo genannt. Augusto, mit schmaler Nase und weißem, glatt zurückgekämmtem Haar, kümmerte sich um das Geschäft, während sich Michelangelo am liebsten seinen eigenwilligen Entwürfen widmete. Ihr unterschiedlicher Charakter ließ sich allein schon an der Kopfbedeckung ablesen: Während Augusto für die Arbeit eine nach hinten verdrehte Baseballkappe trug, knüpfte Michelangelo jeden Morgen drei Knoten in ein blau gestreiftes Herrentaschentuch, das er sich, einen Knoten vorne, zwei hinten, mit Schwung über die Mähne zog. Auch an dieser Kopfbedeckung als Schutz gegen Staub und Zement war zu erkennen, ob beide auf eine ihrer zahlreichen Baustellen gingen oder doch, unbedeckt, am späten Vormittag schnurstracks in Angelinas Trattoria. An Feiertagen unternahmen sie kulinarische Ausflüge in die unmittelbare Umgebung, um Stockfisch, Pilze oder geschmortes Wildschwein zu essen, was jedes Mal damit endete, dass beide reumütig zu Angelina zurückkehrten, wo es fast alles, aber keinen Stockfisch und keinen Wildschweinbraten gab. Angelina fand, dass Stockfisch nicht gut riecht, und die zerstörerischen Wildschweine hasste sie, wie die meisten Bewohner der Gegend, und mochte sie noch nicht einmal als Braten in ihren Töpfen sehen.

»Oh ja. Ein *Albereto speciale*. Heute genau das richtige Getränk für mich«, fand Anna, glücklich, in der Gesellschaft ihrer drei Freunde zu sein.

Zwei *Albereto speciale* später fuhr Anna gut gelaunt die gewundene Straße in ihren Weiler hinauf und wich erst im letzten Moment einem Lastwagen aus, der eine unverhältnismäßig große Zementmischmaschine aufgeladen hatte und in waghalsigem Tempo Richtung Küste fuhr. Meist sah Anna kurz auf die Autonummer, bei Ortsfremden bremste sie nämlich vorsichtshalber, während man den Einheimischen auch bei waghalsigen Ausweichmanövern vertrauen konnte.

Als sie vor zweieinhalb Jahren zum ersten Mal einen Kurzurlaub an der ligurischen Küste gemacht hatte, war die Straße noch unasphaltiert, was die ersten Touristen aus dem Norden nicht im Mindesten gestört hatte. In zwei aufeinanderfolgenden Sommern hatte Anna bei Angelina gewohnt, an ihren Drehbüchern gearbeitet und die verschlossenen, etwas halsstarrigen Einwohner von Albereto allmählich ins Herz geschlossen.

Schon damals, als die ersten Touristen aus Norditalien ins Dorf gekommen waren, wurden sie von Michelangelo und Augusto bei zahlreichen gemeinsam eingenommenen *goti*, wie hier das Ein-Deziliter-Glas hieß, ins Dorfleben integriert. Die Freundschaft zu den Künstlern hatte beide Seiten bereichert und schließlich auch dazu geführt, dass Michelangelo und Augusto glückliche Besitzer von Sammlungen neuer Kunst geworden waren. Für die zahlreichen Esseneinladungen der beiden hatten sich die Künstler aus der Stadt mit eigenen Werken bedankt. Außerdem wurden Michelangelo und Augusto im Winter häufig zu ausgesuchten Theaterpremieren in Mailand oder Rom eingeladen. Als eines Sommers auch in Albereto mehr und mehr nach Modegetränken wie Aperol Spritz verlangt wurde, hatten Michelangelo und Augusto einen orangefarbenen Drink mit dem Namen *Albereto speciale* kreiert, der aus viel Gin, Carpano und rotem Cinzano bestand. Mit ihrem schwarz-weißen Mischlingshund Ciccio im Schlepptau, der am liebsten die zu jedem Glas gereichten Kartoffelchips fraß, waren beide von Bar zu Bar gezogen, hatten dem jeweiligen *barista* die richtige Mischung beigebracht und einen politischen Preis ausgehandelt, der etwa ein Drittel unter dem ähnlich gehaltvoller Getränke lag. Natürlich verstand es sich von selbst, dass man *Albereto speciale* nur in Gesellschaft ihrer Erfinder trank und die Einladung dazu in eine der drei Bars von Albereto als besondere Ehre galt.

Es geschah eines Abends beim dritten oder vierten Glas dieses nicht ungefährlichen Getränks, als Michelangelo seiner Freundin Anna verkündete, er würde es begrüßen, wenn sie hierbliebe, und dass er ihr gerne ein Haus ganz nach ihren Wünschen bauen würde. Ein mögliches Objekt, ein verfallenes *rustico* mit einem Baum in der Mitte, stand gerade zum Verkauf. Annas Frage, ob es denn auch eine Zufahrtsstraße gab, wurde von den beiden Herren mit einer nonchalanten Geste weggewischt. Wieso brauchte man eine Straße, wenn es einen Baum in der Mitte gab! Das Baumaterial würde ohnehin per Helikopter, und der restliche Kleinkram mit dem Esel transportiert. Eine Straße zu bauen, das war doch überhaupt nicht der Rede wert! Natürlich könnte man eine Zufahrtsstraße in zwei Tagen mithilfe einer kleinen *ruspa* bauen. Anna war gerührt, was die angebotene Hilfe und die Geste der Freundschaft anbetraf, behielt sich aber vor, die Idee mit dem Baumhaus noch zu überdenken.

Hund Ciccio, der seine Anhänglichkeit gerecht zwischen seinen beiden Herrchen verteilte, war ebenso wie diese eine angesehene Persönlichkeit im Ort. Bei seinen morgendlichen Spaziergängen, die er nach durchzechten Nächten der beiden Baukünstler oft genug allein unternahm, wurde er von allen respektvoll mit »Ciao Ciccio« begrüßt.

Teilnehmer der kulinarischen Ausflüge war manchmal auch der Bürgermeister, *il Conte*, der, obwohl militanter Exkommunist, alljährlich von seiner resoluten Ehefrau gezwungen wurde, am Tag der Schutzheiligen Santa Teodora ein schweres Kreuz durchs ganze Dorf zu tragen. Zur Runde gesellte sich manchmal auch der Dorfpfarrer, Don Primo, der zu später Stunde am liebsten »Love me tender« zur Gitarre sang. Und schließlich gab es den verrückten Peppino, der unablässig rauchend durchs Dorf ging, malte, rätselhafte Gedichte schrieb und allen, die es hören wollten oder nicht, erklärte, dass er der geistige Nachfahre Friedrich Nietzsches und überhaupt das einzige lebende Genie auf der Welt sei.

Die Sommermonate hatte Anna auch in diesem Jahr in Albereto verbracht und die liebenswürdigen, wenn auch etwas halsstarrigen Bewohner ins Herz geschlossen. Im Vorjahr war Angelinas Mann gestorben und hatte sie mit dem gerade eröffneten Restaurant und einer siebzehnjährigen Tochter allein zurückgelassen. Zwar war Bruno für die Küche zuständig gewesen, doch Angelina mit den Sommersprossen, den sanften braunen Augen und dem halblangen, dunkelbraunen, Haar, die bei allen beliebt war, traute sich durchaus zu, die Trattoria auch allein zu führen, die ja bereits ihren Namen trug. Außerdem hatte sie keine andere Wahl.

An vielen Abenden in Angelinas Küche, wenn die letzten Gäste gegangen waren, waren Anna und Angelina zu guten Freundinnen geworden.

Anna begann, sich immer mehr in Albereto heimisch zu fühlen und sich sogar von ihrer Trennung von Rolf zu erholen, dessen krankhafte Eifersucht nebst ein paar anderen Unverträglichkeiten schließlich, nach sieben halbwegs glücklichen Jahren und vielversprechenden Plänen, doch zum definitiven Aus geführt hatte. Die gelben und rosafarbenen Häuser von Albereto, die sich Schutz suchend aneinanderschmiegten und von Pergolen und Olivenbäumen umgeben waren, hatten bei Anna ein nie gekanntes Gefühl von Heimat und Geborgenheit ausgelöst.

»Warum bleibst du nicht den Winter über hier?«, hatte Angelina am Ende des dritten Sommers ihre Freundin gefragt.

»Caterina ist gerade ausgezogen, du kannst ihr Zimmer haben. Seitdem sie in Mailand Design studiert, lässt sie sich hier sowieso kaum noch blicken. Und du sagst doch selber, dass du in der Großstadt sowieso nicht mehr schreiben kannst!«

Trotzdem war Anna im September, wie auch in den Sommern zuvor, wenn auch schweren Herzens, abgereist.

Doch dieses Mal war es anders: Der Blick über das Meer hatte sich in ihrer Seele festgesetzt, und als sie wieder in München war, brach ihr vor lauter Heimweh fast das Herz. Das Leben ohne Angelina, ihre tröstenden Nudel- und Fischgerichte und ohne die Menschen von Albereto war ihr schwer geworden.

Es war ein regnerischer Tag kurz nach dem Oktoberfest, Anna hatte sich gerade an ihr Manuskript für eine Auftragsproduktion gemacht, Mord aus Rivalität und Eifersucht, als Angelinas Anruf kam. Ihre Stimme überschlug sich fast vor Aufregung.

»In Albereto superiore ist ein Haus zum Verkauf angeboten. Die Besitzer sind Mailänder und haben es eilig mit dem Verkauf, weil sie kurz vor der Scheidung stehen. Es ist ein kleines Natursteinhaus oben an der Passstraße, an der Kreuzung, du weißt schon, wo es nach Casale geht. Wahrscheinlich bist du schon mal daran vorbeigefahren. Der Besitzer war bei mir, eine unglaubliche Nervensäge, angeblich ist er Architekt, was ich zu bezweifeln wage.« Angelina kicherte in den Hörer. »Beim Essen hier hätte er sich neulich fast an einer Gräte verschluckt.«

»Hast du sie ihm extra hingelegt?« Annas Stimmung, sie saß gerade schlecht gelaunt und müde an ihrem Schreibtisch, besserte sich schlagartig. Plötzlich war sie hellwach.

»Erzähl weiter.«

»Vielleicht lernst du den Typen bald kennen, du kannst ihn sicher in eines deiner Drehbücher einbauen«, fuhr Angelina fort und kicherte immer noch. Anna war jetzt sicher, dass die Sache mit der Gräte auf Angelinas Konto ging.

»Ich bin gestern Abend vorbeigefahren, das Haus ist neu gebaut, es gibt zwei Terrassen, eine zur Straße, eine zu den Weinbergen hin. Die Terrasse zur Straße ist noch nicht fertig, aber mit Holzbalken überdacht. Früher war das Haus ein Stall, keine Ahnung, wo der Typ die ganzen Genehmigungen hergekriegt hat. Wahrscheinlich, weil er so unsympathisch ist und ihn jeder sofort wieder loswerden will. Ein Stück Land, drei *piane*, gehört auch dazu. Scheint schon lange brach zu liegen, du hättest ein bisschen Arbeit damit.«

»Klingt interessant«, kommentierte Anna und dachte an das Baumhaus, das ihr Michelangelo vorgeschlagen hatte.

»Gibt es auch eine Straße?«

»Natürlich, direkt vorm Haus. Domenica, die oberhalb wohnt, sagt, dass das Gelände darunter früher sehr fruchtbar war. Lass dir die Gelegenheit also bloß nicht entgehen!«

Und so war Anna zwei Wochen später nach Albereto superiore gefahren, um sich das Objekt anzusehen. Zur Besichtigung hatte sie einen befreundeten Architekten aus München mitgenommen, der dreimal um das Haus gegangen, die Zentralheizung gesucht und mehrmals »Aha« und »Hmhm« gesagt hatte. Trotz aller Mängel hatte er ihr zum Kauf geraten. Die Lage inmitten unberührter Natur, aber nur wenige Kilometer von der Küste entfernt, ein paar Nachbarn, jedoch nicht allzu nah, und der Blick über das Meer machten das Haus zu einem einmaligen Objekt. Fünf Monate würde ihr Maurerpaar mit den merkwürdigen Kopfbedeckungen wohl brauchen, schätzte ihr Architekt, bis die Terrasse überdacht, die untere Stützmauer saniert und ein paar Schönheitsreparaturen durchgeführt wären.

Michelangelo und Augusto waren noch am selben Nachmittag mitsamt Ciccio mit ihrer *Ape* zur Besichtigung erschienen. Zwar waren beide betrübt, dass es nicht das Baumhaus geworden war, erklärten sich aber nach Annas überzeugender Argumentation, dass es doch zwei Bäume vor der Haustür, außerdem ein paar wohlmeinende Nachbarn und immerhin eine Straße gab, durchaus zur Kooperation bereit.

Ende Oktober, einen Tag vor ihrem Geburtstag, war Anna nach Mailand gefahren, um den Notarvertrag zu unterzeichnen.

Der angebliche Architekt und Besitzer, Signor Centenaro, hatte seine Noch-Gattin dabei, die einen schmuddeligen Fiat fuhr, auf dessen Rücksitz lauter Notenblätter lagen. Er selbst war in Anwesenheit seiner Gattin völlig verstummt. Signora Centenaro war Opernsängerin, hatte pechschwarze Haare, eine vor Anstrengung heisere Stimme und schien hocherfreut über den Gedanken, Haus und Gatten so schnell wie möglich loszuwerden. Sie habe einen neuen Lebensgefährten und wolle demnächst in Catania die »Aida« singen, verkündete sie Anna stolz, die das gar nicht wissen wollte. Außer dem Scheck in ihrer Handtasche über den offiziellen, zu versteuernden Kaufpreis hatte Anna die nicht deklarierte zweite Hälfte des Geldes in einer blauen Plastiktüte, zusammen mit einem Apfel, ihrem Notizbuch und der *Unità* mitgenommen, weil sie davon ausging, dass niemand in einer banalen Einkaufstüte vierzigtausend Euro, schon gar nicht zusammen mit einem kommunistischen Blatt, vermutet hätte. Wie in solchen Fällen üblich, hatte der Notar vor der Übergabe diskret und mit den Worten *»Fate voi!«* für einen Augenblick den Raum verlassen.

Fast ein Jahr schon pendelte Anna also zwischen München und Albereto superiore, das etwa zwanzig Minuten vom unteren Dorfteil und vom Meer entfernt lag. Im ersten Frühling hatte sie einen hässlichen Zementrand von der unteren Terrasse entfernt, die Holzbalken der Veranda erneuert und vorsichtige Kontakte zu den Nachbarn geknüpft. Zugegeben, die Menschen auf den Hügeln, sozusagen die Ureinwohner des ganzen Gebiets, waren nicht ganz so aufgeschlossen wie die Bewohner der Küste. Aber Angelina hatte ein paar geschickte Informationen über Anna, ihre deutsche Freundin mit den großen blauen Augen, ausgestreut, nämlich, dass sie schrieb und sich von ihrem in jeder Hinsicht schrecklichen und sie schlecht behandelnden Ehemann getrennt hatte.

»Sie ist in Ordnung, und sie wird einen besseren finden«, hatte ihre Nachbarin Domenica kurz angebunden kommentiert, obwohl sie Anna kaum kannte. Bei ihrem Antrittsbesuch war Anna dann von allen Nachbarn freundlich aufgenommen worden.

Außer Domenica, die ein bisschen die Stimme aller im Weiler war, waren das die schöne Giuseppina aus den Abruzzen, eine von zwei Zwillingsschwestern, die hierher geheiratet hatten und die alle *Pinuccia* nannten, die runde Ginestra, die nur im Winter hier lebte, weil sie unten an der Küste einen Andenkenladen besaß, in dem sie auch Gasflaschen und Glühlampen verkaufte, und Maria, die mit ihrem Mann Antonio hier lebte. Von Antonio und Domenicas Bruder Camillo abgesehen, der gelegentlich zum Hühner- und Kaninchenschlachten und gerne zum Essen vorbeikam, lebten in dem kleinen Weiler nur Frauen. So wunderte sich auch niemand darüber, dass Anna alleine eingezogen war.

In den ersten Wochen hatte Anna in den Pausen, wenn ihr Maurerpaar nicht renovierte, noch ein paar neugierige

Freunde aus München eingeladen, aber allmählich zog sie sich am liebsten für mehrere Wochen hierher zurück, wenn sie schreiben wollte. Die Opernsängerin und ihr Gatte hatten das Haus in einem desolateren Zustand zurückgelassen, als auf den ersten Blick zu erkennen war. Zwei Jahre würde die Sanierung wohl dauern, schätzte Michelangelo, bedächtig den Kopf wiegend und immer noch enttäuscht, dass seiner Phantasie so enge Grenzen gesetzt waren. Anna hatte die wichtigsten Schritte mit ihm besprochen und wusste, dass er sie, auch in ihrer Abwesenheit, sorgfältig ausführen würde.

Den Sommer wollte Anna in Albereto, den Winter in München verbringen, um weiter ihre beruflichen Kontakte zu pflegen. So stellte sie sich jedenfalls dieses Jahr vor, denn der Sommer in Deutschland kündigte sich noch verregneter an als sonst.

Nach ein paar Kurven führte die Straße durch einen dichten Wald aus Steineichen, bis man plötzlich nach einer Lichtung, wie in einer bunten Theaterkulisse, zwei Häusergruppen vor sich sah. Hangabwärts schmiegten sich verschachtelte rosafarbene und gelbe Häuser zwischen die stufenförmig angelegten Weinterrassen, während ein paar Häuser aus Natursteinen mit kleinen Pergolen davor genau gegenüber am unteren Rand der Hügelkuppe lagen. Zwischen zwei Pinien führte ein schmaler Weg bis zu einer etwas ausgetretenen Steintreppe, an deren Ende sich Annas Haus befand. Es roch nach Ginster, Rosmarin und Lavendel, den Anna links und rechts der Treppe gepflanzt hatte.

Sobald Anna den Motor ausstellte, kam Kater Nerino in Galoppsprüngen über die Straße geeilt. Grigetta, eine immer freundliche, grau getigerte Katze, lag schon lauernd vor der Haustür, Fortunato, der frechste, hatte es sich auf der Terrassenmauer bequem gemacht. Die drei Katzen lebten bei Anna, sobald sie die Haustür aufschloss, ohne dass die wiederum wusste, was die drei in ihrer Abwesenheit trieben. Katzen lassen sich eben auch in Albereto superiore nicht gerne in die Karten sehen, dachte Anna. Am Abend kam meist noch Poldo hinzu, ein riesiger roter Kater, der sich, seinen Schrammen nach, heftige Kämpfe mit den anderen Katzen aus der Nachbarschaft lieferte. Da er nahezu unstillbaren Hunger hatte, servierte ihm Anna manchmal, wenn es die anderen nicht sahen, ein rohes Ei, das er genussvoll aufschlürfte. »Andere Leute haben einen Wachhund, ich habe eine Kampfkatze«, dachte Anna jedes Mal, wenn sie Poldo lädiert, aber fröhlich von Weitem durchs Gras hüpfen sah.

Anna hatte gerade das Kaminfeuer angezündet und es sich mit Papier und Stift in ihrem blauen Sessel bequem gemacht, als sie hörte, wie jemand mit zögernden Schritten die Treppe herunterkam.

»*Buona sera, Signora*. Ich hoffe, ich komme nicht ungelegen«, hörte sie eine tiefe, sympathische Stimme sagen. Kurz darauf tauchte eine Gestalt im roten T-Shirt vor der Eingangstür auf.

Es war Ottavio.

Es war schon dunkel geworden, und Anna verstand nicht, warum Ottavio, nachdem er gestern am frühen Morgen Gras gemäht und sie die Rechnung sofort beglichen hatte, noch einmal zu ihr gekommen war. Angelinas Worte fielen ihr ein, dass er allein lebte und ihm seine Frau davongelaufen war. Wenn sie sich recht erinnerte, hatte er sie am Morgen, als sie mit der Kaffeetasse in der Hand auftauchte, mit höchst interessierten Blicken gemustert. Hatte er sich Hoffnungen gemacht, weil sie alleine lebte, so wie er?

An diesem Nachmittag im Spätsommer war Ottavio Sessarego lange im letzten Sonnenlicht auf seiner weinüberwachsenen Terrasse gesessen. Er war 57 Jahre alt und früher zur See gefahren, erst seit ein paar Jahren bestellte er sein ererbtes Land auf den Hügeln. Am Morgen waren schon die ersten herbstlichen Nebelschwaden über sein einsames Haus gezogen.

Seit zwei Jahren lebte er ganz allein in einem Haus mitten im Wald, nachdem er als junger Mann auf den Weltmeeren unterwegs gewesen war. Nach seiner Rückkehr hatte er ein paar Jahre mit einer schüchternen Frau gelebt, die im Dorf kaum jemand kannte und die ebenso lautlos verschwand, wie sie aufgetaucht war. Er ernährte sich weitgehend von dem, was er selbst anbaute und war in seinen Ansprüchen bescheiden geworden. Seine beiden Brüder waren längst in die Stadt gezogen und meldeten sich selten bei ihm. Sie waren ihm dankbar, dass er das Erbe der Eltern übernommen hatte und Oliven anbaute, was ihnen, von Mailand oder Rom aus besehen, ziemlich fremd geworden war. Durch die Jahre auf See hatte sich Ottavio auch an die Einsamkeit gewöhnt, seine wenigen Freunde, mit denen er in seltenem, aber doch regelmäßigem Briefwechsel und Gedankenaustausch stand, waren in der ganzen Welt verstreut. Nicht, dass er nach der Trennung von seiner Frau menschliche Gesellschaft alles in allem besonders vermisst hätte.

Am frühen Abend dieses strahlend schönen Septembertags saß Ottavio immer noch unter der Pergola und hörte in den Wald hinaus. Als es langsam dunkel wurde und sich in der frischer werdenden Luft der nahe Herbst ankündigte, hielt Ottavio von einem Augenblick auf den anderen, und er hätte selbst nicht zu sagen gewusst, warum, seine Einsamkeit nicht mehr aus. Er trank noch einen Schluck Wein und sah zu den

Sternen hinauf, so, als würde er sich von ihnen eine Antwort erwarten. Vielleicht war eine kleine Sternschnuppe genau in diesem Moment zu ihm unterwegs? Er hatte schon lange darüber nachgedacht und an diesem Abend entschieden, sein Leben zu ändern. Ottavio seufzte und beschloss, sich gesprächigere Gesellschaft als die seiner schwarz-weißen Katze zu suchen.

Im Wald war doch auch niemand allein, die Bäume nicht, die sich dicht aneinanderdrängten und die Gesellschaft der anderen suchten, die Tiere nicht, die mit ihren vielfältigen Stimmen die Nacht erfüllten. Während er immer wieder in den Wald hinauslauschte, kam es ihm vor, als würde er genau in diesem Augenblick aus einer jahrelangen Starre erwachen. Und so beschloss Ottavio Sessarego, mit dunklen Augen und der Sehnsucht im Blick, sich auf den Weg zu seiner Nachbarin Anna Gutroth auf der anderen Seite des Hügels zu machen.

Denn wann immer Menschen beschließen, ihr Leben zu ändern, ist es der erste Schritt, dass sie sich einem anderen anvertrauen. Vielleicht sehnte er sich nach menschlicher Gesellschaft, weil er am Nachmittag seine Vorräte für den Winter geordnet hatte: eingelegte Sardinen und winzige Kapern in grobem Salz, hohe Gläser mit duftendem Oregano, in Rotwein und Zimt eingelegte Brombeeren und leuchtend rote Kirschen, mit Zucker in der Sonne gegart und so haltbar gemacht. Sogar eine Flasche Mispellikör nach einem uralten Rezept seiner Mutter und eine Flasche *Nocino*, zu San Giovanni angesetzt, hatte er in der Ecke versteckt gefunden. Und plötzlich kam ihm der Gedanke unerträglich vor, all seine Schätze auch in diesem Jahr wieder alleine zu genießen.

Anna hatte sich gerade Notizen für ein Theaterprojekt gemacht, mit dem sie nach ihrem Drehbuch unbedingt beginnen wollte, und hatte nicht die geringste Lust auf eine Unterbrechung. Mit distanzierter Miene bot sie Ottavio ein Glas Wein an. Auf einen wie Ottavio, der sie mit dunklen, melancholischen Augen ansah, voll unbestimmter Erwartungen, war sie nicht gefasst. Doch zum Glück war es gerade das leise prasselnde Kaminfeuer, das sie rechtzeitig daran erinnerte, dass auf dem Land das uralte Gesetz der Gastfreundschaft über allem stand. Hatte sie nicht selbst oft diese Gastfreundschaft erlebt? Sie kannte doch nur zu gut die Geborgenheit eines Herdfeuers, den Trost eines guten Essens und verständnisvollen Gesprächs!

Anna schenkte Ottavio also ein Glas Wein ein. Und plötzlich fiel ihr auf, dass ihr alter Holztisch mit den kunstvoll gedrechselten Beinen vielleicht doch für fröhliche, gemeinsame Essen und nicht nur als Schreibtisch gedacht war. Mit diesem Gedanken hatte sie den Tisch doch in dem kleinen Antiquitätenladen in Lagaccio gekauft! Wie sehr hatte sie sich gewünscht, dass ihr Haus mit den zwei Pinien davor nicht nur für sie, sondern auch für andere ein Ort der Geborgenheit und des Rückzugs werden würde.

Und so beschloss sie, Ottavio zuzuhören, während er mit kleinen Schlucken den herben *vino nero* trank und das Glas mit seinen Händen nervös auf der Tischplatte hin- und herschob.

Unter seinen roten T-Shirt-Ärmeln wurden beeindruckend muskulöse, gebräunte Arme sichtbar. Verlegen fuhr er sich durch die kurz geschnittenen dunklen Haare mit leichten Spuren von Grau. Seine Gesichtszüge mit der geraden Nase und den etwas weit auseinanderstehenden braunen Augen wirkten angenehm klar. Bei genauem Hinsehen offenbarte sich hinter dem leicht melancholischen Ausdruck etwas Kluges und überaus Liebenswürdiges, wie Anna an diesem Abend fand.

»Die Einsamkeit«, sagte Ottavio und presste die Worte mit

sichtlicher Anstrengung hervor, »ist wie ein wildes Tier. Sogar am Tag, wenn die Sonne noch über die Hügel scheint, wirft es seine Krallen aus. Nachts kriecht es unter meine Bettdecke und quält mich, noch mehr als die Kälte, die jede Falte meiner Bettdecke ausfüllt! Und am Morgen sitzt es schon wieder am Küchentisch, bevor meine Katze überhaupt ihre Milch angerührt hat!«

Anna erschrak ein bisschen. Die Einsamkeit – ein wildes Tier? Das hatte sie noch nie gehört!

Schon viel zu lange, so teilte er Anna ohne Umschweife mit und sah ihr dabei fest in die Augen, war die Einsamkeit zu seiner ständigen Begleiterin geworden. Denn nach seiner Scheidung hatte er sich weitab von den Menschen in seinem Haus verkrochen, und die Einsamkeit hatte ihm fast das Herz gebrochen.

»Inzwischen habe ich mich an die Kälte gewöhnt, die mir nachts die Haut hinaufkriecht, an meine eigene Trägheit, die mich in der Gesellschaft des Ungeheuers hält. Dabei spüre ich so viel Lebenslust, tief in mir verborgen, und würde manchmal am liebsten die Hügel hinunterspringen!«

Mit traurigen Augen, in denen doch eine vage Hoffnung auf ein anderes Leben aufglimmte, erzählte Ottavio Anna von den Gemüsegärten und dem Olivenhain, den er bestellte, von seiner unbändigen Kraft, die er noch verdoppeln könnte. Ja, wenn … Wenn nur diese Einsamkeit nicht an ihm nagte und wenn es nur eine Gefährtin gäbe, für die er sorgen könnte!

»Weißt du, ich wohne in einem einsamen Haus im Wald, aber da gibt es all die Geräusche des Tages und der Nacht, das Flügelschlagen, das Summen, Zwitschern und Pfeifen. Ich höre es die ganze Zeit: Nicht einmal die Tiere im Wald sind allein!«

Er rückte unruhig auf seinem Stuhl hin und her.

»Ich weiß, ich habe viele Fehler. Aber das heißt doch nicht, dass ich ohne Liebe leben muss! Irgendwo muss es doch eine Gefährtin geben, die genau zu mir passt!«

Plötzlich lächelte er verschmitzt. »Das habe ich von meiner Katze gelernt! Meine Camilla hat schwarz-weißes Fell, es ist seidenweich, und Augen wie Bernstein mit dunklen Sprenkeln. Für mich ist sie die schönste Katze der Welt, und sie hat sich letzte Woche ausgerechnet mit einem hässlichen, einohrigen Kater davongemacht!« Anna musste lachen. Was für ein drolliger Typ, dachte sie und schenkte Ottavio noch ein Glas Wein ein.

»Was für eine Erkenntnis«, sagte sie laut und und betont ernsthaft, »damit hast du ja schon den wichtigsten Schritt auf der Suche nach Liebe gemacht, nämlich, dass jeder Mensch auf seine Art liebenswert ist.«

Ottavio warf Anna einen Blick zu, als wollte er sagen, »endlich versteht mich jemand!«, dann betrachtete er seine kräftigen Hände. Die Ränder seiner Fingernägel waren voller Erde, was Anna, nach dem ersten erstaunten Blick, gar nicht unangenehm fand.

»Manchmal erinnere ich mich, dass ich mit meinen Händen nicht nur knorrige Olivenbäume und harte Erde anfassen kann«, sagte Ottavio und dachte an die letzte Nacht unter der Pergola. Seine Augen, in denen es plötzlich verwegen blitzte, bewegten sich im Raum hin und her, von Annas blauem Sessel vor dem Kamin bis zu der Kredenz, in der ein paar einsame Gläser mit Apfelgelee und Quittenmarmelade standen, sie wanderten von drinnen nach draußen, offensichtlich schien er etwas zu suchen, das die Distanz und Fremdheit zwischen ihnen ein wenig verringern konnte. Schließlich fiel sein Blick auf die Zweige des einzigen Olivenbaums, der unterhalb der Terrasse wuchs.

»Hast du den gepflanzt?«

Anna nickte. Bislang besaß sie nur diesen einzigen Baum und freute sich am Morgen, wenn die Sonne durch seine silbrigen Zweige schien. Sie überlegte einen Augenblick, ob sie Ottavio das Geheimnis des Bäumchens preisgeben sollte. Sie lächelte und sah ihn an.

»Hab ich in einem Münchner Supermarkt für neun Euro achtzig gekauft, weil das Bäumchen traurig und allein und ohne Licht in der Ecke stand. Es hat mir einfach leidgetan, und so habe ich beschlossen, ich bring es in seine Heimat am Mittelmeer zurück.«

Ottavio bedachte sie mit einem wohlwollenden Blick.

»Das war also dein erstes Mal.«

»Wie meinst du das?«, fragte Anna irritiert.

»Na ja, ich meine, jeder erlebt einmal den Moment, wenn er sich in einen Olivenbaum verliebt.« Anna kam es vor, als sandte sein Gesicht ein stilles Strahlen aus. »Noch zwei Wochen, dann geht die Ernte los. Früher haben die Leute das Jahr in Weinlese und Olivenernte eingeteilt. Das waren die wichtigsten Ereignisse im Jahr, wenn einen das Land endlich für die ganze Schufterei belohnt hat.«

»Ja, ich habe davon gehört«, erwiderte Anna gedankenverloren. »Wenn man sieht, wie reich die meisten in Albereto durch den Tourismus geworden sind, kann man sich das frühere Leben kaum noch vorstellen.«

»Hier war alles mühsam, weil man auf den Steilhängen für jeden Handgriff dreimal so lang wie in der Ebene braucht. Jedenfalls hat das irgendein Besserwisser mal ausgerechnet«, stellte Ottavio mit ziemlich spöttischem Unterton fest. Anna kam es vor, als würde er plötzlich ganz lebendig.

»Aber du kannst es dir gar nicht vorstellen, was für eine Freude es ist, wenn das eigene Öl nach der Pressung in die Flaschen rinnt. Allein schon die Farbe, wie grünes Gold!«

Sieh an, ein Dichter, der ins Schwärmen geraten ist, dachte Anna.

»Und erst dieses Gefühl, wenn man am Abend das Öl zum ersten Mal probiert, mit Stockfisch oder eingelegten Sardinen!«

»Stockfisch, das wäre definitiv nichts für Angelina!«, kommentierte Anna lachend.

»Aber Fische mag sie doch?« Anna nickte zustimmend. »Weißt du, ein paar Tropfen Öl und ein Stück Brot, noch ein paar Sardinen dazu, das ist für mich der Geschmack von Heimat. Manche sagen, es ist genau dieser Geschmack, der früher die Seefahrer zurück in die Häfen trieb.« Er trank noch einen Schluck Wein. »Und natürlich bin ich wegen der Olivenbäume zurückgekehrt. Nur schade, dass ich mein Olivenöl auch in diesem Winter wieder alleine essen muss.«

Ottavio neigte sich leicht zu Anna vor, wobei ihr ein Hauch seines Duschgels in die Nase stieg. Riecht gar nicht mal so schlecht, dachte sie bei sich.

»Vielleicht möchtest du ja mal mein Öl probieren?«, er zögerte und sah sie mit großen Augen an. »Ich könnte dich bei der Gelegenheit zum Essen einladen.«

Oh Gott, das hätte mir gerade noch gefehlt, dachte Anna, fast erschrocken, und richtete sich mit einem Ruck kerzengerade auf.

»Weißt du, ich bin eigentlich nur zum Arbeiten hier und habe noch ein Riesenprogramm vor mir«, sagte sie entschieden. »Eigentlich hätte ich mein Manuskript schon längst abgeben müssen. Ich kann es mir einfach nicht erlauben, einen Abend nicht am Schreibtisch zu sitzen.«

Ottavio bedachte sie mit einem seltsamen Blick, den Anna nicht zu interpretieren wusste. Sie beschloss, jeden Annäherungsversuch im Keim zu ersticken und nicht den geringsten

Zweifel an ihrem Desinteresse zu lassen. »An Kontakt mit Männern bin ich zurzeit nicht so interessiert.« Leiser, mehr zu sich selbst, fügte sie hinzu. »Außerdem liegt meine Scheidung noch nicht allzu lang zurück.«

»Schade«, sagte Ottavio, mit einer hörbaren Spur Bedauern in der Stimme. Wenn Anna ihn etwas aufmerksamer betrachtet und nicht so sehr mit ihrer eigenen Abwehr beschäftigt gewesen wäre, hätte sie bemerkt, wie ihm ganz schnell ein rettender Gedanke durch den Kopf gegangen war. Stattdessen bemerkte sie nur ein flackerndes Licht in seinen Augen, wie ein Glühwürmchen, das in einem zu starken Lufthauch seine Route verloren hat. Anna war dieses Flackern im Laufe des Abends schon mehrmals aufgefallen.

»Vielleicht hast du ja eine Freundin, die du mir vorstellen kannst?« Er zögerte. »Oder sind deine Freundinnen auch so wenig an Männern interessiert?«

Auch das noch noch!, dachte Anna. Dieser Ottavio sucht doch tatsächlich eine Frau und kommt ausgerechnet zu mir.

Gegen besseres Wissen ging sie im Geist schnell ihre Freundinnen durch.

Pauline, ihre Florentiner Freundin mit flämischen Wurzeln, war Modedesignerin, wohnte auf den Hügeln von Fiesole und versuchte tapfer, sich mit ausgefallenen Kreationen gegen die übermächtige chinesische Konkurrenz zu behaupten. Sie lebte immer noch mit dem Vater ihrer Tochter zusammen, was zwar nicht ihn, aber sie an jeder neuen Bindung hinderte. Er war chronisch schlecht gelaunt, sie hasste ihn. Die Luft aus dichtem Eis hätte man schneiden können, sobald sie in der gemeinsamen Wohnung aufeinandertrafen, was beide jedoch nicht davon abhielt, jeden Abend gemeinsam mit ihrer sechzehnjährigen Tochter zu essen, die dieses Spiel, das nur ihr zuliebe fortgeführt wurde, selber höchst lästig fand.

Conni, ihre Münchner Freundin, hatte gerade ihre kranke Großmutter in ihren Haushalt geholt, obwohl dafür, in Annas Augen, keine Notwendigkeit bestand und die Großmutter schließlich noch selbstständig war. Man darf die Dinge einfach nie vom Ende her denken, fand Anna. Damit tut man den anderen Unrecht und schließlich auch sich selbst. Denn wie sollte sich diese Situation jemals lösen, außer dass es die Großmutter nicht mehr gab.

Teresa, ihre Mailänder Freundin, war noch bis vor Kurzem Inhaberin einer erfolgreichen Werbeagentur. Kurz nach ihrem sechzigsten Geburtstag hatte sie die Agentur verkauft und sich, unterstützt durch eine Erbschaft, einen lange gehegten Traum erfüllt. Ganz in Annas Nähe betrieb sie ein *Agriturismo*, ein kleines Landgut mit Gästezimmern, und hatte sich kurz nach dem Kauf in den Bürgermeister des kleinen Ortes Pontiggia verliebt.

Conni, die in einem Münchner Vorort lebte, hätte sie am meisten eine neue Beziehung gewünscht. Sie war eine tüchtige Frau, führte einen Laden mit Bioprodukten und hätte zu Ottavio gepasst. Nur wohin mit der Großmutter?

»Ich habe ein paar Freundinnen, die zwar nicht gebunden sind, aber alle in schwierigen Situationen leben«, erklärte Anna, eine Spur abweisender, als es ihre Absicht war.

»Aha«, antwortete Ottavio, ohne eine Miene zu verziehen. »Willst du damit sagen, dass sie die Liebe vergessen haben?«

Anna sah ihn irritiert an. Was bildete sich dieser Typ eigentlich ein? Woher konnte er wissen, wie ihre Freundinnen zur Liebe standen?

»Die Liebe haben sie nicht vergessen, aber sie sind es leid, sich von irgendeinem Typen die Kraft rauben zu lassen!« Annas Blick verdunkelte sich für einen Augenblick, wenn sie an Rolf und seine Eifersuchtsszenen zurückdachte.

Jeden Winter war außerdem seine Mutter, die sonst im Voralpenland lebte, ganze zwei Monate in die gemeinsame Wohnung gezogen und hatte ihren Sohn und auch Anna mit ihren Kochkünsten beglückt. Jeden Freitag kaufte sie auf dem Viktualienmarkt ein Maishähnchen, einen Fasan und ein Perlhuhn, die es in der daraufffolgenden Woche, jeweils geschmort in einem Liter Weißwein und fast ebenso viel Öl, zum Abendessen gab. Allein das fetttriefende Federvieh war ein Trennungsgrund. Anna schüttelte sich noch bei der Erinnerung.

Ottavio sah sie einen Augenblick lang erstaunt an, eine solche Entschiedenheit hatte er bei seiner harmlosen Frage nicht erwartet. Hastig trank er sein Glas aus.

»Vielleicht kannst du trotzdem darüber nachdenken, und ich komme einfach mal wieder vorbei.« Eilig verabschiedete er sich und ging in die sternenklare Nacht hinaus.

Anna war froh, wieder allein zu sein, und räumte sein leeres Glas nachdenklich, aber mit spürbarer Erleichterung weg. Ottavio hatte eine merkwürdige Aura zurückgelassen. Der Schatten der Einsamkeit, *la brutta bestia*, folgte ihm, es war, als könnte man ihn fast spüren und sehen. Selbst ihre Katze Grigetta, die wie immer schnurrend vor dem Kamin lag und deren Neugier auf Besucher sonst kaum zu bremsen war, hatte nicht die geringste Notiz von ihm genommen.

Ganz entgegen ihrer Gewohnheit rührte Anna an diesem Abend weder Stift noch Computer an, obwohl sie dringend ein paar Dialoge ihres Drehbuchs ausarbeiten musste. Aber dieses Projekt widerstrebte ihr immer mehr: Zwei Schwestern, die sich ohne das Wissen der anderen den Liebhaber teilten und ihn schließlich aus Eifersucht aufeinander umbringen wollten, so eine blöde Geschichte! Inzwischen tat es ihr leid, dass sie ihrem Münchner Produzenten Gregor Findhammer überhaupt einen solchen Plot angeboten hatte. Aber jetzt war es zu spät, und sie musste an diesem Krimi weiterschreiben, obwohl Großstadtverbrechen gerade ziemlich weit weg von ihr waren. Ein Mord aus Eifersucht! So viel Engagement für einen Mann hätte sie sich im Moment beim besten Willen nicht vorstellen können.

Anna trat in die Dunkelheit hinaus, um Atem zu holen. Grigetta schnupperte in die kühle Nacht, unschlüssig, ob sie auf die Jagd gehen oder sich doch lieber in Annas Bett zurückziehen sollte. Vorsichtig setzte Grigetta eine Pfote zurück und deutete den Rückzug an. Dichter Nebel war über das Tal gezogen, der sogar die gegenüberliegenden Häuser verbarg. Nur bei Domenica oben brannte noch Licht, und es sah aus, als hätte der Mond wegen des Nebels einen anderen Weg über die Häuser genommen und hinge jetzt über Domenicas Tür.

Plötzlich, als Anna über das unendliche Meer sah, das die Farbe der Nacht angenommen hatte, und der Vollmond langsam über den Bergen auftauchte, verstand sie Ottavios Suche: War das wilde Tier, das ihn heimgesucht hatte, nicht Ottavios Sehnsucht nach Liebe und das Wissen um ihre Endlichkeit? Alle Menschen sehnten sich nach Liebe, Ottavio, natürlich sie selbst, alle ihre Freundinnen! Und hatten nicht alle Angst, sie nicht zu finden oder, schlimmer noch, sie nach einer kurzen Zeit des Glücks wieder zu verlieren?

Lange starrte Anna an diesem Abend ins Kaminfeuer. Als sie endlich die gewundene Holztreppe hinauf in ihr Schlafzimmer ging, hatte es sich Grigetta schon auf ihrem Kopfkissen bequem gemacht, was an normalen Tagen strengstens verboten war. Annas Lieblingskatze erlaubte sich solche Grenzüberschreitungen nur, wenn sie spürte, dass Anna durch irgendein unvorhergesehenes Ereignis aus der Fassung gebracht und nachgiebiger gegenüber armen kleinen Katzen in weichen Federbetten war. Ob sie es wollte oder nicht, und die kluge Grigetta ahnte es wohl, hatte Anna an jenem Abend begonnen, an Ottavios Schicksal Anteil zu nehmen.

»Was wollte denn der Typ noch so spät gestern Abend bei dir?«

Hinter ihrem Olivenbaum mit den ausladenden Zweigen versteckt, sah Domenica alles, was bei Anna geschah. Die hatte sich gerade mit ihrem Manuskript in die Morgensonne gesetzt.

»Nimm dich bloß in Acht vor dem! Männer sind zum Grasmähen und Gartengießen da. Ansonsten braucht man sie nicht.«

Es waren sonnige Herbsttage, und obwohl es noch warm genug zum Baden war, war Anna seit Ottavios Besuch nicht mehr zur Küste hinuntergefahren. Sie genoss die Einsamkeit in ihrem Haus, den weiten Blick über das Meer und freute sich, dass sie noch draußen im Freien arbeiten konnte. Zwischen den Versuchen, die Dialoge der beiden Schwestern doch noch zu einem vernünftigen Plot zusammenzufügen, hing sie ihren Gedanken nach, genoss die Sonne und beobachtete ihre Katzen, die nach ihren eigenen Gesetzen kamen und gingen. Sie lauschte den Stimmen ihrer Nachbarinnen Maria und Domenica, die sich trotz der Entfernung von ein paar hundert Metern zwischen ihren Häusern die Neuigkeiten des Tages zuriefen. Ihre Stimmen durchdrangen die Stille des Weilers und gaben Anna das Gefühl, nie alleine zu sein. Marias Stimme klang sanft, aber entschieden, während Domenicas heiseres Kratzen aus dem Konzert der Stimmen sofort herauszuhören war. Anna war froh, in Albereto superiore einen Rückzugsort gefunden zu haben, bis sie wusste, wie es in ihrem Leben weiterging. Das Leben in der Großstadt konnte sie sich nicht mehr vorstellen. Aber sollte sie von jetzt an ihr ganzes Leben allein, in einem einsamen Haus am Meer, verbringen?

Es war später Nachmittag, und das Meer sah von oben wie eine glatte, türkisfarbene Fläche aus, die sich im Horizont verlor. Die Luft wurde allmählich vom Wein erfüllt, der in den Kellern ihrer Nachbarn vor sich hin gärte. Obwohl fast alle fortgeschrittenen Alters waren, bestellten die Bewohner von Albereto superiore immer noch Gemüsegärten, Weinberge und Olivenhaine.

Anna schrak aus ihren Gedanken auf, als sie hörte, wie oben an der Straße eine Autotür zuschlug. Schnell legte sie ihr Manuskript beiseite. Schon von Weitem, als sie Ottavio in seinem roten T-Shirt zwischen den Pinien auftauchen sah, wirkte sein Gang selbstbewusst und entschlossen. In einer Plastiksteige trug er einen Riesenkürbis, ein paar Stangen Lauch und ein paar überreife Tomaten vor sich her, die er mit einem zufriedenem Lächeln auf der Terrassenmauer abstellte.

»Hier, hab ich dir mitgebracht. Wahrscheinlich das letzte Gemüse für dieses Jahr. Alles andere haben sowieso die Wildschweine gefressen.«

Anna freute sich über das unerwartete Geschenk. Ottavio setzte sich auf die niedrige Terrassenmauer, deren Höhe Annas Maurerfreund Michelangelo nach den Gästen berechnet hatte, die an Annas Tisch Platz finden sollten.

Bei jeder Reise hatte sie ein paar Pflanzen von ihrem Münchner Balkon mitgebracht, die jetzt den Terrassenrand schmückten. Um den kleinen blau lackierten Tisch, den eine winzige Agave zierte, standen zwei weiße Eisenstühle, die zwar unbequem, aber wunderschön anzusehen waren.

Entlang der Küste zog ein Ausflugsschiff vorbei, das nach seinem Tagesgeschäft in den Hafen zurückfuhr und einen weißen, kometenartigen Schweif hinter sich durch das glatte Wasser zog.

»Wirklich schade, dass du keine Freundin für mich hast«, platzte Ottavio heraus. Und selbst nicht infrage kommst, dachte Anna.

»Tja, die meisten meiner Freundinnen sind über fünfzig«, sagte Anna und gab sich Mühe, betont beiläufig zu klingen. »Und in diesem Alter sind Männer eben nicht mehr der Mittelpunkt der Welt.« Sie konnte sich ein leises, ironisches Lächeln nicht verkneifen. »Zum Glück.«

Ottavio ließ keinerlei Reaktion erkennen, nur seine Stimme wurde drängender.

»Aber könntest du nicht eine Anzeige für mich aufgeben? Du schreibst doch und kennst dich mit Zeitungen aus.« Er sah Anna aufmerksam an.

Anna erschrak ein bisschen, aber gleichzeitig beeindruckte Ottavio sie auch: Er hatte ein klares Ziel und wollte einfach nicht mehr alleine sein.

»Eine Anzeige? Und wo? Und was oder wen suchst du denn überhaupt?«, fragte Anna, immer noch einigermaßen irritiert.

Ottavio holte tief Luft.

»Ich suche eine Frau, die das Landleben liebt, so wie ich. Eine, die naturverbunden ist und nicht mit Stöckelschuhen in die Wälder kommt!«

»Aber warum suchst du die ausgerechnet in Deutschland und nicht hier?«

»Die Frauen aus unserer Gegend wollen einen Mann mit Geld und schickem Auto, der ihnen eine Einbauküche und einen Pelzmantel schenkt. Für die ist einer wie ich nicht interessant. Aber eine, die aus Deutschland kommt, könnte den Sommer bei mir verbringen, und ich könnte sie an Weihnachten und Silvester besuchen und mit ihr ins Kino und in die Oper gehen!« Er machte eine Pause und sah in die Ferne. »Den deutschen Frauen gefällt mein Leben hier. Sie sind praktisch, naturverbunden und wandern gern. Ich kannte mal eine, die legte zehn Kilometer am Tag zurück.«

Anna musste lachen, gleichzeitig war sie ein bisschen peinlich berührt. »Du meinst also, ich soll eine Kontaktanzeige für dich aufgeben?«

Sie hatte es schon immer ziemlich lächerlich gefunden, wie sich fremde Menschen über eine Annonce kennenlernen. Dennoch gab es in ihrem Freundeskreis mindestens drei Paare, die über Kontaktanzeigen, allerdings in der zeitgemäßen Variante des Internets, glücklich geworden waren.

»Und wo soll ich die Anzeige aufgeben?«, fragte Anna ratlos. »Ich habe mit solchen Dingen überhaupt keine Erfahrung!«

»Ich auch nicht«, erwiderte Ottavio ungerührt, »aber ich bin mir sicher, du hast eine gute Idee.«

»Ich werde darüber nachdenken«, erwiderte Anna distanziert.

»Das heißt, du überlegst es dir?« Anna nickte stumm.

Mit zufriedener Miene zog Ottavio davon. Was für ein Typ, dachte Anna, betrachtete allerdings wohlgefällig den Riesenkürbis. Reicht für ein paar Suppen, wenigstens musste sie ein paar Tage lang nicht einkaufen fahren.

Am Abend rief Teresa an, die praktischste von Annas Freundinnen, die gerade eine erfolgreiche Anzeigenkampagne für ihr neues *Agriturismo* im Vara-Tal gestartet hatte.

»Inseriere doch in ›Erde und Korn‹, damit habe ich gute Erfahrungen gemacht, die wird von Naturliebhabern gelesen, das ist genau die richtige Klientel für ihn. Und du bist diesen Typen und die ganze Angelegenheit los.«

»Eine glänzende Idee«, pflichtete Anna bei. »Vor allem gefällt mir der Gedanke, diese ganze Geschichte wieder aus dem Kopf zu bekommen.«

Drei Tage später tauchte Ottavio schon wieder auf. Aus seinem roten Rucksack holte er zwei Gläser eingelegte Oliven hervor, in deren trüber Salzlake ein paar Thymianzweige schwammen, und stellte sie auf Annas Küchentisch ab.

»Hier, sind für dich. Von meinen Olivenbäumen. Ich wollte mich für deine Mühe revanchieren.« Ottavio grinste. Erfreut über eine kleine Unterbrechung legte Anna ihr Manuskript über die beiden mörderischen Schwestern beiseite und griff nach ihrem Notizbuch.

»Ich habe mir schon Gedanken über die Anzeige gemacht, damit du keine Zeit verlierst.« Und ich hoffentlich auch nicht, dachte sie. »Hier, hör mal, was hältst du davon: ›Naturverbundener Italiener mit kleinem Landgut im Hinterland der ligurischen Küste sucht gleichgesinnte Partnerin für respektvolle Freundschaft.‹?«

Ottavio blinzelte ihr zufrieden zu. »Hm, ja doch. Gefällt mir.«

»Ich finde, das müsste ausreichend sein«, sagte Anna, zufrieden mit ihrer Idee. »Du suchst doch eine Freundschaft, oder? Und gegenseitigen Respekt? Ich finde Kontaktanzeigen immer unerträglich, die die große Liebe und den Himmel auf Erden versprechen.«

Eine respektvolle Freundschaft mit einem Mann, das hatten sich doch die meisten ihrer Freundinnen und sie selbst immer gewünscht. Vielleicht hatte sie bei der Formulierung ihre eigenen Vorstellungen im Sinn, es musste ja nicht immer gleich die große Liebe sein!

»Deine Adresse und Telefonnummer könntest du gleich dazuschreiben. Das würde die Sache vereinfachen.«

»Einverstanden! Die Zeitung wird ja nicht von meinen Nachbarn gelesen. Und außerdem: Ich suche eine Frau, das ist schließlich keine Staatsaffäre! Warum ein Geheimnis daraus machen?«

»Eine Chiffreanzeige würde außerdem zwölf Euro mehr kosten, wie ich herausgefunden habe. Das muss nicht sein«, erklärte Anna, wohl wissend, dass Ligurer hoffnungslos geizig waren.

Ottavio war sichtlich zufrieden, als sie später draußen im Licht der untergehenden Sonne saßen. Am Nachmittag sah die Sonne wie ein Ball aus Feuer aus, der langsam im Meer versank. Wenn sie ein solches Foto auf einer Postkarte gesehen hätte, hätte sie es als völlig unrealistischen Kitsch abgetan. Anna wollte, nach Ottavios großzügigen Mitbringseln, nicht unhöflich sein, und hatte ihm, dieses Mal ganz ohne Widerstreben, ein Glas Wein angeboten.

Neugierig blickte er über den Terrassenrand.

»Ziemlich viel Land, ich meine für eine Frau wie dich, die schreibt und so. Warum bestellst du es eigentlich nicht? Ich könnte dir dabei helfen.« Er machte eine Pause und blickte über das Meer, das sich in blaugrauen Streifen vom Herbsthimmel absetzte. »So könnte ich mich außerdem für deine Hilfe revanchieren. Stell dir vor, du hättest ein bisschen Gemüse, Salat, Tomaten, ein paar Auberginen und Zucchini im Sommer, Fenchel und Mangold im Winter.« Ottavio lachte fröhlich. »Außerdem könntest du ein paar Weinstöcke pflanzen, natürlich Trauben, die man essen kann, *Regina* oder *Bosco*.

Du musst ja nicht gleich Wein produzieren und Winzerin werden.« Wie in Erwartung zukünftiger Köstlichkeiten wies Ottavio mit einer ausladenden Handbewegung über Annas Gelände. »Außerdem könntest du ein paar Olivenbäume pflanzen. Dein Land eignet sich hervorragend dafür.«

Anna blickte ihn überrascht und von plötzlicher Vorfreude erfüllt an. Warum war sie nicht selbst darauf gekommen?

»Keine schlechte Idee«, sagte sie betont gleichgültig.

»Das will ich meinen«, sagte Ottavio entschieden. »In Zeiten wie diesen ist es reine Verschwendung, fruchtbares Land brach liegen zu lassen. Früher hätte so viel Land eine ganze Familie ernährt.« Er machte eine weit ausholende Geste und wies auf die vielen verwilderten Terrassen. »Außerdem würdest du etwas für den Erhalt der Landschaft tun. Sieh dich doch um, überall macht sich die Wildnis breit.«

»Eigentlich hast du recht«, pflichtete Anna ihm freudig bei. »In der Zeitung habe ich neulich gelesen, dass die Investition in *Green Economy* die einzig sichere Perspektive für die Zukunft sein wird.« Sie strich sich die dunkelblonden Haare aus dem Gesicht, die sie in Ermangelung eines guten Friseurs länger als in München trug.

»Und wenn ich in Zukunft keinen Cent mehr verdiene, was bei meiner anhaltenden Schaffenskrise wahrscheinlich ist, könnte ich mich von meinem selbst angebauten Gemüse ernähren!«

Was für neue Möglichkeiten, die mir dieser Typ aufgezeigt hat!, dachte Anna. Ottavio schien ihre Gedanken zu erraten.

»Also wenn du willst, helfe ich dir. Natürlich muss man zuerst das Unkraut verbrennen, umgraben, düngen, die Dornen an den Seiten mähen. Du musst noch etwas Geduld haben, das sollte man erst im März machen.«

Anna spürte, wie Ottavio sie neugierig von der Seite ansah.

»Eigentlich hast du dich ganz schön was getraut, als Frau allein, in dieser wilden Gegend hier.«

Anna freute sich über das unerwartete Kompliment. Das hatte ihr noch niemand gesagt, und sie räumte, fast milde gestimmt, ihre Aufzeichnungen vom Tisch.

»Wenn ich übernächste Woche in Deutschland bin, gebe ich die Anzeige auf«, versprach sie.

»Was meinst du, ob es bis Weihnachten klappt?«

Anna lachte laut auf. Ottavios plötzliche Vertraulichkeit irritierte sie. Oder brauchte er sie als Komplizin, der er seine Wünsche und Träume anvertrauen konnte?

»Ottavio, es ist immer dasselbe mit euch Männern! Eine Frau ist kein Geschenk vom Weihnachtsmann.«

»Na ja, ich meine ja nur«, Ottavio tat zerknirscht. »Meine erste Frau habe ich an meinem Geburtstag kennengelernt, und an meinem Geburtstag hat sie mich auch wieder verlassen.«

»So ist das eben mit den Geschenken, sie kommen und gehen«, lachte Anna.

»Und wenn ich eine finde, stelle ich sie dir vor, aber ich sage nicht, dass du das mit der Anzeige warst!«

Mit einem eindringlichen Blick, der Anna viel zu vertraulich vorkam, neigte er sich zu ihr.

»Vielleicht hat sie ja sogar blaue Augen, so wie du?«

»Vielleicht könntest du dir sogar eine Frau backen, mit Glitzersteinchen als Augen, in grün oder blau?«, erwiderte Anna, der das Thema langsam zu viel wurde.

»Oh ja, einen Brotbackofen habe ich ja schon!« Ottavio lachte vergnügt.

»Ich weiß schon, jeder Mann träumt von der großen Liebe, von der Traumfrau, die einfach vom Himmel fällt. Du hast wohl noch nie die Erfahrung gemacht, dass jede Beziehung auch intensive Arbeit ist!«

»Was, die Liebe soll Arbeit sein? Das habe ich noch nie gehört! Vielleicht da, wo du herkommst, aber nicht hier bei uns, wo an über dreihundert Tagen die Sonne scheint.« Ottavio grinste ein bisschen zu selbstbewusst, wie Anna fand. »Schau dir doch nur das Meer und diese leuchtenden Farben an. Hast du jemals etwas Schöneres gesehen?«

Er hat ja recht, dachte Anna und betrachtete die Hügel, die die untergehende Sonne in strahlende Rot- und Rosatöne gehüllt hatte. Vielleicht scheitern ja auch manche Beziehungen, weil man die Liebe mit todernstem Blick betrachtet und aus allem eine Grundsatzdiskussion macht.

Anna beschloss, jedenfalls mit Ottavio keine Zeit mit unnötigen Diskussionen zu verlieren, die er wahrscheinlich ohnehin nicht verstand. »Hast du eigentlich einen Anrufbeantworter?«, fragte sie betont sachlich. »Du solltest dich unbedingt technisch gut auf deine Suchaktion vorbereiten.«

Den vorletzten Abend vor ihrer Rückreise hatte Anna bei Angelina verbracht. Ihr zu Ehren gab es gegrillte Pilze, die Michelangelo in den Wäldern gesammelt und Angelina in ihrem Backofen mit Kartoffeln und viel Petersilie zubereitet hatte. In der Pilzsuppe, die es als ersten Gang gab, hätte Anna baden können.

Am nächsten Morgen war Anna gerade dabei, ihre verschiedenen Taschen für Bücher, Manuskripte, Schuhe, Mitbringsel und Kleider in ihrem Auto zu verstauen, als Ottavio vorbeikam, um sich zu verabschieden.

»Schade, dass du ausgerechnet jetzt fährst, wenn die schönste Jahreszeit beginnt.« Er blickte sie fast verschwörerisch an. »Wenn das Wetter so bleibt, werde ich in ein paar

Tagen meine Oliven ernten. Sobald der Sommer vorbei ist und die vielen Touristen weg sind, ist das Leben hier endlich wieder so wie früher.«

Von ihrer Terrasse aus sah Anna, wie ihr Nachbar Antonio auf den schmalen *piane* unterhalb der Häuser hin- und herlief und Netze zwischen den Olivenbäumen festzurrte. Von oben besehen, schien die ganze Landschaft in einen Schleier aus rosa Netzen gehüllt.

»Wo liegt eigentlich dein Land?«, fragte Anna neugierig, während sie noch ein paar Flaschen Wein aus Angelinas Keller im Kofferraum verstaute.

»Hier drüben, unterhalb der Kirche von San Bartolomeo«, antwortete Ottavio und wies auf den Hügel gegenüber. »Ich bin der Einzige, der dort noch Oliven bestellt, meine Nachbarn sind über achtzig und schaffen es nicht mehr.«

Anna konnte ihre Neugier nicht bremsen. »Angelina hat erzählt, dass du eigentlich gar kein Bauer bist. Sie sagt, dass du früher zur See gefahren bist!«

»Ich bin ein ligurischer Bauer«, sagte Ottavio stolz, »einer, der das Land bestellt und dabei immer das Meer vor sich sieht.«

»Und früher bist du wirklich zur See gefahren?«

»Natürlich, wie alle hier! Zurückgekommen bin ich, als mein Vater gestorben ist. Meine Mutter war allein, und irgendwer musste die Landwirtschaft ja übernehmen.« Ottavio machte eine bedeutungsvolle Pause. »Vielleicht hatte ich die Seefahrerei auch satt und wollte irgendwo ankommen, wo der Boden weniger schwankend war.«

Er lachte vergnügt. »Obwohl man sich hier auf den Steilhängen ja auch immer wie auf schwankendem Boden fühlt und nie so genau weiß, was sich darunter verbirgt.«

Anna warf ihm einen neugierigen Blick zu, seine Worte hatten sie seltsam berührt.

»Wie viel Öl ergibt denn so ein Baum?«, fragte sie und sah in die Sonne. Sie war nahe daran, ihre Abreise zu vergessen.

»Lässt sich schwer sagen. Die kleinen ein, zwei Liter, die größeren viel mehr. Alte Bäume geben bis zu hundert Kilo Oliven. Und pro zehn Kilo Oliven kannst man einen Liter Öl rechnen, wenn man Glück hat, ist es in guten Jahren manchmal sogar mehr. Dafür hängt in schlechten Jahren manchmal gar nichts dran.«

»So viel Arbeit für einen Liter Öl?«, fragte Anna erstaunt.

»Ja, mühsam ist es natürlich. Aber die Bäume kann man anfassen, ihre Rinde berühren, durch die Zweige fahren, in ihrem Schatten sitzen. Ein Olivenbaum schenkt uns Menschen alles, was wir brauchen: Nahrung, Schatten und Holz. Die guten und die schlechten Jahre wechseln sich ab. Dann können sich die Bäume erholen. Und die Menschen auch. Ich finde, die Natur hat das gar nicht so schlecht eingerichtet.«

Anna betrachtete ihren bislang einzigen Olivenbaum, zwischen dessen Zweigen ein paar winzige grüne Früchte hervorblitzten.

»Wer weiß, vielleicht wird sich mein Bäumchen für seine Rettung bedanken und mich mit ein paar Oliven beschenken?«

»Oh ja, kann schon sein«, rief Ottavio fröhlich. »Ich denke oft, dass Olivenbäume eine Seele haben.«

»Und was machst du mit dem Öl?«

»Ein paar Liter gebe ich an Freunde ab, den Rest verbrauche ich. Hier bei uns bauen die meisten nur für den Eigenbedarf an. Sie machen es wie ich nur noch aus Leidenschaft. Leider wurden viele Haine inzwischen aufgegeben, und das hat verheerende Folgen. Denn wenn das Land nicht mehr bestellt wird, brechen auch die Trockenmauern zusammen, weil sie die heftigen Herbstregen nicht mehr aufhalten können. Aber an all diese Dinge denken die jungen Leute gar nicht mehr. Wenn ich mir vorstelle, wie viel jahrhundertealtes Wissen in nur einer Generation verloren gegangen ist! In diesem Tal war jeder Hain bestellt, und jede Familie war stolz auf das Öl, das sie selbst produziert hat. Die jungen Leute verstehen das gar nicht, weil ihre Augen mit Geldscheinen zugeklebt sind«, sagte Ottavio, mit einem Anflug von Trauer in der Stimme.

»Wenn ich mit Maria und Domenica rede, fällt mir auf, ich bin die Einzige, die in Albereto superiore keinen Olivenhain besitzt!«

Ottavio sah Anna fest in die Augen.

»Wahrscheinlich. Aber das kannst du ja leicht ändern.«

Als Anna am nächsten Tag ihr Haus zusperrte und Grigetta, die immer anhänglicher wurde, zu Domenica hinaufschickte, wo die ganze Katzenbande, wie sie inzwischen herausgefunden hatte, in einem alten Holzschuppen schlief, waren die herbstlichen Nebel immer dichter geworden.

In ihrem Kofferraum befanden sich mehrere Flaschen Wein aus Angelinas Keller, zwei Gläser Oliven von Ottavio, ein Glas eingelegte Pilze von Domenica und ein duftender Strauß aus Rosmarin- und Lorbeerzweigen, der sie in München noch ein paar Tage lang an ihren Garten erinnern sollte.

»Woher hast du diesen Wein?«, erkundigte sich Conni, als ihr Anna eines Abends eine Flasche herben Weißwein vorbeigebracht hatte.

»Von meiner Freundin, Angelina. Sie ist spezialisiert auf Zitronenmenüs und Kräutersoßen und kennt viele Gerichte, in denen sich der Geschmack von Erde und Meer verbindet.«

»Ich beneide dich, dass du nach Italien gezogen bist. Hat deine Freundin den Wein selbst gemacht?«

»Nein, aber sie kennt genug Leute, die ihn machen und den Geschmack der Sonne in der Flasche einfangen.«

Wie immer genoss Anna die Annehmlichkeiten des Stadtlebens, die Zentralheizung in ihrer Wohnung, anstatt Holzscheite zu schleppen, das warme Wasser, das mühelos aus der Leitung kam, und die Nähe zum Supermarkt, in dem es jederzeit Tofu und Sojajoghurt gab. Und die Nähe zu ihren Freundinnen: Conni und Rita luden sie manchmal zum Espresso oder zum Abendessen ein.

Doch schon nach ein paar Tagen, noch früher als sonst, sehnte sich Anna nach Albereto zurück, nach dem leise knisternden Kaminfeuer, ihren schnurrenden Katzen und dem weiten Blick über das Meer.

Schließlich musste Anna mehrere Anläufe nehmen, bis sie die Anzeige per Mail Anfang November aufgab. In ihrem Begleitschreiben, das gar nicht notwendig gewesen wäre, betonte sie, dass die Anzeige für einen Freund in Italien sei. Die Zeitung hatte eine ziemlich lange Vorlaufzeit, sodass die Anzeige im Februar erscheinen würde. Vielleicht hätte Ottavio schon eine neue Liebe zum Frühlingsbeginn. Die Rechnung über 47 Euro hob sie auf. Am Ende rief gar keine an, und er könnte glauben, dass sie nie eine Anzeige aufgegeben hatte!

Am Abend ging Anna nach langer Zeit wieder einmal mit Conni im Englischen Garten spazieren.

»Wie hast du dich denn eigentlich eingerichtet in diesem Albereto?«

»Na ja, an meinem Dach fehlen zwei Ziegel, an deren Stelle sich ein kecker Farn breitgemacht hat.« Anna lachte und dachte daran, ob Michelangelo vielleicht gerade oben in ihrem Haus war und versuchte, ein paar Schäden zu reparieren.

»Wenn es regnet, dringt das Wasser unter der Tür der Veranda durch, und die Deckenbalken sind ein bisschen von den Holzwürmern angenagt. Trotzdem liebe ich mein Haus, das Dorf und vor allem die Menschen.«

Anna streckte ihr Gesicht dem leichten Nieselregen entgegen.

»Weißt du, für mich ist ein Haus ohne Katze kein Haus. Und außerdem habe ich beschlossen, mein Land zu bestellen.«

Sie vermied es, Conni in die Augen zu sehen und sie zu fragen, wie es sich anfühlte, ohne einen Partner und mit ihrer kranken Großmutter zu leben. Stattdessen sagte sie: »Seitdem ich Ottavio kenne, fällt mir auf, wie viele meiner Freundinnen und Freunde alleine leben.«

»Es ist eben nicht mehr so einfach wie früher, wo man auf ein Fest ging und sich einfach gefiel«, meinte Conni resigniert.

»Und warum nicht? Ottavio ist siebenundfünfzig und hat sich auf die Suche nach Liebe gemacht«, antwortete Anna.

»In diesem Alter haben die meisten von uns eine gescheiterte Beziehung hinter sich«, erwiderte Conni nachdenklich. »Sie reisen, pflegen ihre Interessen und Freundschaften und haben es sich im Leben bequem gemacht. Was will man mehr?«

»Ja, aber gehört die Liebe nicht auch dazu? Zugegeben, die meisten Frauen sind inzwischen zu selbstständig, um faule Kompromisse einzugehen. Es gibt kaum noch Frauen, die wirtschaftlich von einem Mann abhängig sind. Aber das ist doch noch lange kein Grund, alleine zu sein!«

Anna sah Conni an, dass sie sich noch nie darüber Gedanken gemacht hatte. Vielleicht gönnte sie sich so viel Glück einfach nicht? Schweigend gingen sie eine Weile nebeneinanderher.

»Und dieser Ottavio, magst du ihn eigentlich?«, fragte Conni.

»Ob ich ihn mag? Ich weiß nicht. Für meinen Geschmack ist er ein bisschen zu sehr Naturbursche. Wenn er weniger traurig wäre, sähe er wie einer dieser gut aussehenden Typen in Piratenfilmen aus. Aber ich bewundere ihn für seine Offenheit, und er lenkt mich von meiner eigenen vergangenen Liebe ab.«

Zugegeben, dieser Ottavio hatte neue, gefährliche Gedanken bei ihr ausgelöst. Hatte sie nicht selbst schon lange Zeit ohne Liebe gelebt? Und wie viele Menschen aus ihrer Umgebung, Männer und Frauen, lebten über lange Jahre so, ohne überhaupt einen Mangel zu empfinden? Manchmal glaubte man, die Liebe oder was man dafür hielt, gefunden zu haben. Aber lebte man nicht sofort in der Angst, sie wieder zu verlieren? Konnte es denn überhaupt dauernde Sicherheit geben, die nicht zulasten der Leidenschaft ging?

»Vielleicht hast du recht, und es ist auch nicht schlecht, allein zu sein, in jedem Fall weniger anstrengend«, sagte Anna, während ihr ein paar Regentropfen auf die Nase fielen.

»Ich erinnere mich noch gut, wie sehr du in diesen anderen Ottavio verliebt warst«, entgegnete Conni. »Aber eigentlich hast du doch einen Mann in der Schublade geliebt. So nennt man das wohl doch, wenn ein nicht gelebter Traum zur Projektionsfläche wird.«

Anna musste an sein Lächeln denken, seine klugen, dunklen Augen. Sicher war es damals auch für den ersten Ottavio, ihre große Liebe, schwierig, sich dieser beginnenden Liebe zu entziehen, dachte sie, aber schließlich war er ein verheirateter Mann.

»Einmal habe ich mit ihm über Männer und Frauen gesprochen. Seitdem Frauen wirtschaftlich unabhängig sind, mussten Männer an Frauen Macht abgeben, und viele haben sich schwergetan. Die meisten Männer haben nicht verstanden, dass Macht abgeben eine Bereicherung ist. Er meinte, das sei der wirkliche Grund, warum viele patente Frauen alleine leben.«

»Und bei solchen Äußerungen bedauerst du es immer noch, dass ihr kein Paar geworden seid?«, erkundigte sich Conni.

»Nicht mehr. Aber ich glaube, du hast recht. Der andere Ottavio war der Mann in der Schublade gewesen.«

Frierend und in ihren schwarzen Anorak gehüllt, kam Anna an diesem Abend in ihre Wohnung zurück.

Sie nahm sich vor, irgendwann einmal, wenn sie den neuen Ottavio besser kannte, mit ihm über diese komplizierten Beziehungen zwischen Männern und Frauen zu sprechen.

KAPITEL 2

Die Suche beginnt

»Ich weiß nicht, was mit dir los ist, aber seitdem du in diesem italienischen Bergnest wohnst, fallen dir einfach keine interessanten Plots mehr ein!«

Gregor Findhammer rutschte unruhig auf seinem Designerstuhl hin und her. Sein Büro am Englischen Garten war edel und gediegen eingerichtet: Viel Plexiglas und Stahl, die Möbel schwarz und grau, minimalistische Kunst an den Wänden. Findhammer verbrachte die meiste Zeit des Tages in seinem Büro und las Drehbücher, von denen die allermeisten eine unablässige Qual für ihn darstellten. Noch mehr als verschrobene Plots und schlecht gezeichnete Hauptdarsteller hasste Findhammer banale Dialoge, die auf billige Effekthascherei angelegt waren. Anna war seine beste Autorin, sie hatte es bislang geschafft, alle hinter alltäglicher Freundlichkeit verborgenen Gemeinheiten der Gesellschaft in unterhaltsame Krimiplots zu fassen, die seiner Produktionsfirma schon seit Jahren ein sicheres Einkommen verschafften. Von dem konnte sich Findhammer teure italienische Möbel und braune Anzüge kaufen. Daneben produzierte er, wie Anna fand, belanglose Komödien, die nicht annähernd an ihre Erfolge heranreichten.

Für das Treffen mit ihrem Produzenten hatte sich Anna sorgfältig geschminkt und ihr schönes, weinrotes Kleid angezogen, weil sie wusste, dass die Farbe ihm an ihr gefiel. Eine Stunde im Bad, dachte sie, als sie ihre Wohnung am späten

Vormittag verließ, was für eine Zeitverschwendung! In Albereto wäre ihr das nicht passiert. Aber für Gregor wollte sie sich heute schön machen. Eigentlich war ihr Produzent ein Mann, in den sie sich hätte verlieben können. Aber falls die große Vertrautheit zwischen ihnen manchmal nach einer beginnenden Liebesgeschichte ausgesehen hatte, so war sie jetzt so weit davon entfernt wie nie zuvor. Gregor Findhammer, Mitfünfziger mit randloser Brille und feinen Gesichtszügen, rutschte unruhig auf seinem Stuhl hin und her. Annas letzter Entwurf, die Geschichte der beiden rivalisierenden Schwestern, die aus Eifersucht zu Mörderinnen wurden, gefiel ihm zwar als Idee. Die ziemlich komplizierten Dialoge überzeugten ihn aber nicht im Mindesten. Anna beobachtete ihn, wie er nervös an seinen Ärmeln nestelte.

»Eigentlich möchte ich gar keine Krimis mehr schreiben, sondern eine Liebesgeschichte«, durchbrach sie die angespannte Stille.

Sofort hob Gregor Findhammer abwehrend beide Hände. Warum muss er eigentlich so schreckliche braune Anzüge anhaben?, dachte Anna, war mir früher nie aufgefallen.

»Hör bloß auf damit, Liebesgeschichten sind pathetisch. Und Pathos mag ich nicht.«

Anna warf einen abschätzigen Blick auf die Designermöbel.

»Aber du weißt ja gar nicht, womit ich mich gerade beschäftige!«

Findhammer sah sie an, als wollte er es auch gar nicht hören.

»Anna, ich verstehe dich nicht. Du hast alle wichtigen Preise abgeräumt, Anna Gutroth ist einer der besten Namen in der Branche. Komm mir jetzt nicht mit irgendeiner albernen Liebesgeschichte daher.«

Obwohl sie sich in Findhammers Büro zunehmend unwohl fühlte, sah ihm Anna unbeirrt in die Augen.

»Ich wollte dir ja nur erzählen, dass ich eine Anzeige aufgegeben habe, für jemanden, der auf der Suche nach Liebe ist.« Anna versuchte ein gewinnendes Lächeln. »Und seitdem beschäftigt mich das Thema.«

Gregor Findhammer hielt es nicht mehr auf seinem Stuhl. Wie ein aufgeregtes Rumpelstilzchen tanzte er um Anna herum.

»Anna, begib dich bitte nicht auf Irrwege! Dein letzter Krimi war großartig! Ein Mafiaboss, der sich in die Frau seines Konkurrenten verliebt, im Streit ihren Bruder umbringt und einen Gesinnungswandel erlebt – Liebe, Verbrechen, Katharsis, mit Opfern natürlich. So was wollen die Leute sehen! Eine pechschwarze Geschichte, die alle Laster einer oberflächlichen und geldgierigen Gesellschaftsschicht widerspiegelt.«

Erschöpft setzte sich Findhammer wieder hinter seinen Schreibtisch und stützte mit unglücklicher Miene beide Ellbogen auf. »Und jetzt hast du dich auch noch in diesem ligurischen Nest verkrochen, dessen Namen ich mir noch nicht einmal merken kann!«

»Albereto, genauer gesagt Albereto superiore, 380 Meter über dem Meer. Mit mir sechs Menschen, ebenso viele Katzen, ein paar Wildschweine, was bedeutet, dass die Vierbeiner in unserem Weiler zahlreicher als die Zweibeiner sind.« Anna lachte vergnügt, während Gregor Findhammer irgendwie erschöpft aussah.

»Was macht eine Frau wie du da eigentlich? Das Leben in so einem Dorf muss doch todlangweilig sein.« Erschöpft wischte er sich den Schweiß von der Stirn. »Ich glaube, ich muss dich mal besuchen, um zu sehen, in welchem Winkel der Welt du dich da verkrochen hast.«

»Gerne«, lachte Anna, »mein Rotwein würde dir wahrscheinlich hervorragend schmecken.«

Anna stellte sich ihren Produzenten vor dem Kamin vor, mit Grigetta, die ihm, energisch miauend, den blauen Sessel streitig machte, oder mit Poldo, dem Kampfkater, der um Mitternacht umsorgt werden wollte. Sie gab sich Mühe, nicht loszuprusten, und blickte angestrengt auf seinen Schreibtisch, um ihm nicht ins Gesicht zu lachen. Komisch, dieser Eisenrahmen um den Holztisch, da muss er doch kalte Ellbogen kriegen. Also deshalb ist er oft so schlecht gelaunt! Wenn man genau hinsah, ging die schlechte Stimmung der Menschen manchmal auf ganz einfache Ursachen zurück. Plötzlich wurde Anna von heftigem Heimweh gepackt. Hastig sprang sie auf. Es war zwar erst Anfang Februar und auch in Albereto sehr kalt. Aber trotzdem stand seit ein paar Tagen ihr Koffer gepackt bereit.

»Danke, dass du mich an meine Abreise erinnert hast. Ich fahre in ein paar Tagen und muss noch Geschenke besorgen. Ich dachte an ein zitroniges Parfüm für Angelina, die Ende Februar Geburtstag hat, passend zu ihren Gerichten. Und meiner Nachbarin Domenica habe ich einen gedeckten Apfelkuchen versprochen. Das ist doch typisch deutsch, findest du nicht? Fast genauso wie breite Wohnzimmerschänke und am Sonntag ›Tatort‹ sehen. Oder wie in der prallen Sonne draußen essen. Kein normaler Italiener käme auf eine so absurde Idee.« Lächelnd wandte sich Anna zur Tür. »Außerdem habe ich jetzt eine Kampfkatze, für die ich noch eine Wurmkur und ein Desinfektionsmittel besorgen muss. Hier in München gibt es ja immerhin eine Apotheke für Tiermedizin, in südlichen Ländern ist man von solcher Sorge um Vierbeiner noch weit entfernt. Jedenfalls für die, die nicht im Kochtopf landen. Du erinnerst dich nicht zufällig, in welcher Straße die Apotheke war?«

Gregor Findhammer sah Anna entgeistert an.

»Ich weiß überhaupt nicht …«

Anna hatte schon die Türklinke in der Hand.

»Macht nichts, du musst gar nichts sagen«, rief Anna, froh, gleich draußen zu sein. »Ich glaube jedenfalls, dass die Leute auch mal etwas anderes sehen wollen als diese Mordgeschichten. Vielleicht möchten sie zur Hauptsendezeit etwas von den wirklich wichtigen Dingen des Lebens erfahren, meinst du nicht?« Sie machte eine Pause. »Ja, schau mich nicht so entgeistert an. Von der Liebe zum Beispiel, von der Freundschaft, vom Leben in der Natur. Es wäre doch Zeit, zurück zu unseren Wurzeln zu finden. Vielleicht solltest du einen Film darüber machen, wie unsere Gesellschaft immer mehr auseinanderdriftet, wie sorglos wir mit den wenigen Ressourcen umgehen, die uns noch geblieben sind. Und abgesehen davon, manche ertrinken in Geld, und andere wühlen im Müll, um Essen zu finden. So kann es doch nicht ewig weitergehen! Bevor ich nicht herausgefunden habe, was für mich selbst wichtig ist, bleibe ich in Albereto bei meiner Dreierbande.«

Mit einem Satz war Anna nach draußen gesprungen.

Völlig verständnislos sah Gregor Findhammer ihr nach.

»Kampfkatze? Dreierbande?«, murmelte er noch und zupfte nervös an den Ärmeln seines Anzugs.

Auf dem Weg in ihre Wohnung ging Anna noch im Zeitschriftenladen vorbei, die neue Nummer von »Erde und Korn« musste inzwischen erschienen sein. Hastig schlug sie die Seite mit den Kontaktanzeigen auf.

»Naturverbundener Italiener, 57, mit kleinem Landgut im Hinterland der ligurischen Küste, sucht gleichgesinnte Partnerin für respektvolle Freundschaft.«

Anna musste lächeln, als sie den Text las. Respektvolle Freundschaft, war es nicht das, was sich fast alle Frauen wünschten? Egal, ob sich eine melden würde oder nicht, der Text, den sie ganz spontan geschrieben hatte, gefiel ihr immer noch.

Einen Augenblick lang dachte sie, bei Conni vorbeizufahren, überlegte es sich aber doch anders, weil die Stimmung in Connis Wohnung oft erdrückend war. Anna machte sich Sorgen um ihre Freundin, weil sie so viele Kompromisse einging, die in ihren Augen gar nicht notwendig gewesen wären. Die Großmutter, die Conni zu sich genommen hatte, hatte doch um die Ecke gewohnt, warum hatte sie in Connis Wohnung, die dafür viel zu klein war, umziehen müssen? Anna kam es vor, als hätte Conni ganz auf ein eigenes Leben verzichtet. Die Großmutter, die trotz ihrer einundneunzig sehr gut aussah, hatte ihr Leben gelebt und war noch mit achtzig auf Stöckelschuhen jeden Freitag in einen Tanzklub getorkelt. Als die Großmutter jung war, hatte es die Großfamilie sicher noch gegeben, aber heute war sie eine ferne Illusion, denn die Lebensbedingungen hatten sich viel zu sehr davon entfernt. Anna kam Connis Entscheidung wie ein Opfer vor, das viel zu groß für die Kräfte einer einzelnen Frau war, die in Connis Fall auch noch schmal, blond und zierlich war.

Anna hatte gerade ihre Wohnung aufgeschlossen, als das Telefon klingelte. Ottavios Stimme überschlug sich fast vor Aufregung.

»Stell dir mal vor, drei haben schon angerufen! Aber sie sprechen so schnell, dass ich gar nicht alles verstehen kann. Ich spiel dir das Band mal vor.«

Trotz ihrer angeborenen Diskretion, die ihr Zurückhaltung gegenüber dem Liebesleben anderer Leute auferlegte, konnte Anna ihre Neugier kaum bremsen.

Die drei Frauen, die sich bei Ottavio gemeldet hatten, hatten sympathische Stimmen, voller Erwartung und Hoffnung auf diesen unbekannten Mann, der in dem fremden Land zwischen Hügeln und Meer lebte.

»Ich rufe an, weil mir deine Anzeige gefallen hat«, sagte Ingrid, »ich wohne in Tübingen und bin Krankenschwester. Respekt und Freundschaft, das ist genau das, was ich bei einem Mann gesucht und noch nie gefunden habe. Wenn du auch interessiert bist, schicke ich dir ein Foto von mir.«

»Hast du gehört? Sie hat wegen der Anzeige angerufen«, sagte Ottavio triumphierend und drückte auf Stopp.

»Wegen was denn sonst?«, bemerkte Anna trocken. Ein bisschen bewunderte sie die Anruferinnen. Hätte sie auch den Mut gehabt, einen wildfremden Mann in Italien anzurufen?

»Hier ist Lisa. Ich wohne in einem kleinen Dorf bei Saarlouis und fahre diesen Sommer in die Toskana. Auf dem Rückweg könnte ich dich besuchen. Ich möchte auf dem Land leben, irgendwo, wo immer die Sonne scheint und es nicht so kalt und grau ist wie hier. Und wo mir das Essen besser schmeckt.« Sie lachte ein bisschen, bevor sie den Hörer auflegte. Es war ein fröhliches, ansteckendes Lachen.

»Ich bin Liana. Früher habe ich mit meinem italienischen Mann in Südtirol gelebt. Seit zwei Jahren bin ich geschieden und inzwischen in Pension. Ich würde gerne mit dir Kontakt aufnehmen.« Lianas Stimme gefiel Anna am besten. Sie klang sanft, aber entschieden, so, als hätte sie viel erlebt und einiges hinter sich gelassen.

Ottavio konnte seine Freude kaum fassen.

Die Anzeige hatte also funktioniert! Anna war selbst ganz überrascht. Ottavio würde hoffentlich bald eine Frau finden, und sie wäre ihn und die ganze Geschichte los.

Die Tage bis zu ihrer Abreise vergingen schnell, mit Essenseinladungen bei ein paar Freundinnen, die Anna mit einer gewissen Teilnahmslosigkeit über sich ergehen ließ. Conni hatte Spaghetti mit Krabben in Sahnesoße gekocht und ihre Freundinnen Astrid und Lena dazu eingeladen. Angelina hätte kommentiert, dass Sahne vielleicht in Kuchen, aber nicht ins Essen gehört, jedenfalls in Ligurien war das so. Aber was sollte man machen, wenn es keine Kräuterbüsche ums Haus gab, die jedem Gericht einen unnachahmlichen Geschmack verliehen? Anna wusste schon, wie der Abend verlaufen würde: Astrid würde zum hundertsten Mal erzählen, dass ihr Mann sie vor fünf Jahren betrogen und sie ihn daraufhin verlassen hatte. Nein, nein, das konnte sie nicht ertragen, hatte sie bisher bei jedem Treffen mit weinerlicher Stimme erzählt. Lena würde über ihren langweiligen Mann klagen, der im letzten Jahr sogar den Hochzeitstag vergessen hatte.

Obwohl sich Conni Mühe gab, eine gute Gastgeberin zu sein, wurde Anna den Gedanken an die Großmutter nicht los, die im Nebenzimmer schlief. Von der Sahne abgesehen, kochte Conni ziemlich gut, aber den Vergleich mit Angelinas Köstlichkeiten hielt sie nicht stand. Nur Gregor Findhammer hatte sich nicht gemeldet und Anna nicht mehr, wie sonst, zu seinem Lieblingsitaliener zum Abendessen eingeladen.

Ein paar Tage später rief Ottavio wieder an, seine Stimme klang leicht gereizt. »Deine Anzeige hat wohl voll ins Schwarze getroffen. Tag und Nacht rufen bei mir wildfremde Frauen an, mit Namen, die ich mir gar nicht mehr merken kann! Wenn es so weitergeht, halte ich es bald nicht mehr aus.«

»Was heißt hier ›meine‹ Anzeige!«, protestierte Anna entschieden. »Ich habe sie zwar geschrieben, aber du hast wohl vergessen, dass es deine Idee war!«

Ottavio lachte verlegen. »Ja, natürlich, es war meine Idee.«

Seine Einsamkeit hatte sich innerhalb von wenigen Tagen offensichtlich ins Gegenteil verkehrt.

»Gestern rief eine an, die einen Film von unserer Küste gesehen hat. Jetzt will sie sofort hierherkommen, aber sie spricht kein Wort Italienisch! Wie soll das denn funktionieren?«

»Dann sag ihr einfach ab.«

»Ja, schon. Aber was, wenn genau die die Frau meines Lebens ist?«

»Das Leben ist ein Abenteuer, das weißt du doch! Ein Risiko muss man immer eingehen, und das Schicksal spielt sowieso immer mit. Jedenfalls wenn es sich gut anfühlt, dieses Leben.« Einen Augenblick lang dachte Anna an ihr eigenes Leben, das zurzeit hauptsächlich aus Arbeit bestand. War sie eigentlich zufrieden damit? »Inzwischen haben mir auch einige geschrieben, manches kann ich gar nicht entziffern.« Er seufzte leise, als sei ihm das Herz plötzlich ganz schwer. Also war Ottavio zur Projektionsfläche für die geheimen Wünsche all dieser Frauen geworden, dachte Anna.

»Wann kommst du eigentlich zurück? Ich meine ja nur, damit ich dir die Post zeigen kann.«

»Wahrscheinlich nächste Woche, mein Auto ist schon gepackt.«

»Gut, dann sehen wir uns, und ich kann endlich in deinem Garten anfangen.« Er machte eine kleine Pause. »Übrigens, eine hat sich schon zur Olivenernte angemeldet, weil sie so gern Landarbeit macht. Sie hat mir geschrieben, dass sie sich nach archaischen Gesten sehnt.« Er lachte kurz auf. »Archaische Gesten. Ich weiß zwar nicht, ob man die ganze Plackerei so nennen kann. Aber sie kann es im nächsten Herbst ja mal ausprobieren. Ich hoffe, du bist dann auch dabei.«

»Den ganzen Winter hast du es dieses Mal ja nicht in der Stadt ausgehalten«, lachte Angelina, als Anna Mitte Februar, spätabends und fröstelnd, wieder in Albereto ankam.

»Ich bin vor dem Fasching geflohen«, murmelte Anna, erleichtert, zurück in Albereto zu sein, und stellte ihren schwarzen Rucksack mit dem neuen Notebook auf den Küchentisch. Sie hatte sich vorgenommen, damit nur noch Texte zu schreiben, die ihr wirklich am Herzen lagen.

»Die Faschingswoche war für mich schon immer die unerträglichste Zeit im ganzen Jahr. Hast du mal Fasching in der Großstadt erlebt? Menschen, die sich betrinken und absurde Gewänder anziehen. Ich hasse es.«

Angelina blätterte in einem zerfledderten handgeschriebenen Kochbuch. »Lass den Leuten doch ihre Freude! Ich würde jedenfalls gerne mal mit einer Maske vorm Gesicht durch Albereto gehen.« Sie schlug eine Seite um.

»Ja, genau, Kürbisse passen zu Orangen, das bringt mich auf eine Idee. Ich könnte etwas Orangenschale in mein Kürbisrisotto reiben. Und hier, Orangentarte mit feiner Creme, das muss ich ausprobieren.«

»Angelina, es ist schrecklich mit dir, du denkst einfach nur ans Kochen! Ich wundere mich immer, wie du so schlank geblieben bist.« Anna zog ihre dicke Jacke aus und setzte sich an Angelinas Küchentisch.

»Macht doch Spaß. Und die wild wachsenden Orangen kann man doch nicht auf den Bäumen verfaulen lassen. Aber jetzt iss erst mal was.« Anna stürzte sich geradezu auf den Teller, den ihr Angelina auf den Marmortisch gestellt hatte.

»Was du kochst, schmeckt nach Land und Meer. Jetzt weiß ich, was mir in München trotz der vielen Esseneinladungen gefehlt hat.«

»Du übertreibst, wie immer. Spaghetti *alle erbe*, etwas Zitronensaft, Rosmarin, Salbei, Thymian und Majoran, gewürzt mit Pfeffer und viel Parmesan, einfacher geht es nicht.«

»Schmeckt jedenfalls köstlich. Sobald ich an deinem Küchentisch sitze, bin ich wieder mit der Welt versöhnt«, seufzte Anna.

»Und du magst Fasching wirklich nicht? Als was warst du denn als Kind verkleidet?«, fragte Angelina neugierig und schrieb ein paar Zutaten für den Orangenkuchen in ihr Kochbuch mit dem Rosenumschlag.

»Als Glücksrad! Mit einem runden Rock aus vierundzwanzig bunten Streifen, echt Kunstseide, und einem spitzen Hut!«

»Und was wärst du gerne gewesen? Lass mich raten: Piratin oder Prinzessin?«

»Na, Piratin natürlich! Kannst du dir eine Frau vorstellen, die so wenig Prinzessin ist wie ich?«

»Du Arme«, bedauerte Angelina aufrichtig. »Also das ist der Grund, dass du Fasching nicht magst! Ich finde, ein Prinzessinnenkleid hätte gut zu dir gepasst!«

»Ich eine Prinzessin?« Annas Stimme klang fast erschrocken. »Hör bloß auf.« Sie dachte an ihr wenig prinzessinnenhaftes Leben, an all die Mühe, die sie vieles in ihrem Leben gekostet hatte. »Prinzessinnen dürfen Hof halten und egoistisch sein. Ich bin so ziemlich das Gegenteil.«

»Dann wird es Zeit, dass du es mit ein bisschen Egoismus ausprobierst. Lass einen Mann deine Probleme lösen, die technischen wohlgemerkt. Er wird überglücklich über seine Prinzessin sein. Aber jetzt trink erst mal ein Glas Wein.«

»Das mag ich an den Menschen in Albereto«, sagte Anna nach dem ersten Schluck von Angelinas herbem Weißwein, als sie Fasching schon wieder vergessen hatte, »ich könnte einen Monat oder ein ganzes Jahr verschwinden, und wenn ich zurückkomme, heißt es, setz dich hin und trink ein Glas. Es wird mir einfach warm ums Herz, und es ist, als wäre ich nie weg gewesen.«

»Ja, so ist das hier! Vielleicht hat das mit den früheren Zeiten zu tun, als ein Teil der Männer immer auf See unterwegs war. Und was das Prinzessinnenleben anbetrifft, hast du nicht gemerkt, dass sich alle deine Nachbarinnen wie wahre Königinnen bewegen?«, sagte Angelina. »Stimmt eigentlich«, sagte Anna und dachte daran, wie stolz und aufrecht ihre Nachbarinnen über die Hügel gingen.

»Übrigens danke, dass ich auch heute in deinem wunderbar geheizten Gästezimmer übernachten darf.«

Wie immer, wenn Anna nach der langen Fahrt spätabends ankam, hatte sie Angelina gebeten, die erste Nacht bei ihr verbringen zu dürfen. Sie mochte es nicht besonders, bei Dunkelheit in ihrem ungeheizten Haus anzukommen. Ein zweiter Dachziegel war kaputtgegangen, und unter der Terrassentür hatte es hereingeregnet, das hatte ihr jedenfalls Domenica am Telefon mitgeteilt, nichts, mit dem sie am ersten Abend konfrontiert sein wollte.

Plötzlich verspürte Anna das Bedürfnis nach frischer Luft.

»Lass uns rausgehen.«

In dicke Anoraks gepackt, betrachteten die beiden Frauen von Angelinas Dachterrasse aus das riesige Sternenzelt, unter dem sich das Dorf und das Meer ausbreiteten.

»Ich bin froh, dass ich wieder hier bin. Sonst genieße ich zwar das Münchner Leben, aber dieses Mal habe ich mich fast fremd gefühlt. Schau mal, eine Sternschnuppe! Michelangelo sagt, nirgendwo auf der Welt gibt es so viele Sternschnuppen wie hier«, freute sich Anna.

»Oder die Luft ist einfach klarer, sodass man sie leichter sehen kann!«, lachte Angelina.

»Und dabei wüsste ich noch nicht einmal, was ich mir wünschen sollte! Das Wichtigste, mein Haus, habe ich ja schon«, sagte Anna ernst.

Angelina sah ihre Freundin neugierig an. »Du hast dich irgendwie verändert, seitdem du Hausbesitzerin geworden bist.«

»Ach ja?«

»Ja, vielleicht kommt es mir auch nur so vor, weil du irgendwie bodenständiger geworden bist.«

Anna wusste nicht, was sie auf Angelinas Bemerkung antworten sollte. »Meinst du, dass man sich auch in eine Landschaft verlieben kann?«, fragte sie.

»In die Landschaft oder in das Lebensgefühl hier, das natürlich auch mit der Landschaft zusammenhängt. Im Winter spürt man das besonders, weil dann die Menschen wieder den Gesetzen der Natur ausgeliefert sind. Irgendetwas von diesem Verhältnis zum Meer und zum Land ist wohl in den Genen der Leute erhalten geblieben«, erwiderte Angelina nachdenklich.

Sie schenkte den letzten Rest Vermentino in die bauchigen Gläser mit blauem Stiel, die sie mit nach draußen genommen hatte.

»Als ich mit Bruno vor zehn Jahren hierhergezogen bin, sagte er immer, die Leute sind dickköpfig und ein bisschen unbezähmbar wie das Meer, das ihnen das Land immer wieder wegzunehmen droht. Im Sommer spürt man es nicht wirklich, dafür umso mehr in der kalten Jahreszeit, wenn die Winterstürme die Küste entlangpeitschen. Früher haben die Leute hier überlebt, weil sie zusammengehalten haben. Wenn du genau hinsiehst, merkst du, es ist immer noch so.«

»Im Winter kommt mir der Alltag hier allerdings ziemlich beschwerlich vor«, fand Anna und dachte an ihr kaltes Haus und die kaputten Dachziegel, und sicher hatten auch ihre Pflanzen gelitten. Umso mehr freute sie sich auf das gemütliche Gästezimmer von Angelina, das mit einfachen alten Möbeln, einer blau gemusterten Bettdecke und blauen Vorhängen eingerichtet war. »Aber ich kann mir schon vorstellen, wie es sich anfühlt, wenn man die Hindernisse der Natur gemeinsam besiegt hat.«

Am nächsten Morgen war Anna froh, wieder in ihrem Haus zu sein, ihre Katzen waren es auch. Alle drei kamen auf der Stelle angesprungen, als sie die Haustür offen stehen sahen. Grigetta hatte sich vor den kalten Kamin gesetzt und eine ausgedehnte Schimpftirade gehalten.

»Ist ja gut«, sagte Anna beschwichtigend, und holte ein paar Holzscheite und eine Dose Katzenfutter.

»Beruhig dich wieder. Dafür bleibe ich jetzt länger hier.«

Es dauerte eine geschlagene halbe Stunde, bis Grigettas Ärger besänftigt war und sie, als wäre nichts geschehen, ihren Lieblingsplatz im blauen Sessel einnahm. Allerdings würdigte sie Anna immer noch keines Blicks. In der Nacht war es zwar noch kalt, aber am nächsten Morgen, als auch Grigetta wieder besser gelaunt war, setzten sich die Sonnenstrahlen zwischen den Hügeln fest und hüllten die ganze Landschaft in ein wärmendes Licht. Nur manchmal tauchte eine graue Wolke auf, die griesgrämig zusehen musste, wie ihr ein paar vorwitzige rosa Wölkchen vor der Nase herumtanzten.

Als Ottavio am späten Nachmittag die Steintreppe herunterkam, war ihm die gute Laune schon von Weitem anzusehen. Anna hatte noch rasch einen Blick in den Spiegel geworfen. Sobald sie in Albereto lebte, sah sie mit ihren grob gestrickten Pullovern selbst wie eine Bäuerin aus. Sie beschloss, wenigstens ihre silbernen Ohrringe anzulegen, die sie in der Stadt immer trug. Ottavio begrüßte sie lächelnd, auch Anna freute sich, ihn wiederzusehen. Seine ausgeleierte Jeans hatte er durch eine neue, hellbraune Cordhose und seine verwaschenen T-Shirts durch einen dunkelblauen Pullover ersetzt, was ihm beides ausgesprochen gut stand. Stolz knallte er einen Stapel Briefe auf den Tisch, die er aus der Tiefe seines roten Rucksacks hervorgeholt hatte.

»Du solltest mal sehen, was für ein Gesicht der Briefträger gemacht hat: Schon vierzehn Briefe, so viel habe ich zuvor in zwei Jahren nicht bekommen!«

Offensichtlich tat es ihm gut, von seiner Umgebung nicht nur als einsamer Wolf wahrgenommen zu werden.

Anna lachte. »Wahrscheinlich wird er sich bald beschweren, dass er auf deiner holprigen Straße alle paar Monate einen neuen Satz Reifen braucht. Sagt jedenfalls mein *postino*, Renato, obwohl er wegen meinen Briefen nur dreimal die Woche herauffahren muss.«

»Hier, schau mal, Briefe von zwei Krankenschwestern und einer Altenpflegerin, die alle ihr Leben ändern wollen. Hier, der Brief stammt von einer Sprachstudentin, die nach Italien ziehen will.« Ottavio kramte aufgeregt in seinem Rucksack. »Hier, die ist Psychologin, sie schreibt, dass sie eine Auszeit braucht. Und die da ist Sängerin, sieh mal das Foto, diese strahlenden Augen, sie ist wirklich sehr hübsch.«

»Ja, die sieht mit ihren blauen Augen wirklich sehr gut aus.«

Anna war beeindruckt. Wieso findet eine so schöne Frau keinen Mann und muss ihn über eine Kontaktanzeige suchen, dachte sie. »Offensichtlich ist die Welt voller Menschen, die alleine leben und dies ändern wollen. Aber nicht alle haben deinen Mut, es zuzugeben.« Ottavio warf ihr einen vielsagenden Blick zu. Eigentlich gilt das auch für dich, las Anna darin. Sofort wandte er sich wieder seinen Briefen zu.

»Hier, hör mal, der Brief von Corinna: ›Lieber Ottavio, gerade habe ich deine Anzeige gelesen und stelle mir alle Blautöne des Meeres vor: Welche Farbe es hat, wenn du morgens nach Sonnenaufgang über die Felder gehst, die Sonne und den Wind spürst und eins mit dir selbst bist? Du glaubst nicht, wie sehr ich dich beneide! Lange habe ich mit kranken, alten Menschen gearbeitet, ihnen all meine Energie gegeben. Meine beiden Kinder, Luisa und Johann, sind erwachsen und besuchen die Universität. Nun sehne ich mich nach einem Leben, in dem ich meine Kraft und meine Lebensfreude wiederfinden kann.‹«

Ottavio machte eine Pause und sah Anna erwartungsvoll an. Aber Anna hatte es die Sprache verschlagen. Dann kramte er wieder in seinem Rucksack.

»Hier, hör mal, die schreibt mir aus Berlin: ›Lieber Ottavio, als ich deine Anzeige las, fiel mir zuerst ein, wie lange ich schon nicht mehr am Meer gewesen bin! Ich möchte so gerne wieder in einem warmen Land leben, wo es nicht nur grau ist und die Menschen freundlich und herzlich sind. Vielleicht kann die Freundschaft zu dir mir diesen Weg bahnen. Ich bin fünfundfünfzig, meine Freundinnen haben die Hoffnung auf die Liebe längst aufgegeben. Deine Anzeige hat mir wieder Mut gemacht. Ich freue mich auf deine Antwort.‹«

Ottavio faltete den letzten Brief zusammen.

»Der Text der Anzeige hat ja offensichtlich ins Schwarze getroffen«, bemerkte er zufrieden.

»Auffallend viele Krankenschwestern und Altenpflegerinnen«, stellte Anna fest. »Irgendwie ist allen, die dir geschrieben haben, nicht wirklich warm ums Herz, findest du nicht?«

»Ich würde sagen Burn-out, was ja auch ein ziemlich klares

Bild auf die heutige Gesellschaft wirft«, entgegnete Ottavio trocken.

So wie früher Ottavios Einsamkeit, so berührten Anna nun die Briefe der Frauen. Es bewegte sie, wie viele Menschen auf der Suche nach Liebe waren. Auch die anderen elf Briefe begannen mit dem Meer und bahnten sich langsam den Weg zu dem Mann. Das Meer? Seine Unendlichkeit, sein Geheimnis, das Gefühl von Fremdheit und gleichzeitig Geborgenheit, das es bei all seiner Unfassbarkeit auslöste. Man konnte es spüren, hineingleiten, sich ihm überlassen, und doch blieb es ein Mysterium, dachte Anna. War es nicht ein Synonym für die Liebe selbst? Natürlich, Ottavios Frauen zog es ans Meer und damit zu ihm.

Fast alle kommentierten den Text der Anzeige, der sie angesprochen hatte. »Du musst ein ungewöhnlicher Mensch sein, wenn du eine solche Anzeige aufgegeben hast«, schrieb die hübsche, dunkelhaarige Daniela, die ein Foto mitgeschickt hatte.

»Das gilt ja offensichtlich dir!« Ottavio klopfte Anna etwas ungeschickt auf die Schulter. Anna lächelte gequält. »Ottavio, so toll war diese Anzeige ja auch wieder nicht, ich hab ja gar nicht viele Worte gemacht.«

»Ja, aber das war es eben, was die meisten angesprochen hat«, stellte Ottavio höchst zufrieden fest.

Nur eine Schreiberin äußerte sich kritisch:

»Was meinst du mit ›respektvoller Freundschaft‹? Heißt das, dass du mehrere Frauen gleichzeitig haben willst?«

»Dass Frauen auch immer so misstrauisch sind!«, meinte Ottavio kopfschüttelnd.

Anna hatte auf Ottavios Wunsch die Adressen der Absenderinnen entziffert, und er hatte sich mit ernstem Gesicht Notizen gemacht.

Die meisten hatten Fotos mitgeschickt, die Ottavio aus seinem roten Rucksack wie aus einem wunderbaren Sesam-öffne-dich hervorzog. Bewundernd hielt er das Foto der Sängerin mit den blauen Augen und dem pechschwarzem Haar in der Hand, die ihrem Foto nur »Einen lieben Gruß – ich würde mich freuen, dich bald kennenzulernen« hinzugefügt hatte.

»Ottavio«, sagte Anna streng, als er noch zwei Fotos von sehr gut aussehenden Frauen vor ihr ausbreitete, »das sind Stadtfrauen, und die sind wahrscheinlich ziemlich verwöhnt. Du musst damit rechnen, dass DU vielleicht der einen oder anderen nicht gefällst!«

»Vielleicht. Schon möglich«, sagte Ottavio gelassen, ohne eine Miene zu verziehen, und packte seine Schätze wieder ein.

Vor ein paar Monaten tat Anna seine Einsamkeit leid, und jetzt sorgte sie sich um all diese netten, hoffnungsvollen Frauen!

»Und dass du ja nicht vergisst, allen zu antworten!«

»Was glaubst du denn, ich habe gerade für zwanzig Euro Ansichtskarten und Briefmarken gekauft«, erwiderte Ottavio leicht genervt.

Anna blickte auf ihr unbestelltes Land hinunter und begann, ein bisschen neidisch zu werden: Würde sie nicht auch gerne ein bisschen träumen, von einer neuen Begegnung, von leidenschaftlicher Liebe in südlicher Sonne, am Meer? Hatte sie sich nicht in einem gleichförmigen, lieb gewordenen Alltag eingerichtet, der im Wesentlichen aus Arbeit bestand? Ottavio schien ihre Gedanken zu erraten.

»Warum gibst du nicht eine Anzeige für dich auf? Du wirst sehen, dann rufen bestimmt hundert an.« Ottavio grinste auf eine Art, die Anna überhaupt nicht gefiel.

Hatte er gemerkt, dass sie nicht richtig glücklich war?

»Ich brauche meine Kraft für mich«, sagte sie entschieden,

während sie Grigetta streichelte, »und habe nicht vor, mir mein Leben mit über fünfzig von einem Mann wieder in Unordnung bringen zu lassen!«

Nervös stand Anna auf und setzte sich neben Grigetta auf die Terrassenmauer. Irgendetwas gefiel ihr nicht an dieser Geschichte. Natürlich, sie war neugierig, wie alle Frauen, aber das hieß doch nicht, dass sie zu Ottavios Komplizin und Ratgeberin in seinen Liebesangelegenheiten wurde! Hilflos blickte sie nach oben. Auf Domenicas Terrasse hatten die Mimosen in verschwenderischer Fülle zu blühen begonnen.

Ottavio spürte Annas Unbehagen und nestelte nervös an seinem Rucksack. Rasch wechselte er das Thema.

»Du wolltest doch dein Land bestellen, nächste Woche könnte ich anfangen. Wenn du die Bäume besorgst, hast du bald ein Haus, das mitten in einem Olivenhain liegt. Was hier schon immer als Zeichen von großem Wohlstand galt.« Seine Augen blitzten, so, als wenn ihm gerade in diesem Moment ein neuer Gedanke gekommen wäre.

»Einverstanden, die Idee gefällt mir«, lächelte Anna, erleichtert über das neutrale Terrain, auf dem sie sich nun beide wieder bewegten.

»Zwölf Bäume reichen für den Anfang, mehr wirst du auch nicht in dein schwarzes Auto kriegen, es sei denn, du willst dir eine *Ape* mieten«, erklärte Ottavio. »Zweijährige Bäume sind gerade einen Meter fünfzig hoch. Und bei denen wirst du immerhin noch erleben, dass sie Früchte tragen. Nimm nur *Taggiasche*, die gedeihen auch in deiner Höhe gut. Und kauf ein paar Weinstöcke dazu, am besten *Regina*-Trauben, damit ich die untere Terrasse mit Weinreben umpflanzen kann. Hoffentlich machen die Wildschweine nicht alles wieder kaputt, bevor du dich darüber freuen kannst.« Ottavio blickte hinunter. »Und besorg einen Gartenschlauch. Die Oliven musst du nicht gießen, aber die Weinreben am Anfang schon.« Er machte eine bedeutungsvolle Pause und sah Anna an. »Ich könnte mitkommen, wenn du die Bäume kaufst.«

»Ist nicht nötig«, sagte Anna schnell und eine Spur abweisender, als es ihre Absicht war. »Den *Vivaio* in Casale kenne ich schon. Er kommt mir ziemlich vertrauenswürdig vor. Also zwölf Olivenbäume, sechs Weinreben, einen Gartenschlauch.«

Das fehlte gerade noch, dass ich mit ihm Bäume kaufen gehe, dachte Anna, für ihren Geschmack war diese ganze Anzeigenaktion schon mehr als genug.

»Na gut«, Ottavio schnürte seinen Rucksack zu.

»Wenn es dir recht ist, komme ich am Montagmorgen vorbei, so um halb sieben. Für die Arbeit brauche ich dich ja nicht. Vielleicht kannst du mir ja einen Kaffee kochen, wenn du aufgewacht bist?«

»Ich habe einen anderen Job als du, meistens sitze ich noch bis nach Mitternacht am Schreibtisch«, erklärte Anna etwas gereizt. Sie warf einen Blick in die Küche. Warum hatte sie den Tisch eigentlich noch nie für ausgelassene Essen benutzt?

»In Ordnung. Dann bis Montag.«

Ottavio war fast schon auf der Treppe, als er sich noch einmal umdrehte. Seine Stimme klang betont beiläufig. »Was ich dich schon lange mal fragen wollte: Was schreibst du denn so?«

»Normalerweise Krimis, die in der Großstadt spielen, über alles, was sich Menschen antun, Mord, Totschlag, Raubdelikte aus Habgier, Rache und Eifersucht.«

»Hm.« Ottavio blickte über das Meer. In der Ferne fuhr eine lang gestreckte Jacht vorbei, die einen Schweif weißer Schaumkronen hinter sich herzog. Unterhalb von Annas Haus waren Maria und Antonio gerade dabei, die kahlen Weinreben zurückzuschneiden. Domenica saß wie immer unter ihrem Olivenbaum und hatte alles im Blick.

»Stell ich mir schwierig vor, wenn man über das Meer und die Landschaft sieht und über Menschen und ihre Untaten berichten soll, die gerade ziemlich weit weg sind. Vielleicht solltest du eine Geschichte über die Gegend schreiben.«

Er sah Anna prüfend an. »Oder über mich. Oder über dich. Also, dann bis bald.« Er nahm ein paar Stufen auf einmal.

Anna sah ihm erstaunt nach und holte schnell die Kaffeedose mit Katzenfutter, als sie Nerino und Fortunato über die Straße springen sah. Wahrscheinlich hatte Grigetta geheime Signale ausgesandt, dass Anna dringend Unterstützung von ihrer Katzenbande brauchte.

Am späten Nachmittag machte sich Anna auf, um im Nachbarort Casale ihre Olivenbäume zu kaufen. »Bei uns gibt es keinen Rabatt, deshalb fragt erst gar nicht danach«, stand auf einem weißen Pappschild am Eingang. Die sizilianische Ehefrau des gutmütigen Besitzers, der sich schüchtern halb hinter ihrem Rücken verbarg, funkelte mit schwarzen Augen, als Anna den Preis drücken wollte.

»Es tut mir leid«, sagte der Gärtner schüchtern, als seine Frau nicht hinhörte. »Für weniger als zwanzig Euro kann ich die Bäume nicht hergeben. Aber ich schenke Ihnen eine Weinrebe dazu.«

»Haben Sie rosa Trauben?«

»Wie viele wollen Sie denn?«

»Sechs.«

»Hier. Eine ist gratis, nehmen Sie schon.«

Ottavio hatte recht, genau zwölf der schmalen Bäumchen passten, bei umgeklappten Rücksitzen, in Annas Auto. Das Treibhaus stand voller Palmen, Bougainvillea und duftenden

Zitronenbäumen, und Anna schnupperte in die von Blumenduft getränkte Luft. Sie nahm sich vor, bei nächster Gelegenheit einen Blumen- und Kräutergarten anzulegen. Zufrieden packte sie ihre Schätze ein. Auf dem Rückweg fuhr sie bei Angelina vorbei. »Rat mal, was ich heute gekauft habe!«

»Eine neue Handtasche, einen Kaschmirschal, eine Blumenvase, was eine erfolgreiche Autorin eben so braucht!«, antwortete Angelina fröhlich, die gerade von einer ihrer wohltätigen Fahrten zurückgekommen war und am späten Nachmittag schon wieder am Herd stand. Anna wusste, dass ihre Freundin nach dem Mittagessen übrig gebliebene Braten oder Fischgerichte bei alten und kranken Menschen in Albereto vorbeibrachte.

Anna freute sich. »Du wirst nicht drauf kommen. Sieh mal raus!«

»Olivenbäume? Weinreben? Du willst doch nicht etwa Wurzeln schlagen?«, fragte Angelina erstaunt.

»Wer weiß?« Anna lächelte verschmitzt.

»Riecht übrigens gut hier. Was kochst du denn?«

»Huhn in Zitronensoße mit schwarzen Oliven, ich muss noch ein Testessen machen, bevor ich es am nächsten Sonntag auf die Karte setze.«

Auf der Bank vor Angelinas Lokal warteten bereits Michelangelo und Augusto bei einer Flasche Pigato, dem strohgelben ligurischen Weißwein, dessen Trauben in der roten Erde der Ponente-Küste gediehen. Im letzten Sommer hatte Angelina ihre Freundin einmal zu einer Winzerin mitgenommen, die einen aufgegebenen Weinberg mit den Pigato-Reben revitalisiert hatte. Im 18. Jahrhundert, als der ganze Landstrich zur französischen Republik gehörte, hatte sogar Napoleon seinen Weinkeller mit dem berühmten Pigato füllen lassen. Den hatte er auf seinem Zug durch Ligurien kennengelernt.

»Wo hast du eigentlich die ganzen Zitronen her?«, fragte Anna und streichelte Ciccio, der ebenso genussvoll wie seine beiden Herrchen eine knusprige Hühnerhaut, ohne Zitrone, verschlang.

»Wachsen in meinem Olivenhain«, sagte Michelangelo stolz und gab ein paar Schmatzgeräusche aus seinem ziemlich zahnlosen Mund von sich. »Ich habe ein paar Bäume an den Rand gepflanzt.«

»Ja, und wenn ich sie nicht ständig in meinen Gerichten verwenden würde, wüsste Michelangelo gar nicht, wohin mit den vielen Zitronen«, lachte Angelina.

»Wieso wachsen Zitronen eigentlich sogar im Winter?«, fragte Anna neugierig.

»Zitronen wachsen das ganze Jahr, sie sind der einzige Baum, der gleichzeitig Blüten und Früchte trägt. Zum Ende des Winters schmecken sie besonders gut und sind ideal für Likör«, erklärte Angelina, während sich Augusto und Michelangelo zufrieden die Bäuche rieben und Ciccio das Schnäuzchen leckte. Draußen waren die Stimmen der ersten Gäste zu hören.

»Zitronen sind ein Lebenselixier, früher hat man sogar geglaubt, damit die Pest aufhalten zu können!«, erklärte Michelangelo.

Angelina schichtete hauchdünne Zitronenschalen mitsamt ein paar Blättern in ein hohes Schraubglas und sah auf die Uhr. Sie hatte noch ein paar Minuten Zeit, bevor der Ansturm zum Abendessen begann. Jeden Abend kochte Angelina zwei Menüs, außer dem zusätzlichen Zitronengericht für die *abitués* gab es heute Huhn mit Artischocken und Rotbarben in Tomatensoße, und beides war schon vorbereitet.

»Was machst du denn da?« Neugierig blickte Anna ihrer Freundin über die Schulter.

»Zitronenlikör. Ich werfe doch die Schalen der Zitronen nicht weg, die ich zum Kochen verwendet habe! Hier wird alles bis auf den letzten Rest verwendet. Du weißt doch, wie sparsam die Ligurer sind.«

»Du hast wohl nur noch Zitronen im Sinn«, sagte Anna etwas enttäuscht. »Dabei wollte ich dir von meiner erfolgreichen Anzeige berichten! Vielleicht ist dein armer Ottavio bald nicht mehr allein.«

»Wie, hat denn eine geantwortet?«, fragte Angelina verblüfft.

»Was heißt hier ›eine‹, gestern waren es noch vierzehn, und ich nehme an, dabei bleibt es nicht.«

»Das heißt, ich könnte mich jederzeit vertrauensvoll an dich wenden, und du setzt für mich auch eine Anzeige auf?«

»Klar doch«, antwortete Anna selbstbewusst, »ich bin ohnehin davon überzeugt, dass der Erfolg am einfühlsamen Text der Anzeige lag: Freundschaft und Respekt, das ist es doch, was sich jede Frau in unserem Alter wünscht.«

Lachend schraubte Angelina das Deckelglas zu und stellte es in die hinterste Ecke ihrer Anrichte.

»Unglaublich, dass du zwischen all deinen Gerichten noch Zeit für Liköre hast!«, wunderte sich Anna.

»Na klar doch, das gehört in einem ligurischen Haushalt einfach dazu.« Angelina freute sich. »Und was deine Anzeige betrifft, du könntest doch alle deine Freunde mit passenden Anzeigen versorgen, für jede und jeden die richtigen Worte und die liebevolle Gefährtin und den respektvollen Gefährten finden!«

»Eigentlich traue ich mir das zu«, sagte Anna verträumt und warf einen Blick in den Gastraum, wo die ersten Gäste auf das Abendessen warteten. »Warum soll es nicht in jedem Alter eine neue Liebe geben?«

»Dann hat ja Ottavios Mut für alle Einsamen eine Bresche geschlagen!«

»Vielleicht. Ich habe viele Freundinnen, die alleine leben, und eigentlich frage ich mich, warum«, erwiderte Anna, in Gedanken verloren. »Manchmal habe ich das Gefühl, sie haben zu früh aufgegeben, sich zu früh getrennt oder es gar nicht wirklich versucht! Weißt du, meine Münchner Freundin Conni spricht nach sechzehn Jahren noch von ihrer ersten Liebe, als ob es gestern gewesen wäre. Dafür lebt sie jetzt mit ihrer Großmutter zusammen. Nelly hat vor dreißig Jahren im Zug ihre große Liebe, einen Koch, kennengelernt und ihn nie wiedergesehen. Dafür hat sie sich jetzt diesen albanischen Landarbeiter ausgesucht, der inzwischen die Tochter eines verfeindeten Clans geheiratet hat!«

»Die Welt ist schön, weil sie bunt ist«, antwortete Angelina lakonisch. »Ich glaube, dass das Nachdenken über unglückliche Liebesgeschichten eben eine unserer liebsten Beschäftigungen ist.«

»Meinst du wirklich?«, fragte Anna erstaunt. »Der Gedanke ist mir noch nie gekommen.«

»Vielleicht darf man das alles nicht so ernst nehmen«, fand Angelina und holte ein paar saubere Teller aus der Anrichte.

»Sei nicht so zynisch«, mahnte Anna.

»Wieso zynisch, wenn du dich umsiehst, merkst du es doch selbst! Die Welt ist voller liebenswerter Menschen, und immer trauern wir genau dem nach, der uns garantiert nicht haben will. Hast du mal verstanden, was das soll?«

»Nein. Wenigstens meine Freundin Teresa ist inzwischen gebunden. Aber davor war sie zehn Jahre allein, obwohl sie eine ausgesprochen attraktive Frau ist und über Verehrer nicht klagen konnte«, erinnerte sich Anna.

»Anna, sei nicht albern, seit wann hat Liebe was mit persönlichen Qualitäten zu tun! Vor Bruno hatte ich mir einen ausgesucht, den ich heute für ein richtiges Charakterschwein halte, egoistisch, nur auf sich selbst bedacht.« Energisch schnitt Angelina Petersilie und Knoblauch klein, gab das Gemisch in die Pfanne und fügte die Tomaten hinzu. Sie seufzte ein bisschen. »Es freut mich jedenfalls, dass Ottavios Suche auch bei dir ein paar neue Gedanken über die Liebe ausgelöst hat.«

»Findest du?«

»Ja, natürlich, du hattest doch vorher mit dem Thema abgeschlossen, es kam dir jedenfalls selbst so vor.«

»Schon möglich«, Anna lachte vergnügt. »Und manchmal täuscht man sich eben, und es kann sein, dass wieder alles ganz anders kommt. Und was ist eigentlich mit dir?«

Dabei warf sie einen Blick auf den Herd, auf dem mehrere Pfannen und Töpfe standen, in denen es zischte und brodelte.

»Eigentlich sehe ich dich seit Brunos Tod immer nur noch in deinen Kochtöpfen rühren. Eine neue Liebe würde dir auch guttun!«

Angelina drehte sich kurz von der Anrichte um, wo sie ihre Soßen mit allerlei Kräutern verfeinerte. In diesem Moment kam sie Anna wie eine Zauberfee vor, für die Kochen eine besondere Form von Zuneigung war. Waren Kochen und das Ausprobieren von Rezepten und neuen Gerichten nicht eine wunderbare Verbindung zur Welt?

»Ich koche lieber. Das verschafft mir Genuss. Und Sicherheit. Das ist so ähnlich wie bei dir, wenn du am Schreibtisch sitzt.« Angelina lachte ihr liebenswürdiges, schalkhaftes Lachen.

Plötzlich überkamen Anna merkwürdige Errettungsphantasien. Warum konnte sie nicht die ganze, zumindest die sie umgebende Welt, verliebt und glücklich sehen?

»Weißt du, dass es eine Insel gibt, auf der die Menschen eine Blume am Knopfloch tragen, wenn sie offen für neue Begegnungen sind? Das habe ich neulich in der Zeitung beim Zahnarzt gelesen!« Angelina schwang ihren hölzernen Kochlöffel mit leuchtenden Augen durch die Luft.

»Großartig«, lachte Anna, »davon habe ich zwar noch nie gehört, aber eigentlich hast du recht, warum sollte so viel Glück eigentlich nur Ottavio beschieden sein?«

Als Anna am folgenden Montagmorgen verschlafen die Terrassentür öffnete, war Ottavio bereits dabei, ein paar größere Steine auszuheben und zwischen zwei Streifen Land einen Weg anzulegen.

»Du kannst keinen Garten anlegen, wenn du nicht hinkommst, wo du pflanzen willst«, kommentierte er Annas erstaunten Blick, ohne von seiner Arbeit aufzusehen.

Anna füllte zwei Kaffeetassen, klemmte ihre etwas verrostete Sense unter den Arm, die sie wie die Kristallgläser und das Silberbesteck von ihrer Großmutter geerbt hatte, und gesellte sich zu ihm.

»Sieh mal, wie viel Oregano du hast! Du kannst einen Marktstand aufmachen! Angelina wird sich freuen, dass sie endlich eine Dauerlieferantin hat!«

Staunend besah sich Anna das unscheinbare blaulila Kraut, das in Büschen aus den Mauern wuchs.

»Bis wohin geht eigentlich dein Gelände?«, fragte Ottavio.

»Bis zum Lichtmast. Hat jedenfalls Domenica gesagt.«

»Gut, dann habe ich die Dornen ja nicht umsonst weggemacht. Sieh mal, der Lavendelstrauch, halb erfroren, hat aber den Winter überlebt. Schade, jetzt ist er nur noch halb so groß. Und hier alles voller wildem Fenchel, Rosmarin und

Salbei! Alles wächst bei dir, und du hast es noch gar nicht gemerkt! Erzähl das mal Angelina, sie wird ein Spitzenmenü allein aus deinen Kräutern kreieren!«

»Hat sie schon! Neulich habe ich Spaghetti *alle erbe* bei ihr gegessen, das beste und einfachste Gericht, das man sich vorstellen kann. Kennst du es?«

»Nein.«

»Man geht einfach in den Garten und zupft von allen Kräuterbüschen was ab.«

Ottavio lachte mit seiner wohlklingenden Bassstimme und machte sich daran, zwölf gleich große Erdlöcher für die Olivenbäume auszuheben. Sorgfältig hob er sie hinein und bedeckte ihre Wurzeln mit trockenem Laub, bevor er die Löcher wieder mit Erde aufschüttete. Ein leichter Wind fuhr durch die feinen Blätter der Bäumchen, die in der frühen Morgensonne mit einem silbrigen Hauch überzogen waren.

»Ich grabe noch ein bisschen schwarze Erde zwischen den Steineichen aus, die beste, die man sich vorstellen kann. Besser wäre natürlich Pferdemist, frag doch mal Domenica, ich bin sicher, dass sie eine Quelle hat.«

Mühelos hatte Ottavio einen schweren schwarzen Blumentopf mit Erde gefüllt und auf die Schulter gestemmt.

Danach rechte er alles Unkraut zusammen und zündete es am Rand des Grundstücks an. Der leicht modrige Geruch von feuchtem Boden und knisternden Ästen stieg Anna in die Nase.

»Was machst du denn da? Und wenn das Feuer übergreift?«, fragte sie ängstlich und schnupperte in die warme Luft, die verführerisch nach Holz und Feuer roch.

»Keine Angst, ich habe vorhin der *Guardia forestale* Bescheid gesagt, sonst würdest du gleich Ärger kriegen. Man kann ja nicht einfach irgendwo Feuer anzünden, den Rauch sieht man kilometerweit. Heute Nacht hat es geregnet, also darf man das. Du musst das Feuer nur vorsichtig genug füttern.« Behutsam schob er ein paar trockene Äste nach und blickte Anna an.

»Weißt du, manchmal träume ich nachts schlecht. Und sobald ich nur fünf Minuten in der frischen Luft bin, bin ich alle bösen Geister wieder los.«

»Das glaube ich dir gern, und wenn du dazu noch solche Feuer entfachst, sind die wahrscheinlich vollkommen gebannt!«, antwortete Anna, endlich von seiner guten Laune angesteckt.

Mit ungewohntem Elan machte sie sich daran, die Trockenmauern von Unkraut zu befreien. Sofort packte Ottavio sie am Arm.

»Nein, lass die *erbette* stehen. Bei Angelina müssen die Leute viel Geld für so einen Teller Wildgemüse zahlen. Daran erkennst du den Wandel der Zeit. Heute ist doch besonders teuer, was viel Arbeit macht!« Ottavio wies auf ein Kraut mit klebrigen Blättern, das aus allen Mauerspalten wuchs. »Das hier kannst du wegmachen, *barbarossa*, ein schreckliches Zeug. Schlimmer als Brombeeren. Brombeeren wachsen nicht mehr nach, wenn man sie dreimal abgemäht hat. Sie geben irgendwann auf, *barbarossa* nie.«

Mit kräftigem Schwung befreite Anna die Mauern von dem Unkraut.

»Ich hoffe, alle wissen, wie sie sich zu verhalten haben! Oder gibt es für jedes Kraut ein Zauberwort? Du kennst es doch bestimmt!«

Ottavio grinste und wischte sich den Schweiß von der Stirn.

»Nein, aber es gefällt mir, wie du langsam zur Bäuerin wirst und die Tradition fortsetzt.«

Anna warf ihm einen schrägen Blick zu.

»Im Ernst, als ich jung war, konnte es sich niemand leisten, ein noch so winziges Stück Land brach liegen zu lassen. Mein Großvater musste als junger Mann nach Argentinien auswandern, weil es hier keine Arbeit gab. Das war das übliche Schicksal hier. Für acht Geschwister war einfach kein Platz. Und wenn er einmal im Jahr zurückkam, hat er ein Stück Land dazugekauft, Stück für Stück, bis ihm der halbe Berg gehört hat. Als wohlhabender Mann kam er mit 28, nach zehn Jahren, zurück. Dann hat er endlich das schönste Mädchen im Tal geheiratet.«

»Und das Land hast du jetzt geerbt?«

Ottavio nickte.

»Alle paar Meter haben meine Großeltern die Steilhänge mit Mauern aus Findlingssteinen abgesetzt und danach die Flächen dahinter mit Erde aufgefüllt. Deshalb wirst du hier alle paar Meter anderen Boden finden. Mein Onkel besaß sogar ein Stück Land über dem Meer, das er nur mit dem Boot erreichen konnte. Manchmal blieb er mehrere Tage da, übernachtete in einer winzigen Hütte, die er aus Findlingen selbst gebaut hatte. Im Winter hat er Reben geschnitten, im Sommer die Erde gepflügt, und im September die Trauben geerntet. Immer ein paar Tage lang, die er ganz allein in seiner Hütte verbracht hat. Manchmal hat er im Winter im Meer gebadet, im Sommer aber nie! Weißt du, wie er es genannt hat? *Curarsi del mare d'inverno*, weil man im Wintermeer von allen Krankheiten genesen kann!«

»Oh ja, vielleicht dein Onkel, ich würde mir im Wintermeer nur eine schreckliche Erkältung holen!« Anna lachte.

»Seine Trauben waren ständig vom salzigen Meerwasser benetzt. Der gute Serafino, ich werde mich bis an mein Lebensende an den besonderen Geschmack seines Weins erinnern.«

»Warum wurden denn so viele Terrassen überhaupt aufgegeben?«, fragte Anna. Ottavio lehnte den Spaten an die Mauer und betrachtete seine Arbeit.

»Du siehst ja selbst, wie mühsam hier alles ist. Für die Jüngeren ist die Arbeit auf dem Land zu schwierig und zu wenig ertragreich geworden. Sie haben keine Lust mehr, warum sollten sie auch? Sie haben die ehemaligen Weinkeller in Zimmer für die Touristen verwandelt. Die meisten haben noch nicht einmal ein Fenster, die Mauern sind feucht, und die Leute kommen trotzdem hierher! Erst waren es die Wandertouristen, dann die Amerikaner, jetzt sind schon Japaner, Russen, Koreaner und Chinesen hier. Die können dann hier wieder die netten Keramikfigürchen kaufen, die in ihrem Land hergestellt werden.« Ottavio lachte kurz auf.

»Gegen die Touristen habe ich ja nichts, aber die Landschaft verfällt, und wegen der kommen die Leute doch her!«

»Kommt mir irgendwie ziemlich kurzsichtig vor«, erwiderte Anna nachdenklich. »Die Schönheit der Landschaft entsteht doch erst, wenn das Land bestellt ist.«

Mit sehnsüchtigem Blick sah Ottavio über das Meer, über das der Wind Lichtfetzen trieb, die aus der Ferne wie kleine Inseln über dem Wasser aussahen. Himmel und Meer erstrahlten im gleichen leuchtenden Blau und bildeten ein riesiges Zelt, das über der Landschaft wachte. Genau das ist es, dachte Anna, die Landschaft schützt einen, aber gleichzeitig ist man ihr auch ausgeliefert, vor allem, wenn man ihre Regeln nicht kennt. »Sieh dich nur um, überall haben die Menschen in das natürliche Gefüge eingegriffen, um Straßen für die Touristenbusse zu bauen. Hast du mal die Erdrutsche entlang der Straße gezählt?«

Anna schüttelte den Kopf und nahm sich vor, bei ihrem nächsten abendlichen Spaziergang darauf zu achten.

»Schau es dir mal an, oben im Wald, in der Nähe von Marias Haus. Manche Trockenmauern waren bestimmt fünfhundert Jahre alt. Und dann hat irgendein hirnloser Mensch beschlossen, die Straße zu verbreitern, und hat mit der *ruspa* den halben Berg weggerissen, und jetzt sieht es wie eine riesige, aufgeplatzte Wunde aus. Und an den Stellen ist im letzten Winter auch die Straße weggebrochen. Das ist erst der Anfang, es wird noch viel schlimmer kommen. Wenn wir die Erde nicht respektieren, nimmt sie sich zurück, was ihr früher einmal gehört hat. Aber als kleines Abschiedsgeschenk lässt sie uns noch ein paar Erdrutsche zurück.«

»Die Menschen müssen doch langsam verstanden haben, dass die Landschaft ihr wichtigstes Kapital ist, und nicht nur hier«, erwiderte Anna verwundert. »Das ist doch überall auf der Welt so.«

»Oh ja, meine Großmutter wusste das noch. Sie hat ihr Leben lang Steine zerkleinert und mit Tannennadeln vermischt, und daraus ist dann fruchtbare Erde entstanden. Fast immer haben das hier die Frauen gemacht, während sich ihre Männer auf See oder in Argentinien als Rinderhirten verdingt haben. Wenn sie im Herbst zurückkamen, haben alle gemeinsam bei der Weinlese und Olivenernte geholfen. Aber auf der Suche nach dem schnellen Geld haben die Leute heute auch das rechte Maß verloren. Land bestellen, wer will das noch? Ein paar Verrückte, wie du und ich.«

»Ich? Ich weiß aber noch nicht so recht, wenn ich dir so zusehe«, wehrte Anna lachend ab. »Einfach ist es ja nicht.«

»Natürlich bestellst du Land, du bist doch gerade dabei!«

Ottavio nahm einen Stein, der aus der oberen Terrassenmauer herausgebrochen war, und setzte ihn vorsichtig neben einer kleinen Agave ein.

»Ich kannte mal einen, der ging jeden Tag zu Fuß von Albereto mare nach Casale, weil sein Weinberg auf halbem Weg lag. Jeden Tag hat er einen Stein aufgelesen, auf die Schulter gestemmt und an seinen Platz gesetzt. Am Ende seines Lebens hatte er eine Mauer von vielen Kilometern gebaut. Und weißt du was? Es hat ihn noch nicht einmal besonders viel Mühe gekostet.« Ottavio sah Anna nachdenklich an. »Weißt du, ich glaube, es ist die Kontinuität, die zählt, wenn man jeden Tag die gleichen Handgriffe macht, auch wenn man sich manchmal überwinden muss. Ich glaube, die meisten Leute erinnern sich gar nicht mehr daran, dass die Beständigkeit das Geheimnis des Lebens ausmacht. Das ist es doch, was uns am Ende auch glücklich macht!«

»Ja, das denke ich manchmal auch, wenn ein weißes Blatt Papier vor mir liegt. Jeden Tag fünf Sätze, das gibt auch ein Script. Natürlich sind es die Kontinuität und Beständigkeit, die zählen, und nicht der einsame Geistesblitz, aber gerade das kann auch ganz schön anstrengend sein.«

Die Glocke von San Bartolomeo schlug gerade elf, als Ottavio die unterste Terrasse mit sechs Weinreben umpflanzt hatte, an denen bereits winzige dunkelrosa Trauben zu erkennen waren.

»Weißt du, wie schön das aussieht – ein Grundstück mit Olivenbäumen, das von Weinreben umgrenzt ist?«

Anna war ebenfalls begeistert.

»Kaum zu fassen, was du in den wenigen Stunden aus dem Stück Land gemacht hast!«

»Na ja, der Anfang ist gemacht«, stellte Ottavio bescheiden fest. »War ja alles ziemlich verwildert bei dir.«

»Möchtest du noch einen Kaffee? Oder lieber ein Glas Wein?«

»Nein danke, meine Arbeit im Hain wartet schon.«

Anna war einerseits erleichtert und bedauerte es gleichzeitig, dass es Ottavio nach getaner Arbeit so eilig hatte. Obwohl sie eine sämige Tomatensoße mit Kapern, Oliven und Kräutern, genau nach Angelinas Rezept, vorbereitet hatte, hatte sie nicht den Mut, einen Mann, der so vertraut mit Feuer und Erde umging, zum Mittagessen einzuladen.

»Das ist keine gute Arbeit«, rief Domenica von oben, als Ottavio in seinem türkisfarbenen Fiat Panda davongefahren war.

»Die Stämme muss man festbinden, sonst knicken sie beim ersten Wind um.«

»Das kommt schon noch.«

»Ich hab's dir schon mal gesagt, Männer braucht man nur zum Gießen. Das solltest du dir für alle Zeit einprägen, weil eine Frau sich damit viel Ärger ersparen kann.«

»Na ja, er pflanzt doch, damit er bald gießen kann.«

»Hoffentlich hast du recht. Ich trau dem Kerl nicht.«

Anna war glücklich, wenn sie morgens aufwachte und aus ihrem Schlafzimmerfenster auf ihre neu gepflanzten Olivenbäume sah. Im klaren Frühlingslicht war das Meer über und über mit gleißenden Lichtinseln bedeckt, die sich in der Ferne in rosafarbenem Dunst verloren. In der Mittagssonne saß Anna draußen auf der Terrasse und versuchte, ihre Gedanken zu ordnen. Manchmal forderte Domenica sie am Nachmittag auf, mit ihr zwei Schritte zu gehen, wie sie es nannte. *Facciamo due passi?* Nachdem die lebenslange Arbeit auf steilen Abhängen ihre Knie kaputtgemacht hatte, ging sie nun, nach einer Operation, dem merkwürdigen Zeitvertreib des Spazierengehens nach. Immer hatte Domenica zwei große Plastiktüten dabei, um Pinien zu sammeln. »Nie mit leeren Händen gehen!« hatte sie von Kind auf gelernt. Warum hätte sie dieses Lebensmotto jetzt im Alter aufgeben sollen?

Anna mochte es, wie sich die Luft in jeder Kurve veränderte und einmal nach dunklen Bäumen und dann wieder nach wilder *Macchia* roch, die gerade begonnen hatte, die ersten Blüten zu entwickeln. Es war, als würde sie die warme Luft einhüllen, durch die manchmal ein kälterer Hauch fuhr und sich mit dem Geruch von Meer und Pflanzen vermischte. Anna freute sich jedes Mal, wenn sie nach Hause zurückkam, nach Sonnenuntergang ihren Kamin anzündete und Soßen nach Angelinas Rezepten aufsetzte. Am Abend telefonierte sie mit ihren Freundinnen und saß danach noch lange am Schreibtisch. Es kam ihr vor, als hätte sie nach unruhigen Jahren in Albereto superiore ihren Seelenfrieden gefunden. Nur manchmal erinnerte sie sich an die Melancholie, die sie früher an ihrem Münchner Schreibtisch überkommen hatte.

Natürlich war sie mit Rolf glücklich gewesen, zumindest zu Beginn ihrer Beziehung, als es nach der großen, einzigartigen Liebe aussah, leicht und heiter, wie sie es noch nie erlebt hatte. Es gab keinerlei Zweifel zwischen ihnen, obwohl sie sich Hals über Kopf verliebt hatten und sich doch kaum kannten. Anna erinnerte sich an ihre erste gemeinsame Reise nach Kanada, wo Rolf zu einem Ingenieur-Kongress eingeladen war. Das war damals die erste Krise zwischen ihnen. Anna fand seine Geschäftspartner unangenehm und hatte sich kaum vorstellen können, welche intensive Arbeitsbeziehung und teilweise sogar Freundschaft Rolf mit ihnen unterhielt. Man sieht im anderen immer das, was man gerade sehen will, dachte sie rückblickend. Eine freiere, klügere Sicht kann man sich wahrscheinlich nur im Alter erlauben. Ja, vielleicht war das überhaupt die Lösung: Vielleicht konnte man nur im Alter die zweckfreie, große Liebe finden?

Als sie an diesem Abend ins Kaminfeuer sah, hatte sie das Gefühl, dass das Leben noch ein paar gewaltige Überraschungen für sie bereithielt.

Nach einer Woche rief Ottavio an und teilte ihr stolz mit, dass nun siebenundzwanzig Anrufe und Briefe bei ihm eingegangen seien. Anna konnte es kaum fassen, Ottavio nahm so viel weibliches Interesse inzwischen als völlig selbstverständlich hin. Schließlich rief Nummer achtundzwanzig an, der erste Problemfall.

Völlig irritiert kam Ottavio bei Anna vorbei.

»Sie flüstert nur und ist völlig atemlos. ›Ottavio‹, hat sie gesagt, ›ich bin zu dick, habe Essstörungen und eine kleine Tochter. Kann ich bei dir Urlaub machen?‹«

»Ist nicht wahr, du hast doch wohl kein Interesse gezeigt?« Anna legte vor Erstaunen sogar ihren Bleistift beiseite.

»Nein, aber als sie sagte, dass sie eine kleine Tochter hat, ging mir das Herz auf. Sie soll ruhig vorbeikommen.«

»Ottavio, mach dein Herz ganz schnell wieder zu. Du suchst eine Lebensgefährtin. Oder willst du eine Herberge für einsame Frauen führen?«

»Eigentlich nicht«, Ottavio zögerte ein bisschen, bevor er seine Geheimnisse ausplauderte. »Und dann hat sich noch eine gemeldet. Aber die lebt hier in der Nähe und hat einen Ehemann.«

»Das darf doch wohl nicht wahr sein! Unter all den Briefen und Anrufen hast du dir ausgerechnet eine verheiratete Frau ausgesucht!«

»Na ja, der Ehemann ist Holländer und nie da. Sie sagte, sie sei ziemlich einsam hier und suche einen Freund.«

»Das ist natürlich was anderes«, beruhigte sich Anna. »Ich habe mal gelesen, dass man für alle Begegnungen offen sein muss, wenn man einen Partner sucht, und sich genauso für Kinder, Hunde und Katzen interessieren muss.« Wenn Anna mit Ottavio sprach, fielen ihr alle albernen Sprüche ein, die sie jemals über die Liebe gehört und gelesen hatte.

»Wie, offen für alle?«, fragte Ottavio, »Gilt das auch für Wildschweine?«

Anna musste über seinen drolligen Gesichtsausdruck lachen. Zufrieden sah sie in ihren Garten hinunter und nahm sich vor, im nächsten Monat lauter Sonnenblumen zu säen.

Vier Tage später kam Ottavio wieder vorbei. Anna freute sich, ihn zu sehen, hatte allerdings nicht die geringste Lust, sich neue Geschichten über fremde Frauen anzuhören. Gerade hatte sie sich darangemacht, die flachen Steine zu sortieren, die sie allabendlich bei ihren Spaziergängen gesammelt hatte.

»Was machst du denn da?«

»Ich will einen mediterranen Garten anlegen, in dem ich Kräuter, Jasmin und Bougainvillea pflanze. Mit dem Zitronenbaum warte ich noch.«

Anna stützte die Rosmarin- und Thymiansträucher, die sie gerade gepflanzt hatte, mit flachen Steinen ab. Ottavio hatte die Arme in die Hüfte gestemmt und schien vor Mitteilungsbedürfnis fast zu platzen.

»Weißt du was?«, bremste Anna ihn aus. »Ich will überhaupt nicht mehr wissen, wie viele Briefe es inzwischen sind!«

»Ich erzähle es dir aber trotzdem: achtundvierzig.«

»Was?«, fragte Anna erstaunt. Gelassen blickte Ottavio über das Meer, das ungewöhnlich ruhig in der Sonne lag. Zwischen dem Türkis des Wassers und dem Hellgrau des Himmels hatte sich vorsichtig eine Schicht Rosa geschoben. Der Himmel war so hell, dass er wie die leuchtende Umrahmung eines anderen Planeten wirkte.

»Hast du dir jetzt vorgenommen, alle Frauen auf der Welt glücklich zu machen? Du hast wohl noch nie gehört, dass ein Mensch, der es allen recht machen will, zu niemandem passt!«, sagte sie herausfordernd. Wenn sie an ihre erste Begegnung dachte, kam er ihr ziemlich verändert vor, so, als hätte ihn allein schon seine Suche selbstbewusster gemacht. Die neue braune Lederjacke stand ihm gut. Zum Glück hat er nach den T-Shirts auch diese schrecklichen karierten Flanellhemden ausrangiert, dachte Anna. In seinen ernst blickenden Augen war ein gewisser Stolz zu erkennen. Ottavio setzte sich auf die Terassenmauer und sah Anna zu, wie sie ihre Blumentöpfe mit Erde auffüllte.

»Weißt du, ich habe zum ersten Mal in meinem Leben das Gefühl, dass ich anderen Menschen etwas geben kann. Und ich bin erstaunt, wie vielen Frauen meine einfache Lebensweise gefällt.«

»Also bist du ein glücklicher Mann, auch wenn du deine Gefährtin noch nicht gefunden hast«, stellte Anna betont sachlich fest.

»Das sagst du so leicht. Du kannst es dir vielleicht nicht vorstellen, aber es ist auch eine Verantwortung, eine Auswahl unter so vielen Briefen zu treffen.«

Anna ordnete die Töpfe mit drei kleinen Agaven, vier etwas vertrockneten Geranien und einer Palme aus ihrem Münchner Arbeitszimmer, die sich über die neue Umgebung sichtlich freuten, auf der Terrassenmauer.

Hoffentlich steigt ihm diese ganze Angelegenheit nicht bald zu Kopf, dachte sie. Oder ihn verlässt der Mut. Vielleicht hat er selbst Angst, nicht auf der Höhe der Erwartungen zu sein? Es war, als hätte er ihre Frage geahnt.

»Manchmal wache ich nachts auf, sehe mir die Fotos an und versuche, mir all diese verschiedenen Leben vorzustellen«, bekannte Ottavio mit leicht verzagtem Unterton.

»Kann ich verstehen, wir haben ein gewisses Alter, jeder hat seine Geschichte, seine Erfahrungen, Lieben und Enttäuschungen hinter sich«, pflichtete Anna ihm bei.

»Glaubst du, dass es die Liebe auf den ersten Blick im Alter gar nicht mehr gibt?«, fragte Ottavio besorgt.

»Natürlich gibt es Menschen, die einem auf den ersten Blick gefallen«, erwiderte Anna entschieden. »Aber diese erste Anziehung ist eben nicht mehr alles. Ich glaube, wenn man älter ist, dauert es ein bisschen länger, bis man sich kennenlernt, weil man sich erst allmählich in die Geschichte des anderen hineinfühlen muss.«

Anna war selbst erstaunt, dass sie, nach langer Zeit zum ersten Mal, einem Mann ihre Gedanken anvertraute.

Sie betrachtete Ottavio von der Seite. Mit seiner schmalen Nase und seiner leicht gebräunten Haut sah er wie ein mutiger Seefahrer vergangener Zeiten aus: Was für eine abenteuerliche Vorstellung, ein Bauer, der zur See gefahren war!

»Abgesehen davon, dass viele in unserem Alter natürlich gebunden sind, wie auch immer es ihnen damit geht.«

»Also, das hast du gut gesagt«, pflichtete Ottavio ihr eilig bei. »Gestern habe ich im Supermarkt ein Paar gesehen, das so starr aneinander vorbeisah, dass es richtig feindselig war!«

»Ja, das kommt vor, wenn man so lange aneinander vorbeigelebt hat. Aber es gibt eben auch den magischen Augenblick, in dem sich Menschen erkennen und spüren, dass sie einen Teil des Weges zusammen gehen können. Für diese Magie gibt es keine Erklärung. Es gibt sie einfach, immer wieder. Kennst du das nicht, wenn man jemandem in die Augen sieht und spürt, dass alles geschehen kann?«

»Oh ja, das kenne ich!« Ottavio lächelte vielsagend.

Anna hatte sich in Begeisterung geredet.

»Und jetzt bist du auf der Suche, noch ohne zu wissen, was

am Ende das Ergebnis dieser Suche sein wird. Ist das nicht das Schönste überhaupt? Und das hast du doch von deiner Katze gelernt: In der Liebe spielt es keine Rolle, ob die Haut pickelig ist oder ob jemand genügend Haare hat. Weißt du noch, wie sie mit diesem einohrigen Kater davongezogen ist?«

»Willst du damit sagen, dass ich picklig und kahlköpfig bin?« Ottavio warf ihr einen irritierten Blick zu.

»Aber nein! Du siehst gut aus!«, beschwichtigte ihn Anna.

»Findest du wirklich?« Ottavio strahlte. Anna strich sich etwas verlegen durch das dichte dunkelblonde Haar.

»Ich will damit nur sagen, dass wir Menschen eben unvollkommen und trotzdem liebenswert sind. Manchmal sind es gerade die kleinen Unvollkommenheiten, die den anderen begehrenswert machen.«

»Das stimmt. Ich könnte mich zum Beispiel in dich verlieben, weil du keine perfekte Bäuerin bist.« Ottavio zwinkerte ihr zu. Anna tat so, als hätte sie die Bemerkung überhört.

»Ich meine, man muss nur den inneren Raum für eine neue Liebe schaffen«, sagte sie.

»Klar, das finde ich auch. Aber zuerst muss man irgendwo heimisch werden und Bäume pflanzen. Aber damit fängst du ja gerade an.« Ottavio bedachte sie mit einem Blick, der ihr nicht ganz geheuer war.

»Gut, ich muss los, hab noch viel zu tun«, sagte er und verschwand, als er Annas irritierten Blick bemerkte.

Anna fiel es schwer, wieder zu ihrem Manuskript zurückzukehren, und so machte sie sich daran, die herabgefallenen Piniennadeln auf der oberen Terrasse zusammenzukehren, was sie nur in Augenblicken gewisser Verwirrung tat.

Domenica lag wie immer auf der Lauer. »Was will denn dieser Kerl ständig bei dir? Mit seinem roten Stirnband sieht er wie ein wilder Sarazene aus. Die sind früher übers Meer gekommen und haben die Frauen verschleppt. Pass bloß auf, dass es dir am Ende nicht genauso geht!«

»Aber nein, mach dir keine Sorgen«, lachte Anna, froh, Domenicas vertraute Stimme zu hören.

»Übrigens, willst du ein Kaninchen? Camillo hat aus Versehen eins zu viel geschlachtet. Wenn du willst, kannst du eines davon haben.«

»Sind die schon zerteilt?«

»Nein, sind noch ganz. Sehen noch wie richtige Kaninchen aus. Du willst sie doch nicht zerlegt und in Plastik wie im Supermarkt?«

Doch, das wäre mir lieber, hätte Anna am liebsten geantwortet, aber dafür war es jetzt zu spät.

Am nächsten Sonntagvormittag war Saverio, Annas Freund aus Genua, erfolgreicher Objektkünstler, der ständig auf der Suche nach geeigneten Gegenständen war, gerade dabei, das Kaninchen zu braten, als draußen ein Auto zu hören war. Eigentlich hatte sie sich vorgestellt, gemeinsam zu kochen, denn Kaninchen war, nach eingelegten Sardinen, ihr Lieblingsgericht, aber er hatte wie immer gleich nach seiner Ankunft das Regime in der Küche übernommen. Als Anna ihn vor ein paar Monaten bei Angelina kennengelernt hatte, war sie kurz davor, sich in ihn zu verlieben, aber dann hatten sie seine ständige Rechthaberei und sein Kochwahn abgeschreckt. Jedes Mal, wenn er sie besuchte, fing er, während sie noch beim Kaffeetrinken war, mit den Vorbereitungen für das Abendessen an, bis ihr spätestens um elf Uhr vormittags das Wasser im Mund zusammenlief. Aber wehe, sie wollte bereits zum Mittagessen etwas von dem, das er für das Abendessen vorgesehen hatte! Zu Beginn ihrer Bekanntschaft war Anna fasziniert von ihm und seinem eigenwilligen Lebensstil und hätte sogar über seine Kochmanie hinweggesehen. Sie hatten sich zu langen Spaziergängen am Meer getroffen, und er hatte Anna mit einer gewissen Beharrlichkeit den Hof gemacht, was ihr keineswegs missfallen hatte. Aber ihre durchaus anregenden Gespräche hatten häufig in endlosen Grundsatzdiskussionen geendet, sodass Anna beschloss, in ihm nur einen guten Freund zu sehen. Offensichtlich hatte er sich nie überlegt, was er eigentlich von ihr wollte. Vielleicht war das überhaupt das Geheimnis von glücklichen Liebesbeziehungen, dass man sich vorher überlegt, welche Träume und Ziele man mit einem anderen Menschen verwirklichen kann. Mit Saverio war jede Mühe umsonst, aber sollte sie nicht Ottavio darauf aufmerksam machen, wie sehr unnötige Rechthaberei das Verhältnis zwischen Männern und Frauen vergiften konnte?

»Die Pfanne ist zu klein«, verkündete Saverio an diesem Morgen schlecht gelaunt. Um die Innereien zu rösten, hatte er einen lockeren flachen Stein von der obersten Steinstufe geholt. Er war ein höchst kreativer Koch, meistens erfand er noch die Kochgeräte dazu.

Leber, Herz und Nieren des Kaninchens wurden also in dünne Scheiben geschnitten und sorgfältig auf den Stein gelegt, der vorher im Feuer heiß gemacht worden war. Wenn Anna allein kochte, wurden einfach Pfannen und keine heißen Steine verwendet. Aber wie schön war es jedes Mal, wenn man sich zu zweit beim Essen gegenübersaß!

Als Anna den Tisch mit Saverios Lieblingsbesteck gedeckt hatte, der in diesen Dingen überaus heikel war – die Gabel durfte weder zu groß noch zu klein sein –, waren auf der Treppe die Schritte von zwei Personen zu hören. Ottavio tauchte, allein, auf der Türschwelle auf.

»Da draußen ist eine, die hat sich in mich verliebt. Ich verstehe kein Wort, ich habe sie dir mitgebracht.«

Saverio wendete den Stein, Grigetta leckte sich das Schnäuzchen, der Duft gebratener Kaninchenleber drang durch das Haus. Am liebsten hätte Anna Ottavio gewarnt: Da, sieh mal, Terrassensteine statt Pfannen! Man braucht sehr viel Toleranz für Zweisamkeit!

Die Neue gab Anna neugierig die Hand.

»Ich wollte Sie gern kennenlernen, also diese Anzeige …«

Anna machte einen halben Schritt zurück, Manuela war dunkelhaarig und sehr blass. Anna fand sie auf Anhieb nicht besonders sympathisch. Ottavio lächelte triumphierend.

»Ich habe zwar Ottavios Anzeige geschrieben, aber ich möchte mich aus allem Weiteren heraushalten«, sagte Anna mit distanziertem Blick.

»Aber natürlich, ich meinte ja nur.«

Ottavio würde doch wohl nicht für den Rest des Jahres jeden Sonntag mit einer anderen Frau vorbeikommen, während im Hintergrund die gerade erfundenen Küchengeräte des Hobbykochs zischend im Einsatz waren!

Nach einem hastig getrunkenen Aperitif zogen die beiden wieder davon.

»Es war doch nur ein Scherz, und ich wollte dich überraschen«, verkündete Ottavio am nächsten Tag beschwichtigend, denn er hatte Annas Irritation bemerkt. Anna war gerade dabei, Saverios Objektkunst wieder zu entsorgen. Zum Glück hatte er sich dieses Mal darauf beschränkt, den Oleandertopf mit einem abgebrochenen Gitarrenhals zu schmücken und zerbrochene weiße Marmorstücke im Garten zu dekorieren. Anna entsorgte den Marmor, während ihr der musikalisch geschmückte Oleander ganz gut gefiel. Bei Saverios vorletztem Besuch hatte sie ihn mit Mühe davon abgehalten, das Badfenster zum Schutz gegen Regen mit extrabreitem Klebestreifen zu überziehen.

Ottavio berichtete, seine neue Bekanntschaft sei zwar verheiratet, aber gerade dabei, sich zu trennen, was beiden einen angenehmen Freiraum gewährte. Es war, als würde ihm diese platonische Freundschaft eine kurze Verschnaufpause auf seiner Suche verschaffen.

»Inzwischen finde ich es gar nicht so schlecht, wenn das Objekt der Begierde verheiratet ist«, verkündete Anna. »Man kann gemeinsam viel Angenehmes erleben, hat Zeit für sich und bleibt von den unangenehmen Seiten verschont. Das heißt konkret, ich müsste einem verheirateten Mann keine Hemden bügeln, und du müsstest keine Autos reparieren.« Anna hatte sogar ihre gute Laune wiedergefunden. Oder war bei dem gestrigen Besuch sogar Eifersucht im Spiel?, fragte sie sich selbstkritisch.

»Da bin ich mir nicht so sicher«, erwiderte Ottavio fröhlich. »Sie hat mich schon gefragt, ob ich ihr beim Reifenwechseln helfen kann.«

»Ach ja?«, fragte Anna kritisch.

Ottavio war guter Dinge, denn das schwarze Tier, die Einsamkeit, war schon ein ganzes Stück von ihm weggerückt.

»Sie wohnt in einem einsamen Haus oberhalb von Lagaccio, ganz ohne Strom, abends finde ich überhaupt nur mit der Taschenlampe hinauf.«

»Was kocht sie denn so?«, fragte Anna neugierig.

»Nudeln mit Pilzsoße. Wir essen, und dann reden wir. Und dann macht sie mir das Bett im Gästezimmer und legt mir die Kleider zum Wechseln hin. Sogar Kaffee hat sie mir morgens gekocht.«

Zum ersten Mal seit vielen Jahren wartete am Abend nicht

nur seine schwarz-weiße Katze, sondern eine andere Schöne auf ihn.

»Das ist doch das Gute, du suchst zwar eine Frau fürs Leben, aber zwischendurch lernst du lauter neue Menschen kennen. Du weißt doch, wenn du eine Frau suchst, musst du aufgeschlossen für Menschen, Hunde und Katzen sein!«

»Aber nicht für Wildschweine«, lachte Ottavio vergnügt.

»Die sind natürlich ausgenommen«, rief Anna fröhlich. »Und die Frau deines Lebens, wer weiß, wo du die irgendwann und wahrscheinlich ganz unerwartet triffst.«

KAPITEL 3

Rosa oder die verpasste Gelegenheit

Früh am Morgen war im ersten Sonnenlicht noch kein einziges Geräusch zu hören. Vor den steilen Hängen breitete sich die unendliche Fläche des Meeres aus. Dann plötzlich, wie aus dem Nichts, näherten sich die Vögel mit lautlosem Flügelschlag, bevor drei hungrige Katzen auftauchten und Domenicas heisere Stimme die Stille durchbrach.

»Wie siehst du denn aus, hast du dir einen Kampfanzug zugelegt?« Domenica, in grün geblümter Kittelschürze, war schon am Morgen dabei, die in Scheiben geschnittenen Steinpilze auf einem weißen Tuch in der Sonne auszubreiten.

»Ja, passend zu meiner Kampfkatze«, lachte Anna. Auf dem Markt in Casale hatte sie sich eine grün-braun gefleckte Militärhose gekauft, wie sie die Männer der Gegend für schwere Arbeit und zur Jagd trugen. Wenn Gregor Findhammer mich in dem Aufzug sehen würde, dachte Anna. Sie fühlte sich ausgesprochen wohl darin.

Seitdem Ottavio Verbindungswege zwischen den Terrassen gebaut hatte, ging sie jeden Morgen in ihr Gelände hinunter, um Steine aufzulesen, Pinienzapfen und trockene Äste zu sammeln.

»Du solltest ein paar von deinen Kirschbäumen umhauen. Sag's einfach mal diesem Ottavio, dann hat er was Sinnvolles zu tun!«

»Ich warte, bis die Früchte reif sind, und stelle sie in Zucker auf die Fensterbank. Jedenfalls macht das Angelina so.«

»Deine Bäume tragen nicht richtig, ich sag's dir gleich, die stehen viel zu dicht. Aber du kannst die Blätter verwenden, ich habe ein altes Rezept, wie man daraus Saft machen kann. Ich hab ihn schon lange nicht mehr gemacht, aber früher war es für mich das beste Getränk der Welt. Als Kind hab ich den Saft immer ›Drachenblut‹ genannt!« Sie blickte über ihren Zaun, als gerade ein paar ratternde Mopeds den Berg hinauffuhren.

»Aber früher hat mir sowieso alles besser geschmeckt. Wenn du raufkommst, geb ich dir das Rezept.«

Domenica lehnte sich über das Terrassengeländer und blickte zu Anna hinunter.

»Was machst du denn da überhaupt?«

»Ich breche die trockenen Äste aus den Kirschbäumen aus. Macht man so, habe ich gerade in einer Gartenzeitschrift gelesen.«

»Wie, ohne Werkzeug? Dafür braucht man eine Astschere.«

Domenica machte die Tür zu ihrem Schuppen auf, in dem sie große Mengen Salz, Mineralwasser und Werkzeug aufbewahrte. Ihre gute Laune war sofort vorbei, als sie Ottavios Auto die Straße herunterkommen sah.

»Ach, der schon wieder.« Sofort drehte sie sich auf dem Absatz um. Auch Anna hatte sich auf den ruhigen Vormittag mit ihrem Manuskript gefreut. Aufgeregt sprang Ottavio die Stufen herunter.

»Ich muss dir eine Geschichte erzählen. Du glaubst nicht, wer mich gestern angerufen hat!«

»Bestimmt die Dicke, die bei dir Urlaub machen will.«

»Nein! Rosa.«

»Wer ist Rosa?«

»Ich habe sie vor zwei Jahren im Zug kennengelernt. Ihr

sanftes Gesicht mit den blonden Locken sehe ich noch vor mir, als wäre es heute.«

»Nach zwei Jahren erinnerst du dich noch? Mir fällt das schon nach einer Woche schwer«, meinte Anna skeptisch. Männer müssen immer übertreiben, dachte sie und drehte die Augen zum Himmel, wo gerade wieder ein paar Wolken vorüberzogen.

»Ich kann mich an das wunderbare Gefühl erinnern, als ich sie zum ersten Mal sah: Es war, als ginge die Sonne auf und würde nie mehr untergehen!«

»So fühlt sich Verliebtsein an. Mach's nicht so spannend!«

Anna spülte die *moka* aus, um den dritten Kaffee an diesem Vormittag zu kochen. Manchmal brauchte sie zwei Kannen, um überhaupt in die Gänge zu kommen. Trotzdem, zu den beiden rivalisierenden Schwestern fiel ihr einfach nichts mehr ein.

War das Leben nicht viel zu schön, um es damit zu verbringen, böse aufeinander zu sein?

»Fang doch noch mal von vorne an«, forderte Anna ihn geduldig auf, obwohl ihr an diesem Morgen eigentlich gar nicht geduldig zumute war. Ottavio holte tief Luft. »Im Zug nach Pisa habe ich vor zwei Jahren eine Frau kennengelernt, damals war ich noch verheiratet: Sie hieß Rosa und kam aus Köln. Wir hatten noch nicht mal unsere Adressen ausgetauscht, ich weiß auch nicht, warum, anscheinend habe ich mich nicht getraut, obwohl sie mir so gut gefallen hat. Und jetzt meldet sie sich, stell dir das mal vor! Rosa weiß noch jedes Detail: Wie sympathisch sie es fand, dass ich allen im Abteil ein Glas Wein angeboten habe.«

»Ach, von deinem eigenen?«, fragte Anna, plötzlich höchst interessiert.

»Natürlich, damals habe ich noch einen Weinberg bestellt.« Er seufzte leise. »Aber das ist viel zu viel Arbeit für einen Mann allein. Und jetzt hat sie zufällig die Anzeige gelesen und sich gemeldet!« Ottavio strahlte übers ganze Gesicht.

Anna schraubte die *moka* zu und merkte viel zu spät, dass sie das Wasser vergessen hatte. Dieser Ottavio brachte sie noch völlig aus dem Konzept.

»Ehrlich gesagt, bin ich vor allem erstaunt, wie viele Leute diese Zeitung lesen. Ich dachte immer, das sei eher ein Nischenprodukt.«

Ottavio war nicht mehr zu bremsen.

»Rosa, sie war so schön! Zurzeit muss sie ihre kranke Mutter betreuen, aber sie kommt, sobald sie kann.«

»Das freut mich für dich.« Anna versuchte, sachlich zu bleiben, obwohl sie ein merkwürdiges Ziehen in der Magengegend verspürte.

»Weißt du, manchmal habe ich von Rosa geträumt, sie war wie eine Traumgestalt.«

»Vielleicht lag es daran, weil du sie in Wirklichkeit nie kennengelernt hast?«, wandte Anna ein.

»Oh ja, das kann natürlich sein.«

»Die Vergangenheit hat mehr Macht über uns, als wir denken«, fuhr Anna fort. »Und sie holt uns leider immer dann ein, wenn wir am wenigsten damit rechnen.«

»Findest du?«, fragte Ottavio erstaunt. »Also, ich muss schon sagen, ich habe noch nie eine Frau kennengelernt, die solche Dinge gesagt hat.«

Anna blickte ihn an und strahlte. Ein solches Kompliment hatte ihr noch niemand gemacht. »Ich meine, es gibt einfach Geschichten aus der Vergangenheit, die nie wirklich zu Ende waren und die uns daran hindern, für eine neue Liebe offen zu sein«, fuhr Anna fort. »Oft ist uns das gar nicht bewusst. Aber unsere Gedanken sind dann wie von einer Traumgestalt besetzt. Das heißt, wir müssen zurückgehen und einen Schlussstrich ziehen, damit etwas wirklich Neues beginnen kann.«

»Meinst du, dass alles noch mal eine andere Wende nehmen kann?«, fragte Ottavio aufgeregt.

»Wenn ich hellsehen könnte, würde ich damit Geld verdienen!«, lachte Anna. Ja, dachte sie, was für eine wunderbare Vorstellung, wenn nur die Zeit nicht wäre, die uns ständig verändert. »Meiner Erfahrung nach passiert eigentlich immer das Unerwartete im Leben, das, womit wir am wenigsten gerechnet haben!« Sie behielt für sich, dass eine wirkliche Wende nur ganz selten ist, weil uns die Zeit verändert und daher die Erfüllung eines lang ersehnten Wunsches meistens ins Leere fällt. Sie sah Ottavio prüfend an.

Wusste Ottavio überhaupt, wie kompliziert die Frauen und wie zerstörerisch die Menschen waren? Und rachsüchtig dazu!

Anna stellte die dampfende Kaffeekanne auf dem Terrassentisch ab. Als sie hochblickte, sah sie, wie sich die Zweige von Domenicas Olivenbaum verdächtig bewegten.

»Du hast ja gerade erst mit der Arbeit angefangen, machst du schon wieder Pause?« Domenicas Stimme war die Missbilligung deutlich anzumerken.

»Nein, wir denken nur über das Leben nach«, rief Anna nach oben. Domenica schüttelte den Kopf. »Willst du etwa dem Gras beim Wachsen zusehen? Auf dem Land hat man für so was keine Zeit! Das Leben ist und bleibt hier unbequem, nicht nur, weil man immer zu Fuß gehen muss. Mach dir keine Hoffnung, eine Kutsche kam hier noch nie vorbei!«

Anna lachte, Ottavio lachte mit. »Domenica, sie ist störrisch und ziemlich eigensinnig, wahrscheinlich lebt sie schon viel zu lange allein. Ihr Mann ist vor zehn Jahren gestorben, die beiden waren ein gutes Team. Ich bin sogar weitläufig verwandt mit ihr, über eine Cousine meiner Mutter. Die ist aber verkracht mit ihr, weil sie sich wegen eines winzigen Streifens Land nicht einigen konnten. Früher haben sich die Leute wegen ein paar Zentimetern bis aufs Messer zerstritten. Solche Familienfehden ziehen sich dann mindestens über zwei Generationen hin. Zum Glück habe ich damit nichts zu tun.« Ottavio machte einen Gesichtsausdruck, als würde ihn der Gedanke amüsieren.

In der Ferne tauchte ein glänzender Streifen Licht über dem Meer auf, über dem ein paar weiße Wölkchen einen übermütigen Tanz aufführten. Nachdenklich fuhr Anna mit den Fingern durch den duftenden Lavendeltopf, den sie gerade an der Terrassenmauer gepflanzt hatte.

»Eigentlich gefällt mir der Gedanke: Eine Begegnung aus der Vergangenheit, die schiefgelaufen ist oder, besser gesagt, gar nicht wirklich begonnen hat und für die es nun die Gelegenheit zur Wiedergutmachung gibt. Wie oft hätte ich mir das auch gewünscht!«

»Ach ja?«, Ottavio blickte Anna neugierig an.

»Natürlich, denn es gibt doch immer wieder Menschen, mit denen uns eine innere Schwingung verbindet. Wir spüren das, sobald sie unser Blickfeld betreten, und manchmal, wenn wir nicht bereit für eine neue Begegnung sind, vermeiden wir es einfach, genauer hinzusehen.«

»Wirklich?«, fragte Ottavio, offensichtlich begierig, noch mehr zu erfahren.

»Wenn ich darüber nachdenke, habe ich das schon einige Mal erlebt. Hinterher, wenn ich achtlos weiterging, hatte ich immer das Gefühl, als hätte ich jemandem Unrecht getan, mir und dem anderen.«

»Dass man anderen Unrecht tut, habe ich schon erlebt, aber auch sich selbst?«

»Na ja, ich kann dir ein Beispiel erzählen: Ich erinnere

mich noch an den Tag, als ich meine Abschlussprüfung an der Uni abgelegt hatte. Am Abend war ich zu Freunden unterwegs, mit denen ich feiern wollte. Wahrscheinlich sah mir jeder die Erleichterung über die bestandene Prüfung an. Neben mir in der Straßenbahn stand ein Mann. Wir stiegen an derselben Haltestelle aus. ›Ich möchte Sie kennenlernen‹, sagte der Unbekannte im Halbdunkel, ›ich bin unterwegs zu einem Fest, ich möchte Sie einladen, bitte kommen Sie doch mit!‹«

»Ja und?« Ottavio war aufgesprungen und hatte sich vor Anna aufgebaut.

»Ich musterte ihn kritisch, obwohl ich neugierig war, aber das gab ich natürlich nicht zu. ›Ach nein‹, sagte ich nur, ›ich bin schon verabredet.‹ Wahrscheinlich habe ich sogar meine Mundwinkel ganz leicht herabgezogen. ›Schade‹, sagte er noch, und verschwand in der Dunkelheit.« Sogar nach so vielen Jahren spürte Anna ein eisiges, klebriges Erschrecken auf ihrer Haut.

»Anna, ich fass es nicht!« Ottavio machte ein betroffenes Gesicht. »Vielleicht war es die große Liebe, die dir der Himmel geschickt hat! Und du hast ihn im Dunkeln verschwinden lassen! Du hättest ihm wenigstens deine Telefonnummer geben können.«

»Das denke ich heute auch.« Anna spielte nervös mit ihrem Notizbuch, das auf dem Tisch bereitlag. »Das ist dir hoffentlich nur einmal passiert!«

»Aber nein, das ist es ja gerade! Wo denkst du hin!«

Anna sog tief die klare Luft ein, als wollte sie die Erinnerung an die Vergangenheit endgültig loswerden.

»Ein paar Jahre später war vor mir ein Mann, der mir gefiel, mit einem atemberaubenden Duft aus dem Auto gestiegen. Alles in mir wollte sich zu ihm umdrehen und sagen: ›Ihr Rasierwasser riecht so gut, haben Sie noch mehr davon?‹ Aber ich drehte mich nicht um und bin, gegen meinen eigenen Wunsch, einfach weitergegangen.«

In Ottavios Blick spiegelte sich eine Mischung aus Erstaunen und Ratlosigkeit.

»Du siehst mich an, als wäre ich ein Wesen von einem anderen Stern«, sagte Anna leise und ziemlich verunsichert.

»Ich verstehe dich einfach nicht! Du musst wohl eine sehr umschwärmte Frau gewesen sein, wenn du die Gesellschaft von anderen Menschen einfach so ablehnen konntest. Ich nehme an, du hast noch nie Bekanntschaft mit der Einsamkeit gemacht! Du hast es einfach noch nie erlebt, wenn das schwarze Tier deine Bettdecke hinaufgekrochen ist!«

Streng sah er Anna an. »Oder warst du gebunden, so wie ich damals, als ich Rosa traf?«

»Aber nein, das ist es ja! Ich verstehe mich ja selbst nicht mehr, wenn ich daran zurückdenke«, sagte Anna bedrückt.

»Also warst du nur feige«, stellte Ottavio fest und setzte sich wieder.

»Natürlich bin ich feige, wie alle Menschen, du etwa nicht?«, antwortete Anna lebhaft. »Damals hatte ich sogar große Sehnsucht, mich wieder zu verlieben.«

Sie stand auf und holte zwei grüne Kristallgläser aus dem Schrank. Zwar passten die wertvollen Gläser und das silberne Besteck ihrer Großmutter nicht unbedingt in ein einfaches Landhaus. Aber im Traum von einem geselligen Leben – und falls Gregor Findhammer sie einmal besuchen würde! – hatte sie ein paar Lieblingsstücke mit nach Albereto superiore genommen.

»Zitronenlikör. Nach Angelinas Rezept angesetzt.«

»Deine Freundin mit ihrer Kochmanie. Fängst du jetzt auch damit an?«

»Nicht so übertrieben wie Angelina«, lachte Anna, plötzlich wieder unbeschwert. »Aber ich mag es, wie sich meine Kredenz mit Flaschen und Gläsern füllt.«

»Wenn das so ist, bringe ich dir noch ein paar Gläser von meinen Oliven mit. Aber wenn du den Sommer über sowieso hierbleibst: Beeren, Kirschen, Kräuter zum Sammeln gibt es genug.«

Anna war ganz woanders mit ihren Gedanken und dachte noch nicht an die verschwenderische Fülle der Natur, die gerade vor ihr zu blühen begann.

»Ich erinnere mich an ein Abendessen mit Berliner Freunden. Neben mir saß ein Mann, der mir wahnsinnig gut gefiel. Ich habe an jenem Abend mit allen geredet, außer mit ihm. Es wäre mir einfach zu gefährlich gewesen.«

Ottavio hielt es nicht auf seinem Stuhl, und er fing wild zu gestikulieren an. Grigetta, die sich in einem leeren Blumentopf mit warmer Erde zusammengerollt hatte, blickte erschrocken auf.

»Es ist wirklich unglaublich! Du bist doch eine attraktive Frau und brauchst keine Angst zu haben, auf andere zuzugehen. Was wäre denn passiert, wenn du mit ihm gesprochen hättest? Du hättest dich verlieben können oder auch nicht. Oder du hättest vielleicht erfahren, dass er verheiratet war. In jedem Fall hättest du Bescheid gewusst!«

»Vielleicht müssen wir einfach damit leben, dass wir Menschen nicht sehr mutig und manchmal sogar ziemlich zerstörerisch sind. Wir sehnen uns nach Liebe, und gleichzeitig macht sie uns Angst«, sagte Anna mit leisem Bedauern in der Stimme.

»Schmeckt übrigens gut, dein Likör«, bemerkte Ottavio. »Nicht so süß wie bei Angelina. Meine Großmutter hat ihn mit wilden Orangen angesetzt, das Rezept könntest du mal ausprobieren.«

Anna konnte sich nur schwer von ihren Erinnerungen losreißen.

»Und einmal habe ich, wie du, eine Begegnung im Zug erlebt. Die Gedanken waren angenehm leicht zwischen uns hin- und hergeflogen. Er war ein ziemlich bekannter Maler, ich hatte ihn nach dem Foto aus der Zeitung erkannt, wir hatten das gleiche Ziel. ›Ich nehme ein Taxi‹, sagte er beim Aussteigen, und sah mich an. ›Ich nehme die Straßenbahn‹, sagte ich. Das Bedauern, das ich eine Minute später an der Haltestelle spürte, tat mir fast körperlich weh. Danach las ich seinen Namen noch oft in der Zeitung, ihn habe ich nie wiedergesehen.«

»Wenn sein Name in der Zeitung stand und er so bekannt war, dann hättest du doch Kontakt mit ihm aufnehmen können!«

»Ja, vielleicht, aber nach der Zugfahrt war der berühmte magische Moment vorbei.«

»Aber wenn man sich begegnet und gefällt, muss es doch einen Weg geben, um zusammenzukommen!«

»Das meinst du so. Ich glaube, dass viele Menschen gerade in der Liebe sehr zerstörerisch sind. Vielleicht gönnen sie sich so viel Glück selbst einfach nicht. In den Gefühlen, die uns wirklich nahegehen, spielen viele Ängste mit, viel Unbewusstes, das wir selbst kaum wahrnehmen, geschweige denn verstehen.«

»Meinst du nicht, dass alle Menschen auf der Suche nach Liebe sind?«

Ottavio zupfte etwas nervös an seinem neuen Hemd.

»Theoretisch schon. Aber wer auf andere zugeht, riskiert auch etwas. Die Angst vor Enttäuschung oder vor Verlust ist eine große Hemmschwelle. Meistens ist uns das alles gar nicht bewusst.«

Ottavio lachte in sich hinein. »Das würde ja heißen, dass man sich erst wirklich verlieben kann, wenn man nichts mehr zu verlieren hat.« Sein Gesicht erhellte sich, als hätte er plötzlich eine wunderbare Idee. Er sah Anna mit großen Augen an. »So wie ich. Oder du, in dieser einsamen Gegend hier.«

Anna tat so, als hätte sie die Bemerkung überhört.

»Außerdem glaube ich, dass Geduld keine besonders verbreitete Eigenschaft ist«, sagte sie nachdenklich. »Mir fällt oft auf, wie viele meiner Freundinnen von ihren früheren Lieben sprechen, als hätte diese Begegnung erst gestern stattgefunden. Merkwürdigerweise sind viele später alleine geblieben. Manchmal frage ich mich, ob sie nicht einfach zu früh gegangen sind, so, als hätten sie vor der Zeit aufgegeben, was es wert gewesen wäre, gelebt zu werden.«

Die Erinnerung an die ungelebten Möglichkeiten der Vergangenheit hatte beide sichtlich erschöpft. Als ob sie ahnte, dass sie den ungeschickten Menschen jetzt auf die Sprünge helfen müsse, setzte sich Grigetta neben Anna und miaute sie herausfordernd an. Ob ihre Katze auch so unsinnige Probleme mit dem wilden Poldo oder dem schönen Fortunato hatte? Sicher nicht! Es gab Probleme, die sich einfach nur die Menschen machten.

Da Anna schon einmal dabei war, ihr Herz zu öffnen, beschloss sie, Ottavio gleich die Geschichte mit seinem Namensvetter zu erzählen.

»Übrigens war ich einmal in einen Mann verliebt, der auch Ottavio hieß, eine hoffnungslose Geschichte. Er war verheiratet, deshalb musste diese Liebe ja unglücklich sein. Er war für mich lange Zeit der Mann in der Schublade gewesen.«

»Der Mann in der Schublade?«, Ottavio nahm genussvoll noch einen Schluck Likör, »das habe ich noch nie gehört.«

»Na ja, es bedeutet, die Schublade ist zu, sodass alle Möglichkeiten verschlossen sind«, erklärte Anna. »Gelegentlich macht man sie auf, aber von der Gestalt, die drin ist, träumt man nur.«

»Ein Mann in der Schublade, so was gibt es nur in der Stadt! Hier braucht man alte Kommodenschubladen, um die Oliven bis zur Pressung zu lagern!« Ottavio wurde von einem regelrechten Lachanfall geschüttelt. »Und wo hast du den Schubladen-Ottavio damals kennengelernt?«

»Ich hatte ihn in Venedig zum Interview getroffen, weil ich für einen Dokumentarfilm über neue Brücken recherchieren wollte. Er war Architekt und irgendwie an der Planung einer neuen Brücke beteiligt, ich hatte sein Foto in der Zeitung gesehen.« Anna hatte sich in ihren Gedanken verloren. Sie hatte zu Ottavio Vertrauen gefasst und traute sich nun, in seiner Gegenwart auch geheime Gedanken auszusprechen.

»Kannst du dir das vorstellen, dass man das Foto eines Menschen sieht und sich schon vorstellen kann, wie seine Haut riecht?«

»Oh ja, das kenne ich«, sagte Ottavio verträumt und betrachtete Anna. »Jetzt kennst du ja also zwei Ottavios. Und wie ging es weiter mit dem anderen Typen, den du in der Schublade verstaut hast?« Er gab sich Mühe, einen erneuten Lachanfall zu unterdrücken. Anna blickte irritiert. »Gar nicht, er war ja verheiratet, wir haben beide nur voneinander geträumt, er sicher auch von mir. Später habe ich ihn einmal mit seiner Frau gesehen. Ich hatte mich mit ihm zum Mittagessen verabredet, und sie ist plötzlich aufgetaucht. Sie war atemlos vor Aufregung, als sie mich sah, und ich habe schnell mein Mikrofon aus der Tasche geholt und ihn interviewt. Beide kamen mir wenig liebevoll miteinander vor. Aber er hatte sich mit Ende zwanzig gebunden, und in seiner Ehe waren später gemeinsame geschäftliche Interessen anstelle der leidenschaftlichen Gefühle getreten. So ist das doch. Seltsam, dass er ausgerechnet Ottavio hieß.«

»Ja, das ist kein besonders häufiger Name, er klingt ein bisschen altmodisch, aber das bin ich ja auch. Der jüngste Bruder meines Großvaters hieß auch so. Ottavio, der achte Sohn. Der Name stammt noch aus der Zeit, als es üblich war, dass die Leute auf dem Land acht oder neun Kinder bekamen.«

Ottavio vermied es, Anna direkt in die Augen zu sehen. »Und wie ging es mit dem anderen Ottavio weiter?«

»Gar nicht. Es gab ihn in meiner Phantasie, ohne dass er in meinem realen Leben eine besonders große Rolle gespielt hätte. Wir waren Freunde, telefonierten manchmal, und irgendwann habe ich dann gar nichts mehr von ihm gehört. Heute denke ich, dass diese völlig unrealistische Liebe meinen Blick auf die Realität getrübt hat. Vielleicht hatte ich mir selbst diesen Traum-Ottavio geschaffen, um mich meinen Gefühlen, meinen Ängsten in der Wirklichkeit nicht aussetzen zu müssen. Wer einen realen Menschen liebt, muss Ablehnung, Enttäuschung und Schmerz ertragen.«

Über dem Meer war ein leichter Wind aufgekommen, und Anna zog ihre graue Strickjacke enger um sich.

»Zur Liebe gehört viel Mut, eine Portion Neugier, natürlich auch eine gehörige Portion Aufmerksamkeit, die man dem anderen schenkt«, stellte Anna fest. »Ich glaube, die meisten Menschen haben sich darüber noch gar keine Gedanken gemacht. Und du hast recht, es ist ein bisschen, wie einen Garten zu bestellen, das Wichtigste ist die Kontinuität. Wenn man vor der Zeit aufgibt, wird es nichts. Und man muss bereit sein, einen anderen Menschen auch entdecken und verstehen zu wollen.« Anna streichelte Grigetta, die nicht mehr von ihrer Seite wich.

»Und in unserem Alter sieht es ja manchmal so aus, als wenn wir damit abgeschlossen hätten.«

»Mit der Liebe hat man nie abgeschlossen«, sagte Ottavio entschieden. »Das habe ich zwar gedacht, aber so ist es nicht, egal, wie alt man ist. Es ist einfach schrecklich, wenn das schwarze Tier jede Nacht über die Bettdecke streicht.«

»Und damals, als du zur See gefahren bist? Hast du da nie eine Liebe gefunden?« Anna gab sich Mühe, wieder von sich selbst abzulenken. Ottavio machte eine ausladende Bewegung zum Meer. »Das ist eine andere Geschichte. Ich wollte mich ausprobieren, am Meer messen, an den anderen Männern. Wollte die Einsamkeit spüren. Auf dem Meer, wenn man nur noch gewaltige Wassermassen vor sich sieht, kämpft jeder mit sich allein. Ich kannte mal einen, der aus Angst vor dem Wasser ständig Schokolade gegessen hat! Er hat zwei Monate auf See verbracht, dann ging er in Neapel wieder an Land zurück, weil er es nicht ausgehalten hat.«

»Ja, wirklich?« Jetzt musste Anna lachen.

»Oh ja! Wer übers Meer fährt, interessiert sich nicht für Frauen. Man interessiert sich für das Geld, das man bei der Arbeit verdient. Und für das Meer.« Ottavio blickte gedankenverloren in die Ferne. »Wenn du über den Atlantik fährst, kommst du an Island und Grönland vorbei und musst aufpassen, dass du keinen Eisberg rammst. Es ist nicht wie im Film, dass die Frauen am Hafen stehen und auf einen warten. Jedenfalls nicht die, die man kennenlernen möchte.«

Er sah Anna direkt in die Augen. »Die Frauen, die man kennenlernen möchte, wohnen in Häusern mit Pergolen an der Küste, wo es Brotschränke und Liköre in Kredenzen gibt.«

»Ach ja?«, fragte Anna, fast erschrocken. Plötzlich war es ihr unheimlich, dass sie ihm, einem Fremden, ihre Gedanken anvertraut hatte.

»Weißt du, ich habe schon lange mit keinem Mann mehr über Gefühle geredet.«

»Schön. Das Reden über die Liebe ist doch der erste Schritt, dass man sich wieder verlieben kann«, sagte Ottavio. »Das wäre doch schön, für dich und für mich, findest du nicht?«

Als er Annas erstaunten Blick sah, hatte er es plötzlich ganz eilig und verabschiedete sich schnell.

»Na gut, ich komme dann in ein paar Tagen vorbei.«

»Dann bis bald.« Anna griff nach ihrem Notizbuch, als ob sie sich daran festhalten müsste.

An diesem Abend fiel es Anna noch schwerer als sonst, sich auf ihr Drehbuch zu konzentrieren. Zugegeben, die Landschaft war wunderschön: die dunklen Pinien, das Meer, die pastellfarbenen Häuser inmitten von Weinbergen und Olivenhainen. Aber war es nicht auch ein bisschen einsam hier? Natürlich, sie konnte jederzeit zu Domenica hinaufgehen oder Angelina besuchen. Als sie die Terrassentür öffnete, um den Geruch des Feuers hinauszulassen, kam es ihr für einen Augenblick vor, als würde ein leiser Hauch von Melancholie hereinwehen. Aber sie war doch glücklich hier, auch wenn es manchmal ein bisschen einsam war! Mit einer heftigen Bewegung schloss sie die Terrassentür zu und schenkte sich einen *Limoncino* ein. Dieser Ottavio löste mit seinen Besuchen lauter neue, fremde Gedanken in ihrem Kopf aus.

Nach dem Abendessen rief zum Glück Teresa an, die vor acht Monaten von Mailand ins Vara-Tal gezogen war.

»Möchtest du nicht ein paar Tage bei uns Urlaub machen? Die letzten Feriengäste sind gerade abgereist, und wir könnten ein bisschen Zeit miteinander verbringen.«

»Gute Idee«, sagte Anna und streichelte Grigetta, »ich könnte mich vom Landleben erholen. Das kann nämlich auch ganz schön anstrengend sein.«

»Das kenne ich«, rief Teresa fröhlich. »Das geht mir manchmal genauso. Aber dann sage ich mir immer, ich habe es mir ja so ausgesucht. Und meistens ist dann weniger das Landleben schwierig als die Leute, die da wohnen.«

Mit Teresa verband Anna eine jener Seelenverwandtschaften, die auch ohne häufige Treffen auskamen. Teresa hatte über zwanzig Jahre lang eine Mailänder Werbeagentur geleitet und mit sechzig von einem auf den anderen Tag beschlossen, ein kleines Landgut mit Gästezimmern zu übernehmen, was sie sich durch das großzügige Erbe ihrer Patentante leisten konnte. Tante Elena hatte ihr kleines Grundstück am Rand von Mailand in einen blühenden Garten verwandelt, und ihr letzter Wunsch war, dass Teresa ihre Leidenschaft für Pflanzen und Gärten wo auch immer weiterleben würde. Außer einer Sammlung von Büchern über Gartenbaukunst hatte Teresa eine ansehnliche Summe geerbt, mit der sie ein Landgut im Vara-Tal erwerben konnte. Eine Woche nach Unterzeichnung des Kaufvertrags hatte sie sich in den Bürgermeister von Pontiggia verliebt, einen bis dahin eingefleischten Junggesellen, und konnte ihr Glück immer noch kaum fassen.

Am Morgen nach dem Telefonat packte Anna ihre Sachen zusammen, verabschiedete sich von der Dreierbande, die ihr missbilligend nachsah, und fuhr nach Pontiggia.

Strahlend kam Teresa Anna über eine gepflegte Rasenfläche entgegen. »Teresa, du siehst blendend aus.« Teresa freute sich über das Kompliment und strich sich die pechschwarzen Haare aus dem Gesicht. »Ich weiß schon, das liegt am Landleben: kein Stress, kein Ärger mit den Mitarbeitern, kein Smog.«

Untergehakt gingen die beiden an der Rasenfläche vorbei zu einem überdachten Pavillon, um den mehrere große Töpfe mit lachsfarbenen Oleandern standen.

Seit ihrem sechzigsten Geburtstag, den Teresa noch in ihrer Mailänder Agentur gefeiert hatte, hatte Anna ihre Freundin nicht mehr gesehen.

»Man sieht dir an, dass du glücklich bist«, stellte Anna bewundernd fest.

»Oh ja, ich bin der beste Beweis, dass man dem eigenen Leben, unabhängig vom Alter, immer wieder eine neue Richtung geben kann. In den wesentlichen Dingen hatte meine Tante Elena einfach recht, sie sagte immer: Wichtig ist, wie man sich fühlt, und ob jung oder alt, das spielt sich doch vor allem im Kopf ab!«

»Wenn es so einfach wäre«, sagte Anna und seufzte leise.

»Ich finde, die wichtigen Dinge sind immer ganz einfach«, antwortete Teresa. »Ich hoffe, du bleibst ein bisschen.« Ihr Blick fiel auf Annas Notebook, das sie im letzten Moment noch eingepackt hatte. »Du hast dir doch hoffentlich keine Arbeit mitgebracht?«

»Nur ein bisschen, ich muss meinen Text durchsehen, falls ich mal einen freien Kopf dafür habe. Zu Hause habe ich jetzt einen halb bestellten Garten und eine Katzenbande, um die ich mich kümmern muss, da komme ich manchmal zu nichts.«

»Ach so, ich habe fast vergessen, dass du unter Entzugserscheinungen leidest, wenn du keine holprigen Bergstraßen bezwingst und unerfahrenen Städtern in ihren Wohnmobilen ausweichst, die in völlig unangemessenem Vertrauen in ihre Fahrkünste deine Gegend unsicher machen«, amüsierte sich Teresa.

»Du übertreibst maßlos«, widersprach Anna, aber Teresa hatte genau ins Schwarze getroffen.

»Ich weiß doch, dass du die Bezwingerin der Naturgewalten bist und dich ohne Herausforderung nicht wohlfühlen würdest.«

Anna lachte. Auf halbem Weg zum Haus blieb Teresa stehen.

»Hast du schon gesehen, die Wiese ist als Herz angelegt!«

Sie kicherte wie ein junges Mädchen. »Das war Luigis Idee.«

»Ach ja, Luigi! Bislang hast du mir nur erzählt, dass er Bürgermeister ist und du ihn im Steuerbüro kennengelernt hast.«

»Ja, wenn man in einem so kleinen Dorf freiwillig seine Grundsteuern zahlen geht, erlebt man eben ein Wunder! Luigi ist sicher die Belohnung, die mir ein Engel geschickt hat.«

»Ausgerechnet ein Bürgermeister! Ist er nicht sehr beschäftigt?«

»Natürlich, in einem 800-Einwohner-Ort ist der *Sindaco* für alles zuständig. Außerdem ist er als *assessore all' urbanistica* für Verkehr, Straßen und öffentliche Gebäude verantwortlich, in dem ganzen Chaos hier eine ausgesprochene Machtposition. Neulich haben sie ihn um elf Uhr abends aus dem Bett geholt, weil an einer Kreuzung die Glühbirne kaputt war. So ist das eben auf dem Land.«

Anna war nachdenklich neben ein paar Rosensträuchern stehen geblieben und blickte bewundernd über die weitläufige Landschaft, die sich in satten Grün- und Gelbtönen vor dem Himmel abhob.

»Bürgermeister auf dem Land stell ich mir anstrengend vor. Habt ihr überhaupt genug Zeit für euch?«

»Natürlich, anstrengend ist es schon. Aber für Luigi ist es der schönste Job der Welt, er engagiert sich sehr. Dafür wurde er bei der letzten Wahl mit über achtzig Prozent gewählt, und das zum zweiten Mal! Sogar seine eigene Partei hat es kaum geglaubt.«

»Kein Wunder. Bei dem Unsinn, den die sonst anrichten. Wann siehst du ihn überhaupt, wenn er sich von Steuern bis Straßenbeleuchtung um alles selbst kümmern muss?«

»Jeden Tag natürlich, auch wenn er meistens erst am Abend nach Hause kommt. Es ist einfach schön, ihn neben mir zu haben. Ich war lange genug allein.« Teresas Gesicht nahm einen verträumten Ausdruck an.

»Komm, lass uns ein paar Schritte gehen. Die Luft ist noch zu mild, um drinnen zu sitzen.«

»Und du hast dir jetzt endlich einen Traum erfüllt.« Anna sah sich mit Bewunderung um. »Ehrlich gesagt: Es ist wunderschön, aber es sieht hier alles nach ziemlich viel Arbeit aus.« Der weitflächige Rasen war kurz geschnitten, die beiden Wege zum Haus waren mit kleinen Buchsbäumen umsäumt.

»Natürlich, aber was macht schon keine Mühe im Leben? Man bekommt nichts, wenn man sich nicht dafür eingesetzt hat. Und Landleben ist immer schwierig, aber man lernt auch viel über sich selbst.«

»Findest du? Wie meinst du das?«, fragte Anna und ging ein paar Zickzack-Schritte zwischen den Buchsbäumen.

»Na ja, das kennst du doch, man bekommt auf dem Land ein sehr unmittelbares Feedback, wenn man Fehler macht. Gestern zum Beispiel hatte ich es zu eilig, um meine Gummistiefel anzuziehen, und bin mit meinen normalen Straßenschuhen im Schafstall ausgerutscht. Geschieht mir ganz recht. Und Giacomo, der uns dreimal die Woche hilft, ist neulich im Dunkeln fast auf eine Viper getreten. Am nächsten Tag hat er sie gekillt und gesehen, dass ihr Bauch voller Mäuse war! Deshalb konnte sie sich wohl kaum bewegen. Sonst wäre es schlimm mit ihm ausgegangen. Das sind eben die Abenteuer des Landlebens«, lachte Teresa. »Auch Tag und Nacht, das sind zwei Welten mit eigenen Gesetzen, die man auf dem Land einfach respektieren muss.«

Das Wohnhaus bestand aus einem quadratischen, dunkelroten Gebäude für die Gäste, dem gegenüber sich ein lang gestrecktes Natursteinhaus, Teresas privater Wohnbereich, befand. Links davon lagen die Ställe für Schafe und Luigis vier Maremana-Hirtenhunde. Dahinter, wo die sanften Hügel in die Ebene und zum Fluss abfielen, lagen die Felder.

»Teresa, das Grundstück ist ja riesengroß! Ich wusste nicht, dass du ein richtiges landwirtschaftliches Unternehmen übernommen hast!«

»Halb so schlimm«, erwiderte Teresa gut gelaut. »Es gehört eben zu jedem *Agriturismo*, dass es den größten Teil der Produkte, die es seinen Gästen anbietet, Eier, Honig, Gemüse und Fleisch, selbst produziert.«

»Ich sehe vor allem, dass du dir Arbeit aufhalst, während andere in deinem Alter bequem geworden sind!«

»Ja und nein. Luigi und ich haben die Aufgaben gut verteilt. Der Garten und die Gäste sind meine Aufgabe, Luigi kümmert sich um die Tiere. Tagsüber ist er im Büro und hat seine kleine Wohnung im Zentrum behalten. Weißt du, warum ich Pontiggia auf Anhieb mochte? Weil die *Via della libertà* auf die *Piazza della Santa Felicità* führt! Da liegt auch Luigis Büro. In so einem Dorf muss man doch glücklich sein!« Teresas unbeschwertes Lachen steckte Anna an. »Außerdem lebt im Dorf seine alte Mutter, zu der er zweimal in der Woche zum Abendessen geht. Meist ist es dann zu spät, um noch hier rauszufahren, und er übernachtet im Ort. Du solltest mal sehen, wie die Straße hier heraus aussieht, wenn es ein paar Tage geregnet hat!«

Anna hatte aufmerksam zugehört. »Stört dich das nicht, dass Luigi so beschäftigt ist?«

»Nein, ich habe genug zu tun«, entgegnete Teresa. »Wenn keine Gäste da sind, lade ich meine Freundinnen ein, kümmere mich um den Garten, lese viel. Am Anfang war ich ein bisschen eifersüchtig auf seine Arbeit und auf das Leben, das er vor mir geführt hat. Ich glaube, er war ein ziemlicher Frauenheld. Aber wir sind beide über sechzig, jeder hat seine Geschichte. Und zu einem italienischen Bürgermeister gehört eben auch *la mamma*, die er regelmäßig besucht. Ich glaube, sonst würde er im Dorf das Gesicht verlieren, wenn er sie vernachlässigen würde. Außerdem ist die alte Dame ganz nett. Sie besitzt wunderschönes Porzellan und eine Unzahl von Spitzentischdecken, mit denen sie für sich und ihre Gäste deckt. Ich mag es, wenn jemand auch im hohen Alter noch so viel Wert auf seine Umgebung legt. Und was unsere Beziehung anbetrifft: Wenn man älter ist, braucht man einfach seinen Freiraum. Ohne viel Toleranz funktionieren Beziehungen in unserem Alter nicht«, fand Teresa.

»Ich bewundere dich, dass du diesen Sprung gewagt hast! Ein neues Leben, ein neuer Mann. Ist es nicht ungewohnt, nach so vielen Jahren wieder mit einem Mann zusammen zu sein?«, erkundigte sich Anna.

»Nein, warum eigentlich? Ich bin einfach glücklich mit ihm! Unsere Liebe ist wie ein Geschenk, das wir jetzt in einem Alter erleben, als wir beide nicht mehr damit gerechnet hatten. Luigi hat eine erwachsene Tochter aus einer früheren Beziehung, die allerdings zurzeit in Australien lebt. Wir respektieren die Vergangenheit, das Mosaik unseres Lebens, denn es hat uns ja zu dem gemacht, was wir heute sind.«

»Teresa – in den letzten zehn Minuten hast du schon dreimal das Wort ›Alter‹ erwähnt!«

»Ach ja?«

»Ich hab's ganz deutlich gehört«, versicherte Anna neckend. Teresas Augen funkelten.

»Weißt du, manchmal wundere ich mich, dass die Leute so viel übers Alter reden. Ich finde, dass sechzig überhaupt das beste Alter für die Liebe ist. Als ich jünger war, war ich manchmal nicht besonders klug«, stellte Teresa fest. »Luigi sagt immer, das Jahrzehnt zwischen sechzig und siebzig ist das beste Alter überhaupt.«

»Warum? Man spürt doch schon die Defizite des Alters, ist öfters krank, hat weniger Ausdauer und Kraft.«

»Ja schon, aber die meisten von uns sind doch mit sechzig noch ganz schön fit. Die unwichtigen Dinge kann man allmählich hinter sich lassen, und vieles, das wichtig ist, hat man gelernt und kann es weitergeben. Ob du es glaubst oder nicht, für mich hat die glücklichste Zeit mit meinem sechzigsten Geburtstag angefangen.«

»Ja, vielleicht ist es ein Vorteil des Alters, dass man sich mehr Zeit lässt, um einen anderen Menschen zu entdecken, und läuft nicht mehr falschen Träumen hinterher«, gab Anna ihr recht.

Teresa ging hinunter auf die Terrasse.

»Luigi würde am liebsten ein Ökodorf aus dem Ort machen, aber da ist er ein bisschen weiter als die anderen, und die beste Idee hat keinen Sinn, wenn man die anderen nicht mitnehmen kann. Im Nachbardorf gibt es Pferde, eigentlich wäre dies der ideale Ort für einen Reiterhof. Die meisten Gäste kommen ohnehin wegen der Pferdezucht hierher. Du müsstest diese schwarzen, kleinwüchsigen Pferde mal sehen, sie sind eigensinnig und dabei sehr gutmütig! Zurzeit kümmert sich Luigi vor allem um die Schafzucht. Wir halten eine zähe Rasse, die gute Milch und köstlichen Käse gibt.«

»Und wer schlachtet die?«, fragte Anna, und Domenicas Bruder fiel ihr ein, wie er manchmal auf der Terrasse die Hühner köpfte.

»Natürlich niemand, was denkst du denn!«, antwortete Teresa entrüstet. »Luigi liebt seine Schafe, sie sind den ganzen Tag draußen auf der Weide. Er hat wenig Zeit, sonst würde er ihnen vor dem Schlafengehen noch die Klauen streicheln.«

»In meinem Tal gibt es auch eine Reihe von ausgesprochen eigenwilligen Tierpersönlichkeiten«, antwortete Anna, kein bisschen erstaunt.

»Na, dann weißt du ja, was ich meine! Stell dir vor, Luigi hatte als Kind ein Perlhuhn, das er abends auf dem Arm in den Stall tragen musste!«

»Hat er ihm auch ein Schlaflied gesungen?«, fragte Anna, ohne eine Miene zu verziehen, während ihr Blick auf die sanften Hügel und die weiten Felder rund um Teresas Anwesen fiel, auf denen das Korn bereits kniehoch stand.

Teresa folgte ihrem Blick. »Luigi will etwas ausprobieren, er hat ein paar Doppelzentner Weizen gesät, er würde einfach gern die Landwirtschaft wieder ankurbeln.«

»Es ist wunderschön hier«, sagte Anna bewundernd. »Die Weite ist richtig wohltuend, wenn man von der Küste kommt, wo das Gelände jeden Augenblick ins Meer abzurutschen scheint.«

»Dafür hast du aber diese Aussicht, unendlich und ungestört, nur das Meer bis zum Horizont«, fand Teresa. Sie wies auf den weitläufigen Garten zu ihren Füßen. »Irgendwann sollen hier draußen noch ein paar geschützte Ecken zum Lesen, Frühstücken, Plaudern und Nachdenken entstehen, vielleicht schaffen wir es bis zum nächsten Jahr.«

Gut gelaunt führte Teresa Anna in den Salon, den sie, wenn keine Gäste da waren, auch als privates Esszimmer nutzte und der mit zwei bunt bemalten weißen Holztruhen sowie grünen und roten Polsterstühlen mit kerzengerader Lehne ausgestattet war.

»Kein Wunder, dass sich deine Gäste hier so wohlfühlen – du scheinst keinen Unterschied zwischen deinen privaten Räumen und denen für die Gäste zu machen«, stellte Anna fest.

»Natürlich, hier soll es doch allen gut gehen!«

Anna sah sich um. »Was für ein Luxus, Hussen aus rotem Samt und grüner Seide. Diesen Stil habe ich zuletzt im Genueser Palast von Andrea Doria gesehen, als ich mit Angelina einen Nachmittag auf der Weinmesse war! Ich nehme an, du wirfst das Besteck nicht wie der Genueser Fürst großzügig aus dem Fenster, wenn du es einmal benutzt hast?«

Teresa stellte eine Flasche Malvasia, Schafskäse, einen Teller mit dunkler Salami, blauen Feigen und einen Laib selbst gebackenes Brot auf den Tisch, der mit einer gelben Leinentischdecke gedeckt war. Sie hatte ihr bestes Geschirr, edles Weiß mit schmalem rotem Rand, aus der bunt bemalten Vitrine geholt.

»Sieht alles höchst einladend aus«, fand Anna anerkennend. »Auf meinem Grundstück wächst auch ein Feigenbaum, aber er trägt leider nicht richtig.«

»Vielleicht muss er nur zurückgeschnitten werden? Luigi sagt, das ist die wahre Kunst des Landlebens, dass man die Bedürfnisse der Bäume und Tiere erkennt.«

»Ich freue mich jedenfalls«, sagte Anna heiter, »dass ich wenigstens ein paar Tage lang nicht mit den Widrigkeiten meines Landlebens kämpfen muss!«

»Was in deiner Gegend ja nicht ausbleiben kann. Die Ligurer und ihre Küste sind für ihre Widerspenstigkeit bekannt, das wusstest du ja schon. Dagegen fühlt es sich hier nach ziviler Gegend und freundlichem Zusammenleben an.« Teresa schnitt ein paar Feigen entzwei und ordnete sie auf einer ovalen Platte an. »Wer kocht denn überhaupt für dich?«

»Na, Angelina! Sie führt die beste Trattoria der Gegend. Und wenn sie mich nicht einlädt, koche ich inzwischen ihre Gerichte nach. Es geht nichts über raffinierte Einfachheit, lautet ihr oberstes Gebot.« Anna nahm ein Stück von dem cremig weichen Käse, der nach Gras, Sommer und Bergtälern roch.

»Verstehst du heute eigentlich, warum du so lange allein warst?«, wollte Anna wissen.

Teresas blickte nachdenklich ins Freie.

»Früher hatte ich meine beruflichen Interessen über alles andere gestellt. Woher sollte ich die Zeit für die Liebe nehmen?«, antwortete sie. »Liebe braucht einen inneren Raum, in dem sie wachsen und gedeihen kann. Ich weiß noch, wie viele Entschuldigungen mir in der Vergangenheit eingefallen waren, damit ich mich schon gar nicht auf die Suche machen musste. Aber wenn man ohne Liebe lebt, dann nimmt man sich selbst auch etwas. Das habe ich erst viel später, aber gerade noch rechtzeitig gemerkt.«

»Und dann hast du dich in dem Moment neu verliebt, in dem du dein Leben verändert hast und deiner Sache sicher warst?«

»Stimmt. Ich war gewissermaßen geerdet, als ich Luigi traf, im wörtlichen Sinn. Vielleicht ist das viel wichtiger, als man denkt. Ich kenne viele Frauen – und ein paar Männer –, die von der Liebe gerettet werden wollen. Sie sind unzufrieden mit ihrem Leben und denken, wenn sie sich neu verlieben könnten, wäre alles anders. Aber es ist genau umgekehrt. Erst wenn man für sich neue Entscheidungen getroffen und sein Leben geordnet hat, kommt alles, was man sich wünscht, auch auf einen zu.

›Am Ende fügt sich alles, und wenn's sich nicht fügt, war's

noch nicht das Ende.‹ Das ist jedenfalls Luigis Lebensmotto, das hat er mir schon bei unserem ersten Treffen verraten.«

»Klingt wie im Märchen«, lachte Anna, »es wäre wirklich schön, wenn es so wäre.«

»Alles fügt sich vielleicht nicht, aber das meiste schon. Vielleicht braucht man manchmal ein bisschen Geduld. Achte mal darauf, du wirst sehen, dass es so ist.«

Teresa schenkte von dem strohgelben, leicht moussierenden Malvasia nach. »Und du? Ist denn endlich auch ein Mann in dein Leben getreten?«

»Ja natürlich, Ottavio!« Anna lächelte.

»Na endlich, ich habe mir schon Sorgen gemacht!« Teresa häufte ein paar Käsestücke mit frischen Feigen auf Annas Teller.

»Nein, nein, nicht wie du denkst! Ottavio ist ein Freund, der meinen Garten bestellt. Früher ist er zur See gefahren. Ich habe eine Kontaktanzeige für ihn aufgegeben, weil er unbedingt eine Frau aus Deutschland kennenlernen will.«

Teresa lachte vergnügt. »Wieso, jetzt kennt er doch schon dich! Was die Frau aus Deutschland anbetrifft, da kann ich ihn allerdings verstehen. Meine früheren Mailänder Kolleginnen mit ihrem modischen Firlefanz und ständig der Mamma im Hintergrund gehen mir inzwischen auch ganz schön auf die Nerven. Und, hat sich denn eine gemeldet?«

»Was heißt hier eine, zuletzt waren es achtundvierzig, ein Ende ist nicht abzusehen.«

Teresa lachte vergnügt. »Das macht deine Gegend natürlich noch reizvoller, wenn es dort auch noch einen solchen Supermann gibt. Gefällt er dir?«

»Ich weiß nicht so recht«, antwortete Anna ausweichend und kaute genussvoll das dunkelrote Fleisch der Feige. »Ich suche ja keinen Mann.«

Teresa sah ihre Freundin vielsagend an. »Obwohl, je mehr er mir von sich erzählt, desto mehr entdecke ich neue Seiten an ihm. Außerdem muss er mir ja nicht gefallen. Er sagt, er sei ein ligurischer Bauer, einer, der die Erde bestellt und die Sehnsucht nach dem Meer in sich trägt. Eigentlich ist er ein ungewöhnlicher Mann.«

»Ein Mensch voller Gegensätze, klingt spannend«, antwortete Teresa.

»Am Anfang habe ich ihn gar nicht besonders ernst genommen, ich kannte ihn ja kaum. Er kam in schrecklichen ausgeleierten T-Shirts daher und hat mir Kohl und Kürbisse geschenkt.«

»Nein, was für originelle Geschenke – genau das, was Frauen sich wünschen!«, lachte Teresa. »Aber gib's doch zu, so was gefällt dir doch! Du würdest dich ja langweilen, wenn er mit einem Brillie daherkäme!«

»Ja, ja, du kennst mich ziemlich gut.« Anna grinste. »Es war ein köstlicher Riesenkürbis aus seinem Garten, eine ausgesprochen wohlschmeckende Sorte. Ein paar Samenkörner habe ich aufgehoben. Brillies kann doch jeder schenken, aber wer hat schon einen Garten mit prallen Riesenkürbissen?«

»Brillies kaufen sich Frauen heutzutage selbst!«, sagte Teresa entschieden und sah auf ihre linke Hand, an der ein kleiner, sehr feiner und reiner Brillantring funkelte.

Anna nahm noch einen Schluck Wein. »Aber du hast recht, er hat so viele Gedanken über die Liebe bei mir ausgelöst, dass ich mich inzwischen mehr mit ihm beschäftige, als mir lieb ist.«

Draußen war ein leichter Wind aufgekommen, der den Geruch von Heu und warmen Ställen durchs offene Fenster trug.

»Je besser ich ihn kenne, desto mehr bewundere ich ihn für seinen Mut und seine Offenheit. Übrigens finde ich es nach dieser Anzeige höchst interessant, wie vielen Frauen seine einfache Lebensweise gefällt.«

»Das würde mir genauso gehen. Aber zum Glück habe ich ja gefunden, was ich mir schon so lange gewünscht habe. Und wie du siehst, sind dieser Ottavio und ich das beste Beispiel, dass Liebe in jedem Alter möglich ist.«

Teresa strich sich durch die schwarzen Haare, die ihr schmales Gesicht umrahmten. Ihre ganze Erscheinung war überaus anziehend, fand Anna und fragte sich, warum diese attraktive Frau so lange allein geblieben war. Aber mit äußerer Schönheit hat Liebe am allerwenigsten zu tun, das wusste sie ja inzwischen. Wahrscheinlich hatte Teresa recht: Man muss zuerst mit sich und dem eigenen Leben im Reinen sein, bevor man sich wieder verlieben kann.

»Ich verstehe überhaupt nicht, warum die Leute so ein Aufhebens um das Alter machen«, fand Teresa entschieden. »Man ist jung, man wird älter, und die Bedürfnisse bleiben doch immer dieselben: Man will lieben, geliebt werden, Teil einer Gemeinschaft sein. Vielleicht wäre es langsam mal wieder Zeit, dass du dich auch wieder neu verliebst?«

»Ja, es wäre schön, aber nach der Trennung von Rolf muss ich mich immer noch erholen.«

»Willst du deine Auszeit nicht endlich beenden?«

»Ich werde bei Gelegenheit darüber nachdenken«, versicherte Anna. »Im Augenblick kann ich mir nicht vorstellen, woher eine neue Liebe kommen soll.«

»Das kann man sich nie vorstellen. Entweder man trifft eine neue Liebe vollkommen unverhofft, oder man kennt sie bereits«, erklärte Teresa und warf Anna einen vielsagenden Blick zu.

»Wenn man liebt, fühlt man sich einfach lebendiger. Wie man an deinem Beispiel ja bestens sieht!«, stellte Anna ein bisschen neidisch fest.

»Aber es gibt viele Formen der Liebe«, fuhr Teresa fort, plötzlich nachdenklich. »In einem toskanischen Kloster habe ich mal einen Wissenschaftler kennengelernt, der sagte, er sei immer verliebt, selbst wenn es nur in die neue Torte des Bäckers ist!« Teresas grüne Augen blitzten vor Lebensfreude. »Das Schlimme ist, dass wir uns immer wieder selbst Hindernisse in den Weg legen. Aber glaub ja nicht, dass es nur uns Alten so geht: Mein Neffe Pino hat mir erzählt, wie viele Jahre er seine Liebste schon flüchtig gekannt hatte, bevor sie zueinander fanden. Nur hatte er keine Zeit, um die Augen von seinem Schreibtisch zu lösen. Jahrelang war er von einem beruflichen Termin und von einem Computer zum nächsten gehetzt. Lea dagegen, seine heutige Freundin, erlebte eine Zeit, in der sie sich nicht schön genug für neue Begegnungen fand. Sie hatte drei Kilo zu viel auf der Waage und fand sich zu dick! Kannst du dir das vorstellen? Über diesem Missverständnis war ein ganzer Sommer vergangen!«

»Unser Leben dauert ja nicht ewig, zum Glück, als dass wir uns solchen Unsinn erlauben könnten!«

»Weißt du, früher haben mir ganz andere Männer gefallen«, erinnerte sich Teresa, »die Abenteurer, Nicht-Sesshaften, die unentwegt in der Welt unterwegs waren. Einen wie Luigi, der sein ganzes Leben in seinem Dorf verbracht hat, hätte ich in Mailand noch nicht einmal bemerkt.«

»Übrigens heißt es dann doch oft, dass Frauen zu stark und selbstständig sind, Männer dagegen sich nicht mit ihren Gefühlen auseinandersetzen. Hörst du das nicht auch immer wieder als den Grund dafür, dass beide nicht zusammenfinden?«, fragte Anna.

»Ja, das halte ich aber für ziemlichen Unsinn. Als ob Gefühle eine Frage von Stärken und Schwächen wären!«

Teresas vier weiße Maremana-Hirtenhunde fingen wie wild zu bellen an, weil eine Horde Jugendlicher in affenartigem Tempo mit ihren Mopeds über die Hügel raste. »Die Hunde sind Luigis Leidenschaft, die hat er schon als Jugendlicher gezüchtet und sogar Preise gewonnen. Komm mit, ich will dir noch die Zimmer zeigen. Und bitte, such dir das Schönste aus!«

Alle fünf Zimmer, die Teresa ihr zeigte, waren sehr geschmackvoll eingerichtet, mit handbemalten hellen Möbeln, beigefarbenen Vorhängen und passenden Kissenbezügen. Jeder Fensterausschnitt wirkte wie ein ausgesuchtes Landschaftsbild, die durchsichtigen Vorhänge gaben den Blick auf sanfte Hügel und Wiesen frei. Anna sah in die friedliche Landschaft hinaus. »Du hast dir einen wunderbaren Ort ausgesucht«, stellte sie bewundernd fest.

»Ja, es hat mir hier sofort gefallen«, sagte Teresa, plötzlich ganz ernst. »Alles wirkt so, als sei das Verhältnis von Mensch und Natur im rechten Maß. Aber jetzt komm erst mal mit in die Küche, ich muss das Wasser für die Gnocchi aufsetzen.

»Oh, selbst gemacht?«

»Natürlich, und danach gibt es *involtini al basilico*, die magst du doch?«

»Also, ich finde es wunderbar, wie ich hier überall verwöhnt werde!« Anna setzte sich auf eine schmale Polsterbank am Fenster, während Teresa den Fenchel klein schnitt.

»Ich glaube, deshalb sind die Leute hier auf dem Land auch zufrieden, weil sie, egal, was sonst auch im Leben geschieht, immer ein tröstliches Essen auf dem Tisch haben.«

»Findest du wirklich?«, fragte Anna.

»Ich bin davon überzeugt! Wer hat bei solchem Essen noch die Zeit, sich Gedanken über unglückliche Lieben zu machen.«

»Vielleicht hast du recht, und es gibt da wirklich einen Zusammenhang. Übrigens finde ich es interessant, manchmal die männliche Sichtweise zu hören. Neulich habe ich mit Ottavio darüber gesprochen, wie viele meiner Freundinnen von ihren früheren Liebhabern sprechen, als wäre diese Begegnung erst gestern gewesen. Und ich frage mich, ob sie vielleicht einfach zu früh gegangen waren!«

»Vielleicht hat eine böse Fee ihr zerstörerisches Gift versprüht!«, entgegnete Teresa.

»Es war keine Fee, weder eine gute noch eine böse noch irgendein anderer Kobold«, antwortete Anna lakonisch und sah durch das offene Fenster über die Hügel, wo gerade der Mond aufgegangen war. »Weißt du, was ich inzwischen glaube? Dass Unglück in der Liebe häufig die Folge von ganz banalen Missverständnissen ist.«

»Die Gnocchi sind fertig«, sagte Teresa und ging schnell in die Küche. »Lass uns anfangen, auch wenn Luigi noch nicht da ist. Bei einem Bürgermeister auf dem Land weiß man nie so genau, wann abends Büroschluss ist. Und was die Missverständnisse in der Liebe anbetrifft, so glaube ich inzwischen, dass wir sie uns einfallen lassen, damit wir sie aus dem Weg räumen können und es uns in diesem wunderbaren Leben nicht zu langweilig wird.«

»Auf so einem edlen Stuhl habe ich schon lange nicht mehr gesessen«, bemerkte Anna und zupfte an den grünseidenen Hussen der geraden Holzstühle, die in Teresas Esszimmer standen. »obwohl, es sieht gar nicht nach übertriebenem Luxus aus, es passt einfach zu dir und deinem Haus!«

Die Gnocchi aus Ricotta und Spinat schwammen in einer Soße aus Butter und Salbei und schmeckten köstlich.

»Und bei diesem Essen geht Luigi noch zu seiner Mutter?«, fragte Anna begeistert, als sich plötzlich die Tür öffnete und ein gut aussehender Mann hereinkam, mit weißem, kurz geschnittenem Haar, nicht ganz ergrautem Schnurbart und einem schwarzen Jackett über blauer Hose und Pullover. So sehen eben die attraktiven Italiener in einem gewissen Alter aus, dachte Anna. Luigi, sie schätzte ihn auf Mitte sechzig, gefiel ihr auf Anhieb.

»Die Gnocchi habe ich schon unten an der Kurve gerochen«, sagte Luigi mit einem charmanten Lächeln, gab Teresa einen Kuss und begrüßte Anna. Aber trotz seines Lächelns sah Luigi besorgt aus.

»Was ist denn passiert?«

»Oben im Ortsteil Laviello ist der halbe Berg nach dem Regen gestern heruntergekommen. Leider genau auf das einzige Haus, das darunter steht. Ein Mann wurde verletzt, Gott sei Dank nur leicht. Leute aus Albanien, der Mann arbeitet hier als Maurer. Die Frau und die drei Kinder waren zum Glück nicht zu Hause.«

Luigi setzte sich neben Teresa.

»Und wo sind die Leute jetzt?«

»Wir mussten sie evakuieren, bis auf Weiteres sind sie in der alten Hausmeisterwohnung neben der Schule untergebracht. Eine Vorsichtsmaßnahme, aber es war besser so.«

Luigi nahm sich eine Portion Gnocchi. Auch Teresa war nun besorgt.

»Es wundert mich überhaupt nicht, dass der Berg heruntergekommen ist. Das Gelände ist verwildert, und die Wurzeln der Pinien halten die Erde nicht zusammen. Abgesehen davon sind Pinien ohnehin keine Bäume, die hier heimisch sind.«

»Ja, du hast recht. Wenn es so weitergeht, werden wir jeden Winter bei Regen mit den gleichen Problemen zu kämpfen haben«, erwiderte Luigi, dem die Erschöpfung deutlich anzusehen war.

»Das Problem kenne ich, in meinem Tal sind die Trockenmauern fast überall zusammengebrochen«, erzählte Anna. »Die Leute haben inzwischen richtig Angst davor, was bei Regen alles passieren kann. In diesem Sommer soll die Straße für die Touristenbusse verbreitert werden, ohne Rücksicht darauf, dass man in ein gewachsenes Gefüge eingreift. Neulich habe ich beim Spazierengehen abends ein paar Fotos gemacht: Es tut richtig weh, wenn man sieht, wie fünfhundert Jahre alte Mauern zerstört wurden. Und für was? Damit es ein paar Besucher, die mit Stöckelschuhen einen Busausflug machen, bequemer haben!«

Anna hatte sich in Fahrt geredet, Teresa sah sie erstaunt an.

»Anna, so kenne ich dich ja gar nicht! Bist du jetzt zur Umweltschützerin geworden? Ich dachte, du kennst dich nur mit Morden und Großstadtverbrechen aus! Was hat dich denn zu diesem Sinneswandel bewegt?«

»Na ja, ich weiß jetzt einfach viel mehr darüber, weil mir Ottavio vom Verfall der Landschaft erzählt hat. Und weil ich es mit eigenen Augen gesehen habe«, fügte sie rasch hinzu. »Erinnere mich bloß nicht an die ungelösten Großstadtmorde! Während ich hier mit euch Wein trinke und Spinatgnocchi esse, spricht bestimmt mein Münchner Produzent auf meinen Anrufbeantworter und fragt, wie weit ich mit meiner Arbeit bin.«

»Anna hat recht«, Luigi machte eine zweite Flasche Malvasia auf, während Teresa den zweiten Gang, hauchdünne *involtini* mit Fenchelgemüse, auftrug. »Die Schäden durch die Erosion sind eine Sache, die man nicht verhindern, aber aufhalten kann, indem man das Land weiterhin bestellt. Schließlich ist die ganze Welt aus Erosion entstanden. Aber eine ganz andere Sache ist die menschliche Dummheit, wenn wir völlig unsinnig und ohne darüber nachzudenken in die Natur eingreifen. Im Nachbarort von Pontiggia wird hundert Meter von einem Kanal entfernt ein Supermarkt mit Tiefgarage gebaut. Da ist ja wohl ziemlich klar, dass früher oder später alles unter Wasser steht.«

»Aber wie willst du so ein gewaltiges Problem lösen?«, fragte Teresa und blickte Luigi sorgenvoll an.

»Die einzige Chance wäre, das Land wieder aufzuforsten«, antwortete Luigi entschieden. »Aber dazu bedürfte es eines übergreifenden Konzepts, alle um einen Tisch und vor allem an einem Strang.«

»Und das hier, unter diesen halsstarrigen Leuten?«, erwiderte Teresa skeptisch. »Luigi, du träumst! Du solltest doch wissen, dass das in dieser Gegend nicht funktionieren wird. Die Leute hier sind viel zu eigensinnig, um an einem Strang zu ziehen.«

»Ich weiß gar nicht, ob dafür wirklich ein so großes Konzept notwendig wäre. Man müsste einfach mal anfangen, Olivenbäume zu pflanzen auf einem noch so kleinen Stück Land, und aufgegebene Felder roden. Dann würden die anderen vielleicht mitziehen. Du weißt doch, wie die Leute auf dem Dorf so sind«, erwiderte Luigi ruhig, als hätte er bereits über alles nachgedacht.

»Aber gibt es denn gar keine Gelder für den Erhalt der Landwirtschaft?«, mischte sich Anna ein.

»Überleg mal – woher sollen die denn kommen?«, fragte Teresa skeptisch. »Aus Rom? Aus Brüssel etwa? Bis dahin stürzen viele Berge ein.«

»Bei euch ist das Problem ja noch überschaubar«, gab Anna

zu Bedenken. »Aber oberhalb der Küste drohen die schmalen Terrassen ohne Trockenmauern wirklich ins Meer zu stürzen. Leute wie Ottavio treibt ständig die Sorge um.«

Luigi zog sein Jackett über, um noch einmal nach draußen zu gehen. »Hast du nach den Schafen gesehen?«

»Ja, schlafen alle und brauchen heute keine Schlaflieder mehr«, antwortete Teresa mit sanftem Lächeln.

»Ich gehe trotzdem nachsehen, bevor es dunkel wird.« Luigi zog sein Jackett an und strich Teresa liebevoll über die Schulter, bevor er nach draußen ging.

»Ein guter Typ, dein Luigi«, sagte Anna, sobald er den Raum verlassen hatte.

»Ist er auch, einer, der was von der Erde, von den Pflanzen, vom Mond, von den wichtigen Dingen des Lebens versteht.« Teresa räumte die schweren weißen Teller weg. »Und von Menschen versteht er auch etwas.«

»Langsam habe ich das Gefühl, dass es noch ein paar richtig gute Exemplare von Männern gibt«, stellte Anna gut gelaunt fest.

Sie stand auf und lehnte sich ans Fenster, um die kühle Nachtluft einzuatmen. »Weißt du, seitdem ich älter bin und auf dem Land lebe, frage ich mich häufig, was im Leben wirklich wichtig ist«, sagte sie.

In der Ferne waren Luigis Schritte Richtung Schafstall zu hören.

»Eins mit sich selbst sein, in Harmonie mit anderen Menschen, in der Nähe der Natur leben, ihr Respekt zurückgeben, weil es sonst mit unserer Erde nicht weitergehen kann. Ich habe viel gelernt, seitdem ich hier draußen lebe«, stellte Teresa fest.

»Ich weiß im Moment noch überhaupt nicht, wie es weitergeht und habe jeden Tag Angst, dass mein Produzent anruft«, erwiderte Anna nachdenklich. »Eigentlich möchte ich nicht mehr in die Stadt zurück. Aber was ist die Alternative? Hierbleiben und schreiben? Manchmal kommt es mir hier auch ein bisschen einsam vor, auch wenn ich mich mit allen meinen Nachbarn gut verstehe.«

»Sei nachsichtig mit dir, lass dir noch ein bisschen Zeit, um herauszufinden, was du wirklich willst«, beruhigte Teresa sie. »Kennst du nicht auch dieses Glücksgefühl, wenn du am Abend über die Hügel gehst? Natürlich, das Landleben kann auch ganz schön anstrengend sein.«

»Oh ja, die Wege sind länger, und wenn man die Zeitung oder die Milch vergessen hat, dann muss man eben die ganze Strecke zurück in den Laden fahren«, lachte Anna.

»Ich glaube, das Wichtigste ist, Verantwortung füreinander zu tragen«, fand Teresa, »das habe ich vor allem von Luigi gelernt, der nicht nur für seine Familie, sondern für das ganze Dorf Verantwortung übernommen hat. Soweit ich das beurteilen kann, fühlt er sich ziemlich gut damit. Natürlich ist es auch anstrengend, aber er bekommt auch viel zurück. Luigi sagt, man muss auch die Verantwortung für eine Landschaft übernehmen.«

»Verantwortung für die Landschaft übernehmen. Kann man das überhaupt?«, erkundigte sich Anna.

»Oh ja, die Verantwortung für eine Landschaft übernehmen und Sorge für andere tragen. Meinst du nicht auch, dass das irgendwie zusammengehört?«

»Ich weiß es nicht«, antwortete Anna, ganz in ihre Gedanken versunken, »aber ich bin sicher, im Lauf dieses Sommers werde ich es noch herausfinden.«

»Manchmal glaube ich, Luigi ist viel klüger als ich«, fand Teresa. »Verantwortung übernehmen, ist es nicht das, was wir heute immer weniger tun? Luigi hat sich sein Leben lang um sein Dorf und um seine Mutter gekümmert, während ich durch die Welt gezogen bin.«

»Vielleicht sollte ich auch Schafe züchten. Oder Oliven anbauen«, stellte Anna fest.

»Ja, und wieder einen Mann finden.« Teresas Augen glänzten. »Das wird doch nicht so schwierig sein. Langsam könntest du deine Auszeit doch wieder beenden, oder? Und über diesen Ottavio ist das Thema Liebe doch auf Umwegen wieder in dein Leben getreten, oder irre ich mich?«

Mit langen Spaziergängen durch die weite Landschaft, in Begleitung von Luigis Maremana-Hirtenhunden Mira und Bella, mit Gesprächen und köstlichem Essen hatte Anna bei Teresa fünf erholsame Tage verbracht.

Als sie am sechsten Tag nach Albereto zurückkam, tauchte Ottavio zwei Stunden später auf. Es war ein windiger Tag, der Wind ließ die Blätter der Steineichen rascheln und stellte das Fell der Katzen zu einem dicken Flaum auf. Anna war sich nicht sicher, ob sie sich darüber freuen sollte. Woher wusste er überhaupt, dass sie wieder da war? Es kam ihr vor, als hätte er auf der Lauer gelegen. Oder hatte er heimlich mit Domenica Kontakt aufgenommen?

»Weißt du, wie viele Frauen mir geschrieben haben?« Ottavio machte eine geheimnisvolle Miene. »Dreiundsiebzig!« In seinem Blick war der Triumph zu lesen, Anna dagegen war fassungslos.

»Wie willst du eine unter dreiundsiebzig auswählen?« Sie holte tief Luft.

»Pass bloß auf, Ottavio, sonst bist du am Ende wieder allein. Wer zu viel Auswahl hat, bleibt mit leeren Händen zurück. So ist das doch!«

Ottavio ließ sich nicht aus der Ruhe bringen. »Ich dachte,

dass ich jetzt auf Reisen gehe. Ich muss die Frauen doch kennenlernen, die mir geschrieben haben.«

Anna spürte wieder dieses merkwürdige Ziehen in der Magengegend.

Es war Anfang April, auf den Hügeln von Albereto roch es nach Frühling, und Ottavio zog es in die Welt hinaus.

»Am liebsten würde ich natürlich alle besuchen, aber ich glaube, das wird schwierig sein. Zurzeit kommen zwanzig in die engere Wahl. Was meinst du, wie viele Tage braucht man für ein erstes Kennenlernen?«

»Na ja, maximal drei Tage, das reicht. Wenn es schön war, kann man den Besuch ja wiederholen«, entschied Anna, um Neutralität bemüht.

»Findest du es besser, ich unternehme eine Reise nach Deutschland, oder die Frauen kommen zu mir?«

Anna wusste nicht, was sie auf die Frage antworten sollte.

Eine, die auf dem Foto ziemlich entschlossen aussah, schlug vor, sich auf halbem Weg zu treffen. Ottavio gefiel das nicht.

Anna fiel wieder die gut aussehende Sängerin mit den blauen Augen ein.

»Ein Risiko ist immer dabei, vielleicht gibt es die eine oder andere, der du nicht gefällst«, warnte sie vorsichtig.

»Schon möglich.« Ottavio schien vollkommen unbeeindruckt von Annas Warnung.

»Vielleicht will die eine oder andere nach Italien ziehen, und ein Mann dort vereinfacht natürlich den Weg«, gab Anna weiter zu bedenken.

»Warum nicht, ist doch praktisch.« Ottavio war einfach nicht aus der Ruhe zu bringen.

»Wie willst du denn überhaupt herausfinden, wer zu dir passen könnte und wer nicht?«, fragte Anna skeptisch.

»Ich habe mir ein blaues Heft zugelegt, für alle, die in die engere Wahl kommen.«

»Aha, und wie viele Abende hast du schon damit zugebracht?«

»Ein paar schon. Nach Sonnenuntergang habe ich draußen ja nicht mehr viel zu tun.«

»Verstehe. Und was notierst du dir?«

»Nach dem ersten Telefongespräch mache ich mir Notizen, was mir an dem Gespräch gefallen hat und was nicht. Hinter dem Namen schreibe ich auf, wo sie wohnt, ihren Beruf, Alter, ob sie Kinder hat oder nicht.«

»Aha, du gehst wohl ziemlich systematisch vor«, entfuhr es Anna eine Spur kühler, als sie es eigentlich gemeint hatte. Hätte ich ihm gar nicht zugetraut, dachte sie anerkennend.

»Das ist so ähnlich wie beim Mauernbauen. Du musst einen Stein auf den anderen setzen und die Zwischenräume mit kleinen *ricausi* füllen, sonst bricht das Ganze wieder zusammen. Außerdem habe ich inzwischen gelernt, zwischen den Zeilen zu lesen.«

»Klar doch, zwischen den Zeilen und Worten, da muss man immer auf die Suche gehen«, pflichtete Anna ihm bei.

Sieh an, dieser Ottavio, er ist klüger, als ich angenommen habe, dachte Anna. Plötzlich kam er ihr verwegen männlich vor.

»Vielleicht ist es gar nicht so schwierig. Eine Frau suchen ist ein bisschen, wie Land bestellen. Erst betrachtet man die Erde, überlegt, was am besten wächst, und dann fängt man mit dem Pflanzen an.« Aha, jetzt kommen die Bauernweisheiten, dachte Anna, das hat mir gerade noch gefehlt.

»Wann willst du mit der Bepflanzung, ich meine den Besuchen, beginnen?«

»Ich dachte, dass ich Ende April die ersten drei besuche.«

»Ja klar, die Reise muss sich ja lohnen.«

»Die anderen lade ich dann den Sommer über zu mir ein.«

Ottavio kramte in seinem Rucksack.

»Hier, schau mal, eine von den Nachzüglerinnen, was hältst du von der? Sie schreibt, sie ist Altenpflegerin, das finde ich sehr sympathisch. Aber dann hat sie so ein kitschiges Herz auf den Briefumschlag geklebt.«

Anna versuchte, neutral zu bleiben. »Gefällt sie dir denn?«

»Weiß nicht. Hat wohl eher ein kindliches Gemüt.«

Ottavio zog den nächsten Brief hervor.

»Und die hier, die nennt mich ›Herr‹!« Ottavio war sichtlich irritiert. Dann zog er ein verknittertes Foto aus einem anderen Umschlag.

»Wie findest du die mit den kurzen Haaren, die sieht ein bisschen zu männlich aus, oder?«

»Finde ich auch. Ist nichts für dich.«

Ottavio hatte schon wieder ein neues Foto in der Hand. »Aber schau mal, die hier, Ingrid, die zuallererst angerufen hatte, sie hat mir jetzt ein Foto geschickt. Sie wohnt in der Nähe von Tübingen, die könnte doch wirklich sympathisch sein. Sie schreibt, dass sie vor einem leise prasselnden Ofen sitzt, genau wie bei mir, und dass sie vor dem Haus einen Rosengarten angelegt hat!«

Anna spürte wieder diesen merkwürdigen Stich, den sie sich selbst nicht erklären konnte. Was wäre denn, wenn er tatsächlich die große Liebe finden würde? Wäre es dann mit ihrer Freundschaft vorbei? Das wäre wirklich schade, inzwischen hatte sie sich richtig an ihn gewöhnt.

»Egal, wie es ausgeht, du lernst neue Städte kennen, und das ist in jedem Fall ein Gewinn. Ehrlich gesagt, ein bisschen beneide ich dich.«

Drei Tage später teilte Ottavio Anna am Telefon mit, seine Reiseroute stehe nun fest. Trotz seines blauen Hefts mit den klugen Anmerkungen handelte er nach seinem Gefühl. Manchmal war es eine Stimme, die ihm gefallen hatte, ein anderes Mal war es eine Stadt, die er schon lange kennenlernen wollte.

Aber das Wichtigste war, und das war ziemlich bald klar geworden, dass die Frauen, die er besuchte, Italienisch sprachen. Ottavio verstand zwar Deutsch, aber für einen wirklichen Austausch war es nicht genug. Zehn Anwärterinnen kamen inzwischen in die engere Wahl: Die wollte Ottavio nun durch seine erste Reise und durch Einladungen zu ihm kennenlernen. Sechs oder sieben, mit denen er bereits in lebhaftem Briefwechsel stand, wollten ihn im Lauf des Sommers besuchen. Zwischen Anfang Juni und September hatte er, mit ein paar Pausen, einen Zeitplan für seine Besucherinnen aufgestellt. In zwei Fällen drohte es gefährliche Überschneidungen zu geben, die Ottavio durch dringende familiäre Verpflichtungen bei etwas weiter entfernt lebenden Verwandten zu umgehen suchte. Wenn das nur gut geht, dachte Anna. Und überhaupt, seine Notlügen gefielen ihr nicht!

»Ich würde dir raten, bei der Wahrheit zu bleiben. Mir selbst war es immer zu anstrengend gewesen, mich an meine Lügen zu erinnern.«

»Ich gebe mir ja Mühe, es könnte aber schwierig werden.«

»Und was machst du, wenn eine unangemeldet einen Tag früher auftaucht? Schließlich lebst du in einer Gegend, die bei Urlauberinnen ausgesprochen beliebt ist. Was sollte deine Besucherinnen daran hindern, sich hier ein bisschen früher umzusehen? Oder noch schlimmer: Was machst du, wenn du dich im Mai in die Erste verliebst und die ganze Reihe bis September noch vor dir hast?«

»Ich werde keine enttäuschen.« Ottavio grinste. »Die Neugier liegt schließlich in der Natur des Mannes. Du hast wohl noch nie was vom *latin lover* gehört?«

Anna warf ihm einen ironischen Blick zu.

»So sind die Männer, pah! Vor ein paar Monaten konntest du vor Trübsal kaum aus den Augen sehen, und jetzt bist du zum Liebling aller Frauen geworden!«

Ottavio war ein bisschen zu selbstbewusst geworden, fand Anna. »Wenn ich mich in die Lage deiner Besucherinnen hineinversetze, gefällt mir diese Haltung nicht besonders.«

Aber insgeheim freute sie sich, dass Ottavio gleich mehrere Stufen gleichzeitig auf der Leiter des Selbstbewusstseins erklommen hatte. Und alles durch ihre Hilfe – schließlich war die Anzeige ihr Verdienst!

Drei Stationen hatte er sich ausgesucht. Schortens, ein Dorf an der Ostsee, Berlin und Tübingen.

»Zumindest landschaftlich ein gutes Kontrastprogramm«, stellte Anna lakonisch fest.

Alle drei Frauen, deren Namen sie sich gar nicht merken wollte, hatten ihn zu sich nach Hause eingeladen. Als Treffpunkt war der jeweilige Bahnhof, als Erkennungszeichen sein dunkelblauer Anorak und sein blau gestreifter Schal ausgemacht.

»Und wenn mir eine nicht gefällt, kann ich immer noch ins Museum gehen!«

Als der Termin der Abreise immer näher kam, war Anna mindestens ebenso aufgeregt wie er. War es nicht gewagt, bei völlig Fremden zu wohnen und gleich ein paar Tage da zu verbringen? Drei Tage, hatte Ottavio beschlossen, reichten für ein erstes Kennenlernen aus. Er wäre sonst auch in Zeitdruck geraten. Das Vertrauen seiner Gastgeberinnen kam ihm zunächst selbst ein bisschen leichtsinnig vor. Und wenn er ein

Gewaltverbrecher wäre? Aber Ottavio hatte häufig mit Kirsten, Uta und Ingrid telefoniert, Signale waren ausgesandt und aufgenommen worden, man hatte sich, selbst auf die Distanz, beschnuppert und festgestellt, dass man derselben Welt angehörte. Obwohl mehrere sehr gut aussehende Frauen unter den Anwärterinnen waren, hatte Ottavio immer ausgesprochen realistische Entscheidungen getroffen: Er lief also nicht Gefahr, sich in ein Phantombild zu verlieben oder sich einer kränkenden Zurückweisung auszusetzen.

An dem Tag, an dem Ottavio abreiste, hing dichter Nebel über dem Tal, wie häufig im Frühling, wenn die feuchte Luft von der Küste heraufstieg. Unter dem dichten Schleier konnte sich die Natur erholen, die Pflanzen und das Grün ebenso wie die Menschen, die an solchen Tagen gezwungen waren, in ihren Häusern für eine gewisse Zeit innezuhalten. Sogar das Miauen von Annas drei Katzen klang weicher, und wenn Grigetta über die Steinmauern sprang, nahm ihr schmaler Körper unter dem Nebel verschwommenere Konturen an.

Hinter den Wolken versuchte Anna, ein paar blaue Lichtstreifen zu erkennen, und stellte sich Ottavio vor, wie er voller Erwartungen seine Reise begann.

Als der Nebel sich lichtete, sprang Grigetta vergnügt in der Frühlingsluft herum und legte Anna kurze Zeit später eine Maus unter den Frühstückstisch. Gute Katze, lobte Anna. Woher sollte Grigetta auch wissen, dass Anna keine Mäuse aß? Immerhin war ihr Grigettas Maus lieber als die Angewohnheit von Domenicas Bruder Camillo, der, sobald es wärmer wurde, die Hühner und Kaninchen auf Domenicas Terrasse schlachtete, immer genau dann, wenn sie draußen beim Frühstück saß.

Vieni a imparare il mestiere, hatte er ihr vergnügt zugerufen, komm rauf, damit du das Handwerk lernst, was Anna dankend abgelehnt hatte.

KAPITEL 4

Von wilden und von sanften Tieren

Nachdem Anna die hallenden Stimmen ihrer Nachbarinnen, trotz des beträchtlichen Abstands zwischen den Häusern, einen Sommer lang über das ganze Tal gehört hatte, wurde ihr klar, dass ihr Haus am Rand eines von der Natur geschaffenen Amphitheaters lag. Denn die schmale, gewundene Straße, die von der Küste hinaufführte, öffnete sich am Ende in einen natürlichen, zum Meer hin offenen Trichter, der hangabwärts mit Olivenbäumen und Weinreben angelegt war und auf den Anhöhen in die dichte Vegetation von Pinien und Steineichen überging. Hier lebten auch die Wildschweine, die einzigen Tiere, die in Albereto superiore nicht besonders willkommen waren. Direkt unterhalb der Häuser lagen die Gemüsegärten, die zu jedem ligurischen Haus gehörten.

»Hast du schon gesehen, was hier gestern Nacht passiert ist?«

Domenicas Stimme klang an diesem Morgen noch eine Spur heiserer als sonst. »Die Wildschweine haben meinen Radicchio gefressen! Es ist doch nicht zu fassen! Heute Nacht bleibe ich auf und erschieße sie.«

Anna saß wieder einmal an ihrem Manuskript, als die Ereignisse zwischen Menschen und Tieren wie schon oft einen ihrer mühsamen Versuche hinderten, aus ihrem Krimi-Plot doch noch eine gute Geschichte zu machen.

»Komm mal rauf und sieh dir an, was die Biester hier angerichtet haben!«, schallte Domenicas Stimme durch den Weiler.

Auf der anderen Straßenseite bahnte sich Anna einen Weg durch Domenicas Garten, der in drei gleichmäßige Streifen zwischen einem Pfirsich- und einem Lorbeerbaum angelegt war. Gegen die nächtlichen Streifzüge der Wildschweine – oder in einem Anfall skurrilen Gestaltungswillens – hatte Domenicas Bruder Camillo den Garten mit einem Eisengitter, zwei Dutzend weißen Findlingsteinen und einem alten Metallbett verbarrikadiert. Dazwischen lagen ein paar leere Coladosen, mehrere vereinzelte Schuhe mit fehlender Sohle sowie morsche Holzbretter in allen Größen. Ohne den ganzen Müll würden die Biester vielleicht annehmen, dass es hier keine Menschen gab und fühlten sich gleich als Herren des ganzen Gebiets!

Doch alle Barrikaden hatten nichts genutzt, und Domenica konnte sich nicht beruhigen. Die Wildschweine hatten nicht nur den Radicchio gefressen, sondern auch das ganze Basilikumbeet verwüstet. Mit geknickten Stengeln lagen die duftenden Pflanzen traurig in der Sonne.

»Die Biester wüten so, weil sie oben im Wald nichts mehr zu fressen finden! Die Jäger haben sie aus Kroatien geholt, aber sie vermehren sich inzwischen viel zu schnell, während die Gesetze für den Abschuss die alten geblieben sind. Männer, Jäger! Die sind manchmal noch dümmer als die Tiere, die sie vor ihre Flinte kriegen wollen. Pah!« Domenica hatte die Hände in die Taille gestemmt und war in ihrer Wut nicht zu bremsen.

»Inzwischen fürchten die blöden Biester sich vor gar nichts mehr und tauchen schon auf, bevor es dunkel wird. Dann springen sie über alle Mauern und fallen in die Gärten ein. Und das Schlimme ist, dass sie dabei auch die *muretti* zerstören.«

Betrübt sah sich Anna das zerstörte Basilikumbeet an.

»Vielleicht kann man noch was retten?«, fragte sie bedauernd.

»Bist du verrückt? Ich esse doch nichts, was die Viecher in den Pfoten hatten! Aber sobald es dunkel wird, lege ich mich auf die Lauer und erschieße sie. Heute kommen sie mir nicht davon.«

Anna bezweifelte keine Sekunde, dass ihre Nachbarin zwischen Gläsern mit Eingemachtem und bauchigen Olivenölflaschen ein Schrotgewehr versteckt hatte. Doch dann wurde Domenica von einem merkwürdigen Anfall von Mitleid gepackt. Vielleicht fiel ihr ein, dass die Wildschweine eben – wenn auch vierbeinige – Bewohner von Albereto superiore waren. »Ich glaube, dass es ein ziemlich junges Wildschwein ist. Vielleicht könnte ich ihm ein paar Maiskolben auslegen, damit es was zu fressen hat und mein Gemüse in Ruhe lässt.« Es war klar, die Viecher würden wiederkommen, schließlich wurden sie durch die Quelle auf Marias Grundstück angelockt.

»Ich könnte ihm zum Nachtisch ein paar Apfelschalen hinlegen, vielleicht unter die Steineichen, bevor es unten trinken geht.«

»Ja, gute Idee, saftige Äpfel mag es bestimmt.«

Am nächsten Morgen waren Maiskolben und Apfelschalen weg, und Domenica hatte ihre Schrotflinte im Schrank gelassen.

Jeden Morgen gingen die grünen Fensterläden zuerst bei Maria auf, die an ihren Rosen vorbei zu ihrem Hühner- und Kaninchenstall ging. Kurz darauf wurde sie von Domenica begrüßt, deren Bruder sich um halb sieben von seiner älteren Schwester Kaffee kochen ließ, bevor er auf einer der zahlreichen Straßenbaustellen der Gegend arbeiten ging. Obwohl er seit fast zehn Jahren mit seiner Caterina zusammenlebte, ging er häufig zum Essen zu seiner Schwester. Bei jedem seiner Besuche schleppte er beachtliche Mengen von Schweinen und Wildschweinen, Kaninchen, Pilzen und Fischen an, die Domenica nach seinen Wünschen zubereiten musste.

»Arriva il buongustaio«, der Gourmet ist im Anmarsch, rief sie manchmal Maria zu, wenn sie die blaue *Ape* ihres Bruders auftauchen sah. Am Abend zog Camillo dann mit vollgepackten Gefrierdosen und Plastiktüten davon.

Manchmal klagte Domenica, wenn ihr der Rücken oder die Hände wehtaten, denn die harte Arbeit der Vergangenheit hatte ihre Spuren hinterlassen.

»Mein Hals ist schief, mein Rücken tut weh. Das kommt daher, weil wir jahrzehntelang mit dem Weidenkorb auf dem Kopf hinunter in die Kaninchenställe gegangen sind.«

»Wie, waren die nicht in der Nähe von deinem Haus?«

»Was denkst du denn, die bequemen Wege kann ja jeder gehen! Hier hinunter, die Abkürzung nach Barca, und dann bis zum Weinberg mussten wir so gehen. Die Hütte steht noch, manchmal haben wir das Mittagessen mitgebracht, weil es sich gar nicht gelohnt hätte, nach Hause zu gehen.«

Es gehörte zu den ungeschriebenen Gesetzen in Albereto superiore, dass jeder über den Tagesablauf der anderen, mögliche Verwandtenbesuche mitsamt Menüfolge und vor allem die Abwesenheit eines der Bewohner genauestens informiert war.

»Am Sonntag sind wir fünfzehn Leute, die halbe Verwandtschaft kommt zu Besuch«, verkündete Maria mit den braunen Locken manchmal am Freitag. Dann war sie mindestens einen Tag lang mit der Zubereitung der vierhundert Ravioli beschäftigt, die ihre Gäste spielend verdrückten.

»Bei dir war Licht an, aber das Auto stand nicht da!«, bemerkte Domenica manchmal am Morgen mit leichter Missbilligung, wenn Anna am Meer unterwegs gewesen war. Hatte Anna ihrerseits Besuch, so erklärte sie selbstverständlich, wer ihre Gäste waren.

»Und was gab's zu essen?«, wollte Domenica wissen, die mindestens eine ebenso begabte Köchin wie Angelina war.

»Gegrillter Schwertfisch und danach Meringen mit Sauerkirschen.«

»Aha«, kommentierte Domenica, »lauter neumodische Gerichte.« Annas Nachbarin war alles fremd, das nicht zwei Stunden auf dem Herdfeuer vor sich hin geschmort hatte.

Natürlich erzählte Domenica ausführlich von ihren Arztbesuchen, wann und welche Plastikblumen sie auf den Friedhof gestellt hatte, ob sie bei ihrer Schwester Feigen geerntet und die beiden Frauen das Restaurant ihrer Nichte geputzt hatten.

Maria vermietete als Einzige ein paar Wochen im Jahr, denn früher hatte eine vielköpfige Großfamilie in dem rosafarbenen verschachtelten Haus Platz. Ihre Feriengäste waren keine normalen Touristen, sondern Mitglieder ihrer *famiglia allargata*, ihrer erweiterten Großfamilie, die schon zum Kaffee in der Küche saßen und im Sommer zu ihrem Alltag gehörten.

In jedem Sommer veranstalteten Marias Gäste ein Fest auf ihrer Terrasse, sie und Antonio waren Ehrengäste.

»Sono bravi«, oder besser noch, *»sono ingamba«*, sagte sie dann, das höchste Kompliment in Albereto superiore. Denn es bedeutete, dass jemand zwei Beine hatte und darauf laufen konnte, eine eigenwillige Beschreibung dafür, dass es jemand verstand, sich vernünftig in der Welt zu bewegen. Denn bei all diesen unbequemen Wegen, leitete Anna daraus ab, musste der Verstand ja zwangsläufig in den Beinen untergebracht sein.

Maria hatte zwei Töchter, von denen die ältere mit ihrer Familie in Casale, die jüngere, unverheiratete, in Genua lebte und jeden Sonntag zu ihren Eltern zum Essen kam. An einem dieser Sonntage, der Frühling war schon weit fortgeschritten, hatte Maria Anna zum ersten Mal zum Abendessen eingeladen.

»Vieni a cena, ho fatto il coniglio!«

Zuerst gab es mit Mangold und Ricotta-Käse gefüllte Ravioli, eine Köstlichkeit. Das Kaninchenhauptgericht, *il coniglio*, war mit Weißwein, kleinen schwarzen Oliven, viel Thymian und Pinienkernen zubereitet. Antonio schenkte seinen weißen Wein dazu ein. Als er jung war, hatte er Eisenbahntunnel ausgeschachtet und nur am Wochenende sein Land bestellt.

»Seht ihr eigentlich noch, wie schön es hier ist?«, fragte Anna ihre liebenswürdigen Nachbarn, worauf Antonio sie mit leuchtenden Augen ansah und stumm nickte. Trotz seiner fortschreitenden Erkrankung, die ihn vieles aus der Vergangenheit vergessen ließ, war sein Gesicht für ein paar Sekunden von Glück erfüllt. Vielleicht wusste er nicht mehr, was es gestern zu Essen gab, aber nie hätte er vergessen, wie man eine Trockenmauer baut! Die harte Arbeit hatte seine ganze Kraft gefordert, aber er hatte auch das Glück erlebt, sich durch seine Arbeit als Teil eines Landschaftskunstwerks zu fühlen.

»Ich erinnere mich noch, wie es war, am Wochenende nach Hause zu kommen und die *muretti* zu bauen. Für mich war es genauso, wie einen Teller Ravioli zu essen!« Wenn Anna seine rauen Hände ansah, verstand sie, was Antonio meinte. Lauter Findlingsteine, einen nach dem anderen, hatte Antonio zu kunstvollen Trockenmauern, ganz ohne Mörtel, zusammengefügt. Die kleineren hatte Maria auf dem Kopf transportiert, in einem großen Weidenkorb, der durch ein untergeschobenes, zusammengewickeltes Kopftuch Stabilität erhielt.

»War das Land denn früher bis in die Spitzen der Hügel hinauf bestellt?« Anstatt einer Antwort holte Maria zuerst den Ricottakuchen aus dem Backofen und dann ihr altes, zerfleddertes Fotoalbum aus der Kommode: Neben Antonio ging sie, ganz stolze Braut, mit weißer Schleppe, in die Kirche von Albereto. Im Hintergrund waren lauter fein säuberlich bestellte Terrassen mit Oliven und Wein zu sehen. Allein der Anblick genügte Anna als Antwort.

Als Anna nach dem sonntäglichen Kaninchenessen gut gelaunt nach Hause kam, war ihr Albereto superiore wieder ein Stückchen näher gerückt. Und ausgerechnet jetzt meldete sich ihre zweite Heimat München zurück: Auf ihrem Anrufbeantworter fand sie eine Nachricht von Gregor Findhammer vor.

»Anna, ich wollte nur hören, wann ich mit der Abgabe deines Drehbuchs rechnen kann.«

Beschwingt von Antonios herbem Weißwein rief Anna ihn zurück.

»Anna, wo steckst du denn, ich habe es schon den ganzen Abend bei dir versucht!«

»Hier bin ich doch! Ich war nur in der Nachbarschaft, zum Abendessen. Stell dir vor, für meinen Nachbarn Antonio ist Mauerbauen wie Ravioliessen! Und meine Nachbarin Maria sagt, im Topf kommt nur zusammen, was auch in der Natur seine Nase in die gleiche Luft steckt. Also, dieses Leben in Albereto, das würde dir als Kontrastprogramm mal richtig guttun!«

Doch Gregors schlechte Laune war auch über die Distanz von 650 Kilometern zu spüren.

»Was redest du denn da, Mauernbauen ist anstrengend, das kann man gar nicht mit Ravioliessen vergleichen, und was interessieren mich überhaupt die Kochtöpfe deiner Nachbarn!« Anna stellte sich seine arrogante Miene am anderen Ende der Leitung vor.

»Wie schade. Du weißt gar nicht, welche Genüsse dir entgehen. Jeder besitzt hier übrigens einen Olivenhain. Ich überlege mir, ob ich nicht auch einen kaufe.«

»Lenk nicht ab«, Findhammers Stimme klang ungehalten. »Was macht dein Manuskript?«

»Na ja, ich komme leider nicht so viel zum Schreiben. Heute war ich, wie gesagt, bei Maria zum Essen, und am Dienstag ist schon wieder unser ›G 8-Treffen‹. Da müssen sich alle Frauen im Weiler beim Lieferwagen des *Fruttivendolo* treffen. Der wichtigste Termin der ganzen Woche!«

Gregor Findhammer seufzte genervt.

»Anna, was soll das denn? Ein G 8-Treffen in deinem Nest? Ich gebe es auf. Ich habe verstanden, dass du wirklich eine Auszeit brauchst. Gib mir Bescheid, wenn du wieder ansprechbar bist.«

Maria litt an dem häufigen Nebel, der sogar im Frühling und Sommer durch die hohe Luftfeuchtigkeit vom Meer herauf über die Hügel zog. Dann wurde es im Frühsommer für ein paar Stunden in Albereto superiore herbstlich, während man unten an der Küste schon baden konnte. Manchmal war der Nebel so dicht, dass weder das Meer noch die gegenüberliegenden Häuser zu sehen waren, woraufhin Maria in tiefe Melancholie verfiel.

Als Anna sich bei Maria mit einer Schachtel Pralinen für das Kaninchenessen bedanken wollte, erklärte sie diese zur Anti-Nebel-Schokolade, was sowohl Marias frohes Lachen, endlich Abhilfe gefunden zu haben, als auch wohlwollende Kommentare in der ganzen Nachbarschaft hervorrief.

In Albereto superiore sprach es sich allmählich herum, dass Anna zwar eine *foresta* war, wie hier alle Nicht-Einheimischen, auch Italiener, genannt wurden, lauter Leute, die auf der anderen Seite der Hügel zu Hause waren, sich aber alle Mühe gab, die Regeln der Gemeinschaft zu respektieren.

Langsam, ohne dass irgendjemand Aufhebens deswegen gemacht hätte, wurde Anna in die alltäglichen Rituale des Weilers miteinbezogen.

Natürlich war es beschwerlich, zum Einkaufen immer hinunter nach Albereto mare zu fahren. Aber nach und nach erfuhr Anna, welcher Händler auf dem Weg zur Küste vor Marias Haus hielt. Immer dienstags kam der Obsthändler vorbei, für Pinuccia und Domenica sowie anwesende Töchter und Cousinen die willkommene Gelegenheit, sich bei Maria zum Kaffee zu treffen.

Pinuccia bella, wie sie von allen genannt wurde, kam gerade vom Schafescheren.

»Willst du mal riechen?«, fragte sie Anna.

Lachend hielt sie ihr den Zipfel ihres dunkelroten Männerpullovers hin, der mehr aus Löchern als aus Wolle bestand, ihre dunklen Augen blitzten unter den grauen Stoppelhaaren. Wie kann eine so schöne Frau im Schafstall landen, dachte Anna. Aber Pinucca bella schien mit ihrem Leben durchaus zufrieden zu sein. Lachend zupfte sie die Löcher ihres Pullovers zurecht.

»Und wenn nur noch die Ärmel übrig bleiben, mach ich Gürtel für die Olivenernte draus.«

»Wie denn das?«, fragte Anna erstaunt. »Das habe ich noch nie gehört.«

»Ich schneide die Ärmel ab, binde mir den Schlauch um

den Bauch, lasse ein Loch frei und sammle die Oliven darin. Wenn der Schlauch voll ist, leere ich ihn im Eimer aus!«

Pinuccia war eine von zwei Zwillingsschwestern, die aus den Abruzzen hierhergekommen waren, weil zwei Brüder kräftige Ehefrauen suchten. Pinuccia hatte drei Töchter, die jüngste war mit einem Metzger, die mittlere mit einem Maurer und die älteste mit einem Lastwagenfahrer verheiratet. Alle drei waren von dunkler, fülliger Schönheit und hätten Mona Lisa verblassen lassen.

Seit ein paar Jahren lebten sowohl Maria als auch Pinuccia in gut beheizbaren, neu hergerichteten Häusern, die von ihren aufmerksamen Töchtern mit Designer-Obstschalen, neuen Küchenstühlen und mindestens zwei Gefriertruhen ausgestattet worden waren. Nur der Herd, mit Holzscheiten gefüttert, knisterte wie früher vor sich hin.

»Früher war dein Haus ein Stall, und da war die Milchkuh untergebracht«, erzählte Maria, »und als ich frisch verheiratet war, ging ich jeden Morgen zu Fuß nach Albereto mare, um die Milch zu verkaufen.«

Pinuccia bella fing aus vollem Hals zu lachen an.

»Los, Maria, erzähl schon, wie du die Milch verdünnt hast.«

Maria zierte sich ein bisschen und verbarg ihr lachendes Gesicht hinter der Hand.

»Na ja, ich hatte feste Kundinnen im Dorf, denen ich jeden Morgen die Milch bringen musste. Aber sie reichte manchmal nicht, und so habe ich sie mit Wasser verdünnt. ›Maria, deine Milch macht überhaupt keinen Schaum‹, hatte einmal eine Frau zu mir gesagt. ›Na, weil sie so frisch ist, das siehst du doch.‹ Doch dann kam eines Tages der Kontrolleur aus der Stadt. ›Es ist besser, Sie geben es zu‹, hat er streng gemeint, ›die Milch ist gepanscht.‹ Aber ich, nicht auf der Kopf gefallen, hab geantwortet: ›Aber nur mit sauberem Wasser, ich hab nicht wie andere das schmutzige aus dem Kanal geholt!‹ Der Kontrolleur musste so lachen, dass ich nur eine ganz kleine Strafe bezahlt habe.«

Alle lachten vergnügt.

»Und wenn ich daran denke, dass es früher noch nicht einmal eine Straße ins Dorf hinunter gab!«, ergänzte Pinuccia. »Es gab nur *mulattiere* für Esel und arme Leute wie wir. Aber in zwanzig Minuten war man unten, auf Schleichwegen, die wir alle gemeinsam sauber hielten. Jede Familie war eine Woche im Jahr dran. Heute kämst du noch nicht mal mit dem *falcino* durch. Meine Töchter mussten um fünf Uhr aufstehen, wenn sie rechtzeitig zur Schule kommen wollten. Und sie wurden von allen ausgelacht, weil sie *montanari* waren und beim Brunnen am Ortseingang ihre Schuhe wechseln mussten. Aber diese Zeiten sind zum Glück vorbei.«

Anna genoss die »G-8-Treffen« mit ihren Nachbarinnen, auch wenn sie dadurch mindestens eine Stunde später an ihren Schreibtisch kam. Wenn sie von Marias Balkon aus ihr kleines Haus inmitten von Olivenbäumen sah, kam es ihr vor, als wäre das Glück ganz nah.

Anna war schon oben an der Straße angelangt, als Maria ihr gefolgt war, um ein paar Pinienzapfen aufzusammeln. Ein paar Schritte hinter Anna blieb sie stehen.

»Schön, dass du Olivenbäume gepflanzt hast. Du kennst ja den Spruch: Wer einen Olivenbaum besitzt, stirbt niemals arm.«

Anna lachte. »Oh ja, ich habe davon gehört!«

»Wir werden es noch schaffen, dich davon zu überzeugen, dass es wirklich so ist!«, sagte Maria.

Sie strich über ihre rosa Kittelschürze, zu der sie manchmal eine Goldkette trug, die Antonio ihr zum fünfzigsten Hochzeitstag geschenkt hatte, als beide durch den Verkauf von zwei *rustici*, wie hier die alten Scheunen oder Ställe genannt wurden, endlich zu Wohlstand gekommen waren.

»Heute legen die Leute ihr Geld auf die Bank. Aber da ist es doch irgendwann futsch! Olivenbäume, das ist es, was zählt!«

»Ich werde darüber nachdenken«, rief Anna fröhlich und sprang zur Straße hinauf.

Schwer bepackt mit Äpfeln, Birnen, Pfirsichen und ein paar Zitronen trat sie gut gelaunt den Rückweg auf die andere Seite des Amphitheaters an.

Jeden Donnerstag hielt der Fischhändler, allerdings vor Domenicas Haus, weil Marias Mann Antonio keinen Fisch mochte und lieber Kaninchen, Hühner und Würste aß. Zwar waren die Fische bei Nando ein Drittel teurer als unten auf dem Markt, doch die meisten Bewohner von Albereto superiore hatten außer dem Bus, dessen Abfahrtszeiten nicht ganz berechenbar waren, kaum eine Möglichkeit, an die Küste zu kommen. Hier oben war man auf vorbeifahrende Händler oder wohlwollende Nachbarn angewiesen. Allerdings hatte sich auf diese Weise ein perfektes nachbarschaftliches Tauschsystem entwickelt: Anna brachte Brot aus Albereto mare mit und bekam dafür Marias Radicchio geschenkt.

Selbst wenn Anna den Fischhändler einmal vergessen hätte, Grigetta hätte daran gedacht. Sobald sein weißer Kastenwagen in der Kurve auftauchte, begann Grigetta, um Annas Beine zu streichen. Meist hatte ihn Domenica vorher angerufen und sich nach der aktuellen Auswahl erkundigt. *»Hai delle acciughe?«*

Domenica nahm immer ein Kilo von den fangfrischen Sardinen mit, die sie entweder mit Petersilie und Weißwein oder mit Tomatensoße, Oliven und Kapern zubereitete.

»Und im Juli musst du sie in grobes Salz einlegen, wenn sie in Schwärmen vor der Küste gefangen werden«, riet ihr Dominica. »Du könntest sie auch gleich im Meerwasser waschen. Wahrscheinlich würden dann die Touristen Schlange stehen, um endlich ein Foto von einer typischen ligurischen Hausfrau zu machen.« Domenica lachte aus vollem Hals.

»Wer weiß, vielleicht werde ich eines Tages tatsächlich die Tradition weiterführen«, erwiderte Anna vergnügt, von Domenicas guter Laune angesteckt.

»Gut möglich«, meinte Domenica, »weil wir anderen dann zu alt und viel zu müde für die Plackerei sind.«

Fischhändler Nando griff in den Wassereimer, in dem ein schwergewichtiger *polpo* schwamm. »Also Sachen gibt's, neulich hat eine Amerikanerin in Casale den *polpo* in blaue Tinte getaucht und über ein weißes Blatt Papier laufen lassen. Angeblich hat sie das Bild für vierhundert Euro verkauft.«

»Der Arme!«, rief Domenica entrüstet. »Dabei sind *polpi* ausgesprochen intelligent. Ich hab mal einen Film im Fernsehen gesehen, da hat ein *polpo* ein Glas mit eingelegten Sardinen aufgeschraubt, die blauen Fische betrachtet und wieder zugemacht.«

Jeden Donnerstag Morgen kam ein Lieferwagen der *Ditta Perrone* mit Gasflaschen, Lebensmitteln und Rotwein in Fünfliterkanistern nach Albereto. Da Perrone schon vor sieben Uhr vorbeikam, hatte man sich auf ein einfaches Bezahlungssystem geeinigt: Anna bestellte am Vorabend telefonisch, und Signor Perrone rechnete sofort aus, was sie ihm für Wein, Kapern, *pelati* und Mineralwasser schuldete. Die wöchentliche Summe legte sie unter einen Stein. Hatte sie das Geld einmal nicht passend, legte Perrone das Wechselgeld an den vereinbarten Platz.

Putzmittel wurden am Freitagvormittag geliefert, wenn Giuliana, *quella della carta*, in Albereto hielt, bevor sie ihren Marktstand mit chinesischen Plastiktaschen und Küchenpapier in Albereto mare aufmachte. Mit ihr hatte Domenica ein Tauschsystem entwickelt, das beiden Seiten angenehm war: *Carta per verdura*, gegen Küchenrollen und Putzmittel bekam Giuliana Gemüse aus Domenicas Garten. Natürlich wurde der Tauschhandel mit einem Kaffee bei Domenica oder Maria abgeschlossen.

»Bei Maria wurden schon wieder kleine Katzen geboren«, schimpfte Domenica, die, obwohl sie der Katzengemeinschaft in ihrem Stall Unterschlupf gewährte, keine besondere Katzenfreundin war. Maria dagegen liebte Katzen.

»Ich habe jetzt eine Gewerkschaftskatze!«, verkündete Maria und wies auf ein graues Kätzchen, als Anna die halbwüchsigen Kinder der grau-weißen Cenerentola besuchen kam. »Sie heißt Albina.«

»Wie, sieht sich Albina die Reden der CGIL-Vorsitzenden im Fernsehen an?«, fragte Anna.

»Nein, sie fordert jeden Morgen Milch für alle ein!«

Bei Annas nachmittäglichen Spaziergängen war Marias Terrasse zur obligatorischen Station geworden.

»Fortunato hat Kinder bekommen«, rief Maria wenige Tage später, als Anna wieder vorbeikam. »Drei Söhne, sehen alle aus wie er. Stell dir vor, die Mutter ist abgehauen.«

»Fortunato ist eben alleinerziehender Vater«, bemerkte Anna und zuckte mit den Schultern, »die neuen Sitten ziehen langsam auch in Albereto superiore ein.«

Eines Tages war Poldo, Annas Kampfkatze, verschwunden.

»Maria, hast du eine Ahnung, wo Poldo abgeblieben ist?«

»Vielleicht bei den Mailändern, die das Haus im Boschetto gekauft haben. Ich glaube, ich habe ihn dort neulich im Garten gesehen.«

Als sich Anna aufmachte, um ihren neuen Nachbarn Fulvia und Claudio im kleinen Wäldchen einen Besuch abzustatten, fand sie den einst wilden Poldo schlafend auf einem gelben Liegestuhl, kastriert, dick und heimisch geworden. Poldo hatte jetzt einen Chip am Halsband, der ihm Zugang durch eine Katzenklappe verschaffte, hinter der sich ein Futterautomat mit drei Kilo rationierbaren Brekkies befand. Als Gegenleistung setzte sich Poldo wie ein Löwe in Position, sobald sich in Abwesenheit seiner Menschen ein Fremder dem Haus auch nur näherte.

Das Zusammenleben der Menschen in Albereto superiore geschah unter dem aufmerksamen Blick der Katzen, die sich zweimal im Jahr vermehrten und manchmal auch wieder verschwanden.

Immer häufiger ertönten in den frühen Morgenstunden Schüsse: Jäger aus dem Dorf, die, nach den zahllosen Beschwerden der Bewohner, ein paar Wildschweine erlegten.

»Ein Eber, zwei Säue und ein Jungtier, aber unseres war nicht dabei!«, stellte Domenica fast erleichtert fest und verfütterte den ganzen Mai über weiter Maiskolben, um die Zucchini und Peperoni in ihrem Garten zu schützen.

Obwohl Domenicas Küche höchsten Ansprüchen gerecht wurde, bereitete sie ihre Gerichte aus wenigen Grundzutaten: Pilze, Kräuter, und Gemüse aus dem Garten. Außerdem warf Domenica nie etwas weg: Mit Brotresten und Kräutern wurden Gemüse und Fische gefüllt oder Steinpilze paniert.

Einen Großteil ihrer Zeit verbrachte sie mit dem Konservieren raffinierter Köstlichkeiten. Häufig, wenn Anna zu einem *caffè* in Domenicas Küche auftauchte, waren alle verfügbaren Wäscheständer mit weißen Tüchern bedeckt, auf denen in Scheiben geschnittene Steinpilze und ausgehöhlte kirschgroße Peperoni ausgebreitet waren, die Domenica mit einer Creme aus Thunfisch und Sardellen füllte.

»Hier, probier mal!«

Doch trotz aller Köstlichkeiten aus ihrer Küche blieben *Cipolle e patate bollite*, Kartoffeln und große weiße Gemüsezwiebeln, gekocht und mit Öl und viel Parmesan angemacht, ihr Lieblingsgericht.

Am liebsten von allen Beschäftigungen aber setzte Domenica Liköre an, die sie zwar selbst nicht trank, aber ihren zahlreichen Nachmittagsgästen anbot. Im Februar, wenn die ersten Sonnenstrahlen die Früchte der prachtvollen Zitronenbäume erstrahlen ließen, setzte sie goldgelben *Limoncino* aus den sorgfältig vom weißen Inneren getrennten Zitronenschalen und ein paar Blättern an. Dreißig Tage musste das *infuso* im Halbdunkel gären, bevor es mit Zucker und Wasser versetzt wurde. Im April, wenn die ersten *nespole*, die orangefarbenen Mispeln, auf den Marktständen auftauchten, aß sie die ovalen herbsüßen Früchte, allein um an die feinen Kerne zu gelangen, die als Likör den Geschmack von persischer Mandelmilch annahmen, von der ihr seefahrender Vater ihr einmal erzählt hatte. Mit den Nüssen vom Baum, der unterhalb ihres Grundstücks neben der kleinen Madonnenstatue wuchs, setzte Domenica zu San Giovanni dunklen, aromatischen *Nocino* an, der, zum Kaffee getrunken, ihr intensiv gewürztes Essen perfekt abschloss.

Domenica war die einzige Frau im Tal, die sich vom Gemüse aus dem eigenen Garten und all dem, was sie zusätzlich sammelte, hätte ernähren können. Außerdem war sie in der Lage, mit einem einzigen Pinienzapfen ein Herdfeuer zu entfachen. Nach ihrer Sammelleidenschaft teilte sie das Jahr ein: Es gab Löwenzahn und Wildkräuter im März, im April und Mai dünnen grünen Spargel, der zwischen der *macchia*, dem mediterranen Dornengestrüpp, gedieh. Dafür war ihr kein Weg zu weit. Im Sommer und im Herbst sammelte sie Pilze sowie den ganzen Winter über Kastanien, die für Kuchen und Nudeln verwendet wurden. Natürlich war Domenica nicht zu bewegen, irgendjemanden in ihre Pilzsuche einzuweihen. Doch schließlich hatte Anna herausgefunden, wie sie Domenica erobern konnte. Denn was ihr früher wie skurriler Geiz vorgekommen war, erkannte sie langsam als bewundernswertes Geheimwissen.

»Domenica, ich habe ein neues Rezept entdeckt. Wusstest du schon, dass man *acciughe* auch im Risotto essen kann?«

»Was, als Risotto? Ich habe noch ein ganzes Glas davon! Werd ich gleich ausprobieren.« Domenica strahlte.

Eines Tages war auch die sonst immer freundliche Maria richtig böse. »Heute wollte ich Antonios Lieblingssugo mit Speck, Porree, Sellerie und Erbsen kochen, aber der Marder hat heute Nacht alle Erbsen geklaut. Mit seinen Pfötchen hat er sich an den Pflanzen hochgerangelt und die Schoten gefressen!«

Spätestens in diesem Augenblick war Anna klar, dass die wilden und sanften Tiere in ihrem *Borgo* manchmal liebenswürdige und manchmal zerstörerische, aber immer höchst eigensinnige Persönlichkeiten waren, die hier zum täglichen Leben gehörten.

Über die Häuser in Albereto superiore wachten die uralten *Pini marittimi* mit ihren breiten Baumkronen, die sich vom höchsten Punkt der Passstraße herabneigten, bis ihre beruhigenden Schatten in die Fenster der schmalen Häuser fielen. Und schließlich gab es die Abendstimmungen, die ebenso wie die Menschen und Tiere Annas Welt bevölkerten und ihr nach Sonnenuntergang Gesellschaft leisteten. Wie vertraute Gestalten leuchteten sie abwechselnd in zartem Rosa oder melancholischem Grün, wenn die schwächer werdende Sonne den Wäldern und Steilhängen in ihrem letzten Glühen phantastische Mäntel aus Licht umgelegt hatte. Wie kann man in dieser wunderbaren Landschaft jemals unglücklich sein, dachte Anna, und freute sich, dass sie ihre Seelenlandschaft gefunden hatte. Wann in ihrem Leben hatte sie sich eigentlich so wohlgefühlt? Wer weiß, ob sie noch einmal in ihrem Leben die Liebe finden würde?

Die drei Katzen, die Annas Haus zu ihrer Heimat erkoren hatten, begleiteten sie durch den Tag und ebenso durch die Nacht. Manchmal kam es ihr vor, als gäbe es eine geheime Absprache zwischen ihnen, wer Anna wann und bei welcher Gelegenheit Gesellschaft leistete. Jede anständige Katze wusste schließlich, dass die Menschen ohne Hilfe der Vierbeiner mit ihrem ausgewiesenen Katzenverstand ständig Gefahr liefen, lauter Dummheiten zu begehen.

Zum Frühstück kam meistens die freundliche Grigetta vorbei, wenn sie nicht ohnehin im Haus übernachtet hatte. Sie wusste genau, dass Anna gegen neun Uhr aufstand. War Anna einmal früher wach, war weit und breit noch keine Grigetta zu sehen. Der stattliche Fortunato mit seinem schönen grauschwarzen Fell hielt bevorzugt auf ihrem Schreibtisch Mittagsschlaf, nachdem er seine Portion Pasta vertilgt hatte. Dann legte er sich quer auf Annas Manuskript und putzte sich. Natürlich, dachte Anna, Manuskripte sind nur dazu da, dass sich Katzen darauf putzen können. Erst am Abend kam

Nerino, der jüngste, ein kleiner schwarzer Kater mit leuchtenden Bernsteinaugen. Meist setzte er sich still hinter Anna, wenn sie draußen vor dem Schlafengehen noch einmal frische Luft schnappte. Aufmerksam hörte er in die Nacht hinaus, lange bevor Anna überhaupt ein Geräusch vernahm. Seine Ohren stellten sich wachsam auf, wenn sich die Wildschweine näherten oder ein Fuchs in die Nähe der Häuser kam. Denn auch ein Fuchs, der täuschend ähnlich Hühnerstimmen nachahmen konnte, lebte im Tal – das behauptete jedenfalls Domenicas Bruder Camillo. Der kleine Nerino war der Einzige, der nicht auf die Karaoke-Vorstellung des Fuchses hereinfiel.

Auch über den Tagesablauf des Fuchses war man in Albereto superiore bestens informiert. Domenicas Cousine Francesca wohnte neben einem Ausflugslokal mitten im Wald. Dort leerte der Karaoke-Fuchs auch die Katzenschüssel, woraufhin Francesca allen erzählte, dass ihr Fuchs in einem beliebten Ausflugslokal essen ging.

»Stell ihm doch eine Falle«, riet Domenica grimmig, und gleich fiel ihr der Ärger über die Wildschweine wieder ein.

»Aber nein, wo denkst du hin, ich bin die einzige Frau auf der Welt mit einem Fuchs, der im Restaurant essen geht«, lachte die hübsche Francesca mit dem pechschwarzen, kurz geschnittenen Haar, die mit ihren Perlenohrringen gar nicht wie eine Bäuerin aussah. »Außerdem, was wollt ihr, sein Benehmen ist doch tadellos!«

Der Karaoke-Fuchs wusste genau, dass er sich nicht in die Nähe des Hühnerstalls wagen durfte, wenn er Francescas Wohlwollen nicht aufs Spiel setzen wollte. Schließlich kannte er die Regeln wie alle – außer den Wildschweinen – und hielt sich daran.

Seitdem sich Domenica jedenfalls angewöhnt hatte, jeden Abend die Wildschweine mit Maiskolben zu füttern, blieb, oh

Wunder, ihr Garten von der Zerstörungswut der Biester verschont.

Manchmal waren nachts Jäger-Patrouillen unterwegs, begleitet von grün gekleideten staatlichen Ordnungskräften, aber Domenicas Methode, nachts Mais auszulegen, erwies sich entschieden als der friedlichere Weg.

»Es sind eine Wildsau und ein ganz dicker Eber, sie schnauben und schmatzen, ich höre sie jede Nacht.«

»Ich finde, wir sollten ihnen Namen geben«, fand Anna.

»Sie essen bei uns, also gehören sie doch jetzt dazu.«

»Was hältst du von Maria Rosa? Eine Tante von mir hieß so, vom Körpergewicht her kommt es hin«, erwiderte Domenica trocken.

»Einverstanden. Ich nehme an, du mochtest deine Tante nicht besonders?«

Domenica lachte. »Und wie nennen wir den Eber?«

»Ich schlage Rodolfo vor«, meinte Anna.

»Morgen nehme ich den Frühbus ins Dorf. Pass auf, dass Maria Rosa und Rodolfo nicht in meinen Garten einfallen.«

Anna und Domenica lachten verschwörerisch, und es schallte durch das ganze Tal, und beide freuten sich diebisch, weil niemand außer ihnen, noch nicht einmal Maria, wusste, wer Rodolfo und Maria Rosa waren.

Mit der warmen Junisonne hatten sich zwei Salamander als Dauergäste auf Annas Terrasse niedergelassen. Sie sah es als gutes Omen an, denn sie waren als Glücksbringer bekannt, und sie beobachtete ihr entzückendes Spiel: Meist verfolgte er sie, worauf sie so tat, als ob sie wegliefe, um sich nach ein paar Zickzack-Linien in einer liebevollen Umarmung fangen zu lassen. Sie, die Schmalere, war hellgelb, während er, der Größere, grün gesprenkelt war und sich zwischen den Pflanzen und Kräutertöpfen tarnen konnte. Manchmal strich der *libeccio*, der warme Wind aus Afrika, über Annas Terrasse, und sie beobachtete, wie der Wind zärtlich die Stämme ihrer Olivenbäume bog.

An Ottavio, der inzwischen von seiner ersten Reise nach Deutschland zurückgekommen sein musste, hatte Anna in der Zwischenzeit kaum gedacht.

»Kommst du heute zum Essen?«, rief Domenica herunter. »Es gibt heute Abend aber nur Suppe.«

Als Anna am Abend der Einladung nachkam und an der kleinen Madonnenstatue vorbei zu Domenica hinaufging, brodelte eine Kichererbsensuppe auf Domenicas Herd, während im Backofen leicht nach Zimt riechende Würste vor sich hin bruzzelten. Allein schon der Geruch versprach Köstlichkeiten, die eines Chefkochs würdig waren.

»Weißt du eigentlich, dass wir hier früher eine Trattoria hatten?«

Mit derselben Geste, die sie von Angelina kannte, strich Domenica ihre Schürze glatt und sah Anna mit einem stolzen Blick an.

»Oh nein, das habe ich nicht gewusst!«

»Ich habe mit dem Lokal aufgehört, als mein Mann gestorben ist. Früher waren wir ein unschlagbares Team, ich am Herd und er im Gastraum. Aber dann gab es immer mehr Auflagen, und unsere Zeit war vorbei.« Doch wie früher kochte Domenica immer noch enorme Mengen und gab Anna einen Topf Suppe mit, der für mehrere Tage ausreichte.

»Wusstest du, dass Domenica früher eine Trattoria besaß?«, platzte Anna heraus, als sie das nächste Mal zu Angelina kam.

»Ja, das wusste ich«, lächelte Angelina nachsichtig, »und ich weiß auch, dass sie irgendwann pleiteging, weil ihr Mann alle Gäste, die ihm sympathisch waren, eingeladen hat.«

»Was dir ja nicht passieren kann«, bemerkte Anna spöttisch und warf einen Blick auf Augusto und Michelangelo, die, gefolgt von Ciccio, gerade mit höchst zufriedenem Gesichtsausdruck das Lokal verließen.

An ihrem inoffiziellen Marmortisch war Angelina gerade dabei, einer gewaltigen Menge frisch gefangener Sardinen durch geschickten Druck zwischen Zeigefinger und Daumen der linken Hand die blutigen Innereien zu entnehmen.

»Was gibt es denn heute?«

»Sardinen mit Tomaten und Oregano.«

»Eigentlich lebt man hier wie im Schlaraffenland«, stellte Anna fest. »Und ich finde, dass es hier ziemlich oft ums Essen geht.«

»Was willst du machen, wenn einem alle Köstlichkeiten geradezu in den Mund wachsen? Und was früher Arme-Leute-Essen war, ist heute durch den großen Arbeitsaufwand fast schon ein Luxusprodukt.«

Angelina drehte in Windeseile noch ein paar Fischen den Hals um. »Wächst bei dir im Garten eigentlich Oregano? Bald ist Erntezeit. Ich komme mal rauf zu dir.«

»Ja, ich habe eine ganze Menge davon.«

»Dann pass nur auf. Jeden Tag werden ihn mindestens zwei Leute zu klauen versuchen. Aber denk dran, Oregano ist hier Allgemeingut, es sei denn, du hast ihn eingezäunt.«

Anders als Anna es aus der Stadt kannte, kamen ihre Besucher aus Albereto und Umgebung meist völlig unangekündigt vorbei.

»Wenn der Prophet nicht zum Berg kommt, kommt der Berg zum Propheten.« Augusto und Michelangelo strahlten übers ganze Gesicht, als sie Anna an einem strahlenden Sommertag begrüßten.

Jedes Haar von Ciccios schwarz-weißem Strubbelfell hatte

sich in größter Vorfreude auf die gleich beginnende Katzenjagd aufgerichtet, als er Annas Treppe heruntersauste.

»Ciccio!« Ciccio dachte gar nicht daran, auf die Stimmen seiner beiden Menschen zu hören, die in gemächlichem Wackelgang hinterherkamen.

»Ciccio, hör endlich auf mit der blöden Bellerei!« Cicco hatte sich genau vor Kater Nerino in Position gebracht und bellte wütend, von heftigem Knurren unterbrochen. Nerino hatte zwar die Habachtstellung eingenommen, beschränkte sich aber darauf, ihn aus seinen bernsteinfarbenen Augen anzufunkeln. Annas Katzen ließen sich nicht beeindrucken, außerdem war Ciccio kaum größer als sie.

»Mal sehen, was du alles verändert hast.« Michelangelo warf einen neugierigen Blick in die Küche, deren Entwurf schließlich von ihm stammte: Zwei Säulen, die wie die ganze Rückwand dunkelrosa gestrichen waren, grenzten die Küche vom Rest des Wohnraums ab.

»Gefällt mir«, Michelangelo war sichtlich angetan, »du magst die alten Farben unserer Gegend. Ein Zimmer gelb, eines blau, die Küche rosa. So sahen hier früher alle Häuser aus.«

Außerdem hatte Anna angefangen, Bilder mit Küchen- und Speisemotiven zu sammeln, die sie in buntem Nebeneinander über die Kredenz gehängt hatte.

»Und hier könnte ich dir noch eine *nicchia* bauen, aus Schiefer, in die man Gebäckdosen, Familienfotos und eine kleine Madonna stellen kann.«

»Familienfotos?« Anna dachte an ihren Exmann und die Fotos, die es überall in der Wohnung von seiner Mutter gab. »So was hab ich nicht.«

Bevor Anna darüber nachdenken konnte, hatte Michelangelo sein Metermaß aus der Tasche geholt. »Macht nichts. Kommt schon noch. Ein Haus ohne *nicchia* ist kein Haus.

Wenn du willst, fahren wir in die Fontanabuona. Ich kenne einen Steinbruch, der noch in Betrieb ist.«

»Ja, ja, die Mühe und das Meer, früher gab es im Dialekt ein einziges Wort, nämlich *mà*, dafür«, ergänzte Augusto.

»Wie meinst du das?«, fragte Anna.

»Ist doch ganz einfach, die Männer haben den Schiefer gehauen, und die Frauen haben die Platten barfuß hinunter zur Küste gebracht. Aber die Mühe war für beide gleich, *›mà‹* im Dialekt hat man für ›das Meer‹ und für ›die Mühe‹ gebraucht.« Augusto drehte sich zu seinem Freund um. »Michelangelo fährt gern in die Steinbrüche, weil er immer Sehnsucht nach der Vergangenheit hat.«

»Vor allem ist es eine Kunst, mit Schiefer umzugehen, und früher hat die gemeinsame Arbeit die Menschen doch zusammengeführt!«, erklärte Michelangelo und strich sich über die weiße Mähne.

»Es ist ein wunderbarer Stein, hart und geschmeidig zugleich. Ein bisschen wie die Leute hier, aber das kennst du ja schon«, fand Augusto. Beide grinsten Anna vielsagend an. »Außerdem gibt es in der Fontanabuona eine Trattoria mit den besten Ravioli weit und breit, der Teig hauchdünn ausgerollt und die Füllung ganz grün.«

Augusto hatte es besonders Annas Grundstück angetan. »Sieht aus, als wenn du hier bald was anpflanzen würdest. Wann lädst du uns zum Essen ein?«

»Für Spaghetti mit Kräutern reicht es schon«, lachte Anna vergnügt. »Wenn das euren Ansprüchen genügt.«

»In Casale feiern die Leute heute das Fest von Sant' Angelo. Du weißt doch, da, wo es die beste Porchetta gibt. Was hältst du davon, wenn wir dir was mitbringen, und wir essen alle zusammen bei dir?«

Eine Stunde später saßen alle mit einer Riesenportion Porchetta, salzlosem toskanischem Brot und einer Flasche Vermentino auf Annas Terrasse. Ciccio wusste nicht, was er mehr genoss, die fettigen Porchettaränder, die reichlich für ihn abfielen, oder das ungewöhnliche Unterhaltungsprogramm: gleich drei Katzen, die er anknurren konnte.

»Ach übrigens, wächst bei dir Oregano?« fragten beide fast aus einem Mund.

»Na klar doch«, entgegnete Anna. Mit zwei Sträußen des begehrten Krauts zogen die beiden abends satt und zufrieden davon.

Das ganze Jahr über war das Leben von Albereto mare und Albereto superiore völlig voneinander getrennt. Doch dann wurde es allmählich Sommer, Zeit zum Oregano-Sammeln, und anders als sonst setzte ein merkwürdiger Strom von der Küste hinauf in die Weiler ein.

Anna hatte gerade geträumt, dass Gregor Findhammer nach Albereto superiore kam und Maria Rosa erschoss, als sie, noch ganz verschlafen, die heisere Stimme von Domenica am anderen Ende der Leitung vernahm.

»Steh auf, draußen klaut gerade einer deinen Oregano!«

Anna hatte sich schnell ihren blauen Morgenmantel übergeworfen und war sofort nach draußen gesprungen.

Unterhalb der Straße machte sich eine schwerfällige Gestalt im karierten Hemd an Annas Kräuterbüschen zu schaffen und versuchte, den Oregano mitsamt den Wurzeln herauszureißen.

»He, Sie da! Das ist mein Grundstück! Sie können gern einen Strauß mitnehmen, aber den Rest lassen Sie bitte da«, sagte sie entschieden.

»Entschuldigung. Ich dachte, der Garten sei nicht mehr bestellt.«

»Wieso? Sehen Sie denn nicht, dass das Land gerodet ist? Außerdem ist das Haus ja offensichtlich bewohnt«, sagte Anna bissig und verlor keinen Gedanken daran, in welchem Aufzug sie so bestimmt auftrat.

»Dann würde ich tatsächlich gerne einen Strauß mitnehmen – darf ich?«

»Na gut.«

Der Mann wirkte betreten und zog mit einem Strauß des duftenden Krauts davon.

»Dem hast du's aber gezeigt«, feixte Domenica von oben. »Aber wart's nur ab, da wird sicher bald der Nächste auftauchen!«

»So ein Getue wegen dieses Krauts! So langsam glaube ich, es ist das schönste Geschenk, das man hier jemandem machen kann.«

»Da hast du wahrscheinlich sogar recht«, pflichtete Domenica Anna bei.

Eine halbe Stunde später putzte sich Anna gerade die Zähne, als der nächste Kräutersammler vor dem Badfenster stand.

Bevor sie ihn, immer noch im Morgenmantel, hinter dem halb geschlossenen Laden bemerkte, hatte er ihr neugierig eine ganze Weile zugesehen.

»Signora, darf ich Ihren Oregano sammeln?«

»Nein! Jedenfalls nicht, bevor ich nicht selbst geerntet habe.«

»Macht nichts, sobald Sie auf Reisen sind, komme ich wieder vorbei.«

»Daraus wird nichts, ich bleibe jetzt hier«, erwiderte Anna entschieden und wunderte sich, dass offensichtlich alle, auch die, die sie nicht kannte, über ihr Pendelleben Bescheid wussten.

»Weißt du was«, sagte Anna etwas später zu Domenica, »ich werde jetzt mein Land bestellen. Ich will nie wieder frühmorgens beim Zähneputzen einem Angriff auf meine Kräuterbüsche ausgesetzt sein!«

»Freut mich, wenn du hierbleibst. Dann können wir ja gemeinsam Maria Rosa und Rodolfo an den Kragen gehen.«

»Dieses Jahr kommst du uns nicht davon«, verkündete Angelina einige Tage später am Telefon, »wir haben dich bei den Vorbereitungen für unser Sommerfest als Hilfsköchin eingeteilt!«

»Was, ich als Hilfsköchin?« Anna freute sich, dass sie als Köchin überhaupt in Betracht gezogen wurde.

»Ja klar, für dieses Jahr, aber im nächsten Jahr steigst du dann auf!«

»Darf ich Teig ausrollen oder nur die Teller waschen?«

»Du musst Teig ausrollen. Pierina und ihre Tochter fallen aus, weil sie Giulias Hochzeit vorbereiten müssen. Giulia, Pierinas dicke Enkelin, die immer grüne Pullover trägt, die kennst du doch. Sie ist Ende dreißig, und das ganze Dorf hat sich Sorgen gemacht, weil sie immer noch nicht verheiratet ist. Und jetzt hat sie sich mit einem Albaner verlobt, der auf ihre Kurven steht. Zwei Männer helfen auch mit, für die schweren Platten und Töpfe, aber auf die verlasse ich mich in der Küche lieber nicht.«

»Welchem Heiligen ist das Fest denn gewidmet? Santa Fosca? San Cosimo? Santa Teodora?«

»Keinem Heiligen, uns Frauen natürlich! Hast du vergessen, dass du in Albereto bist? Jeder Ort an der Küste hat ein besonderes Sommerfest. Und Albereto ist der einzige Ort, wo es nicht einem Heiligen, sondern dem Vollmond gewidmet wird: ›*Al chiaro di luna!*‹«

»Schon merkwürdig, dass auf Italienisch die Sonne männlich und der Mond weiblich ist«, stellte Anna fröhlich fest.

»Passt doch zu diesem Land«, rief Angelina, »*il sole* für den Tag, wenn alles offensichtlich ist, und *la luna* für die geheimnisvolle Nacht, wenn alles neu verhandelt wird!«

»Darüber habe ich noch nie nachgedacht.«

»Na siehst du. Aber Hauptsache, du bist beim Raviolimachen dabei, oft genug gegessen hast du sie ja schon. Übrigens sind das nicht die normalen Ravioli, die in heißem Wasser kochen, sondern die etwas größeren, die ausgebacken und als Vorspeise gegessen werden.«

»Und wo findet das Großereignis statt? Doch nicht etwa in deiner Küche?«

»Oh nein, wo denkst du hin! Don Primo hat den Pfarrsaal zur Verfügung gestellt. Die Tische sind groß genug, und Gaskocher und Nudelmaschinen bringen wir mit.«

Freudig machte sich Anna nach dem Abendessen auf den Weg, auch wenn Grigetta missmutig wie immer den blauen Sessel verließ. »Raus, Grigetta, du kannst auch draußen unser Haus bewachen.«

Als Anna im Dorf ankam, sah sie eine kleine Prozession von jungen und alten Frauen, die untergehakt und fröhlich schwatzend Richtung *canonica* gingen.

Der Mond ging gerade auf. Doch erst als er sich über dem Meer als heller Streifen Licht spiegelte, begannen pünktlich auch die Grillen zu zirpen, und auf dem ruhigen Meer tauchten die *lampare* der Fischerboote auf.

Domenica – von der Angelina viele der alten Rezepte übernommen hatte, wie Anna inzwischen wusste – war gerade dabei, eine gewaltige Menge Mehl mit Wasser zu flachen Fladen zu verkneten. Auch Maria und Pinuccia waren schon da und bedienten die beiden Nudelmaschinen.

Angelina verteilte die Rädchen. »Schau mal, dieses hier habe ich neulich auf dem Flohmarkt gefunden! Und das hier, aus echtem Horn, ist noch von meiner Großmutter!«

Die Frauen arbeiteten mit erhitzten Wangen und hochkonzentriert, während Don Primo weiße Plastikbecher mit rosafarbener *aranciata* und trübem Weißwein herumgehen ließ. Lächelnd ging der Priester mit dem weißen Bart von einem Tisch zum anderen und versprach, nach getaner Arbeit ein Eis zu spendieren.

Ein Dutzend Frauen zwischen fünfzehn und siebzig hatten sich in der alten *canonica* versammelt. Es war rührend zu sehen, wie die älteren Frauen ihre Enkelinnen anlernten. Nur bei den Männern, die nicht ganz so geschickt waren, fuhr Angelina dazwischen, wenn die ausgeschnittenen Teigstücke zu groß ausgefallen waren.

Amelia, mit zweiundachtzig Jahren die Dorfälteste, stand an einem riesigen Aluminiumtopf, in dem eine dunkelgrüne Füllung aus Teig vor sich hin blubberte. »Und was ist da drin?«, fragte Anna neugierig. »Na, ein *ripieno* eben, aus Zwiebeln, Mangold, Karotten und Sellerie!«

Anna wusste nicht, was sie mehr betäubte, der Geruch von Gemüse und Zwiebeln aus fünf brodelnden Aluminiumtöpfen oder der Duft von feinem Parfüm, Bergamotte, Veilchen, Citrus und Acqua Colonica, der jede der Frauen in den bunt geblümten Schürzen umgab.

Die jüngeren Frauen kleckten die grünen Füllungen auf die länglichen Teigfladen, die sie mit gekonntem Schwung zusammengeklappten und mit den Handkanten in rechteckige Ravioli unterteilten.

Annas Augen leuchteten, als ihr ein Mann in rotem T-Shirt einen gerade ausgerollten Teigfladen offensichtlich voller Vertrauen auf die Unterarme legte. Vorsichtig nahm Anna den

Fladen wie ein neugeborenes Jesuskind in Empfang. Die glauben alle, dass ich Ravioli machen kann, dachte Anna, das muss ich Teresa und Pauline erzählen. Vorsichtig sah sie nach links und rechts.

»Die Füllungen etwas enger nebeneinander«, rief Amelia, in blauer Kittelschürze und mit Goldkette, ihrer Nachbarin zu.

Wie selbstverständlich hatte sich Anna eines von Angelinas antiken Rädchen geschnappt und es nach einem kurzen Blick auf ihre Nachbarin genauso wie die anderen gemacht. Ravioli, was für ein Wunderwerk! Allein hätte sich Anna nie darangetraut. Aber hier, in der wohlwollenden Gruppe der Frauen und in lauter einzelne Arbeitsschritte zerlegt, kam es ihr vor wie die einfachste Tätigkeit der Welt. Die einfachen Gesten, das Gemeinschaftsgefühl, riefen bei Anna ein tiefes Wohlbefinden hervor. Sie gab sich größte Mühe, nur perfekte Ravioli zu produzieren. Nachdem sie die Füllung gleichmäßig verteilt hatte, klappte sie den Teigfladen zu und gab mit einem kräftigen Handkantenschlag die Trennlinie zwischen den Teigtaschen vor. Endlich kam das Rädchen zum Einsatz, das die Ravioli säuberlich trennte und die Ränder zusammenklebte.

Zwei flinke Männer neben ihr schoben die Ravioli in säuberlichen Reihen auf ein Blech, bevor sie in den Gefrierschrank kamen. »Die Männer sind aber fleißig hier«, sagte Anna zu Amelia neben ihr.

»Oh ja, die haben wir in vielen Jahren angelernt.«

Nach dem zweiten gelungenen Versuch kam es Anna vor, als hätte sie noch nie etwas anderes gemacht. »Stopp, fünftausend sind genug«, rief Angelina, als die Kirchenuhr draußen elf Uhr schlug. Don Primo, mit zufriedenem Lächeln, verteilte Eistüten mit Schokostreuseln.

»Was machen wir mit dem übrigen Teig?«

»Na, Tagliatelle natürlich«, rief Amelia. »Jede nimmt einen Teller voll mit nach Hause!«

Als Anna auf dem Nachhauseweg an Angelinas Bank vorbeikam, grinste Michelangelo sie an. »Na, hast du Raviolimachen gelernt?«

»Das und vieles mehr!«, lachte sie. »Und vor allem habe ich das Gefühl, dass ich angekommen bin!« Michelangelo strahlte.

Das Fest am folgenden Sonntag fand auf einer kleinen Anhöhe unterhalb des Heiligtums von Acqua Santa statt. Die Straße hinauf war so steil und eng, dass Anna auf halbem Weg Domenica bat, auszusteigen, um mit leichterem Gewicht weiterzufahren.

Alle Generationen von Albereto hatten sich auf der erhöhten Wiese vor dem kleinen Heiligtum versammelt und bunte Tischtücher ausgebreitet. »Wahrscheinlich war hier schon ein heidnischer Tempel«, erklärte Don Primo, der Anna nach der Ravioli-Aktion auffallend freundlich begrüßte. Der Altar war mit Sonnenblumen und Zinien geschmückt, ein paar freiwillige Helfer hatten die Bänke der kleinen Kirche unter den freien Himmel gerückt.

»Wie klug die Menschen diesen Ort ausgewählt haben«, sagte Anna zu Domenica, die keuchend heraufgestapft kam.

»Ja, früher fand unser Fest am ersten Mai statt, um für eine gute Ernte zu beten. Das hat noch meine Großmutter erzählt. Aber jetzt wird das Wetter immer unbeständiger, und wir legen den Termin von Jahr zu Jahr neu fest.«

»Heute haben wir Angst vor Unwetter und Tornados, die uns weltweit aufsuchen«, dröhnte Don Primo. »Aber schlimmer noch ist der Sturm des Egoismus, des Neids und der Konkurrenz, die jeden von uns und die ganze Welt betreffen.

Es fehlt uns an Mut, an Demut und Bescheidenheit.« Als sich seine Stimme wieder beruhigt hatte und jeder wieder wagte, von den geblümten Picknick-Decken aufzusehen, drang der Duft ausgebackener Ravioli und gebratener *salsiccia* in die Nase der Gäste. Anna fragte sich, als sie in lauter strahlende Gesichter sah, ob es nicht auch eine besondere Form der Zuwendung war, andere mit köstlichem Essen zu versorgen. Sie konnte sich jedenfalls nicht erinnern, jemals einen so unbeschwerten Nachmittag verbracht zu haben.

KAPITEL 5

Latin lover

Seit Tagen hatte der heftige Regen die Landschaft in ein graues, eintöniges Licht gehüllt. Der Himmel wirkte wie ein ruhiges Bild, vor dessen Rahmen sich, in wechselnden Schüben, dichte Wolken drängten. Trotz des milden Klimas hatte Anna schon am Nachmittag den Kamin angezündet, um die Feuchtigkeit nicht ins Haus dringen zu lassen. Eigentlich mochte sie den Regen, weil die Landschaft danach wie reingewaschen aussah, zurückgefallen in paradiesische Unschuld, als wenn ihr noch nie jemand Wunden zugefügt hätte.

Eine riesige Kröte mit seltsam blutunterlaufenen Augen saß auf der Straße vor Annas Haus, ein Bein merkwürdig nach vorn geknickt, wie zum letzten Sprung bereit. »Schnell, lauf doch«, rief Anna der Kröte zu, bis sie bemerkte, dass die Kröte bereits unter einem Autoreifen ihr Leben beendet hatte.

Als Anna gerade einen neuen Korb Kaminholz holen wollte, sah sie, wie draußen eine schmale Gestalt unter dem Vorsprung der Madonnenstatue stand, die unterhalb von Domenicas Haus in die graue Mauer gemeißelt war. Trotz der Kälte trug der junge Mann, der höchstens zwanzig war, nur eine hauchdünne Regenjacke.

»Brauchen Sie Hilfe?«, rief Anna in den strömenden Regen hinaus und versuchte, mit dem schweren Holzkorb in der einen und dem Regenschirm in der anderen Hand, nicht allzu nass zu werden.

»Ich warte hier, bis der Regen aufhört.«

»So, wie es aussieht, wird der Regen heute nicht mehr aufhören. Wo wollen Sie denn hin?«

»Ich habe mich verlaufen, ich möchte ins Dorf zurück.«

»Bei der Nässe, und wie sie angezogen sind, holen Sie sich eine Lungenentzündung.« Sie stellte den Holzkorb auf der Veranda ab. »Los, kommen Sie schon, ich fahre Sie hin.«

Kurz entschlossen holte Anna ihren Autoschlüssel.

»Das wollen Sie wirklich für mich machen?«

»Ja, natürlich. Das heißt eigentlich nein, es kommt auf die Sichtweise an. Auf dem Land hilft man sich gegenseitig, man lässt andere nicht einfach im Regen stehen.« Anna betrachtete den jungen Mann von der Seite, der unter seinem dünnen blauen Anorak schmächtig und blass aussah. »Wenn man es so sieht, handle ich völlig eigennützig, denn es fällt natürlich auf mich zurück.«

Dankbar und etwas verwundert stieg der Fremde in Annas schwarzes Auto.

»Woher kommen Sie denn?«

»Aus Postdam, ich will mir hier die Küste ansehen.«

»Na ja, besonders gutes Wetter haben Sie sich ja nicht ausgesucht.«

»Es ist doch Sommer, damit habe ich nicht gerechnet.«

»Oh ja, die Leute denken immer, in Italien scheint meistens die Sonne. Aber hier regnet es auch, wie Sie sehen, vor allem im Frühjahr und Herbst, und dann oft ununterbrochen!«

An der letzten Kurve vor dem Dorf kramte der Unbekannte in seinem Rucksack und holte ein Geldstück hervor.

»Hier, nehmen Sie, fürs Benzin.« Er nestelte an seinem Rucksack. »Das scheint mir doch das Mindeste zu sein.«

»Aber nein«, wehrte Anna das Ein-Euro-Stück belustigt ab. Noch nie in ihrem Leben hatte ihr jemand einen Euro geschenkt. »Zünden Sie doch lieber irgendwo unter einem

Madonnenbild eine Kerze an.« Amüsiert bemerkte Anna sein Erstaunen.

»Natürlich nicht für mich, aber für meinen Freund Ottavio! Der ist gerade irgendwo in der Welt unterwegs, wie Sie. Vielleicht hilft ihm auch jemand, wenn er im Regen steht. Und falls Sie nicht gerne in Kirchen gehen, können Sie Ihren Euro auch einem Straßenmusiker geben.«

Als Anna zurück zu Hause war, war Ottavio in ihren Gedanken so gegenwärtig, als würde er vor ihr stehen. Merkwürdig, dieser Typ, vor allem sein Selbstvertrauen. Anna kam es vor, als bewege sich Ottavio schon lange mit der schlafwandlerischen Sicherheit eines Menschen, der unaufhaltsam auf sein Ziel zustrebte. Anna dagegen hatte sich durch sein Auftauchen immer häufiger die Frage gestellt, wie sie in Zukunft ihr Leben eigentlich verbringen wollte.

Als es allmählich dunkel wurde, kostete es sie Mühe, das Kaminfeuer zu entfachen, was ihr normalerweise ganz leicht von der Hand ging. Als sie es endlich geschafft hatte, beschloss sie, Ottavio zu Hause anzurufen. Vielleicht war er ja schon wieder zurück? Er meldete sich sofort, und sie freute sich, seine Stimme zu hören.

»Was, du bist hier?«, fragte Anna, einigermaßen erstaunt.

»Ja, natürlich, wo soll ich denn sonst sein?«

»Auf Reisen natürlich! Aber wenn du hier bist, komme ich mal bei dir vorbei. Was hältst du von morgen? Ich habe noch nie gesehen, wo du wohnst!«

»Du willst vorbeikommen? Gute Idee! Du nimmst die Straße Richtung Lagaccio, aber nach der Quelle an der *Madonna di Acquasanta* fährst du die Straße links den Berg hinauf. Nach etwa einem Kilometer bist du mitten im Wald, der Weg ist kurvig, und man sieht nie, wer entgegenkommt, also pass auf. Nach fünf Kilometern gabelt sich die Straße, du nimmst die Abzweigung rechts, wo die beiden Steineichen stehen. Nach zweihundert Metern kommst du an einer Quelle vorbei. Du gehst einfach geradeaus, dann siehst du nach ein paar Metern mein Haus.«

Als Anna am nächsten Tag in einem dunkelblauen, ziemlich engen Jerseykleid ins Auto stieg, wurde sie sofort von Domenica entdeckt. »Bist du heute in geheimer Mission unterwegs?«, rief Domenica von oben. Doch Anna ging gar nicht darauf ein und fuhr los.

Der Himmel war immer noch grau verhangen, aber immerhin hatten sich ein paar Sonnenstrahlen hervorgewagt. Hinter Lagaccio hielt sie am letzten bewohnten Haus vor dem Wald an, wo eine weißhaarige alte Frau im lila Pullover mit ihrem unschuldig lächelnden Sohn wie gebannt in einem sonnigen Vorgarten stand. Es kam ihr vor, als lächelten die beiden sie neugierig an. Wer weiß, wie viele von Ottavios Frauen hier in der Zwischenzeit vorbeigekommen waren, und vielleicht hielt man sie jetzt auch für eine von denen!

Hinter den dichten Bäumen waren noch keine Häuser zu erkennen. Anna wunderte sich nicht mehr, dass Ottavio in dieser Umgebung das wilde Tier heimgesucht hatte, keine Nachbarn weit und breit. Vorsichtig ging sie ein paar Schritte. Am Eingang des Waldes stand ein Tisch mit gefüllten Wasserflaschen, einer Lampe und einem alten Holzstuhl, als hätte es sich jemand, mitten im Wald, zusammen mit Feen und Kobolden gemütlich gemacht.

An der Quelle wuchsen Hollundersträucher, deren ausladende Zweige voll schwerer, dunkler Beeren hingen. Dann tat sich plötzlich eine Lichtung auf, hinter der, wie eine zarte, bunte Zeichnung mitten im Wald, pastellfarbene Häuser kauerten. In einem nahezu perfekten Kreis waren die Häuser auf der Hügelkuppe erbaut. Von Weitem sah es aus, als hätten sich die Menschen nur kurz entfernt und könnten jederzeit hierher zurückkommen. Fasziniert betrachtete Anna die schmale Häuserkette. Obwohl fast alle leer standen und viele verfallen waren, konnte sie sich bei ihrem Anblick vorstellen, wie hier das Dorfleben einmal ausgesehen hatte. Die meisten Häuser mit pastellfarbenem, bröckelndem Verputz hatten zwei Stockwerke, die durch eine gewundene Außentreppe miteinander verbunden waren. Wie um sich gegen den Verfall zu wehren, hatten sich die alten Steinhäuser Schutz suchend aneinander gestützt.

Obwohl sie von Efeu und Unkraut überwuchert waren, ließen die Türportale aus Schiefer noch die alten Inschriften erkennen. Manche waren mit kleinen, gemeißelten Tafeln geschmückt. Eine schmalgesichtige Madonna trug ein winziges Jesuskind im Arm, auf einem anderen lächelten zwei grazile Jungfrauen einem gehörnten Fabelwesen zu.

In winzigen quadratischen Vorgärten wuchsen Rosen und Hortensien, deren Farben ebenso verblasst wie der Verputz der Häuser waren. Die verblichenen Blüten verloren sich im hohen Gras. Anna nahm sich schon jetzt vor, im Herbst zurückzukommen und einen großen Strauß für den Winter zu trocknen.

Ottavios fröhliche Stimme war schon von Weitem zu hören, er schien gerade mit jemandem in ein Gespräch vertieft zu sein. Das wilde Tier, die Einsamkeit, musste in der Zwischenzeit schon ziemlich weit von ihm weggerückt sein.

»Ti penso, ho nostalgia di te.«

Ottavio hatte Sehnsucht nach der, die am anderen Ende der Leitung war! Also war tatsächlich eine Frau in sein Leben getreten! Anna spürte wieder einen seltsamen Stich in der Magengegend. Hoffentlich hatte er sich die Richtige ausgesucht!

Ottavios Haus ging auf eine kleine, quadratische, von Weinreben überwachsene Piazza hinaus und war offensichtlich das Einzige, das noch bewohnt war. Ein leiser Lufthauch brachte den Geruch des Feuers herauf, der weiter unten im Tal aus einem Kamin aufstieg und eine dunkle Spur in den Nachmittagshimmel zeichnete. Wie eine finstere Urgewalt hob sich die Landschaft vor dem graublauen Himmel ab. Die Tür zum Haus stand offen. Anna warf einen neugierigen Blick hinein und sah blanke Holzdielen mit Körben voller Holz und Pinienzapfen. Gegenüber einem langen Holztisch stand eine dunkle Kredenz mit mehreren Schubladen, die teilweise offen standen.

Mit dem Telefonhörer in der Hand begrüßte Ottavio Anna vergnügt aus der Entfernung und gestikulierte wild mit beiden Armen, um ihr zu bedeuten, dass sie sich setzen solle. Offensichtlich wusste er nicht, wie er das Telefongespräch beenden sollte.

»*E dopo vado a mangiare gli spaghetti*, verstehst du?«

In einem merkwürdigen Kauderwelsch aus Deutsch und Italienisch versuchte er, die Anruferin loszuwerden.

»*Vado a mangiare gli spaghetti*«, sagte er, diesmal entschiedener, was sein Gegenüber immer noch nicht als angekündigtes Ende des Gesprächs verstehen wollte. Erfreut und mit selbstbewusster Miene sah er Anna an. In seinem neuen dunkelblauen Pullover sah er ausgesprochen weltmännisch und gar nicht mehr wie ein ligurischer Bauer aus. Nach weiteren zehn Minuten, in deren Verlauf Ottavio noch zweimal sagte, dass er jetzt Spaghetti essen wolle, obwohl es erst vier Uhr war – »*Spaghetti, capisci?*« –, legte er endlich auf und setzte sich erschöpft an den verwitterten Holztisch unter der Pergola.

»Da siehst du, sobald man etwas mit Frauen anfängt, steigen die Telefonkosten. Ein Mann sagt, um zwölf Uhr komme ich an, basta. Frauen müssen sogar am Telefon über ihre Gefühle reden, das kann doch nicht gut gehen.«

Wortlos blickte ihn Anna aus großen blauen Augen an.

»Manchmal denke ich, Frauen und Männer werden sich nie verstehen«, seufzte Ottavio und breitete seine Arme aus.

»Du hast aber auch Ideen«, protestierte Anna, »das darf man doch gar nicht erwarten! Männer und Frauen können sich lieben, hassen, Freundschaft schließen oder auch ganz einfach nur respektieren. Ich wüsste nicht, wer jemals gesagt hat, dass sie sich verstehen müssen!«

»Meinst du das im Ernst?«

»Aber ja!«, erwiderte Anna und genoss seinen erstaunten Blick. »Die Probleme entstehen meist dann, wenn man das nicht einsehen will und sich völlig falsche Vorstellungen macht.« Neugierig sah sie sich auf der kleinen Piazza um, die an zwei Seiten mit Weinreben überwachsen war und nach Westen in den angrenzenden Wald überging.

»Wer war denn das am Telefon?«, erkundigte sich Anna, um einen möglichst gleichgültigen Ton bemüht.

»Ingrid, habe ich in Tübingen kennengelernt.« Ottavio sah aus, als hätte er eine große Anstrengung hinter sich.

»Redet die immer so lange?«, fragte Anna neugierig.

»Ja, und ich muss sie jeden Abend anrufen, sonst hat sie Angst, mich zu verlieren.«

»Und auf so was hast du dich eingelassen?«

»Na ja, sie klammert schon ein bisschen, aber gleichzeitig gefällt sie mir, weil sie so etwas Kindliches und Unschuldiges hat.«

»Sehr erwachsen kommt mir das aber nicht vor.«

»Sei nicht so streng«, sagte Ottavio beschwichtigend und hob beide Hände. »Das heißt doch auch, dass sie mich braucht.«

»Und das brauchst du wiederum?« Anna schüttelte kaum merklich den Kopf. »Hat es dir denn gefallen bei ihr?«

»Sie hat jeden Tag Kuchen und Schokoladenplätzchen für mich gebacken.«

»Ja, ja, Liebe geht eben durch den Magen, das sagt Angelina auch immer. Hast du dich verliebt?«

»Nein, aber ich esse gerne Schokolade und weiß eben, was Frauen gerne hören.«

»Du Schmeichler! Hast du das auf deiner Reise gelernt?«

Ottavio grinste. »Möchtest du ein Glas Wein?«

Ohne Annas Antwort abzuwarten, ging Ottavio ins Haus und kam mit einer Flasche, zwei Gläsern und einer Schale mit Oliven zurück.

»Oh, diese kleinen Oliven, die haben mir schon richtig gefehlt!«, freute sich Anna.

»Sag ich doch, für jeden kommt mal der Moment, wenn er ohne Oliven nicht mehr leben kann!« Er wiegte nachdenklich den Kopf und sah Anna an. »Wenn ich mich nicht täusche, ist es bei dir auch bald so weit!«

Anna interessierte sich im Augenblick nicht für Oliven, sie hatte anderes im Sinn.

»Eigentlich wollte ich ja wissen, wie deine Reise verlaufen ist.«

»Na ja, ich war über vierzehn Tage unterwegs, es war ein ziemliches Kontrastprogramm.«

»Und, hast du deine große Liebe gefunden?«, fragte Anna betont beiläufig. Sie hielt ihre Nase in die Luft und schnupperte. Der Platz vor Ottavios Haus war über und über mit lila Glyzinienblüten bedeckt, die einen betörenden, süßlichen Duft verströmten.

Ottavio folgte ihrem Blick. »Glyzinien, die Pflanzen des Glücks! Jeden Morgen, wenn ich die Fensterläden aufmache, fallen ein paar Blüten auf meine Schultern. Wie Schmetterlinge oder Federn, die mir zugeflogen sind.« Er lächelte fast verzückt. »So, als wenn für einen Augenblick das Glück der Welt auf mich niederregnet.«

»Das muss ich mir merken«, lachte Anna. »So einfach ist das also, man pflanzt eine Glyzinie und bekommt dafür täglich eine Portion Glück geschenkt!«

Sie stand auf und ging über die kleine Piazza, an deren Seite sich ein alter Backofen befand. Wenn man von dort aus in den Wald sah, hatte man ein raffiniertes Wechselspiel aus dunklen Bäumen und fernen Lichtungen vor sich, die das Blau und Grau des Himmels spiegelten.

»Es ist schön bei dir.«

»Findest du?«

»Ja, sehr. Vielleicht fehlt die weibliche Hand. Bist du der Einzige, der hier wohnt?«

»Am Dorfrand lebt noch eine alte Frau mit ihrem Sohn, der ein bisschen zurückgeblieben ist. Der Rest der Familie hat sie hierher ins Haus der Großeltern verbannt. Und im Verschlag für das Brennholz im Anbau hat sich eine kleine Fledermaus einquartiert. Wo könnte die auch sonst leben außer hier bei mir!«

»Stellst du mir auch die Fledermaus vor?«

»Wenn du dich nicht fürchtest?«

»Wie, vor einer Fledermaus?« Anna sah Ottavio amüsiert an.

»Ach ja, der alten Frau mit ihrem Sohn bin ich auf dem Weg hierher begegnet.«

»Außerdem lebt ein alter Seefahrer hier, Giorgio, der in sein Heimatdorf zurückgekehrt ist, nachdem er eine Weile auf der Insel Tristan da Cunha gelebt hat. Sein Haus liegt drüben auf der anderen Seite. Manchmal besuche ich ihn, und wir reden über unsere Reisen – die wirklichen oder die, von denen wir immer nur geträumt haben. Du siehst ja, wie verfallen die Häuser sind.«

»Die Häuser sind doch wunderschön und wie für die Ewigkeit aus Stein und Holz erbaut«, bemerkte Anna, ein stilles Leuchten in den Augen.

»Ja, Holz und Stein, daran war der Landstrich hier schon immer reich. Aus Holz wurden die Schiffe für das Abenteuer, aus Stein die Häuser für die glückliche Rückkehr erbaut.«

»Warum haben denn die Leute ihre Häuser verlassen?« Ottavio zuckte mit den Schultern. »Sie sind abgewandert, vor einem halben Jahrhundert schon. Als ich in die Schule ging, hat die italienische Regierung Prämien bezahlt, damit die Leute ihre Schweine und Schafe aufgaben und in die Fabrik arbeiten gingen. Und inzwischen sieht man ja, was aus dieser Politik und dem schnellen Reichtum geworden ist. Hier hat sich das Leben in den letzten fünfzig Jahren mehr verändert als in fünf Jahrhunderten zuvor. Jeder hat ein Auto, ein Ferienhaus, aber kaum einer sieht noch über den eigenen Tellerrand hinaus.«

Anna betrachtete Ottavio mit einem wohlwollenden Blick.

»Und dieser Giorgio, ist er wenigstens zurückgekehrt, nachdem er auf der Insel Tristan da Cunha gelandet war?«, fragte sie neugierig. Ottavio lachte. »Oh ja, die Geschichte kennt jeder, der einmal zur See gefahren ist. Eigentlich ist es gar keine Insel, sondern nur eine Vulkanspitze, genau auf halber Strecke zwischen den Kontinenten, zwischen Afrika und Südamerika. Vor langer Zeit ist dort ein ligurisches Schiff gestrandet. Das Schiff war nicht mehr zu retten, es hatte Feuer gefangen und ist ausgebrannt. Die Besatzung konnte rechtzeitig die Insel erreichen und hat sich dann dort niedergelassen.«

»Was, auf einer einsamen Insel? Wie wunderbar!«, schwärmte Anna. »Oh ja, mitten im Ozean, aber stell es dir nicht zu romantisch vor, weil das Land dort ziemlich karg und wenig ertragreich ist. Dürre, harte Erde, die Leute leben fast nur von dem, was das Meer hergibt. Ein paar Jahre nach dem Schiffbruch hat ein Genueser Reeder ein zweites Schiff geschickt, um die Seeleute zurückzuholen.«

»Und die waren sicher glücklich darüber?«, fragte Anna vorsichtig.

»Nein, eben nicht, und das ist ja die Geschichte. Die gestrandeten Seefahrer haben sich in die Insel und – ich nehme an in ihre schönen Frauen – verliebt. Als der Kapitän sie aufgefordert hatte, zurück in die Heimat zu kommen, haben die bloß abgewinkt. Nach einem Monat ist das Schiff ohne sie zurückgefahren.« Ottavio zwinkerte Anna zu. »Und mein Freund Giorgio fand keine Ruhe, bis er nicht die Insel mit eigenen Augen gesehen hatte. Er hat sogar eine Zeit lang dort gelebt. Aber am Ende hat ihn doch das Heimweh zurückgetrieben. Oder das Essen. Die leben dort fast ausschließlich von Hummer. Wahrscheinlich haben ihm irgendwann die vielen Schalentiere nicht mehr geschmeckt.« Ottavio lachte vergnügt. »Fände ich allerdings auch langweilig. Sardinen und Makrelen sind mir lieber, blaue Fische eben. Außerdem ist an Schalentieren wirklich nicht viel dran.«

»Und nun meinst du, dass Tristan da Cunha für den Traum steht, den wir alle haben, und der selten in Erfüllung geht?« Anna blickte ihn nachdenklich an. Ob es mit der Liebe genauso war, dachte sie, sagte es aber nicht.

Der leichte Wind wehte ein paar Blätter vom Tisch, die sich mit den Glyzinienblüten vermischten.

»So ähnlich. Geschichten über ferne Inseln sind immer ein Traum. Die meisten Leute verwechseln Realität und Legende.

Was völlig unwahrscheinlich klingt, ist meistens wahr und umgekehrt.«

»Interessant, darüber habe ich mir noch keine Gedanken gemacht«, bemerkte Anna ziemlich beeindruckt.

Plötzlich wurde ihr etwas mulmig zumute, mitten im Wald. Sie betrachtete Ottavio, der mit größter Selbstverständlichkeit allein in dieser Einsamkeit wohnte.

»Je länger ich hier sitze, desto mehr habe ich das Gefühl, dass dein Weiler bevölkert ist. Siehst du, hier, hinter den Bäumen? Von Weitem sieht es aus, als wenn sich lauter Gestalten aus Licht und Schatten durch den Wald bewegen würden.«

»Ja natürlich, Licht und Schatten, die sind hier genauso zu Hause wie Wildschweine, Marder, Füchse und Eidechsen.«

»Die warten sicher darauf, dass ich wieder aus deinem Wald verschwinde«, lachte Anna. »Hast du eigentlich viel Besuch?«

Ottavio zögerte. »Früher war ich ziemlich allein, wie du weißt, aber diesen Sommer haben sich ein paar Gäste angekündigt.« Anna sah sich um. Sie sah Steineichen, verschiedene Schattierungen von Grün und das Meer, das sich hinter den letzten Bäumen versteckt hatte.

»Ich stelle mir nur vor, wie vielen Menschen ein Leben hier gefallen würde, es müssten einfach mehr Leute hier leben und Verantwortung für die Gegend übernehmen.«

»Ja, der Traum vom einfachen Leben hat uns inzwischen alle erwischt. In Zeiten von wirtschaftlicher Krise gehört das wahrscheinlich dazu«, stellte Ottavio sachlich fest.

Anna nahm noch einen Schluck von Ottavios herbem Wein.

»Hast du den gemacht?«

»Nein, mein Freund Giorgio. Obwohl, die Trauben hat er

gekauft, das machen hier oben viele so. Die wachsen hier nämlich nicht.«

»Schmeckt trotzdem gut. Und unterwegs, wie erging es dir denn so?«

Ottavio sträubte sich ein bisschen. »Deine Anzeige war jedenfalls ein voller Erfolg. Weißt du, dass bei mir immer noch Briefe ankommen? Vor einem Jahr hätte ich mir das nicht im Traum vorstellen können!«

»Oh, das freut mich! Es kann doch gar nichts Interessanteres geben, als mit anderen Menschen in Kontakt zu treten. Aber du hast mir immer noch nichts von deiner Reise erzählt.«

»Na ja, ich habe große Gastfreundschaft erlebt, wirklich, neue Städte und Landschaften kennengelernt und ein paar interessante Leute getroffen.«

»Landschaften? Leute?«, fragte Anna belustigt, »deswegen bist du aber nicht losgefahren, ich dachte, du suchst eine Frau.«

»Na ja, ich habe schon ein paar Frauen getroffen. Aber ich habe auch viel gesehen, fremde Städte, das Leben in der Provinz.«

»Ottavio, mach's nicht so spannend! Wie lief es denn mit deinen Gastgeberinnen?«

Ottavio wand sich ein bisschen, als wollte er gar nicht so viel von seiner Reise preisgeben.

»Bei Kirsten war ich der erste Mann, den sie fünf Jahre nach ihrer letzten Beziehung kennengelernt hat. Kannst du dir das vorstellen? Das kann es doch nicht sein!«, sagte Ottavio ungestüm. »Irgendwas läuft doch schief in der Welt! Niemand ist schließlich gern allein.« Anna musste an das Leben denken, das sie selbst gerade führte.

»Stell dir vor, die Erste, also Kirsten, hat mich am Bahnhof erst mal gar nicht erkannt. Sie ist dreimal an mir vorbeigelaufen! Ich habe sie natürlich gleich gesehen, obwohl sie auf dem Foto viel fröhlicher aussah, und dachte, das kann ja heiter werden. Es wurde noch ganz lustig, weil sie am zweiten Abend ihre Freundinnen eingeladen und chinesisch gekocht hat. Es war ihr Geburtstagsessen. Vielleicht wollte sie mich ein bisschen vorführen. ›Seht her, endlich wieder ein Mann in meinem Leben!‹ Aber der Funke zwischen uns ist einfach nicht übergesprungen. Sie war so ein richtiger Kumpeltyp, nicht ganz mein Fall.«

»War das die Blonde mit dem Rosengarten, die dir ganz am Anfang geschrieben hat? Auf dem Foto sah sie doch ganz nett aus!«

»Ja, schon, aber sie wirkte immer so mürrisch, obwohl sie sich ziemliche Mühe gab. Sie war irgendwie kein fröhlicher Mensch. Sie hat mir ein bisschen von sich erzählt. Ihre Mutter war ziemlich depressiv, sie hat schon ganz früh die Verantwortung für ihren Vater und die jüngere Schwester übernehmen müssen. Ihre große Liebe ist ihr davongelaufen, weil er den Clan nicht mehr ausgehalten hat, und dann hat sie den Gedanken an eine Beziehung aufgegeben.«

»Schade eigentlich, wie sehr viele Menschen in ihrer Familiengeschichte gefangen sind und sich einfach nicht befreien können«, fand Anna. Mit Gänsehaut dachte sie an Rolf und seine besitzergreifende Mutter zurück, die dreimal die Woche vor Fett triefendes Geflügel mit gichtigen Händen in den Backofen schob.

Plötzlich gestikulierte Ottavio mit beiden Händen, als sei er mit einem Mal aufgewacht.

»Ich muss dir unbedingt die Anfangsszene erzählen, die war wirklich gut: Gleich am Bahnhof habe ich einen Strauß roter Rosen gekauft und hinter meinem Rücken versteckt. Da hat Kirsten gefragt: ›Was ist denn mit dir los, tut dir der Arm weh?‹« Ottavio lachte aus vollem Hals. »Wahrscheinlich hatte ihr noch nie jemand rote Rosen geschenkt.«

»Also, so charmant kannst du sein«, stellte Anna ein bisschen neidisch fest, und blickte den Rauchwolken nach, die der stärker gewordene Wind vom Tal herauftrieb. Wer hatte ihr eigentlich das letzte Mal Blumen geschenkt? Und Ottavio schenkte sie einer wildfremden Frau! Sie versuchte, sich den Anflug von Neid nicht anmerken zu lassen.

»Rote Rosen kosten Geld, auch noch vom Bahnhof. Du hättest doch erst abwarten können, ob sie dir überhaupt gefällt!«

»Ist mir egal. Was sollen denn die Leute denken. Schließlich komme ich aus dem Land der *latin lover* und habe einen Ruf zu verlieren!«

Oh Gott, dachte Anna, das kann ja heiter werden. »Und sonst?«, fragte sie.

»An der Ostsee war es mir einfach zu kalt. Man kann sich ja nur vollkommen eingehüllt draußen hinsitzen, und vor lauter Strandkörben sieht man das Meer kaum. Kirstens Nachbar sammelte Gartenzwerge, er hatte über fünfzig, deren Mützen er gerade neu gestrichen hat. Kannst du dir vorstellen, dass jemand die Mützen von fünfzig Gartenzwergen streicht?«

»Du hättest ihm ja dabei helfen können«, amüsierte sich Anna.

»Außerdem baute er alte Tomatensorten an, gelbe, gestreifte und schwarze waren auch dabei.«

»Oh ja, die Menschen und ihre Leidenschaften! Wieso hast du nicht ein paar Ableger für meinen Garten mitgebracht?«

»Hab nicht dran gedacht. Sie haben sogar gut geschmeckt, aber es hat mir nicht gefallen, dass er so einen Zirkus daraus gemacht hat.«

»Kenn ich, das machen Männer gerne. Und wie war es in Berlin?«

»Tolle Stadt, und mit Uta hat es mir eigentlich ganz gut gefallen, aber sie hatte wahnsinnig viel zu tun. Sie war in einer Galerie beschäftigt. In den drei Tagen in Berlin habe ich mir vier Ausstellungen und zwei Museen angesehen. In einem Jazzklub war ich auch. Stell dir mal vor, da hat mich eine richtig angemacht. Ging einfach auf mich zu und sagte: ›Ich habe ein Pfund Kaffee im Haus. Das reicht doch für einen guten Espresso, oder?‹«

»Ist nicht wahr!«, kommentierte Anna ungläubig.

»Doch.«

»Hast du das Angebot angenommen?«

»Nein«, lachte Ottavio. »Ich wollte am nächsten Tag früh raus, um in den Prinzessinnengarten zu gehen. Oh, warte mal, ich habe dir einen Spinatbaum und eine seltene Salatsorte mitgebracht.« Ottavio verschwand hinter dem Haus und kam einen Augenblick später mit einer schmalen Pflanze mit ein paar violett-grünen Blättern an einem winzigen Stiel zurück. Die Pflanze sah mitleiderregend mager aus. »Hier, ist für dich.«

Rote Rosen für eine wildfremde Frau, und mir hat er dieses mickrige Pflänzchen mitgebracht, dachte Anna etwas gekränkt. Sie gab sich Mühe, ihre Enttäuschung zu verbergen.

»Ist ja reizend, dieses Bäumchen, und das hast du von Berlin hierhergeschleppt? Und du meinst, dass man die Blätter wirklich essen kann?«

»Natürlich, als Vorspeise. Wirklich satt wirst du nicht davon!«, amüsierte sich Ottavio. Anna lächelte, wieder milder gestimmt, und betrachtete das Bäumchen. Vielleicht sollte sie Ottavio doch einmal zum Essen einladen.

»Dann hast du ja ein ganz schönes Spektrum weiblicher

Verhaltensweisen erlebt! Klar, man versteckt sich immer hinter zu viel Arbeit, wenn es nicht funktioniert, habe ich auch schon gemacht.«

»Inzwischen hat sie mich sogar angerufen und mir mitgeteilt, dass sie ihren Traummann gefunden hat. Sie war eine lebensfrohe, kluge Frau. Vielleicht wollte sie es einfach mal mit einem Italiener probieren. Und es hat nicht funktioniert.« Ottavio lachte, mit einem kleinen, bitteren Unterton.

Aus dem Hauseingang kam eine schwarz-weiße Katze auf Anna zu. »Ist das Camilla? Ist sie von ihrem Ausflug mit dem einohrigen Kater zurück?« Anna strich ihr behutsam über das weiche Fell.

»Ja, seit ein paar Tagen ist sie wieder hier. Vielleicht war es ihr doch zu viel mit der Leidenschaft. Wenn man ein bestimmtes Alter erreicht hat, braucht man seine Bequemlichkeit«, kommentierte Ottavio.

»Wir sind alle bequem geworden«, stellte Anna fest. »Und irgendwann kann man sich selbst gar nicht mehr vorstellen, dass es die Richtige oder den Richtigen noch gibt.«

»Soll ich dir was sagen: Ich hab's mir auch einfacher vorgestellt.«

»Glaub ich dir. Und wie war deine dritte Station, Tübingen, wenn ich mich richtig erinnere?«, fragte Anna, die sich eines leichtes Unbehagens nicht erwehren konnte.

Ottavio dagegen wurde plötzlich ganz lebendig.

»Oh, da hat es mir ausgesprochen gut gefallen! Ich war bei einem Entenrennen für einen wohltätigen Zweck dabei.«

»Wie, mit lebenden Enten?«

»Nein, aus Plastik, wie bei dir eine auf dem Badewannenrand steht. Ich glaube, das Geld ging an ein Frauenwohnprojekt. Aber für Museen hatte ich keine Zeit.«

Ottavio grinste vielsagend.

»Mit Ingrid habe ich eine ziemliche *settimana di fuoco* verbracht. Eigentlich hätte es ganz schön werden können. Aber dann wollte sie unbedingt, dass ich bleibe. Für immer. Du wirst es nicht glauben, aber am Abend vor meiner Abreise hat sie die Haustür abgeschlossen und den Schlüssel versteckt.«

»Ist nicht wahr. Und du?«

»Na ja, ich habe sie irgendwann überzeugt, dass das keine so gute Idee ist. Ich habe dann im Hotel übernachtet und wollte nicht mehr in die Wohnung zurück. Eigentlich schade, Ingrid war eine patente Frau. Sie hat sich hinterher entschuldigt. Und jetzt ruft sie mich jeden Tag an.« Ottavio machte eine Pause.

»War das die am Telefon?«, fragte Anna. »Vielleicht hättest du es bei der Freundschaft belassen können. Das weiß man doch, die Erotik verändert jede Beziehung.«

»Ach, und wie schaffst du es, immer so kontrolliert zu sein?« Ottavio warf Anna einen prüfenden Blick zu.

»Das bin ich ja gar nicht immer. Aber ich finde, manchmal geht es einfach zu schnell. Und die Erotik stellt eben eine besondere Nähe her, die man auf geistiger Ebene manchmal noch gar nicht erreicht hat. Und dann sitzt man in der Falle und kommt nicht mehr raus.«

»Aha, so ist das also! Hast du das selbst einmal erlebt?«, fragte Ottavio neugierig. »Ich mag es übrigens, wenn du mir von dir erzählst!«

»Na ja, als ich Rolf, meinen Ex, kennengelernt habe, ging es auch ganz schnell«, erinnerte sich Anna und wunderte sich selbst, dass sie so bereitwillig über ihr Leben Auskunft gab. »Man ist fasziniert von einem Menschen und weiß noch nicht, auf was man sich da einlässt. Ich hatte mit Rolf zum ersten Mal zu Abend gegessen, er wohnte damals noch in Augsburg, der letzte Zug war längst weg. Und da bin ich eben dageblieben. Warum auch nicht, ich war ja in ihn verliebt. Aber am nächsten Tag habe ich mich umgesehen und erst gemerkt, was ich mir da eingehandelt hatte. Im Wohnzimmer hingen lauter Bilder seiner Ex, und auf dem Schreibtisch hatte er ein riesiges Foto seiner Mutter stehen. Man kann nach drei Tagen einfach noch nicht wissen, ob der andere zu einem passt.«

»Doch, kann man schon«, erwiderte Ottavio entschieden. »Aber wenn der andere nicht mitkommt, muss man eben warten, bis er so weit ist.«

Annas Blick fiel auf ein Zelt, das auf einer Wiese neben einem Salatbeet aufgebaut war.

»Nanu, hast du jetzt doch eine Herberge für alleinreisende Frauen aufgemacht?«

»Das Zelt ist ein Bluff«, sagte Ottavio verschwörerisch und mit vielsagendem Blick.

»Nämlich?«, Anna verstand nicht ganz.

»Na ja, ich habe den Gästen mein Schlafzimmer überlassen und bin im Zelt schlafen gegangen. Das macht man doch so bei Damenbesuch!«

»Ja, und?«

»Na ja, das Zelt war eben doch etwas ungemütlich, es hat ja auch oft geregnet. Spätestens in der zweiten Nacht boten mir alle an, doch lieber ins warme Haus zu kommen.«

»Alle?«

»Fast alle.«

»Wie viele waren denn hier?«

»Fünf.«

»Nacheinander?«, fragte Anna verblüfft. »Und wie hast du das Timing geschafft?«

»Ich habe immer gleich am Anfang gesagt, dass ich nach ein paar Tagen Besuch von meiner Cousine bekomme.«

»Und das haben sie dir geglaubt? Und wie hast du in der Zeit den Kontakt mit allen anderen aufrechterhalten?«

»Telefonieren war natürlich etwas schwieriger geworden. Ich musste mein Handy nehmen, obwohl das mehr gekostet hat.«

»Hätte ich fast vergessen, dass Ligurer so geizig sind!«

»Manchmal bin ich in den Wald gegangen und habe gesagt, ich müsste nach den Wildschweinen sehen«, feixte Ottavio.

Anna sah Ottavio vor sich, wie er auf der einen Seite von seinen Besucherinnen, auf der anderen von den Wildschweinen durch den dunklen Wald gejagt wurde, und prustete los.

»Ottavio, ich fass es nicht!«

»Ja, doch. Natürlich habe ich immer gesagt, dass es gefährlich ist, mit mir in den Wald zu gehen.« Ottavio zierte sich ein bisschen. »Stimmt doch! Wieso siehst du mich so an? Jede Nacht sind Jäger unterwegs, aber die erwischen die Viecher einfach nicht. Inzwischen haben alle Bauern Schlingen ausgelegt. Aber viele machen den Fehler, dass sie zum Schlingenauslegen keine Handschuhe anziehen, und wenn Wildschweine Menschen riechen, sind sie gewarnt.«

Anna hob eine halb vertrocknete lila Blüte vom Boden auf und beschloss auf der Stelle, in ihrem Garten eine Glyzinie zu pflanzen. Was für ein schönes Gefühl muss das sein, dachte sie, ein Blütenregen am Morgen, sobald man die Fensterläden aufmacht, ein beständiger Regen aus stillem Glück.

»War denn eine hier, die dir wirklich gefallen hat?«

»Vielleicht Lisa. Aber ihr Mann ist vor einem halben Jahr gestorben, und sie bat mich, ihre Trauerzeit zu respektieren.«

»Das heißt, sie hat sich viel zu früh auf die Suche nach einem Mann gemacht. Oder sie wollte einfach was ausprobieren«, stellte Anna sachlich fest.

»Sie war übrigens die Einzige, die im Zelt übernachtet hat. Sie hat darauf bestanden.«

»Kann ich verstehen, ihr war es vielleicht lieber so, und das hat dich natürlich beeindruckt.«

»Ja. Ich glaube, sie ist mir in der kurzen Zeit zur wirklichen Freundin geworden.«

»War denn keine eifersüchtig und hat gefragt, wer dich sonst noch besucht hat? Ich stelle es mir schwierig vor, einen Mann über eine Anzeige kennenzulernen. Da weiß man doch, dass man nicht die Einzige ist! Da ist die Eifersucht doch vorprogrammiert!«

»Also merkwürdig war es schon«, gab Ottavio zu. »Bei zwei Frauen hatte ich das Gefühl, schon vorher der Mann ihrer Träume zu sein, obwohl sie mich doch kaum kannten.«

»Kann ich verstehen. Sie hatten sich natürlich eine Vorstellung von dir gemacht und sich in ein Bild verliebt, ohne dass sie dich kannten. Ottavio, der Traummann, der auch noch in einer Traumgegend wohnt! Im anderen, den man zu lieben glaubt, sucht man immer zuerst die eigenen Wünsche und Vorstellungen.«

»Findest du?«

»Na klar, was glaubst du denn, warum dir dreiundsiebzig Frauen geschrieben haben? Man verliebt sich immer in das Bild, das man vom anderen hat. Und jede hat ihre Phantasien auf dich projiziert!«

Ottavio sah Anna irritiert an.

»Meinst du? Ich dachte, sie haben sich in mich verliebt, weil ich so ein guter Typ bin.«

Anna warf ihm einen ironischen Blick zu.

»Natürlich bist du ein guter Typ.«

»Ach ja?«

»Du bist klug, siehst gut aus, kennst dich mit den wesentlichen Dingen des Lebens aus.« Anna musste lachen. »Gefühle gehören vielleicht nicht unbedingt dazu, aber dafür bist du mit der Landwirtschaft und Seefahrerei vertraut. Du tickst eben wie ein richtiger Mann.«

»Ach ja, das denkst du also über mich? Und wie meinst du das, dass ich mich nicht mit Gefühlen auskenne?« Ottavio hatte sich aufrecht vor Anna hingesetzt.

»Na ja, wenn ich mich so umsehe, wer hält es denn schon in so einer Einsamkeit aus!« Sie vermied es, ihn direkt anzusehen. »Ich denke, dass du vor allem *ingamba* bist, wie die Leute hier sagen. Ich habe ein bisschen gebraucht, bis ich es verstanden habe, nämlich, dass ein Mensch zwei Beine hat und sich darauf angemessen in der Welt bewegen kann. Du weißt doch, dass das in unserer Gegend das größte Kompliment ist, das man überhaupt jemandem machen kann.«

Ottavios aufmerksamer Blick entspannte sich etwas. »*Ingamba*, ja, das denkst du wirklich über mich?«

»Natürlich«, sagte Anna bestimmt.

Plötzlich klang Ottavios Stimme ganz verzagt.

»Manchmal wache ich nachts auf und habe Albträume. Du hast ja keine Ahnung, wie schwierig es ist, eine Auswahl aus lauter tollen Frauen zu treffen!«

»Kann ich mir vorstellen, es ist immer eine Überraschung, wenn Menschen aus Briefen oder Telefongesprächen plötzlich zu Wesen aus Fleisch und Blut werden.«

»Und bei jeder, die ich eingeladen habe, frage ich mich, ob es die Falsche oder doch die Richtige war. Die letzten zehn Briefe habe ich heute Nacht einfach ins Feuer geworfen.«

»Wie schade! Aber du hast recht, ich stelle es mir schwierig vor, sich die verschiedenen Leben vorzustellen.«

»Ehrlich gesagt, es gelingt mir nicht immer.«

»Wenn du zum unersättlichen König Blaubart wirst, trau

ich mich nicht mehr zu dir in den Wald! Der Weg ist auch so gefährlich genug!«

»Mach dich nur lustig, mir kommt es manchmal selbst wie ein Spuk vor.«

»Wer mit dem Feuer spielt …«

»Manchmal wünsche ich mir schon die alten Zeiten zurück. Ich war allein mit meiner Katze, führte ein beschauliches Leben.«

»Und mit den Wildschweinen und mit dem schwarzen Tier, das Tag und Nacht an dir genagt hat!« Anna lachte.

Ottavio seufzte ein bisschen. »Es war zwar langweilig, aber ich wusste auch, was mich am nächsten Tag erwartet.«

»Ach so, du bist also immer noch in der Krise, obwohl das glückliche Ende naht!«

»Was heißt hier ›glückliches Ende‹, bislang fiel es mir einfach schwer, mich für eine zu entscheiden.«

»Mit dem Gefühl bist du sicher nicht allein, das ist der Konflikt vieler Männer. Wenn man sich für eine entscheidet, schließt man zwangsläufig die anderen aus.«

Anna lehnte sich zurück und bemühte sich um einen betont sachlichen Ton, so, als würde sie jetzt ein neues Kapitel aufschlagen.

»Ottavio, ich muss ernsthaft mit dir reden. Weißt du, warum ich vorbeigekommen bin? Ich würde gern meinen Garten bestellen und wollte dich fragen, ob du mir hilfst.«

»Heißt das, dass du von jetzt an für längere Zeit hier sein wirst?«

Ottavio strahlte übers ganze Gesicht.

»Ja, ich bleibe, zumindest vorläufig«, antwortete Anna, fast erstaunt über seine Reaktion. »Jetzt erst mal bis zum Herbst.«

»Gute Idee, das mit dem Garten.« Ottavio betrachtete seine kräftigen Hände.

»Heißt das, du hilfst mir?«

»Natürlich, sobald das Wetter es zulässt. Soll ich die Pflanzen besorgen?«

Anna nickte dankbar.

»Am besten Zucchini, Auberginen, ein paar Tomaten. Im nächsten Jahr kannst du ja weitersehen.«

Ottavio betrachtete besorgt den Himmel, der sich von einem Augenblick auf den anderen verdunkelt hatte. Die Luft war weich, doch es sah nach einem nahenden Gewitter aus.

»Und nun sieh zu, dass du nach Hause kommst. Der Regen lässt nicht mehr lange auf sich warten. Ich begleite dich noch ein Stück. Wahrscheinlich gibt es ein Gewitter, und das kann auch im Auto gefährlich sein.«

Ottavio ging neben Anna zurück bis zur Quelle, als unerwartet heftiger Wind aufkam.

»Hast du wirklich Spaghetti zum Abendessen gekocht?«

»Na klar, mit *acciughe* und Kapern, willst du mitessen?«

»Nein danke, ich muss sehen, dass ich nach Hause komme.«

»Gut, dann lade ich dich das nächste Mal zu meinen Spezial-Auberginen ein.«

»Und wie machst du die?«

»Mit Joghurtsoße, so wie im Orient.«

»Da bin ich ja schon gespannt! Und wieso stehen eigentlich die ganzen Flaschen hier herum? Hast du kein Wasser im Haus?«

»Doch, aber es kommt aus dem Teich, nachts trinken die Wildschweine draus, manchmal baden sie auch drin. Wasser zum Trinken muss ich mir deshalb oben von der Quelle holen.«

»Oh Gott, die Biester verfolgen einen tatsächlich überall«, erwiderte Anna.

»Ja klar, Wildschweine sind eine feste Größe hier.«

Anna stieg ins Auto und setzte ihre Sonnenbrille auf. Zum Abschied klopfte Ottavio zweimal mit seiner rechten Hand auf die Beifahrertür.

»Schön, dass du mal heraufgefunden hast. Ich meine, jetzt kennen wir uns doch schon einige Zeit, und du bist keine Fremde hier.«

»Danke dir!«

»Und außerdem, früher gab es immer einen regen Austausch zwischen Küste und Hinterland.«

»Wie, in dieser Einsamkeit hier?«

»Vor fünfzig Jahren war es noch kein einsames Dorf, als ich hierherzog, haben noch viele Familien hier gelebt. Die Frauen aus Monte Fiore haben sich morgens um vier auf den Weg hinunter zur Küste gemacht. Im Sommer mit Gemüse und Kartoffeln, im Winter mit Mais- und Kastanienmehl. Manche hielten sich eine Ziege im Stall und haben Ricotta gemacht. Zurück kamen sie mit Salz und Sardinen.« Er zögerte.

»Es könnte doch wieder so sein, wenigstens zwischen mir und dir?«

»Ja, warum eigentlich nicht, solang ich nicht morgens um vier Uhr aufstehen muss!« Anna lachte und ließ den Motor an.

Ottavio stützte sich gegen das offene Autofenster und berührte, wie aus Versehen, ganz leicht Annas Haar.

»Die ersten Regentropfen! Spürst du, wie der Wind zunimmt?« In den Gipfel der Bäume rauschte es, als hätten sich lauter Elfen und Kobolde darin versteckt.

»Der Wind?«

»Ja, der kommt direkt aus Afrika. Morgen wirst du sehen, dass alles mit einer hauchfeinen Schicht von rötlichem Saharasand bedeckt ist.«

»Aus der Sahara?«

Ottavio lachte und wies in die Ferne. »Wir denken immer, dass die Welten weit entfernt voneinander sind, dabei liegen sie häufig ganz nah beieinander.«

»Schade, dass die Häuser hier leer stehen! Kann man die nicht wieder herrichten?«

»Besser, du verschwendest keinen Gedanken daran. Denn hier wird nie jemand etwas verkaufen. Es sind *case paterne*, in denen Generationen von Familien geboren sind. Lieber lässt man alle Häuser verfallen, als sie in fremden Händen zu sehen.«

»Diese Ligurer – lauter Dickköpfe. Ich werde sie nie verstehen.«

»Brauchst du auch nicht. Du bist ja selber so. Sonst wärst du nicht in diese Gegend gekommen.«

»Ich werde jedenfalls eine Glyzinie pflanzen, damit die Blüten am Morgen auf meine Schultern herabfallen und mich glücklich machen«, lachte Anna, »danke für die gute Idee. Und danke für alles, was ich heute von dir gelernt habe. Ich meine, wie ein Mann wie du die Frauen erlebt.«

»Aber gerne doch.« Ottavio zögerte und lächelte vielsagend. »Kennst du eigentlich das Pinguinlied?«

»Wie, ein Pinguinlied? Ich denke, hier gibt es nur Wildschweine?«

Ottavio lachte. »Es gibt ein italienisches Kinderlied über Pinguine, die genauso wie wir auf der Suche nach der Liebe sind!«

»Aha, du meinst wirklich die aus dem Eis!«

»Ja klar, und das Lied erzählt die Geschichte von einem verliebten Pinguin, der unter dem Fenster seines Pinguinmädchens eine wunderschöne Serenade sang, nach allen Regeln der Kunst, wie man das eben macht, wenn man einen Frack anhat.«

»Aha.«

»Aber dann kam der Papa des Pinguinmädchens, und es machte klack.«

»Wie, klack?«

»Ja, er hat den Pinguin erschossen, ich nehme an, weil er seine Tochter nicht verlieren wollte.«

»Und was ist das, ein Opern-Melodram?«

»Nein, ein Kinderlied, ein ziemlich berühmtes, aus den dreißiger Jahren. Jedes Kind in Italien kennt es.«

»Wie, über zwei Verliebte, von denen der Verehrer vom Vater erschossen wird?«

»Ja, vielleicht werden italienische Kinder gleich darauf vorbereitet, dass es keine Leidenschaft ohne Leiden gibt!«

»Du meinst, dass das Leben aus lauter Widersprüchen besteht und es besser ist, wenn man von Anfang an darauf vorbereitet wird?«

»Natürlich, genau das meine ich! Man ist verliebt, und dann kann es sein, dass man aus Versehen erschossen wird. Oder man macht einen Heiratsantrag, und die Geliebte versteht das Gegenteil!«

»Was es alles gibt!« Anna ließ den Motor an. »Ja, du hast recht, man muss wirklich aufpassen im Leben. Wie gut, dass es hier keine Pinguine gibt.«

»Nein, aber viele Wildschweine«, antwortete Ottavio. Anna und Ottavio sahen sich an und prusteten gleichzeitig los.

Als Anna aus dem Wald hinausfuhr, atmete sie den dunklen Geruch von frischem Harz und Wind ein. Die Bäume wurden immer höher, und darüber schwirrten Vögel, deren heiteres Gezwitscher im merkwürdigen Kontrast zur düsteren Finsternis der Steineichen stand. Erst als Anna an der Quelle abbog, lichtete sich das Dunkel und ging in eine sanfte Hügellandschaft über. Die Hügel waren über und über von blühenden Bäumen und Büschen bedeckt, hinter denen sich vereinzelt niedrige Häuser verbargen, die von kleinen Gemüsegärten umgeben waren.

So möchte ich leben, dachte Anna, und merkte gar nicht, dass sie sich in der letzten Kurve vor ihrem Haus befand. Über ihre Gedanken und Träume hatte sie gar nicht bemerkt, dass sie über einen anderen Weg in Albereto superiore angekommen war.

In der Nacht ging ein Unwetter über das Tal nieder, ganz wie Ottavio es vorausgesagt hatte. Anna steckte vorsichtshalber Telefon und Computer aus und die Notlampe zum Aufladen in die Steckdose, eine neue Anschaffung, zu der ihr Domenica dringend geraten hatte.

Erst waren in der Ferne Blitze zu sehen, als wenn die Wolken in einen Mantel aus bedrohlichen Funken gehüllt wären, die von einer Wolke zur anderen sprangen. In der Luft war kein einziger Hauch zu spüren. Es war, als hätte die Natur für einen langen, intensiven Augenblick den Atem angehalten. Die Grillen waren verstummt, die Katzen hatten sich schon längst an einen sicheren Ort gebracht.

Sogar die Wildschweine hielten sich an diesem Abend versteckt. Nur der Wind brachte, stärker noch als sonst, den Geruch der würzigen *Macchia* vom Meer herauf.

Als Anna nach Mitternacht aufwachte, hatten sich die Wolken in der pechschwarzen Nacht verloren, während die Mäntel aus Licht immer dichter wurden. Aus den Blitzen wurden Leuchtfeuer, die von Osten nach Westen in einem immer wilderen Reigen tanzten. Erst in den frühen Morgenstunden löste sich das Unwetter in einem erlösenden, gleichmäßig prasselnden Regen auf.

KAPITEL 6

Landleben

Von einem Tag auf den anderen hatte sich die Sommerhitze über die Landschaft gelegt, und an Annas Haus wanderten erwartungsvolle Touristen, angelockt von den Gerüchen und Farben der mediterranen Landschaft, vorbei.

»Hast du gesehen? Wir sind international geworden. Heute waren sogar Chinesen und Russen dabei!«

Im Gegensatz zu Anna freute sich Domenica über dieses Interesse, das ein bisschen auch wie eine verspätete Anerkennung ihrer Arbeit und all der Mühen ihrer Vorfahren war. Anna war genervt, ständig beobachtet zu werden. Kaum tauchte sie auf der oberen Terrasse auf, um Blumen zu gießen, fragten vorbeiziehende Urlauber nach dem schönsten Strand, nach Tankstellen und Campingplätzen.

»Manchmal würde ich diese Leute am liebsten in die falsche Richtung schicken!«, rief sie an einem Samstag nach der fünften vorbeiziehenden Wandergruppe. »Verstehst du, warum die sich nicht mal eine Landkarte ansehen, bevor sie an unbekannte Orte fahren?«

»Sei nicht so streng«, sagte Domenica beschwichtigend, »die suchen *dolce vita* am Mittelmeer.«

»Und außerdem stört mich, dass sie uns auch noch ihren Müll dalassen.« Bei jedem ihrer abendlichen Spaziergänge sammelte Anna nun große Mengen Papiertaschentücher, Zigarettenschachteln und Coladosen ein, die achtlos aus vorbeifahrenden Autos geworfen wurden. »Die glauben sicher,

Coladosen und Plastikflaschen würden zwischen den Oliven verrotten!«

Umso mehr genoss Anna die friedliche Stimmung nach Sonnenaufgang, wenn die Menschen noch nicht von der Landschaft Besitz ergriffen hatten und sich das Meer wie eine glatte, glänzende Fläche in der frischen Morgenluft ausbreitete.

Die Hügel waren wie so oft noch in einen grauen Dunstschleier gehüllt, als Ottavio am Morgen auftauchte.

»Hast du gesehen, was der Sturm letzte Nacht angerichtet hat?«

»Ja, und du hattest recht, der rote Sand hat sich über mein Auto, meine Fensterbänke und alle Pflanzen gelegt. Bist du sicher, dass er direkt aus der Sahara kam?«

»Ja, natürlich, als alter Seefahrer weiß man das doch!« Ottavio lächelte und hielt Anna eine Holzkiste mit winzigen Pflänzchen hin. »Hier, hab ich für dich besorgt.«

Anna bedachte ihn mit einem freundlichen Blick, versuchte aber, ihre Freude nicht allzu sehr zu zeigen. »Oh, wie schön, danke, du hast daran gedacht! Aber du hast ja heute gar keine Briefe dabei!«

»Nein, ich muss mal eine Pause mit den Frauen machen«, grinste Ottavio. »Sonst weiß ich ja gar nicht mehr, wie sich die Erde anfühlt. Meine Hände ohne Arbeit, das ist ja wie ein Cowboy ohne Pferde. Was hätte denn John Wayne dazu gesagt?«

Erfreut roch Anna an den Setzlingen, die trotz ihrer Winzigkeit den satten Geruch von Sommer und Erde ausströmten. »Unglaublich, wie schön so eine Pflanze aussehen kann.«

»Ja, und nach dem Regen heute Nacht ist die Erde weich, sodass man sie leicht umpflügen kann.«

Ottavio warf einen prüfenden Blick in den Garten.

»Alle Achtung, du hast ja ganz schön aufgeräumt.«

»So viel war es nicht, ich habe trockene Äste ausgebrochen, Pinien gesammelt und übrige Steine vor den Mauern aufgeschichtet. Viel verkehrt machen konnte ich ja nicht«, wehrte Anna ab. »Außerdem hätte Domenica mit ihrem Adlerblick sofort eingegriffen, wenn ich etwas falsch gemacht hätte.«

Ottavio wies auf die wild wachsenen Sauerkirschen. »Trotzdem, bevor ich anfange, müssen ein paar Kirschbäume weg, sonst kann man keinen ordentlichen Garten anlegen.«

»Wirklich, muss das sein?«, fragte Anna enttäuscht. »Ich habe schon allen meinen Freunden erzählt, dass ich stolze Besitzerin von einundzwanzig Sauerkirschbäumen bin!«

»Zehn reichen doch, damit du deine Freunde beeindrucken kannst«, antwortete Ottavio beschwichtigend. »Schau mal, die kleinen tragen noch nicht mal Früchte. Sag einfach, dass du die wilden Kirschen durch Oliven ersetzt hast. Das beeindruckt deine Freunde sicher noch viel mehr.«

Nachdem Ottavio, trotz Annas schwacher Einwände, die kleineren Bäume umgehauen hatte, machte er sich daran, ein klares Rechteck, fünf mal sechs Meter, zwischen den Bäumen abzugrenzen, das er sorgfältig umgrub, harkte und pflügte, und schließlich in fein säuberliche Rillen unterteilte. Konzentriert war er bei der Arbeit. Fasziniert sah ihm Anna zu und überlegte, wie sie sich nützlich machen konnte.

»Früher haben sich die Leute ausschließlich vom eigenen Anbau ernährt, ein bisschen Gemüse, Zucchini, Mangold, ein paar Kartoffeln, und mit den Resten haben sie noch gut schmeckende Füllungen gemacht. Nach dem Regen haben alle Pilze gesammelt, was hier immer noch ein richtiger Volkssport ist. Und im Winter gab es Mais, den haben die Tiere als Körner und die Menschen gemahlen als Polenta gegessen.«

»Oh ja, inzwischen träume ich auch schon davon, mich vom eigenen Garten ernähren zu können«, bemerkte Anna. Sie schnitt ein paar wilde Fenchelblüten ab und schnupperte daran. Ottavio hob die Augen. »Willst du die etwa essen?«

»Nein, ich mag nur den Geruch so gern.«

»Weißt du, ich muss immer daran denken, wie es hier früher einmal war. Die Menschen waren arm, aber sie waren vielleicht zufriedener als heute.«

Anna nickte zustimmend.

»Wer wohlhabend war, hielt sich ein Schwein, gehungert haben wir nie, auch wenn es nicht besonders üppig war. Ich kann mich noch daran erinnern, wie die Frauen mit uns Kindern im Wald Kastanien gesammelt und am Sonntag Nudeln und Kuchen daraus gemacht haben. Meine Großmutter hat am Sonntag *fritelle* aus Kastanienmehl gebacken, und wir haben uns die ganze Woche darauf gefreut. In manchen Jahren haben die Bauern sogar die Terrassen hier oben noch mit Weizen bestellt. Aber Kastanien aus den Wäldern gab es immer, sogar wenn die Ernte schlecht war.«

»In Domenicas Küche sah es gestern mal wieder nach Großproduktion im Pilzeeinlegen aus. Und so großzügig sie auch ist, Pilze werden von ihr nur ganz selten verschenkt. Allerdings hat sie neulich ihrem Augenarzt ein Glas eingelegte Steinpilze mitgebracht.«

Ottavio hob ein paar Steine aus, die in der schwarzen Erde verborgen waren. »So weit ist es schon mit dem italienischen Gesundheitssystem gekommen, dass man seine mühsam gesammelten Steinpilze opfern muss, wenn man innerhalb von drei Monaten beim Arzt drankommen will.«

Anna lachte übermütig, es war ein schöner Morgen.

»Wieso kommt es eigentlich, dass die Ligurer als so geizig gelten?«, erkundigte sie sich vorsichtig.

»Das sagt man ihnen nach. Aber ich glaube, sie kriegen die Erinnerung an schlechtere Zeiten einfach nicht los und leben immer noch so, als wenn es morgen nichts mehr zu essen gäbe.«

Ottavio sah zu Domenicas Olivenbaum hinauf. »Allerdings sind wir Ligurer auch bescheiden und geben nicht mit unseren Besitztümern an. Wir pflegen eher die Untertreibung, überschwänglich waren wir noch nie.« Ottavio sah Anna aufmerksam an. »Aber ich finde, dass man mit uns ganz gut auskommen kann.«

»Oh ja, das finde ich auch«, pflichtete Anna ihm milde lächelnd bei.

Der Nebel hatte sich ebenso plötzlich verzogen, wie er gekommen war, und vor ihnen lag das Meer in rein gewaschenem Blau. Der Tag fühlte sich heiter und unbeschwert an.

»Erinnerst du dich eigentlich, wie die ersten Besucher hier aufgetaucht sind?«

»Oh ja, obwohl ich damals noch ein Kind war. Leider haben die Mailänder nicht nur das Geld, sondern auch ihren Nebel mitgebracht! Die Leute sind zu schnell reich geworden und haben darüber ihre Wurzeln vergessen. Ich fürchte, dass das nicht mehr wiedergutzumachen ist«, sagte Ottavio. »Zurück zur Natur können wir nicht mehr, das haben wir uns verbaut. Aber wir können versuchen, mit dem Rest, der uns geblieben ist, sorgfältiger umzugehen als bisher.«

»Also du meinst, dass hier ein Kulturschock als Dauerzustand herrscht?«

»Kann man so sagen. Stell dir mal vor, wie früher ein ligurischer Bauer gelebt hat! Es gab die Erde und das Meer, das war's.« Er lachte in sich hinein. »Dir hätte das sicher gefallen, die Erfahrung mit den Elementen! In unserer verrückten Zeit heute würde man sagen, dass das Leben archaisch war. Wenn man nicht gerade zur See fuhr, war man völlig vom Rest der Welt abgeschnitten, und jetzt plötzlich kommen alle hierher!

Mein Großvater konnte wie die meisten gar nicht schwimmen, auch wenn er mit dem Meer vor Augen aufgewachsen ist. Er hat es einfach nur betrachtet, zwangsläufig, weil man es hier immer vor sich hat.« Er zwinkerte Anna zu. »Weißt du, von was mein Großvater mir als Kind immer vorgeschwärmt hat? Von den Sommernächten mit dem klaren Licht, das es nur hier an der ligurischen Küste gibt. Und dann sitzt man auf einem Streifen Land und fragt sich, was jenseits des Horizonts ist. Und die Alten sagten, *Lamerica*. Jenseits des Horizonts liegt *Lamerica*.«

Anna hatte sich still auf einen großen Findlingstein gesetzt, Ottavio zögerte ein bisschen, dann setzte er sich neben sie.

»Und dann hat dein Großvater sicher gesagt, Junge, sieh dir die Welt jenseits der Hügel an.« Sie betrachtete ihn aufmerksam.

»Ganz so war es nicht, es hat noch ein bisschen gedauert, bis mich die große Sehnsucht gepackt hat. Als Fünfzehnjähriger bin ich zuerst mit einem Fischkutter an der Küste entlanggefahren. Meine Mutter war strikt dagegen, weil sie schon wusste, wie das enden würde, mein Vater war zehn Jahre zur See gefahren und manchmal bis zu vierzehn Monate unterwegs. Aber meine Leidenschaft war größer als alle Einwände. Der alte Angelo war einer der letzten Fischer hier, einer, der tatsächlich noch vom Fischfang gelebt hat. Ich habe viel von ihm gelernt. Im Sommer hat er Sardinen gefangen, wenn die warme Strömung sie vor die Küste getrieben hat. So bin ich dann allmählich auf den Geschmack gekommen.«

»Was ist das denn für ein Gefühl, wenn man auf dem Meer nur Wasser und nichts anderes mehr sieht?«, fragte Anna. »Das habe ich mir nie vorstellen können.«

»Solange man sich im Mittelmeerraum aufhält, ist die Küste immer ziemlich nah, wie ein großes Wohnzimmer voller Häfen und Raststationen, wo man bei Sturm und Unwettern Schutz suchen kann.«

»Hast du nie gefährliche Situationen erlebt?«

»Natürlich, schlechtes Wetter und Stürme erlebt man ständig! Und es wird immer schlimmer, weil wir Menschen so viel Raubbau getrieben haben. Aber wenn man aufpasst und rechtzeitig die richtigen Entscheidungen trifft, kann man der Gefahr ausweichen. Wir hatten zum Glück einen klugen, weitsichtigen Kommandanten. Mit ihm habe ich mich immer sicher gefühlt. Ich sehe ihn noch vor mir, Eugenio Belli mit seinem weißen Bart. Heute ist ein Kommandant auf See jemand wie alle anderen, aber damals war er eine Respektsperson, der alles an Bord, die Fracht und das Personal, unter Kontrolle hatte.«

»Klingt nach archaischen Männerriten«, murmelte Anna, ein bisschen neidisch. »Wenn du mir davon erzählst, wünsche ich mir sofort, mich auf einem Frachtdampfer einzuschiffen!«

»Hast du hier nicht schon Abenteuer genug?«, lachte Ottavio.

»Und wie war es, als du zum ersten Mal zu einer großen Reise aufgebrochen bist?«

»Es war phantastisch. Ich war gerade achtzehn und neugierig auf die Welt. Es war Sommer, und wir sind von Genua aus aufgebrochen. Es war eine dieser mediterranen Sommernächte, und wir fuhren bis nach Narvik hoch im Norden hinauf. Und von einem Tag auf den anderen befanden wir uns unter diesem eisblauen Himmel des Polarkreises. Der Himmel, das Meer, die Natur, alles kam mir damals wie ein Traum vor.«

Anna konnte den Blick nicht mehr von Ottavio wenden

und hatte ihm fasziniert zugehört. In der Ferne kräuselten sich sanft die Wellen und bildeten ein faszinierendes Muster im blauen Wasser.

»Und dann hast du dich irgendwann auf die Suche nach der fernen Insel gemacht? Wie hieß sie doch gleich?«

»Oh ja, Tristan da Cunha.« Ottavio zögerte. »Nein, so einfach war es nicht. Zuerst habe ich meine Lehrzeit auf einem Frachtschiff verbracht, das vom Persischen Golf Erdöl nach Europa transportiert hat. Weißt du, was mir damals am besten gefallen hat? Wie sich die Menschen in allen Häfen miteinander verstanden haben. Das Meer verbindet, es trennt nicht, weil die Kontinente vor Urzeiten ja auch ein einziges Gebilde waren. Wenn man über das Meer fährt, werden Welten, die weit voneinander entfernt sind, plötzlich ganz nah.«

»Ach, jetzt verstehe ich, warum dir der Sand aus der Sahara so normal vorkam«, lachte Anna.

»Kennst du das Hafenviertel von Genua, die Via Prè? Da sind heute noch alle Welten miteinander vereint«, erklärte Ottavio. »Da sieht es wie in einer afrikanischen Kasbah aus, obwohl es doch mitten in Europa liegt. Das ist ein Ort, der mir gefällt.«

»Ja, und jetzt bist du wie dein Großvater ein ligurischer Bauer geworden, der das Land bestellt und das Meer vor sich hat.«

»Oh ja, das bin ich!«

»Schmeckt man das Meer auch im Gemüse, so wie im salzigen Wein deines Onkels?«, fragte Anna augenzwinkernd.

»Ich glaube schon. Am wichtigsten ist, dass du dich nach dem Mond richtest, wenn du pflanzt. *›Gobbo a Ponente, luna crescente, gobbo a Levante, luna calante‹*, sagen die Leute hier. Richtung Ponente nimmt der Mond zu, Richtung Levante nimmt er ab.«

»Okay, ich werde mir angewöhnen, immer den Mond anzusehen. Bei der Enge hier zwischen Hügeln und Meer hat man ja ständig den Himmel im Blick«, stellte Anna fest.

»Heute ist abnehmender Mond, also kann man Zucchini, Salat und Auberginen pflanzen. Wenn der Mond zunimmt, ist es die richtige Zeit für Kartoffeln.«

»Und wann pflanze ich Petersilie?«

»Am besten gar nicht. Die musst du immer säen, weil pflanzen Unglück bringt.«

»Oh, ich wusste gar nicht, dass so eine schmächtige Pflanze so gefährlich sein kann«, amüsierte sich Anna.

Fast bedächtig reichte sie Ottavio die Zucchinipflanzen, die nur darauf warteten, ihre winzigen, gelb gesprenkelten Blätter der Sonne entgegenzustrecken und ihre Strahlen in ihre hellgrünen Früchte aufzunehmen.

»Du glaubst gar nicht, wie viele Früchte so eine Pflanze tragen kann. In zwei Monaten kannst du dich vom Gemüse aus deinem Garten ernähren, und das den ganzen Sommer lang.«

»Meine Freunde in der Stadt können sich wahrscheinlich gar nicht vorstellen, welches Leben ich hier führe!«, freute sich Anna.

Die langgliedrigen, schmalen Blätter der Auberginen schmiegten sich in perfekter Harmonie an den Stiel und umschlossen winzige, dunkellila Blüten, die ein kulinarisches Versprechen schon lange vor ihrer Reife verhießen.

Vorsichtig strich Ottavio über die Blätter.

»Wie schön die Pflanze aussieht, sie ist einfach perfekt. In unserem Überfluss haben wir den Blick für diese einfachen Dinge verloren. Hast du mal beobachtet, wie behutsam deine Nachbarinnen den Radicchio aus dem Boden herausnehmen und die Erde abschütteln? Es ist eine Geste voller Respekt.

Sie reißen ihn nicht einfach heraus, sie entnehmen ihn der Erde und geben ihr als Zeichen der Demut den letzten Klumpen zurück. Also, auch wenn du mich jetzt für verrückt hältst, ich finde, das ist eine Geste von wahrer Eleganz.«

Anna warf ihm einen erstaunten Blick zu, während Ottavio die Pflänzchen vorsichtig in die ausgehobenen Löcher hob.

»Ich bin noch nicht auf die Idee gekommen, dass Salatpflücken elegant sein kann.«

»Nein? Denk doch mal nach. Was kann eleganter sein als eine Bewegung, mit der man sich vor der Erde verneigt!«

»Eigentlich hast du recht«, erwiderte Anna beeindruckt und nahm ein paar Klumpen Erde in die Hand.

»Die Landschaft macht uns ihre Gaben zum Geschenk, ein ungeheurer Reichtum, und so gesehen müssen wir eigentlich wenig dafür tun«, stellte Ottavio fest. »Das Meer und die Erde und all das, was sie uns schenken, das macht auch das Lebensgefühl hier aus.«

Er blickte hinunter zu Marias Terrassen.

»Zum Glück hast du sogar eine Quelle in der Nähe. Du hast keine Ahnung, wie oft im Winter in den Häusern das Wasser zugefroren ist.«

»Und was macht man dann?«

»Na, warten, bis es wieder auftaut! Und wenn die Leitung platzt, nehme ich mein Messer, schneide die geplatzte Stelle glatt und setze ein Zwischenstück ein. Hier ist es nicht wie in der Stadt, wo man den Hahn aufdreht und die Heizung anmacht!«

»Oh ja, ich erinnere mich, Maria hat erzählt, wie oft sie in harten Wintern zusammen mit den anderen Frauen das Geschirr unten an ihrer Quelle gewaschen hat. Aber inzwischen wird sie nur noch von den Wildschweinen benutzt! Weißt du, hier erzählen alle von der Vergangenheit und wie schön es war, dass man sich immer gegenseitig geholfen hat. Anscheinend ist die Solidarität, die es früher zwischen den Menschen gab, heute ein ferner Traum!«, sagte Anna.

»Oh ja, die Not macht auch solidarisch, jedenfalls dann, wenn sie einem noch Luft zum Atmen lässt. In unserer Gegend war es jedenfalls so.« Er richtete sich auf und blickte Anna in die Augen. »Tja, das Landleben hat so seine eigenen Regeln, an die man sich langsam gewöhnen muss. Warum bist du eigentlich aufs Land gezogen? Du warst doch sicher an die Großstadt gewöhnt?«

Anna zögerte ein bisschen, unentschlossen, ob sie Ottavio wirklich von ihren Träumen erzählen sollte.

»Na ja, es war wie immer eine Mischung aus Zufall und geheimen Wünschen, die man so lange in sich spürt, bis die Wünsche plötzlich Beine bekommen und zu laufen beginnen!«

Für einen Augenblick verdunkelte sich der Himmel, weil ein paar schwarze Schleierwolken, Nachzügler des gestrigen Unwetters, vorbeizogen, bevor sie endgültig verschwanden und der Sonne den Tag überließen.

»Vielleicht wollte ich mich näher an den Dingen fühlen, mein Leben ändern, neue Erfahrungen machen. Ich habe schon immer von einem Haus auf dem Land geträumt, mit einem großen Tisch, an dem alle meine Freunde zusammen essen, wo es dampfende Schüsseln mit selbst gemachter Pasta, vielleicht sogar eigenen Wein und Olivenöl gibt.«

Anna sah wieder einmal Gregor und sein gestyltes Büro vor sich. Wie es ihm wohl inzwischen erging?

»Ich dachte, die besten Geschichten würden mir einfallen, wenn im Hintergrund sämige Soßen blubbern.«

Ottavio rückte sein rotes Stirnband zurecht, das er immer bei der Arbeit trug, und zeichnete gleichmäßige Furchen für die Auberginen vor.

»Versteh ich gut. Und ich finde es mutig, dass du dir ausgerechnet unsere Gegend ausgesucht hast.« Vorsichtig wässerte er die frisch gesetzten Pflänzchen und betrachtete zufrieden sein Werk. Dann griff er zum Rechen und häufte Zweige und Laub am Rand des Gartens auf.

»Darf ich dich was fragen? Warum hast du dich eigentlich von deinem Mann getrennt?«

»Nach so einem schwierigen Thema fragst du mich? Du traust dich was!«, lachte Anna und nahm ihm den Rechen ab. »Aber gut, wenn Liebe und Olivenbäume schon unser Dauerthema sind. Weißt du, mein Exmann hat mir so viele Szenen gemacht, dass ich irgendwann nur noch Sehnsucht nach Ruhe, nach den Gerüchen und Farben der Landschaft hatte und möglichst wenig menschliche Stimmen hören wollte. Wir hatten uns auseinandergelebt, wie man so sagt, wenn beiden die Energie fehlt, um weiterzumachen und den Dingen noch einmal eine neue Richtung zu geben.«

»Und dann bist du hierhergekommen?«

»Na ja, zuerst habe ich hier Urlaub gemacht und Angelina kennengelernt, und dann habe ich mich in die Landschaft verliebt, und die Dinge nahmen eben ihren Lauf.«

Ottavio hörte aufmerksam zu, während er noch drei Reihen Basilikum pflanzte und die Pflänzchen zum Schutz vor der Sonne mit großen Farnzweigen abdeckte.

»Basilikum mit Sonnenschirm, du hast lauter Ideen, die mir wirklich gefallen«, freute sich Anna, während sie mit dem Schlauch die Gießkanne füllte.

»Hast du eigentlich inzwischen deine Traumfrau gefunden?«, fragte sie betont beiläufig. »Das habe ich dich zwar neulich schon gefragt, aber du hast mir immer noch keine Antwort gegeben.«

Ottavio stampfte die Ränder des Gemüsebeets glatt und

war ganz auf seine Arbeit konzentriert. »Ist nicht so einfach, wie ich gedacht habe. Die eine oder andere hat mir schon gefallen.«

»Und?«

»Man muss ein bisschen verrückt sein, um in diese Gegend zu ziehen, oder mutig, so wie du. Unter denen, die ich kennengelernt habe, ist keine, die hier glücklich werden würde. Nach ein paar Monaten wäre es aus, wie damals mit meiner ersten Frau. Eine Frau aus Tübingen oder Berlin ist an die Großstadt gewöhnt, an die kurzen Wege. Und außerdem, in unserem Alter hat jeder seine Geschichte. Man kann eine Frau nicht einfach verpflanzen, es sei denn, sie will es selbst.«

»Und jetzt? Wie soll es weitergehen?«

»Gar nicht, jetzt warte ich erst mal ab.«

»Was meinst du damit, dass man verrückt sein muss, um hierherzuziehen?«, erkundigte sich Anna.

»Na schau dich doch um, geschenkt wird einem hier nichts! Aber wenn man einmal das Tauschprinzip verstanden hat, bekommt man unglaubliche Reichtümer geschenkt, die mit keinem Geld der Welt aufzuwiegen sind: das Meer, die Sonne, die Landschaft, diese unglaubliche Schönheit, die einen umgibt.«

Ottavio machte sich an den tief herabhängenden Ästen des Feigenbaums zu schaffen, die in die Zweige einer Weide gewachsen waren. In einem alten Plastiktopf sammelte Anna trockenes Kleinholz zusammen.

»Wie war das denn mit deiner ersten Frau? Die hast du doch wohl nicht über eine Anzeige kennengelernt?«

»Nein, unten am Meer. Sie begleitete eine Schweizer Reisegruppe nach Florenz und hat einen Nachmittag an der Küste haltgemacht. Es war sofort klar zwischen uns, und nach einem Monat sind wir zusammengezogen.«

»Liebe auf den ersten Blick also. Und warum habt ihr euch dann getrennt?«

»Nach zwei Jahren gefiel ihr das Landleben nicht mehr, dabei hatte sie doch genau das am Anfang so fasziniert!« Ottavio knickte ein paar Schafgarben um, die dem frisch gepflanzten Basilikum im Weg standen. »Ehrlich gesagt, ich habe nie verstanden, warum sie abgehauen ist, von einem Tag auf den anderen! Mit ihr zusammen bin ich in das Haus in Monte Fiore gezogen. Für mich war es das Paradies. Aber dann hat ihr nichts mehr an mir gepasst, sie hat angefangen, mich ändern zu wollen. Zuerst sagte sie, sie hätte sich in mich verliebt, wie ich das Weinglas auf dem rechten Knie abgestellt hatte. Es kam mir gleich etwas merkwürdig vor. Und dann war es genau das, was ihr nicht mehr gefiel.« Ottavio seufzte. »Von meinen anderen Fehlern einmal abgesehen.«

Er wies auf die Schafgarben. *»Pastenegre«*, sagte er, »früher hat man ihre Wurzeln gekocht und daraus *frittata* macht.«

»Was, die kann man essen?«, fragte Anna verwundert.

»Wenn man nichts anderes hat, kann man sie auch essen«, lachte Ottavio.

»Oh, ich werde in Zukunft daran denken, bevor ich sie wieder in die Blumenvase stelle«, erwiderte Anna. Vorsichtig band sie ein paar Lavendelzweige zu dünnen Sträußen zusammen. »Ich verstehe, was deine Frau gemeint hat. Vielleicht verliebt man sich wegen dieser kleinen Gesten oder irgendetwas, was einem am Aussehen des anderen gefällt, das kann auch ein Fehler oder eine liebenswerte Unvollkommenheit, wie der braune Fleck im linken Auge, sein. Deine schöne Katze hat sich doch auch in einen einohrigen Kater verliebt! Oft ist es gerade eine kleine Unvollkommenheit, die uns den anderen noch näher bringt. Wir lieben ihn wegen seiner Fehler und rücken damit unsere eigene Liebe in eine menschliche Dimension.«

Ottavio hatte sich für einen Augenblick unter die Zweige des Feigenbaums gesetzt, die ein duftendes Zelt am Ende des Grundstücks bildeten.

»Also, manchmal sagst du so kluge Dinge! Du hast wohl schon viel nachgedacht?«

»Tja, das findet Gregor auch immer.«

»Ist das dein Liebster?« In Ottavios Augen flackerte leise Unruhe auf.

»Oh nein, das ist mein Münchner Produzent, der mir Tag und Nacht im Nacken sitzt! Sogar wenn er mir nicht zusetzt, träume ich nachts von ihm.« Anna setzte sich Ottavio gegenüber auf einen Baumstumpf. »Und was deine Frau betrifft, eure Lebensentwürfe waren sehr verschieden, und genau das hat sie wahrscheinlich zunächst angezogen. Jemanden kennenzulernen, der ganz anders ist als wir selbst, das macht am Anfang immer die große Faszination aus, der magische Moment, in dem alles möglich scheint.«

Ottavio sah Anna bewundernd an. »Was du alles weißt.«

»Na, du über den Garten und ich über die Liebe!« Anna lachte.

»Zwischen den meisten Menschen ist das so! Irgendwann wurden dann die Unterschiede zwischen euch immer deutlicher, was abzusehen war. Und ihr habt es versäumt, rechtzeitig darüber zu sprechen, eine Art Plan B zu entwerfen, um festzustellen, was euch trotz aller Unterschiede aneinander gefällt, um vielleicht Kompromisse einzugehen.«

»Glaubst du wirklich? Manchmal dachte ich, dass sie einen anderen hatte, aber das kann es nicht gewesen sein.«

»Glaube ich auch nicht. Man trennt sich oft aus dem selben Grund, aus dem man zusammengekommen ist. Jedenfalls habe ich das schon oft beobachtet. Mir ging es übrigens genauso. Wie glücklich war ich, als Rolf Tag und Nacht an meiner Seite war. Und dann hat er mich mit seiner Eifersucht fast erstickt. Er wurde so besitzergreifend, dass es mir fast den Atem nahm. Deshalb habe ich mich schließlich von ihm getrennt. Ihm ist darüber fast das Herz gebrochen. Auch ich war danach lange wie gelähmt. Danach bin ich hierhergezogen.«

Anna stand auf und sammelte ein paar Pinienzapfen ein, die der nächtliche Sturm von den Bäumen geweht hatte. »Die brauch ich, um meinen Kamin anzuzünden, auch wenn ich es noch nicht mit einem einzigen Zapfen wie Domenica schaffe.« Plötzlich fiel ihr die Frage ein, die sie Ottavio seit dem Beginn ihrer Bekanntschaft stellen wollte. »Hast du eigentlich eine Erklärung dafür, warum so viele Frauen und Männer alleine leben? Meine Freundinnen, die wirtschaftlich unabhängig sind, sagen oft, dass Frauen einfach zu stark für die meisten Männer sind.«

»Was soll denn der Unsinn?«, fragte Ottavio ungehalten. »Meine Großmutter war stark wie ein Fels in der Brandung, wie alle Frauen hier, und mein Großvater hat sie über alles geliebt! Und sie hat die Familie zusammengehalten und für das tägliche Überleben gesorgt.«

»Ja, ich finde auch, dass Gefühle kein Zeichen für Stärke oder Schwäche sind. Aber vielleicht waren die Aufgaben zu den Zeiten von deiner Großmutter einfach klarer verteilt. Maria oder Domenica haben früher wahrscheinlich nie Zeit gehabt, über persönliches Glück nachzudenken.«

»Nein, dafür hatten die Leute früher keine Zeit. Bevor man übers Leben nachdenken konnte, musste man wieder Gras mähen und die Kaninchen füttern, tagaus, tagein!«

Als Ottavio sich in die Höhe streckte, entdeckte er drei Feigen, die er Anna mit einem strahlenden Lächeln reichte.

»So ein großer Feigenbaum und so wenig Früchte. Der muss im Winter unbedingt geschnitten werden.«

Anna lachte. »Ottavio, ich werde ohne dich bald nicht mehr leben können.«

»Oh, das wäre schön.« Verlegen sah Anna schnell in eine andere Richtung.

»Ich denke wirklich, viele Menschen leben aus Mangel an Gelegenheit allein«, fuhr Ottavio fort. »Oder weil sie sich nicht trauen. Früher war es einfacher, andere kennenzulernen. Man ging einmal am Strand entlang, lachte, flirtete ein bisschen, freute sich des Lebens, und schon war der erste Schritt getan«, erinnerte sich Ottavio ein bisschen wehmütig.

»Den Strand entlanggehen und flirten, in unserem Alter! Das ist doch wohl nicht dein Ernst! Wenn man jung ist, aber doch nicht, wenn man über fünfzig ist!«

»Aber warum denn nicht?«, sagte Ottavio mit fester Stimme. »Was hindert uns daran, mit offenem Blick durch die Welt zu gehen? Heute blicken die Leute doch nur noch auf die letzte Nachricht von ihrem Mobiltelefon!«

Zum ersten Mal an diesem Vormittag sah Anna in die Sonne und lachte unbeschwert. Sie spürte die Wärme auf ihrer Haut, sah das Meer in der Ferne, roch Lavendel, Ginster und wilden Fenchel. Die Wärme und die Gerüche umgaben sie wie ein schützender Mantel, so, als könnte ihr niemals mehr im Leben etwas geschehen.

Die Sonne war höher gestiegen und lächelte hin und wieder, was wie ein leises Flirren in der Sommerluft klang.

»Wenn ich dich so ansehe, glaube ich, dass es vielen einfach an Mut und Entschlossenheit fehlt«, sagte sie.

»Ja, und wie du an meinem Beispiel siehst, hat Liebe überhaupt nichts mit dem Alter zu tun!« Ottavio sah sie herausfordernd an. »Ich fühle mich jedenfalls so jung wie nie!«

Anna lachte. »Weißt du, dass es inzwischen ganze Seiten im

Internet für Bekanntschaften ab sechzig gibt? Daneben nimmt sich deine Zeitungsanzeige ja eher bescheiden aus!«

»Ich bin in meiner Wildnis schon froh, wenn das Telefon funktioniert. Außerdem glaube ich, dass man sich beim Kennenlernen erst mal gegenübersitzen muss.«

Anna seufzte. »Wie schade, dass die Technik auch die Beziehungen zwischen den Menschen so verändert hat.«

»Oh ja, wenn ich daran denke, wie früh mein Großvater gestorben ist, meine Großmutter hat ihn um zehn Jahre überlebt«, pflichtete Ottavio bei. »Heute leben wir viel länger, und wir wissen immer noch nicht, wie wir diese Jahre sinnvoll verbringen können. Stell dir vor, mit sechzig gehen viele schon in Pension! Und was machen sie dann mit ihrer Energie?«

»Es sind eben nicht alle Menschen so wie du.« Anna zwinkerte ihm zu.

»Was willst du damit sagen?«

»Na ja, ich meine, dass nicht alle so entschlossen und stark und mutig sind. Immerhin hast du die Veränderungen in deinem Leben sehr gezielt in die Hand genommen.«

»Findest du?«

»Das weißt du doch selbst! Erinnerst du dich noch, wie du damals zu mir gekommen bist? Du kanntest mich doch nicht. Manchmal frage ich mich, wie sich eigentlich früher die Leute auf dem Dorf kennengelernt haben?«

»Bei Hochzeiten und Beerdigungen, da kam der ganze Clan zusammen, oder man kannte sich sowieso von klein auf. Meine Eltern waren Cousins dritten Grades, mein Vater hatte schon als kleiner Junge ein Auge auf seine Assunta geworfen. Mit zwanzig haben sie geheiratet, zur Hochzeit hat meine Mutter neue Schuhe und ein paar silberne Ohrringe bekommen. Einen Monat später ist mein Vater wieder zur See gefahren, wie alle Männer hier. Er war Maschinist auf einem Passagierdampfer, der die Emigranten in die Neue Welt befördert hat, von Genua nach New York, siebzehn Tage hin und zurück, eine Tour nach der anderen, bis dann der Transatlantikdampfer Rex den Rekord, von Genua nach Nordamerika in vier Tagen, aufgestellt hat. Im Winter war er drei Monate hier, manchmal auch nicht. Wenn er kam, dann meistens genau rechtzeitig zur Weinlese. Meine Mutter hat das ganze Jahr über die Terrassen bestellt. Und weil die Männer so oft unterwegs waren, haben hier in den Dörfern immer die Frauen und die Priester regiert.«

Ottavio lachte aus vollem Hals und sah in die Sonne.

»Aber der Ertrag von dem kargen Boden hätte für eine ganze Familie einfach nicht ausgereicht.« Er blickte Anna mit offenen Augen an. »Weißt du eigentlich, dass ich genau hier gegenüber, unterhalb der Kirche von San Bartolomeo, aufgewachsen bin? Wasser gab es draußen an der Quelle, und nebenan waren die Schafe untergebracht. Und bis in den Herbst sind alle meist barfuß gelaufen, um das einzige Paar Schuhe zu schonen. Erst später, als hier die Eisenbahn gebaut wurde und die Leute Geld verdienen konnten, wurde das Leben etwas einfacher.«

Ottavio hatte sich an den Rändern der drei Streifen Land zu schaffen gemacht, wo er Gras und Unkraut um die angelegten Beete fein säuberlich mit der Sense abmähte. »Das Leben hier war beschwerlich, aber es verlief nach einem genauen Ritual, wie ein Rahmen, der die eigene Existenz umfasste und die Verbindung zu den anderen herstellte. Heute sind wir mobil und global geworden, aber es fehlt uns oft auch der Mut, auf andere zuzugehen.«

Anna hatte die letzten Oregano-Büsche zwischen den Brombeeren abgeerntet und die mit Grashalmen zusammengebundenen Sträuße in ihren Korb gelegt.

Das Meer war spiegelglatt, und eine sanfte, flirrende Hitze hatte sich über die Landschaft gelegt.

»Wie dumm wir Menschen doch sind«, erklärte sie schließlich. »Denn eigentlich könnten wir doch aus unseren Erfahrungen lernen und etwas mutiger sein. Die Liebe verläuft doch immer nach dem gleichen Muster.« Sie betrachtete Ottavio. »Zuerst gibt es die Magie, dann die Vertrautheit, dann die gegenseitige Abhängigkeit. Das geht uns allen so, auch wenn wir es nicht zugeben wollen. Jeder braucht den anderen, und das macht doch die Liebe aus.«

»Also, gemerkt habe ich mir immer nur, dass meine Frau mich ändern wollte. Aber eine Liebe, für die ich mich ändern muss, was für eine Liebe ist denn das!«

»Du glaubst nicht, wie oft ich das schon gehört habe! Aber oft sind es ja die ungelösten Konflikte aus der Vergangenheit, die wir am andern abarbeiten und über die wir dann so unglücklich sind. Und daran scheitert die Liebe oft. Jeder kann nur bei sich selbst anfangen und sich selbst ändern. Jedenfalls wenn man merkt, dass etwas nicht funktioniert.«

Die Glocken von San Bartolomeo schlugen zehn Uhr. Ottavio stellte den Spaten zur Seite und schaltete sein Handy ein.

»Ich muss Ingrid schreiben, sonst denkt sie, ich habe sie vergessen und fängt wieder mit ihren Anrufen an.«

»Ach ja, du bist ja auf der Suche nach einer Frau, hätte ich fast vergessen.« Trotz der Sonne kam ein kühler Wind auf, und Anna hatte ihren dunkelroten Schal um die Schultern geschlungen.

»Da, hör mal: Du bist wie eine *goccia di luna*, ein Tautropfen des Mondes, der meine einsamen Nächte erhellt.«

»Wie, hast du das geschrieben?«

»Oh ja«, sagte Ottavio stolz, »das hättest du mir wohl nicht zugetraut?«

»Ich weiß zwar nicht, ob vom Mond Tautropfen fallen, aber es klingt wunderschön. Mond und Liebe passen immer gut zusammen. Ich wusste ja gar nicht, dass du zum Dichter geworden bist! Und dazu noch zum eifrigen Benutzer von Mobiltelefonen!«

»Und hier, hör mal, das war für Lisa: ›Heute Nacht habe ich in meinen Träumen Rosen in allen Farben des Regenbogens für dich gepflückt.‹«

»War das die, die im Zelt geschlafen hat?« Anna blickte irritiert. Nervös kürzte sie die Stiele ihres Oregano auf eine Länge und streifte die Blätter ab, weil sie so viel Poesie am Morgen kaum ertragen konnte.

Ottavio las unbeirrt weiter.

»›Du bist die Insel auf meiner Milchstraße, und ich möchte jede Nacht an deiner Seite tanzen.‹«

»Milchstraße und Insel, finde ich richtig gut, und vor allem, wie du vom Gärtnern zum Dichten übergegangen bist.«

Ottavio war nicht mehr zu bremsen.

»Du musst zugeben, das mit der Milchstraße ist besser als Eugenio Montale.«

»Eher wie Dino Campana«, entgegnete Anna, denn irgendetwas musste sie ja kritisieren, »dessen Gedichte aus etwas unkonventionelleren sprachlichen Bildern bestehen.« Unbeeindruckt hantierte Ottavio mit seinem Mobiltelefon.

»Hier, hör mal zu, was mir Julia vor drei Tagen geschrieben hat: ›Ich zähle die Tage, bis wir uns wiedersehen! Hier ist es kalt, ich stelle mir ein anderes Leben vor, an deiner Seite im Paradies.‹«

»Hoffentlich verwechselst du nichts und schreibst einer vom Paradies, während du ihr noch gestern auf der Milchstraße begegnet bist!«

Ottavio grinste. »Mach dich nicht lustig. Ich weiß, dass sie es gerne hören, und ich möchte diese wunderbaren Frauen glücklich machen, so, wie mich die Begegnung mit ihnen glücklich gemacht hat.«

»Und was machst du, wenn eine wörtlich nimmt, was du schreibst?«

»Aber ich meine es wirklich so, weil ich die Welt inzwischen selbst mit anderen Augen sehe«, sagte Ottavio, plötzlich mit Leidenschaft in der Stimme.

Auch wenn Anna mit Ottavios Wahrheitsliebe nicht ganz einverstanden war, sah sie ihn erstaunt an. Fest stand, dass die Suche nach Liebe völlig ungeahnte Fähigkeiten in ihm geweckt hatte: Ottavio, der raue Ottavio mit den kräftigen Händen, war zum Dichter geworden.

»Trotzdem finde ich, du solltest keine unnötigen Hoffnungen wecken. Und du wirst dich irgendwann auch für eine entscheiden müssen«, sagte sie spöttisch.

»Bist du immer so wahrheitssüchtig? Es sind doch keine falschen Hoffnungen, wenn man von einem Leben zu zweit träumt und zurück zu den Wurzeln finden will! Und außerdem, es freut mich einfach, wenn ich einen anderen Menschen glücklich machen kann. Ohne Komplimente wäre unsere Welt die Hölle. Komplimente, kleine Schmeicheleien und Aufmerksamkeiten sind so eine Art Zwischenbereich, in dem man selbst Atem holen kann und in dem alles viel erträglicher wird.«

»Ach ja?«

»Natürlich, hast du noch nie bemerkt, wie anders es ist, wenn man mit einem Lächeln durch die Welt geht? Dann öffnen sich die Türen, weil man dem anderen zuerst ein Geschenk gemacht hat. Und genauso ist es mit den Komplimenten.«

»Du meinst, Komplimente machen bedeutet, dass man die

Welt gefiltert durch die Milde im eigenen Blick sieht?«, fragte Anna skeptisch.

»Ja, genauso ist es! Wie eine Art Watte, die sich zwischen uns und die Außenwelt legt. Und ein bisschen bedaure ich es, dass ich nicht mit all diesen Frauen befreundet sein kann.«

»Natürlich kann man mit vielen Menschen befreundet sein, obwohl es zwischen einem Mann und einer Frau oft nicht ganz einfach ist. Und erst recht nicht mit siebzig Frauen.«

»Oh ja, das habe ich auch schon gemerkt.« Ottavio blickte über das weite Meer und grinste. »Aber welcher Mann kann schon widerstehen, wenn er ein Angebot nach dem anderen bekommt. Das wäre ja auch zu viel verlangt.«

Anna beschloss, darauf nicht zu antworten.

Der Wind hatte sich gelegt, die Sonne war höher gestiegen und warf ihr gleißendes Licht auf die Landschaft. Zufrieden betrachtete Ottavio sein Werk: Olivenbäume, Gemüsebeete, ein paar sanft im Wind wehende Schilfhalme dazwischen. An vielen Stellen waren die Hügel bereits von *Macchia* überwuchert, aber an einem einzigen Vormittag hatte Ottavio ein paar deutliche Zeichen von Neubeginn in dem verwilderten Gelände gesetzt. Anna hielt nach ihren Katzen Ausschau. Wie sehr doch Gespräche über die Liebe erschöpfen konnten!

»Jedenfalls«, stellte Anna fest, »macht die Liebe immer neue Menschen aus uns, egal, ob sie erwidert wird oder nicht. Und ich glaube sogar, dass diese Zeit der Erwartung besonders wichtig ist. Deshalb haben Liebesgeschichten ihre eigene Zeit, in der man sich innerlich auf das Neue vorbereitet und sich von Altem befreit. Und du bist, wie ich sehe, ja offensichtlich zum Poeten geworden.«

Ottavio lachte. »Also das ist genauso wie in deinem Garten.

Nur wenn ich Unkraut jäte und verbrenne, kann ich neue Pflanzen setzen! So ist es auch mit der Liebe.«

»Ja klar, der Weg ist das Ziel. Und am wichtigsten ist, dass man offen für andere Menschen und neue Erfahrungen ist«, erwiderte Anna.

»Genau«, sagte Ottavio. »Da, wo man hingeworfen wird, muss man seinen Mann stehen, nur darauf kommt es an.«

»Du wolltest wohl sagen: seine Frau«, lächelte Anna nachsichtig.

»Ach ja, natürlich, entschuldige.« Ottavio zwinkerte sie an. »Wie heißt eigentlich deine Katze?«

»Grigetta.«

»Als ich heute Morgen kam, hatte sie eine Maus unter deinen Frühstückstisch gelegt.«

»Ja, das macht sie manchmal. Jeder schenkt eben, was er kann.«

»Sie frisst sie aber nicht, weil du sie zu sehr mit deinen Dosen verwöhnt hast. Lachs und Huhn für Katzen! Du solltest dir eine Schaufel für Tierkadaver zulegen. Ich habe die Maus jedenfalls neben dem Salbei vergraben.«

»In meinem Garten?«

»Ja, wo denn sonst?«

Als Anna zu Grigetta sah, kaute diese gerade auf einem hellgrünen Salamander, der ihr an beiden Seiten aus dem Maul herausging.

»Grigetta, du kannst doch nicht einfach Oscar fressen! Der wohnt doch hier, genau wie du! Außerdem habe ich ihn gerade erst aus der Regentonne gerettet!«

Grigetta hielt kurz inne, um Anna verwundert anzusehen, was dem Salamander endlich die willkommene Gelegenheit zur Flucht verschaffte.

Am späten Vormittag, Ottavio war gerade verschwunden, klingelte das Telefon. Mit schlechtem Gewissen wegen ihres immer noch unvollendeten Manuskripts vernahm Anna Gregor Findhammers Stimme am anderen Ende der Leitung.

»Anna, stell dir vor: Ich habe in Venedig zu tun!«

»Wie schön, planst du einen Ortswechsel?«

»Nur vorübergehend, nicht so wie du! So mutig bin ich nicht.«

»Hat Umziehen was mit Mut zu tun? Ich denke, manchmal ist es eher eine Verzweiflungstat.«

Gregor sprach unbeirrt weiter.

»Du weißt doch, ich bin schon länger hinter diesem eingebildeten Schauspieler, diesem Tibor Müller her. Stell dir vor, er hat sich eine Wohnung in Venedig gekauft, weil er sich in eine Venezianerin verliebt hat! Er hat richtig Feuer gefangen, für die Frau und für die Stadt. Zurzeit dreht er auch dort. Wobei mich am meisten wundert, dass es echte Venezianer überhaupt noch gibt.«

Anna blickte durchs Fenster. Der Himmel sah wie ein rasch hingeworfenes Gemälde eines verliebten Malers aus. Auf dem hellblauen, mit hellen Streifen durchsetzten Wasser tanzten in der Ferne rosafarbene Wolken, über denen sich eine Schicht Grau verlor.

»Du hast also Reisepläne, wie schön. Ich kann es kaum glauben, dass du dich von deinem Büro losreißen kannst!«

»Oh ja, und das habe ich jetzt öfters vor! – Also, ich habe mir für das kommende Wochenende einen Flug nach Mailand gebucht und wollte auf einen Sprung bei dir vorbeikommen.« Anna spürte sein gespanntes Schweigen am anderen Ende der Leitung.

»Oh, das freut mich, eine gute Idee! Aber du weißt schon, dass du zwischen Albereto und Venedig einmal ganz Italien durchqueren musst?« Offensichtlich war seine Sekretärin in Urlaub und hatte ihm nicht gesagt, dass es auch einen Direktflug von München nach Venedig gab.

»Das macht nichts. Ich nehme mir einfach Zeit und würde dich gerne sehen. Schließlich habe ich nur ein Leben und kann es nicht nur im Büro verbringen! Das habe ich die letzten Jahre gemacht. Außerdem wird dein Manuskript ohnehin nicht fertig, wenn ich dir nicht ab und zu auf die Finger sehe.«

»Ich würde mich sehr freuen, wenn du mich besuchen kommst«, stammelte Anna, ihre Aufregung verbergend, »wenn es dir nichts ausmacht, dass es bei mir noch so unfertig ist.« In ihrem Kopf schlugen die Gedanken die wildesten Purzelbäume.

»Ich hole dich natürlich am Bahnhof ab. Am besten du fährst bis Lagaccio, das ist der nächstgrößere Ort hier.«

»Anna, ich freue mich, ich freue mich wirklich sehr«, sagte Gregor, bevor Anna im Hintergrund zwei Handys gleichzeitig klingeln hörte. »Aber jetzt muss ich auflegen, du hörst ja, wie es hier zugeht. Also dann bis Freitag.«

Anna legte auf und war so überwältigt, dass sie sich fast auf die ausgestreckte Pfote der schlafenden Grigetta gesetzt hätte, als sie in den blauen Sessel fiel. Mit einem entrüsteten Miau sprang Grigetta nach draußen. Anna konnte es immer noch kaum fassen: Gregor wollte sie tatsächlich besuchen und nahm den Weg von München auf sich, um sie zu sehen! Also war sie ihm vielleicht wichtiger, als er bislang zugegeben hatte! Außerdem war es gut, wenn ihre Nachbarinnen sie endlich mit einem Mann sehen würden. Obwohl, wenn sie darüber nachdachte, gab es dafür eigentlich keinen Grund: Domenica und Pinuccia hatten sich das Leben auch ohne Mann ziemlich gut eingerichtet. Natürlich, es gab Ottavio, aber der zählte ja nicht, der kam nur wegen ihres Gartens und in eigenen Angelegenheiten vorbei. Aber Gregor in Albereto, hier in ihrem Haus! Allerdings war er ein typischer Stadtmensch – ob es ihm in dieser Einsamkeit gefiel? Sie sah sich in ihrer Küche um, die ihr am Abend bei brennendem Kaminfeuer immer so gemütlich vorkam. An der Regalwand neben der Spüle war beim letzten Regen der Putz abgebröckelt, hoffentlich hatte sie noch einen Rest rosa Farbe, um die Stelle auszubessern. Und ihr Gästezimmer? Es war zwar winzig klein, aber gemütlich. Ach so, wo würde er überhaupt schlafen?

Anna warf einen Blick auf ihr einen Meter vierzig breites Bett und stellte fest, dass es zu schmal für zwei war. Man braucht auch nachts seinen Raum, hatte Teresa verkündet, damit man eine glückliche Beziehung führen kann. In einem bestimmten Alter hingen harmonische Liebesgeschichten offensichtlich – jedenfalls laut Teresa – auch von solchen scheinbar banalen Dingen ab.

Anna sah hinaus. Vielleicht war es wirklich diese ganz andere Stimmung am Meer, die auch sie empfänglicher für neue Gedanken gemacht hatte? Hatte sie sich nicht in München, wie Gregor auch, zwei Jahre lang hinter ihrer Arbeit versteckt? In gewisser Weise waren sie und ihr Produzent wie ein uraltes Paar. Aber vielleicht waren sie nie ein wirkliches Paar geworden, weil sie beide kaum über ihren Schreibtisch hinaussahen. Ob es anderen Menschen auch so ging? Natürlich, durch Ottavios Suche hatte sie sich wieder mit dem Thema Liebe beschäftigt. Und schließlich war man im Alter auch klüger, hatte Teresa sehr nachdrücklich gesagt. Anna war sich an diesem Abend allerdings nicht ganz sicher, dass es wirklich so war.

Anna lächelte vor sich hin. Sie überlegte sogar einen Moment lang, ob sie Gregor in Mailand abholen sollte, verwarf den Gedanken aber gleich wieder. Sie genoss ihr Leben in ihrem Weiler zu sehr, als dass sie sich auch nur einen Tag davon losreißen wollte. Vergnügt ging sie ein paar Schritte in die warme Abendluft hinaus. Eine Zugfahrt von Mailand bis zum Bahnhof von Lagaccio konnte sie ihm durchaus zumuten.

Als Anna, gefolgt von zwei ihrer drei Katzen, am Nachmittag an Domenicas Haus vorbeiging, rief diese ihr sofort entgegen:

»Ich seh dir an, dass du grübelst!«

»Ach ja?«

»Willst du einen Rat? Immer wenn du ins Grübeln kommst, dann fang einfach zu sammeln an!«

»Und was?«

»Na, was eben so wächst, schau dich doch um. Der Holunder hängt voller Blüten.«

»Und was macht man damit?«

»Na, Saft natürlich. Den du dem nächsten Mann, damit er schwach wird, unter die alkoholischen Getränke mischen kannst.«

»Meinst du wirklich, Männer mögen so süßes Zeug?«

»Probier's mal. Du wirst schon sehen, was passiert, wenn es dunkel wird und du den Saft mit Weißwein mischst.« Domenica lachte ihr heiseres Lachen, das Anna so lieb geworden war. Sie war sich fast sicher, Domenica hatte ihre freudige Erwartung geahnt.

Am Abend fuhr Anna bei Angelina vorbei, da sie die Nachricht kaum für sich behalten konnte.

»Weißt du schon das Neueste? Gregor kommt nächste Woche zu Besuch!«

»Aber das ist ja wunderbar!«, rief Angelina aus und schob noch eine Portion Sardinen in den Backofen.

»Angelina, das ist ein Problem! Du weißt doch, wie improvisiert es in meinem Haus aussieht! Und jetzt kommt ausgerechnet mein Produzent zu Besuch. Damit habe ich überhaupt nicht gerechnet, jedenfalls nicht so schnell.«

»Er ist nicht nur dein Produzent, sondern vor allem ein Mann! Zieh einfach dein schönstes Kleid an, dann wirst du ja sehen, wohin er lieber sieht, auf den abblätternden Verputz oder dein Kleid!«

»Ich weiß nicht recht …«

»Also, wenn du unsicher bist, funktioniert es nicht. Dann engagier eben Michelangelo! In einem Tag wird er dein Haus wohl besuchsreif machen! Weißt du was? Steh einfach zu deinem Haus und zu allem, was nicht perfekt ist! Ich freue mich jedenfalls, dich endlich mit einem Mann zu sehen, und dem halben Dorf wird es genauso gehen!«

»Ich freue mich ja, aber ich weiß überhaupt nicht, was ich kochen soll.«

»Fleisch natürlich, einen guten Braten, Männer mögen das. Du umwickelst das Fleisch mit Rosmarinzweigen, dann brennt es nicht an, das gelingt immer. Es vermischt sich dann mit dem Geschmack der Kräuter, ein wahrer Genuss. Am besten machst du eine *Peperonata* dazu, das geht einfach und schmeckt perfekt.«

»Wenn es immer nur ums Essen ginge, wäre vieles einfacher.«

Angelina öffnete die Tür zu ihrem Vorratsschrank. »Es geht immer ums Essen, das ist die Basis. Alles andere kommt danach. Hier, für alle Fälle, ein Glas eingelegte Auberginen, dann hast du schon mal eine Vorspeise.«

Anna betrachtete das Glas mit aufgeschichteten Gemüsescheiben.

»Probier mal! Bald kannst du ja selbst aus dem Vollen schöpfen und hast dann lauter Vorräte, auf die du bei unerwartetem Männerbesuch zurückgreifen kannst. Du wirst sie alle erobern, das sag ich dir.«

Als Gregor vier Tage später am Nachmittag strahlend aus dem Zug stieg, bekam Anna fast einen Lachanfall: Statt seines braunen Anzugs trug eine weiß und blau gestreifte Hose, deren Muster sich, in schmaleren Streifen, im Hemd wiederholte. In der Hand trug er einen Strohhut mit blauem Band.

»Wow, was für ein Outfit!«, sagte Anna, und musste an sich halten, damit sie nicht doch losplatzte.

»Na ja, mein Hut sieht schon mal wie der der Gondolieri aus.«

So selbstbewusst kann nur ein Mann sein, dachte Anna, und einen Moment lang spürte sie wieder die Distanz, die zwischen ihr und Gregor, trotz aller Sympathie, auch immer bestanden hatte. Es war schon richtig, es sind immer die Kleinigkeiten am anderen, die uns gefallen oder stören, und davon hängt auch ab, ob wir uns verlieben können. Trotzdem freute sie sich, ihn wiederzusehen.

Für den Nachhauseweg hatte sich Anna eine Route ausgedacht, die sie selbst noch nie gefahren war und die an einem alten Kloster vorbeiführte. Als Gregor von Weitem die alten Mauern sah, war er trotz der langen Reise plötzlich hellwach. Fasziniert betrachtete er die mittelalterliche Schwarz-Weiß-Fassade des Klostergebäudes.

»Schiefer und Marmor, das sind doch die typischen Materialien deiner Gegend!« Wie immer hatte er sich auch kunsthistorisch auf den Besuch bei Anna gut vorbereitet. »Was ist denn das für ein Kloster?«

Anna sah sich um, das Gebäude stand zwischen zwei Reihen uralter Kastanien, der Blick über das Meer war atemberaubend. »Keine Ahnung.«

»Das musst du als Autorin aber wissen. Das ist doch eine Frage, die dir alle Gäste stellen.«

Als hätte er es geahnt, stürzte ein gut aussehender junger Mönch mit Schnurrbart und brauner Kutte aus dem Innenhof herbei. Im selben Moment erklangen die Glocken des mittelalterlichen Kirchturms in einem zauberhaften Lied.

»Möchten Sie hereinkommen?«, fragte der *frate* fröhlich, »ich habe gerade einen potenziellen Investor vertrieben, darauf müssen wir trinken. Ich bin Francesco.«

»Aber gerne«, antwortete Gregor unerwartet spontan und sah Anna von der Seite an. »Klöster haben doch immer gute Weine im Keller. Und einen Investor vertreiben, das muss man sich erst einmal leisten können«, bemerkte er lachend.

Der freundliche Mönch führte Anna und Gregor in einen quadratischen Innenhof, der mit kunstvoll verzierten Säulen und ein paar Kakteen geschmückt war.

»Stellen Sie sich vor, hier hatte sich schon eine Gruppe von Amerikanern eingenistet, die allmählich aus dem Kloster eine Luxusherberge machen wollten!« Der Mönch schüttelte sich bei dem Gedanken.

»Nicht zu fassen. Sind Sie denn der Einzige hier?«, fragte Gregor neugierig.

»Ja, und eigentlich bin ich auch nur gekommen, um diese Vertreibungsaktion durchzuführen. Mein Orden lebt in Montagnola, dreißig Kilometer von hier im Landesinnern. Aber viel zu spät haben sich meine Oberen besonnen, dass sie dieses Kloster retten wollen.« Der Mönch breitete die Arme aus und wies auf die kunstvoll gemeißelten Säulen. »Stellen Sie sich vor, hier könnten wieder Konzerte und Veranstaltungen stattfinden, sogar unter freiem Himmel!«

Das Kloster lag direkt über dem Meer, sogar in den Innenräumen war noch ein leichtes Rauschen zu hören. Von dem Säulengang aus blickte man auf ein Spalier mit Zitronenbäumen und einen Gemüsegarten, der von Rosensträuchern umgeben war.

»Ich kann mir schon vorstellen, dass ein solches Gebäude Begehrlichkeiten weckt«, scherzte Gregor.

»Oh ja, begehrliche Blicke gibt es überall«, sagte Fra' Francesco. »Aber ich finde, solche besonderen Gebäude sollten für die Allgemeinheit, für all die Menschen erhalten werden, die sich für die Natur, für Kunst und Kultur interessieren. Sogar eine uralte Orgel gibt es hier. Wollen Sie die Orgel mal sehen?«

»Oh ja, gerne!«, rief Gregor begeistert, der Orgelmusik über alles liebte.

Gemeinsam betraten sie den Kirchenraum, der bis auf die Orgel im Hintergrund und ein paar einfache Holzbänke völlig leer war. In dem kühlen Raum hing der Geruch der Zeit, der uralten Mauern, der Vergänglichkeit.

Fra' Francesco strich andächtig über das glatte Holz. »Man sagt, dass sie einmal nachts von allein zu spielen begonnen hat – wenn das kein Zeichen ist!«

Durch schmale Gänge führte er Anna und Gregor in die Küche mit einem riesigen alten Kamin zurück und holte eine verstaubte Flasche Wein aus einer Kredenz. »Also dann, *salute*. Auf Sie beide und die Zukunft des Klosters. Was ich tun konnte, habe ich getan.« Der Klosterwein war stark und köstlich.

»Wissen Sie, hier habe ich gelernt, dass auch die ganz einfachen, bescheidenen Dinge ihre eigene Schönheit haben. Sie ziehen unsere Blicke auf sich, und wenn wir versuchen, sie zu verstehen, ihre Form und ihre Farbe, sind sie manchmal einfach überwältigend.«

»Natürlich, Sie haben recht«, rief Gregor mit Leidenschaft in der Stimme, »alles, was schön ist, weckt begehrliche Blicke. Aber leider ist das Ziel nicht immer im Sinn der Allgemeinheit, das sehe ich genau wie Sie.« Der Mönch betrachtete beide wohlwollend.

Anna und Gregor leerten ihr Glas. »Kommen Sie vorbei, wann immer Sie wollen. Ich brauche hier Menschen wie Sie, die neugierig und gleichzeitig respektvoll sind.«

»Wir kommen wieder«, versprach Gregor, »aber in der Zwischenzeit möchte ich sehr gerne Ihre Restaurierung unterstützen.« Er steckte dem Mönch zum Abschied einen Geldschein zu, der sich strahlend bedankte.

»Und falls Sie Hilfe brauchen, lassen Sie es mich wissen. Anna wohnt hier ganz in der Nähe, und ich habe wieder einen Grund, vorbeizukommen.« Herzlich trennten sie sich, und Anna und Gregor liefen zurück zum Parkplatz.

»Siehst du, da musste ich erst herkommen, damit du solche Geschichten entdeckst«, lachte Gregor fröhlich, als sie in Annas Auto stiegen.

Auf halbem Weg hielt Anna noch kurz in einem kleinen Laden an, um frisches Brot und Käse zu kaufen. Sie traute sich nicht, in Albereto mare haltzumachen und Gregor Angelina vorzustellen. In der letzten Kurve vor ihrem Weiler kamen sie an einer Wiese mit Margeriten und Mohnblumen vorbei, die Anna zuvor nie aufgefallen war.

»Weißt du, was ich am schönsten finde, wenn man zu zweit ist? Dass man gemeinsam immer neue Dinge entdeckt, auf die man alleine nie gekommen wäre«, sagte sie strahlend.

»Oh ja, van Gogh war hier«, stellte Gregor freudig fest, »leider ist er uns zuvorgekommen, sonst hätten wir diese Wiese gemalt. Übrigens finde ich es beeindruckend, wie sich dein Fahrstil diesen kurvigen Straßen angepasst hat.«

»Das ist dir aufgefallen?«, fragte Anna erstaunt und trat leicht auf die Bremse.

»Und wie. Wenn ich das nächste Mal komme, könnten wir an einer Ralley teilnehmen – du fährst, und ich male die Kurven.«

Beide lachten unbeschwert. Es liegt doch ein Zauber über dieser Landschaft, dachte Anna, der die Menschen wohlwollender und aufgeschlossener füreinander macht.

»Wollen wir nicht etwas essen gehen?«, fragte Gregor kurz vor Annas Haus.

»Nein, lass uns zu mir nach Hause gehen. Es gibt Käse und Brot und noch mehr Wein, wenn du willst. Meine Katzen leisten uns Gesellschaft, und die Glühwürmchen tanzen uns sicher was vor.«

Als in der letzten Kurve die Kronen der hohen Pinien auftauchten, konnte Gregor es kaum erwarten, Annas Haus zu sehen und sprang mit einem Satz aus dem Auto.

»Anna, es ist wunderbar hier, wenn ich das gewusst hätte, wäre ich früher gekommen! Allein des Blicks wegen lohnt es sich ja schon! Von deiner Gesellschaft ganz zu schweigen!« Anna lächelte geschmeichelt, als sie die Terrassentür aufschloss.

»Und jetzt verstehe ich auch, dass du manchmal bei dieser Umgebung nicht arbeiten kannst!«

Anna brachte Käse, Brot, Angelinas Auberginen und eine Flasche mehr Wein nach draußen, der beide in eine angenehm entspannte Stimmung versetzte.

Nach dem langen Nachmittag und der weiten Reise saß

Gregor müde und ziemlich angeschlagen, aber dennoch glücklich in Grigettas blauem Sessel.

Als er ins Haus ging, um sich eine Jacke zu holen, sah Anna kurz darauf durch die halb offene Tür, dass er auf dem Gästebett eingeschlafen war. Sie ging nach draußen und ließ die warme Nachtluft und ein paar Insekten ins Haus. Ein paar fliegende Ameisen mit durchsichtigen Flügeln flogen still an ihr vorbei, auf der lautlosen Suche nach ihrer Königin. Der Mond stand direkt über Annas Tür. Gelassen thronte er über der Welt, nur die Grillen zirpten unbeirrt in die Stille hinein. Je höher der Mond stieg, desto größer wurde der silberne Lichtschein, der ihn umgab. Erst als der Mond in der Mitte des Tals angekommen war, spiegelte er sich im Meer, von dem ein milchiges Licht aufstieg und die Häuser auf den Hügeln wie lauter Heiligenscheine umgab.

Angezogen von zwei flimmernden Kugeln ging Anna auf den Rosmarinstrauch hinter ihrem Haus zu. Zuerst wollte sie nach dem flimmernden Licht greifen, bis sie merkte, dass es Glühwürmchen waren, die schwerelos durch die Sommerluft tanzten. Sie tanzten und stieben wieder auseinander, um sich in immer neuen Kreisen zusammenzuschließen. Anna konnte sogar durch sie hindurchgreifen. Bei jeder Berührung flogen die Glühwürmchen auseinander, um sich dann, wie von Zauberhand begleitet, vor Annas Augen erneut zu zwei flirrenden Wolkengebilden zu vereinen.

Man kann sich in die Umarmung eines Menschen einhüllen, aber genauso in den Tanz der Glühwürmchen, in das Spiel der Wolken oder in das Mondlicht, dachte Anna und spürte ein unerwartetes, überwältigendes Glücksgefühl. Wohlwollend betrachtete sie Gregor, der, in Hose und Hemd, fest auf ihrem Gästebett schlief, bevor sie in ihr Schlafzimmer hinaufging. Ein winziges Glühwürmchen flirrte vor dem offenen Fenster herum. Sie hatte es, ohne es zu merken, auf ihrer Strickjacke mit hereingenommen.

Als Anna am nächsten Morgen auf die Terrasse kam, die in der strahlenden Morgensonne lag, war Gregor bereits wach und in morgendlicher Hektik, wie sie ihn aus München kannte, mit seinem Handy beschäftigt.

»Ich bin einen Tag weg, und nichts funktioniert in meinem Büro«, schimpfte er und sah kaum auf, als Anna Kaffee, getoastetes Brot, frischen Ricotta und Maronencreme auf einem roten Tablett nach draußen brachte.

»Gregor, die Sonne scheint«, versuchte Anna sanft, aber entschieden seinen Arbeitsanfall zu unterbrechen. »Warum kannst du nicht einfach ein paar Tage Urlaub machen? Das Leben ist zu kurz, um immer unter Stress zu stehen. Gestern warst du doch noch selbst davon überzeugt.« Gregor schaltete sein Handy aus und lächelte Anna an, die ihr blaues Kleid für die besonderen Gelegenheiten angezogen hatte.

»Oh, wie schön du heute aussiehst, lass uns nach dem Frühstück das Hinterland erkunden.« Er zog Anna näher an sich, die einigermaßen verblüfft darüber war.

»Spürst du, wie weich die Luft ist?«, fragte Anna glücklich in Gregors Umarmung. »Oh ja, genau so habe ich mir meine Urlaubstage vorgestellt.«

»Gregor, weißt du, dass du ganz schön sprunghaft bist? Einmal bist du mit deinen Gedanken ganz in München, dann wieder weckst du lauter romantische Gefühle bei mir!«

»Ja, Anna, das ist leider meine negativste Eigenschaft. Das hat schon mehrere Frauen in die Flucht geschlagen.«

»Na, dann mache ich mich schon mal auf ein paar Überraschungen gefasst!«

Anna löste sich aus Gregors Umarmung, um einen zweiten

Kaffee aufzusetzen. Nur von ihren Katzen war weit und breit keine zu sehen. Die sind heute wohl in eigenen Angelegenheiten unterwegs, dachte Anna. Gregor blätterte in seinem Reiseführer.

»Ich finde zwar, dass der Blick von deiner Terrasse kaum zu toppen ist, aber trotzdem möchte ich etwas sehen von der Welt. Hier steht, dass das Hinterland voller verwunschener Dörfer ist. Und hier sind lauter sehr gute Restaurants verzeichnet, weniger als eine Stunde von deinem Weiler entfernt. Was hältst du denn davon, wenn wir uns auf die Suche machen? Vielleicht haben wir Glück, wie gestern, und entdecken einen Ort, der uns beiden gefällt.« Anna strahlte mit der Sonne um die Wette, wagte aber nicht mehr zu erwähnen, dass ihre Freundin Angelina eines der besten Lokale der Gegend führte. Hinterland, warum nicht. Da kam sie allein ohnehin nie hin.

Wenige Kilometer hinter Albereto ins Landesinnere wurde die Landschaft dunkel und schwer und hob sich wie eine Urgewalt vor dem blauen Himmel ab. Schweigend und in stummer Vertrautheit, die sich nach der ungewohnten Umarmung eingestellt hatte, fuhren Anna und Gregor durch dichte Kastanienwälder, durch die sich glänzende Bäche schlängelten. Winzige Hinweisschilder führten in Dörfer, die auf sanften Erhebungen thronten.

Anna hatte das Autofenster geöffnet und atmete tief die würzige Luft der Wälder ein. Lange hatte sie sich nicht mehr so wohlgefühlt. »Hier, schau mal, ein Hinweisschild«, sagte Gregor, und Anna bremste schnell. »Ein Lokal am Ende dieser Straße, wer da hinauffährt, bekommt zum Essen noch einen Extra-Pokal geschenkt.«

In der Trattoria »Dalle tre sorelle« waren die einfachen Holztische zum Schutz gegen die Sonne unter einer dicht mit

Weinreben bewachsenen Pergola gedeckt. Eine sympathische, füllige Wirtin mit dickem Zopf ratterte die Speisekarte herunter.

»Wir nehmen alles, was es gibt«, sagte Gregor mit gewinnendem Lächeln. »Solche Gäste sind mir am liebsten«, verkündete die Wirtin und zog, ohne Stift und Notizblock überhaupt benutzt zu haben, Richtung Küche davon. Gregor hatte den Arm sanft um Annas Schultern gelegt und sah sie liebevoll an.

»Wie lange kennen wir uns eigentlich schon?«, fragte Anna, um Zeit zu gewinnen. Noch nie hatte sie Gregor so charmant erlebt.

Er lachte. »Lange genug, um zu wissen, dass ich mit keiner Frau so gerne zusammen bin wie mit dir.«

»Das hast du mir in München noch nie gesagt.«

»Stimmt. Vielleicht musste ich erst hierherkommen, um es selbst zu erfahren.«

Anna fühlte sich, als hätten in ihrem Kopf lauter Glühwürmchen zu tanzen begonnen.

»Weißt du, dass du Sterne in den Augen hast?«

»Das muss ein Reflex der Glühwürmchen von heute Nacht sein. Oder vielleicht habe ich aus Versehen ein paar verschluckt. Jedenfalls fühlt sich mein Magen so an.« Anna lächelte. »Die Glühwürmchen haben uns sogar auf der Terrasse besucht, da hast du aber schon geschlafen. Ich bin sicher, dass es ein besonderes Zeichen des Himmels war.«

Vorsichtig sah sie sich in dem kleinen Lokal um. Zum Glück hatte Gregor einen Ort im Hinterland ausgewählt, wo sie niemand kannte. Etwas weiter entfernt hatten zwei Paare an den einfachen Holztischen Platz genommen, die offensichtlich ebenso mit sich selbst beschäftigt waren wie sie.

»Gregor, darf ich dir eine Frage stellen?«, setzte Anna an, nachdem die Wirtin *insalata russa*, hauchdünn geschnittene Salami mit eingelegten roten Zwiebeln und gefülltem Gemüse, als Vorspeise serviert hatte.

»Gregor, ich wollte dich schon lange fragen, warum lebst du eigentlich allein?«

»Weil du meine Traumfrau bist und von Männern nichts mehr wissen willst!«

Anna wurde von einem Freudenschauer durchdrungen. War das tatsächlich Gregor, der sich nach zehn Jahren Freundschaft endlich erklärte?

Gregor lachte und tunkte ein Stück Weißbrot in die würzige Zwiebelmarinade.

»Tu nicht so erstaunt, das weißt du doch schon länger. Außerdem bist du immer noch meine Lieblingsautorin, auch wenn dir dein letzter Krimi offensichtlich Schwierigkeiten macht.«

»Ich habe immer das Gefühl, dass du dich ausschließlich für deine Arbeit interessierst. Dass du gar nicht so genau hinsiehst, wenn wir uns treffen. Dass dir andere, oder ich, nicht wirklich wichtig sind.«

Gregor seufzte. »Ich weiß, das wirkt manchmal so, und ich kann dir versichern, dass es keine Absicht ist. Weißt du Anna, ich habe privat nicht viel Positives erlebt in den letzten Jahren, meine Scheidung war der reinste Horrortripp. Außerdem, danach war ich fast bankrott. Du hast schon recht, ich habe mich damals eingeigelt, meine Arbeit gab mir Sicherheit. Ich glaube, viele Männer sind ängstlicher, als sie nach außen zugeben.«

»Aber Angst haben hat noch nie zu etwas Gutem geführt«, wandte Anna vorsichtig ein, nachdem sie ihre Sprache wiedergefunden hatte. »Ich glaube, das habe ich hier endlich gelernt.«

»Stimmt, Anna, aber vielleicht braucht es großen Mut, damit man alte Verletzungen überwinden kann. Ich selbst bin noch nie besonders mutig gewesen. Und ich beneide dich, dass du einfach so nach Italien gezogen bist. Wahrscheinlich fällt das auf dich zurück, bestimmt genau dann, wenn du es selbst gar nicht mehr erwartest.«

»Du hast meine Frage noch nicht beantwortet. Warum hast du dich in den letzten Jahren mit keiner Frau zusammengetan?« Sie versuchte ein Lächeln. »Mit mir nicht und auch mit keiner anderen?«

»Ach, was soll ich sagen? Vielleicht bin ich bisher an den Frauen einfach gescheitert. Manche reden zu viel, andere sind mir zu anspruchsvoll. So, als ob man nur auf der Welt wäre, um ihnen ihre Wünsche zu erfüllen!

Anna sah ihn mit großen Augen an. »Findest du, dass Frauen so anspruchsvoll sind? Darüber habe ich noch nie nachgedacht.«

»Oh ja, du hast gar keine Ahnung, wie viel Druck Frauen auf Männer ausüben, wenn sie etwas erreichen wollen!«

»Und das schreckt dich so ab?«

»Ja und nein. Aber ich habe noch keine Frau gefunden, mit der ich auch schweigen kann und die was im Kopf hat. Eine wie du eben.« Gregor lachte verlegen. »Aber trotzdem, ich fürchte, du hast auch recht damit, dass ich einfach zu sehr in meiner Arbeit lebe.« Er machte eine Pause. »Oder zu alt bin.«

»Für die Liebe ist man nie zu alt, das habe ich von Ottavio und meiner Freundin Teresa gelernt«, protestierte Anna.

»Weißt du, ich habe mich immer zu sehr in meine Arbeit gestürzt, das mögen Frauen nicht. Vielleicht ist die Eifersucht auf die Arbeit eines Mannes das Einzige, das Frauen wirklich ärgert.«

»Das kann ich verstehen«, fand Anna.

»Ja, aber das muss doch nicht sein, man kann schließlich versuchen, tolerant zu sein, oder nicht?«, wandte Gregor ein.

»Ich finde schon, dass das möglich ist. Aber wie man sieht, gelingt es nicht immer. Und ganz offensichtlich hast du es gar nicht mehr versucht«, stellte Anna sachlich fest.

»Stimmt, aber vielleicht möchte ich das ja jetzt ändern?« Gregor lachte. »Vielleicht mit dir? Was hältst du davon?«

Anna sah ihn mit großen blauen Augen an und traute ihren Ohren nicht. Unter der schattigen Pergola kam sie sich im Licht des Nachmittags wie verzaubert vor.

»Anna, du bist eine kluge Frau, vielleicht kannst du einen Mann wie mich mit all seinen Schwächen ja wirklich verstehen. Lass uns feiern und das Leben genießen an diesem wunderbaren Ort.«

»Ja«, sagte Anna, »vielleicht ist es in einem bestimmten Alter die wahre Kunst des Lebens, im Augenblick einfach glücklich zu sein.«

Die Wirtin brachte hauchdünn ausgebackene Zucchinischeiben und eine Platte mit Schwertfisch, der in einer Soße aus Zwiebelstückchen, Feigen und schwarzen Oliven schwamm.

»Mmh, eine so köstliche Soße habe ich schon lange nicht mehr gegessen«, fand Gregor. Und auch Anna war so satt und zufrieden, dass sie sich nicht vorstellen konnte, jemals wieder Hunger zu haben. Ich werde nichts davon Angelina erzählen, dachte sie noch, als sie mit Gregor das Lokal am späten Nachmittag, unter den wohlwollenden Blicken der freundlichen Wirtin, verließ.

Von der kleinen Trattoria gingen verschlungene Wege in den dahinterliegenden Wald hinein. Gregor nahm Anna bei der Hand, beobachtete genießerisch die Natur und redete wenig.

»Wollen wir hier Pilze suchen gehen?«, fragte Gregor.

»Ich glaube, das ist nichts für uns. Und schon gar nicht die richtige Jahreszeit«, lachte Anna. Unbeschwert wie selten gingen beide nach Hause, als die Sonne gerade untergegangen war. An diesem Abend schlief Gregor nicht im Gästebett.

Zwei Tage später fuhr Gregor wie geplant nach Venedig, mit dem festen Vorhaben, auf dem Rückweg wieder vorbeizukommen, trotz Annas Bedenken, dass er für diese Reise noch einmal ganz Italien durchqueren musste. Strahlend und gleichzeitig traurig verabschiedeten sie sich am Bahnhof.

Kaum kam Anna nach Hause zurück, tauchte die Katzenbande wieder auf. »Und, wo habt ihr die ganze Zeit gesteckt?«, schimpfte Anna. Fortunato und Nerino putzten sich gegenseitig das Fell, während Grigetta endlich den bequemsten Sessel im Haus wieder für sich alleine beanspruchte.

Als Anna ein paar Tage später wieder in Albereto mare auftauchte, war Angelina schon ganz neugierig. »Und, wie ist es gelaufen?«

»Oh, es war ganz wunderbar!«

»Ich sehe schon, du bist im siebten Himmel! Aber du hast ihn mir nicht vorgestellt!«

»Du weißt doch, es gibt Dinge, die man erst dann mit anderen teilen kann, wenn man sie selbst zu Ende gedacht hat.«

»Hab schon verstanden, du wolltest dein neues Glück allein genießen«, sagte Angelina großzügig und beschloss, ihrer Freundin nicht böse zu sein. Angelina war mit viel gesundem Menschenverstand ausgestattet und hatte schon lange beschlossen, niemals aus nichtigem Grund auf andere böse oder gar nachtragend zu sein.

»Und was habt ihr den ganzen Tag so gemacht?«

»Dies und das, geredet, gegessen, wir sind spazieren gegangen, was man eben so macht, wenn man Gäste hat.«

»Du willst mir aber jetzt nicht erzählen, dass er in deinem Gästezimmer übernachtet hat?« Angelina stemmte entrüstet beide Hände in die Hüfte.

»Einmal schon. Was denkst du denn, ein solcher Mann in meinem Haus, ich bin doch nicht aus Stein!«

»Also, deinem Gesichtsausdruck nach bist du verliebt. Dieser Gregor muss dir also ganz schön nahegekommen sein!«

»Natürlich, was bei der Größe meines Hauses ja nicht ausbleiben kann!« Anna zögerte kurz. »Zwischendurch ist er natürlich in seine Arbeit abgetaucht, die ihm einfach ungeheuer wichtig ist. Dafür hat er auch eine erstaunliche Karriere gemacht.«

Anna seufzte. »Ich habe jetzt schon Sehnsucht nach ihm.«

»Wann kommt er wieder?«, fragte Angelina. »In einer Woche! Auf dem Rückweg aus Venedig. Ich weiß gar nicht, wie ich es bis dahin aushalten soll.«

»Vielleicht versuchst du es wieder einmal mit Schreiben? So ein Krimi kann doch nicht so schwierig sein?«

»Ja, du hast recht, ich werde es versuchen.«

Schon am Bahnhof zeigte Gregor ein seltsames Gesicht, das Anna umso mehr erstaunte, als er sie während seines Aufenthalts in Venedig dreimal am Tag angerufen hatte. Seine schlechte Laune war offensichtlich.

»Gregor, du machst ein Gesicht, ich traue mich kaum zu fragen, wie es in Venedig gelaufen ist!«

Gregor seufzte und machte es sich in Annas Sessel auf der Terrasse bequem.

»Es war alles anders, als ich es mir vorgestellt habe. Zwei

Orte in einer Woche, vielleicht war es auch zu viel. Manchmal sollte man geschäftliche und private Interessen besser nicht miteinander mischen. Außerdem bin ich müde von der Reise, diese Züge, nichts als Verspätungen. Der Himmel in Venedig war so ähnlich wie bei dir. Aber Tobias Müller hat mir leider eine Absage erteilt. Wir hatten eigentlich auch gar keine Zeit, um uns wirklich auszutauschen, weil dieser Regisseur ihn auch in den Pausen völlig abgeschirmt hat.«

»Das tut mir leid.«

»Das muss es nicht, vielleicht war es sowieso keine gute Idee.« Er seufzte. »Vielleicht hatte ich einfach nur Lust, nach Italien zu fahren.« Er machte eine Pause. »Und dich zu sehen.«

Die beiden Tage, die Gregor in Albereto superiore verbrachte, verliefen schnell und unspektakulär. Anna kam es vor, als wäre er in seinen Gedanken gar nicht mehr da. Zwei Drittel des Tages telefonierte er mit seinem Büro, während Anna sich Mühe gab, nach Angelinas Rezepten zu kochen und ansonsten nachdenklich auf der Terrasse saß. Der Himmel war merkwürdig bedeckt, kaum drangen ein paar Sonnenstrahlen hervor, die sich über dem grauen Meer verloren. So ist das im Leben, manchmal können einen noch nicht mal gute Rezepte trösten, dachte sie und fragte sich, ob ihre übergroßen Erwartungen nicht Grund der schlechten Stimmung waren. Oder waren sie sich zu nahegekommen, und Gregor brauchte wieder Distanz?

Manchmal beobachtete sie ihn heimlich, wenn er in seine Notizen vertieft war. Gregor gehörte zu ihrem Münchner Leben, und dahin wollte sie doch eigentlich gar nicht mehr zurück! Inzwischen lebte sie fast schon ein Jahr hier. Eine Partnerschaft an zwei verschiedenen Orten, wäre das auf Dauer nicht viel zu schwierig gewesen? Anna beschloss, sich keine unnötigen Fragen zu stellen, die sie ohnehin nicht beantworten konnte. Von Gregor war keine Antwort zu erwarten, er hatte jede Frage von ihrer Seite im Ansatz abgewürgt. Immerhin gelang es ihr, mehrere Szenen ihres Drehbuchs zu Ende zu schreiben. Einen Abend vor seiner Abreise, bei Angelinas »Florentiner Braten«, hatten beide zu einer unverfänglichen Konversation zurückgefunden, die sich in der Hauptsache um das Meer, das Essen und das Wetter drehte. Fast erleichtert hatte er daraufhin seine Tasche gepackt.

Als er wegfuhr, umarmte sie ihn wie einen alten Freund und versuchte, nicht über ihre widersprüchlichen Gefühle nachzudenken. Sie war zwar traurig, aber gleichzeitig erleichtert und froh, seine schlechte Laune nicht mehr ertragen zu müssen.

»Was, ist er schon wieder weg?« Angelina sah nur kurz von ihren Zucchini auf, die sie für ihre vegetarische Variante von Pasta *alla carbonara* in dünne Scheiben schnitt.

Anna nickte stumm und setzte sich auf Angelinas alten Küchenstuhl.

»Möchtest du einen Teller *acciughe*?«

»Nein, danke«, antwortete Anna mit traurigem Gesicht.

»Dann steht es ja echt schlimm um dich«, erwiderte Angelina mit besorgter Miene.

»Nein, nicht was du meinst, ich hab gedacht, ich hätte mich in Gregor verliebt. Ja, er gefällt mir, er ist sehr engagiert, an allem interessiert, einer, der Probleme mit einem Blick erkennt.«

»Ach Anna, das ist nicht unbedingt das, was man sich von einem Mann erwartet! Erzähl mir lieber, was passiert ist!«

»Eigentlich gar nichts. Ich habe ihn nur kaum wiedererkannt. Oder doch, er war nämlich wie in München. Er hat gearbeitet, telefoniert, kaum mit mir gesprochen.« Anna zuckte resigniert mit den Schultern. »Bei seinem ersten Besuch habe ich mir offensichtlich etwas vorgemacht.«

»Das hast du nicht, er hat sich sicher Mühe gegeben. Ich würde sagen, dass er wenig Zugang zu seinen eigenen Gefühlen hat. Das kann ganz schön anstrengend sein, jedenfalls wenn man so einen Mann in der Küche sitzen hat.«

»Das hast du schön gesagt.«

»Eigentlich schade, es war doch neulich so schön.«

»Ja, natürlich, und ich freue mich auch, dass er hier war. Aber ich habe meine Zweifel, ob ich seine Launen auf Dauer aushalten würde.«

»Willst du einen Rat? Erhalte dir die Freundschaft mit ihm. Man sollte keine so lange Beziehung wegwerfen, nur weil der andere nicht in allem unseren Wünschen entspricht. Du wirst sehen, du gewinnst einen sehr treuen Freund, falls das nicht schon jetzt so ist.«

»Weißt du, was ich glaube?«, fragte Anna. »Er weiß selbst gar nicht, wie er auf andere wirkt.«

»Damit ist er nicht allein«, antwortete Angelina trocken und wandte sich wieder ihren Töpfen zu, um die angebratenen Zucchini mit frischen Eiern zu vermischen. »Man weiß selbst am allerwenigsten, wie man auf andere wirkt, und ich schließe mich selbst mit ein.«

»Schlimm finde ich nur, wenn man andere durch seine Gleichgültigkeit verletzt«, sagte Anna, immer noch ein bisschen traurig.

»Das finde ich auch, wobei ich gar nicht glaube, dass das immer mit Absicht geschieht. Und was Gregor anbetrifft, ich bin davon überzeugt, dass seine Launenhaftigkeit nicht das Geringste mit dir zu tun hat. Er ist eben so, fertig, aus.«

»Ja, mit etwas Abstand betrachtet kommt es mir auch so vor.«

»Man muss die Menschen nehmen, wie sie sind. Das Einzige, worum wir uns bemühen können, ist, besser mit Nähe und Distanz umzugehen.«

»Findest du?«, fragte Anna, immer noch verunsichert. »Natürlich, darum geht es doch. Egal, was wir erleben, im Grunde genommen geht es immer um das Verhältnis von Nähe und Distanz. Das ist jedenfalls die Erkenntnis, die ich zwischen meinen Kochtöpfen gemacht habe.« Angelina lächelte verschmitzt. »Wenn man zu nah kommt, verbrennt man sich, und wenn man zu weit entfernt steht, taugt das Essen nichts.«

KAPITEL 7

Im Sommer

Durch das Küchenfenster von Angelinas Trattoria sah Anna im Vorbeigehen, wie ihre Freundin irritiert in einem ziemlich zerfledderten Kochbuch blätterte. Wie immer ging Anna geradewegs auf Angelinas Marmortisch zu. Die hatte ihre Stirn in bedrohliche Falten gelegt.

»Hör dir das mal an: Flusskrebse mit Schnecken und Steinpilzen. Was die Leute früher alles gegessen haben!«

»Etwas gewöhnungsbedürftig, würde ich sagen. Was liest du denn da?«

»Ein Kochbuch, 1880 in der Abtei von Portofino verfasst. Rezepte für die Fastenzeit, alles ohne Fleisch, Milch und Ei. Der gute Pater Dellepiane hat sich echt was einfallen lassen: Schildkrötenpfoten als Vorspeise, mit Mandelmilch gefüllt und in Scheiben geschnitten. Igitt!«

»Hm, Mandelmilch klingt aber lecker«, erwiderte Anna, die, wenn sie gut gelaunt war, alles ausprobieren wollte.

»Aber doch nicht in Schildkrötenpfoten! Die Einsamkeit im Kloster muss wohl bei den Köchen merkwürdige Phantasien hervorgebracht haben.« Angelina blätterte mit spitzen Fingern in dem Kochbuch, das auf dem Einband einen alten Stich der Küste zeigte. »Der Erfinder der Rezepte, Padre Dellepiane, ist von Portofino aus die Felsen zum Meer hinuntergeklettert, weil er seinen Mitbrüdern zur Fastenzeit neue Geschmacksanreize bieten wollte!«

»Na, das ist ihm doch voll und ganz gelungen!«, lachte Anna.

»Für mich hört sich das ziemlich skurril an. Obwohl, er hat sich richtig Mühe gegeben, damals waren die Fastenwochen in Klöstern eine sehr eintönige Zeit.«

»Fasten, das Wort habe ich vor langer Zeit mal gehört. Aber damit habe ich abgeschlossen«, sagte Anna selbstbewusst.

»Und hier, hör mal, Reissuppe mit getrockneten Kastanien oder Rotbarben in Essig!«

»Würde mir schmecken. Kann man das auch außerhalb der Fastenzeit kochen?«

»Wenn du willst. Padre Dellepiane hat sich auch besondere Namen für die Gerichte ausgedacht: ›Walaugen‹ oder ›Neptunsfinger‹ aus Schellfisch, vermischt mit Brot, gekochten Endivien und Safran. Das wird dann alles in Bällchen geformt und ausgebraten, dazu ein Sugo aus Meeresfrüchten.«

»Wo hast du denn das Kochbuch her?«

»Hat Saverio neulich auf dem Flohmarkt in der Genueser Altstadt gefunden. Du weißt doch, dass er ständig auf der Suche nach skurrilen Besonderheiten für seine Objektkunst ist. Zum Glück verschenkt er alles, was er nicht selbst brauchen kann.«

»Dein Zitronenmenü ist mir in jedem Fall lieber«, lachte Anna.

Angelina blätterte weiter, plötzlich erhellte sich ihr Blick.

»Gebackene Auberginen mit Mandeln, das könnte etwas für den heutigen Geschmack sein. Ich kann es ja mal ausprobieren. Vielleicht das nächste Mal, wenn Ottavio wieder mit weiblicher Begleitung vorbeikommt.«

Anna war von ihrem Stuhl aufgesprungen und baute sich vor Angelina auf.

»Was, Ottavio isst bei dir? Du hast also Geheimnisse vor mir? Und was heißt hier weibliche Begleitung? War er denn mit mehreren hier?«

»Natürlich isst er bei mir, hin und wieder, wie alle in Albereto, was hast du denn gedacht?«, erwiderte Angelina betont beiläufig. »Ich habe viele Gäste, ich kann doch nicht alles im Kopf behalten. Und du kommst ja sowieso nicht vorbei, wenn du Männerbesuch hast!«

Sie klappte das zerfledderte Buch zu und fing an, Bohnen und Karotten zu schnippeln. »Warum wunderst du dich denn überhaupt so? Du triffst deinen Produzenten, Ottavio ist auf der Suche nach einer Gefährtin, und du hilfst ihm dabei und bist immer bestens informiert.«

»Lass doch diesen Gregor, du weißt doch, dass er mich als Mann nicht mehr interessiert!«

»Das ist aber ganz neu.«

Trotz ihres Ärgers schnappte sich Anna eine Schüssel mit frischen Erbsenschoten, um Angelina zu helfen.

»Ich weiß, dass Ottavio viel unterwegs ist und Besuch bekommt, aber konkret hat er mir nichts erzählt. Ist mir auch lieber so. Ich weiß nur, dass er seine Traumfrau noch nicht gefunden hat. Wie viele Männer geht er wohl davon aus, dass die Liebe vom Himmel fällt. Pah!«

Angelina holte einen großen Topf aus dem Schrank, der in ihrer Küche ausschließlich für Minestrone verwendet wurde.

»Weißt du, was ich mir überlegt habe? Ich könnte einmal im Monat ein Gericht aus der Vergangenheit auf die Karte setzen, Kastaniensuppe oder eingelegte Rotbarben. Wie fändest du das?«

»Angelina, lenk nicht ab, sag mir lieber, mit wem du Ottavio gesehen hast!« Anna blickte kurz aus dem Fenster und beobachtete, wie Hund Ciccio auf seine beiden Menschen zusprang.

»Du hast mir Gregor verheimlicht, warum soll ich dir dann was von Ottavios Frauen erzählen!«

»Weil du meine Freundin bist, oder nicht?« Annas Augen sandten kleine Blitze aus.

»Na gut. Vor ein paar Tagen war er mit einer ziemlich gut aussehenden Frau hier, schlank, blond, blauäugig. Allerdings hatte sie ein kleines Mädchen und einen großen schwarzen Hund dabei.«

»Die hat wohl gleich ihre ganze Familie mitgebracht. Nicht, dass sich am Ende seine Katze nicht mit ihrem Hund versteht!«

»Was ist denn schon dabei, dann weiß jeder sofort, woran er ist! Vielleicht ist es sogar was Ernstes und sie wollte ihn gleich mit ihrer Lebenssituation konfrontieren«, erwiderte Angelina. »Und das ist in jedem Fall sympathischer, als wenn eine hier nur Urlaub machen will.«

»Ich glaube, er hat ohnehin den *Latin Lover* in sich entdeckt«, fand Anna.

»Sieht ganz danach aus«, amüsierte sich Angelina.

»Letzte Woche war er mit einer Silberhaarigen hier, ziemlich auffallende Erscheinung, sah wie eine Meerjungfrau aus, von Kopf bis Fuß in Grün und Türkis.« Sie lachte ihr leises, ironisches Lachen.

Anna war bestrebt, sich eine leise Irritation nicht anmerken lassen.

»Mit der Meerjungfrau ging er ziemlich vertraut um, zu der Blonden schien er eher distanziert«, berichtete Angelina augenzwinkernd, und schien sich plötzlich wieder zu erinnern. »Vielleicht lag es auch an dem großen Hund, der Fremde einfach nicht an sie rankommen ließ.«

Angelinas Worte hatten Anna wieder den bekannten Stich in der Magengegend versetzt. »Ihr« Ottavio, der ihren Garten bestellte, mit ihr über die Facetten der Liebe sprach, war mit fremden Frauen unterwegs?

Angelina schien ihre Gedanken zu erraten.

»Er ist eben nicht dein Eigentum, auch wenn du sein Glück auf den Weg gebracht hast. Du musst ihn loslassen, das ist im Leben immer wieder die wichtigste Lektion, auch wenn er dein Schützling war. Jedenfalls, wie du es mir geschildert hast.« Angelina füllte den Gemüsetopf mit Wasser und zündete mit einem Feuerzeug schimpfend den Gasherd an.

»Diese neuen Herde, eine richtige Minestrone kann man nur auf einem Holzfeuer kochen. Und jetzt ist auch noch die automatische Zündung kaputt.«

Sie drehte sich zu Anna um, die schon in der Tür stand.

»Lad ihn doch mal zum Essen ein, am Abend, ihr beide allein. Dann wirst du schon herausbekommen, was du erfahren willst.«

Erschöpft von Angelinas Neuigkeiten machte sich Anna auf den Heimweg und schlug sogar Michelangelos Einladung zu einem Glas *Albereto speciale* aus, worauf Ciccio, wie Anna fand, mit enttäuschten Augen Richtung Kartoffelchips auf der Bartheke schielte.

Allmählich wurde es heiß an der Küste, und das Meer hatte sich in einen klaren Streifen verwandelt, der sich sichtbar vom Horizont absetzte. Das war das deutlichste Zeichen des Sommers: Himmel und Meer bildeten kein Einheitsgrau mehr, sondern hoben sich in verschieden starken Blautönen voneinander ab. Fast jeden Morgen fuhr Anna hinunter zum Strand und sah auf die Wellen, die sich im Wind bewegten. Sie lag still auf den warmen Steinen, überließ sich ihren wechselnden Stimmungen und versuchte, nicht an Ottavio zu denken. Seitdem es Sommer geworden war, war er seltener aufgetaucht, und Anna wusste nicht, ob er Besuch hatte oder selbst unterwegs war. Aber was ging sie eigentlich Ottavio an? Sie hatte eine Anzeige für ihn aufgegeben, und er hatte ihren Garten bestellt. Na und? Wie oft im Leben begegnete man neuen Menschen und verlor sie auch wieder. Manchmal war es schade, aber so war es eben.

Eigentlich hatte Anna Angst, bei hohen Wellen ins Wasser zu gehen. Doch dann sah sie ein paar schreienden Kindern zu, die furchtlos in die Wellen sprangen, und überließ sich der Bewegung des Wassers. Drei Enten schwammen im Meer, mit konzentriert geschlossenem Schnabel, genau neben ihr. Wo die wohl herkommen?, dachte Anna amüsiert, bis sie sah, wie die Entenmutter auf den Kanal zuwatschelte, dessen schmales Rinnsal sich unterhalb der Brücke von Albereto verlor.

Erst um die Mittagszeit, wenn in Albereto mare die Ausflugsschiffe anlegten und den kleinen Ort wie eine gefräßige Riesenschlange bis zum Abend umklammerten, hielt es Anna am Meer nicht mehr aus. Durch die Via Garibaldi strömten unablässig Besuchermassen, die bis zum Ende der Saison jedes normale Leben erstickten. Die meisten Besucher blieben gerade zwei Stunden da, fotografierten Fischer, die keine waren, und fuhren weiter, um den schiefen Turm von Pisa zu sehen. Kein normaler Einwohner ließ sich an solchen Tagen auf der Straße blicken. Nur Michelangelo und Augusto saßen gelassen auf der einzigen Bank vor »Da Angelina«, mit einem Glas *Albereto speciale* in der Hand, und beobachteten mit stoischer Ruhe den Besucherstrom.

»Was willst du«, sagte Angelina, »es ist Sommer, du und ich gehören zu den Wenigen, die auch im Winter hier sind. Ich glaube sowieso, dass es inzwischen als Luxus gilt, wenn man da, wo man sich gerne aufhält, auch arbeiten darf. Also beklag dich nicht.«

Von jedem Ausflug ans Meer kehrte Anna umso lieber wieder in ihren Weiler zurück, wo auch im Sommer ein leiser

Wind wehte. In ihrem Garten zirpten die Grillen, und der Wind brachte den Geruch nach Hitze und wilder *Macchia* herauf, deren gelbe und rote Blüten langsam in der Sonne verdorrten. Manchmal fiel gegen Abend ein leichter Gewitterregen, der, nur ein paar Minuten lang, die silbrigen Blätter der Olivenbäume zum Glänzen brachte.

Anna kam es vor, als hätte sie selbst Wurzeln geschlagen, seitdem ihr Haus von Olivenbäumen umgeben war. Oder bildete sie es sich nur ein, dass Maria und Domenica mit ausgesprochenem Wohlwollen zu ihr herübersahen? Vielleicht verstand Anna inzwischen auch deren hartes Leben besser und konnte den sprichwörtlichen Geiz der Einheimischen als Ausdruck der früheren harten Arbeit verstehen. Inzwischen erzählte ihr sogar die schöne Pinuccia Geschichten aus der Vergangenheit: Wie sie geheiratet hatte und am Bahnhof ankam, wo sich alle versammelt hatten, um das »schönste Mädchen der Welt« zu begrüßen. »Und danach ging es gleich in den Schafstall, was hast du denn gedacht!«

Michelangelo und Augusto, die manchmal auf ein Glas Wein vorbeikamen, beschenkte Anna mit den Früchten des Sommers, den ersten, die sie in ihrem Garten geerntet hatte, und war stolz darauf: Tomaten, Auberginen und duftende Lavendel- und Oreganosträuße.

Für das Wochenende hatte sich Pauline aus Florenz angesagt und darauf bestanden, mit dem Bus nach Albereto superiore zu kommen, auch wenn dessen Abfahrtszeiten alles andere als durchschaubar waren. Der Bus, der zweimal am Tag fuhr, war am späten Nachmittag nur pünktlich, wenn Fahrer Felice rechtzeitig seinen Espresso und in der Gelateria »Da Gabriele« eine doppelte Portion Pistazieneis vertilgt hatte.

Um halb sieben kam Pauline schließlich erschöpft vor Annas Haus an.

»Hast du eine Ahnung, wie unerträglich die Stadt zu dieser Jahreszeit ist!« Pauline wollte ein paar Tage Urlaub von ihrer Familie machen. Ihre Tochter Matilda war zu einem Studienaustausch in England und ihr Noch-Ehemann Giovanni zu einer Segeltour unterwegs.

»Ich freue mich einfach, dass du da bist!«, sagte Anna. »Wenn ich alleine bin, ist es mir manchmal zu viel Schönheit: das blaue Meer, das in der Ferne funkelt, die immergrüne Landschaft in der flirrenden Sonne, die Geräusche der Grillen, der Wind, die Gerüche des Sommers in der Nacht. Manchmal tauche ich in die Landschaft ein, und jedes Mal geht es mir so, dass ich allein so viel Schönheit kaum ertragen kann!«

»Kann ich verstehen«, antwortete Pauline und schnupperte in die Luft, die noch von der Hitze des Tages erfüllt war, »so was hält man nur aus, wenn man es mit anderen teilen kann, obwohl du immer sagst, dass ich eine ausgesprochene Stadtfrau bin. Außerdem ist es doch immer so, wenn man etwas besonders Schönes erlebt hat, muss man es sofort mitteilen. War eigentlich Teresa schon hier? Ich habe schon lange nichts mehr von ihr gehört.«

»Hier war sie noch nicht, aber ich glaube, dass sie ausgesprochen glücklich ist«, erwiderte Anna. »Sie ist so verliebt, dass sie für Reisen im Augenblick sicher keine Zeit hat.«

»Inzwischen bin ich wohl die Einzige von uns drei, die es noch aushält in der Stadt, obwohl die Mieten eine schwindelerregende Höhe erreicht haben.«

»Stadt oder Land, das ist doch eigentlich egal«, fand Anna. »Wichtig ist doch, dass man bei sich ist. Natürlich hat die Stadt einen ganz großen Vorteil: Man muss dem Gras nicht beim Wachsen zusehen. Sagt jedenfalls Domenica.«

Pauline warf einen erstaunten Blick in Annas Garten.

»Ist ja erstaunlich, wie schnell sich dein Leben verändert hat! Ein Haus inmitten von Oliven mit einem Gemüsegarten dazu. Davon hast du doch immer geträumt.«

»Das verdanke ich Ottavio, ohne ihn wäre hier immer noch alles von Dornen überwuchert.«

»Weißt du, die Farben der Landschaft sind einfach eine unablässige Quelle der Inspiration für mich«, verkündete Pauline, »zum Glück habe ich meinen Skizzenblock eingepackt.« Sofort kramte sie in ihrer Beuteltasche.

Obwohl Pauline ein kleines Modeunternehmen mit Elan, Phantasie und viel Durchsetzungsvermögen führte, gelang es ihr mühelos, sich in ihrem Privatleben, angefangen bei ihrem ziemlich kühlen Ehemann, lauter unnötige Probleme zu schaffen.

»Übrigens, Matilda hat sich in einen zehn Jahre älteren Mann verliebt, obwohl sie noch nicht mal achtzehn ist, und Giovanni hat sich das fünfte Boot gekauft, das er nicht braucht. Inzwischen bin ich fast immer mit meinen Freundinnen unterwegs. Vielleicht sollte ich Konsequenzen daraus ziehen und mit ihnen auch zusammenleben.«

Sie zupfte ein gelbes Blatt der Weinrebe ab, die über Annas Terrasse wuchs. »Männer und Frauen, sie sind einfach zu verschieden.« Paulines Stimme klang, als ob sie ein abschließendes Urteil gesprochen hätte.

»Natürlich«, erwiderte Anna, »das habe ich schon öfters gehört. Was aber nicht heißt, dass Männer und Frauen nicht vergnügliche Zeiten miteinander verbringen können! Vielleicht müssen wir einfach unsere Erwartungen etwas herunterschrauben und die Männer so nehmen, wie sie sind.«

Anna schenkte weißen Wein ein, sie aßen Ottavios salzige Oliven und blickten über das Meer.

»Schade, dass es bei dir so einsam ist! Kommt hier nicht mal ein netter Mann vorbei?«

»Manchmal schon«, lachte Anna, »obwohl man sich nicht immer darauf verlassen kann.«

Eine halbe Stunde später hörte Anna Ottavios Schritte auf der Treppe. »Oh, du hast Besuch. Ich war auf dem Weg nach Albereto mare und dachte, ich komme kurz vorbei.«

»Und ich dachte, du seist unterwegs«, sagte Anna, der gerade nichts anderes einfiel.

»Ja, war ich auch«, antwortete er ausweichend. Neugierig begrüßte er Pauline. Ottavio hatte eine Tüte voll mit Salat und Porree mitgebracht. Er betrachtete die beiden Frauen mit Wohlgefallen. »Hier, ein Mitbringsel. Wenn du willst, könnte ich noch etwas Sommersalat säen, der Mond steht heute richtig dafür. Ich hoffe, ich störe nicht, es dauert ja nicht lang, und nächste Woche wäre es schon zu spät.«

»Ja, mach nur, du kennst dich ja aus.«

Pauline sah Ottavio neugierig nach, wie er die Stufen zum Garten hinunterging.

»Der ist aber nett! Ich wusste gar nicht, dass du hier tatsächlich Männerbesuch hast!«

»Was heißt hier Männerbesuch, Ottavio hat meinen Garten in Ordnung gebracht.«

»Mit so unverfänglichen Aktionen fängt es immer an. Weißt du, dass ich neulich einen Film über einen Gärtner gesehen habe? Ein Gärtner als Mann, genau das wäre es doch! Einer, der zupacken kann, und nicht einer, der mir mit Grundsatzdiskussionen das Leben schwer macht.«

»Meinst du, ein Gärtner würde gerne mit dir zu Modeschauen gehen?«, lachte Anna.

»Warum eigentlich nicht? Und überhaupt, du bringst mich auf eine Idee.«

In ihrer großen quadratischen Handtasche aus dunkelgrünem Krokodilleder-Imitat, die sie wie alles, was sie trug, selbst entworfen hatte, suchte Pauline nach ihrem Skizzenblock und machte schnell ein paar Zeichnungen.

»Du wärst leider nicht die Einzige, die Gefallen an ihm findet«, stellte Anna lakonisch fest.

»Ist Ottavio etwa ein Frauenschwarm?«, fragte Pauline höchst interessiert. »Also, vorstellen kann ich mir das schon.« Sie blickte neugierig in Annas Garten hinunter. »Sieht gut aus, gar nicht wie ein Bauer.«

»Ist er ja auch nicht«, sagte Anna fast verteidigend. »Früher ist er zur See gefahren. Er lebt in einem ziemlich einsamen Weiler, ein bisschen eigenbrötlerisch ist er schon. Ich habe eine Kontaktanzeige für ihn aufgegeben, und es haben sich genau dreiundsiebzig Frauen bei ihm gemeldet. Nicht nur du willst einen Gärtner, das scheint der Traum vieler Frauen zu sein.«

»Was, ein Mann, für den sich dreiundsiebzig Frauen interessieren!« Pauline hielt sich kichernd die Hand vor den Mund.

»Wenn ich dich so ansehe, mit deinen blonden Locken, wärst du wahrscheinlich genau sein Typ. Trotzdem würde ich dir zu einem raten, bei dem die Konkurrenz etwas weniger zahlreich ist. Dein Ärger mit Giovanni reicht doch schon.«

Während sich Ottavio im Garten zu schaffen machte, hatte Anna ein Metallsieb und ein paar kleinere Einmachgläser geholt und machte sich daran, die getrockneten Oreganoblüten von den Blättern und Stielen zu streifen.

»Was ist das denn?«, fragte Pauline.

»Oregano, der darf in keinem ligurischen Gericht fehlen, gibt vor allem den Gemüse- und Fischfüllungen den typischen Geschmack.«

»Was hältst du davon, wenn ich meine Kollektion für den nächsten Sommer in den Farben deines Gartens entwerfe?«

»Ach, und wie soll die aussehen?«

»Viel olivgrün, dunkelbraun wie dieses Kraut mit einem Hauch lila, lavendel, ein bisschen zitronengelb dazu.« Pauline skizzierte schnell etwas auf ihrem Block.

»Ich hab's!«, rief sie entzückt, »ein salbeifarbenes Kleid mit Wasserfallkragen, dazu ein geblümtes Tuch aus stilisierten Blumen in lila und salbeigrau. Passt zu allem und bekommt durch das Lila einen sommerlichen Touch. In dem Muster könnte ich auch noch eine Strickjacke entwerfen. Was einem zu deinen Kräuterbüschen alles einfallen kann!« Pauline lächelte glücklich, zum ersten Mal, seitdem sie angekommen war.

Im Handumdrehen hatte Pauline einen langen Pullover mit schräg zulaufendem Halsausschnitt entworfen.

»Hast du schon den Borretsch mit den kleinen blauen Blüten gesehen?«, fragte Anna, bestrebt, Paulines kreativen Schub zu befeuern. »Wächst unterhalb der Terrassenmauer. Eigentlich ist es die Pflanze, die mir mit ihren blauen Blüten am besten gefällt.« Begeistert war Pauline hinuntergesprungen und stieß kleine Entzückensschreie aus. »Großartig! Und hier, noch eine Idee, sieh mal: ein olivgrüner Hosenanzug, kombiniert mit einem blauem Top, genau wie diese winzigen Blüten. Das müsste jeder Frau gut stehen!«

»Pauline, ich bewundere dich. In der einen Stunde, in der du hier bist, hast du eine ganze Kollektion entworfen!«

»Na, sagen wir eine halbe.« Hochzufrieden legte Pauline ihren Skizzenblock zur Seite.

»Kann ich dir helfen?«, fragte sie, als Anna mit noch mehr Kräutersträußen aus der Küche kam.

»Wenn du willst, kannst du die Lavendelblüten abstreifen und anschließend in die Stofftüten füllen.«

»Mach ich. Aber du willst doch wohl nicht einen Marktstand aufmachen?«

»Man kann nie wissen«, lachte Anna, »ein paar Abnehmer hätte ich schon.«

Es dauerte nicht lange, bis Ottavio, mit dem Handy in der Hand, aus dem Garten heraufkam und sich zu den beiden Freundinnen gesellte.

»Ich will aber nicht stören.«

»Aber nein, ein bisschen männliche Gesellschaft ist uns doch willkommen, stimmt's, Anna?«, rief Pauline fröhlich.

Sie stellte die Kräutergläser auf die Terrassenmauer und wandte sich an Anna.

»Was gibt's denn zum Abendessen? Ich fände es schön, wenn Ottavio bleibt.«

»Oh ja, sehr gerne, bleib doch«, sagte Anna schnell. Allein hätte sie nie den Mut gefunden, Ottavio zum Essen einzuladen.

»Es gibt Zitronenrisotto mit Scampi, nach Angelinas Rezept.« Schweigend machte sie sich daran, die Scampis zu schälen und die Zitronenschale zu reiben.

Pauline hatte sich aufrecht und konzentriert an den Tisch gesetzt. »Ottavio, setz dich doch.«

»Einen Augenblick, ich muss noch schnell meine Gäste für die nächsten zwei Wochen koordinieren.« Etwas linkisch wandte er den beiden Frauen den Rücken zu.

»Koordinieren nennst du das?« Anna lachte. »Lass dich nicht stören. Ich habe schon gehört, das jede Menge Frauenbesuch bei dir aufgetaucht ist.«

Ottavio lachte verlegen, ließ sich aber nicht von seinen SMS ablenken. Anna ließ nicht locker, sie konnte ihre Neugier nur schwer im Zaum halten. »Jedenfalls habe ich von einer Blonden und einer Meerjungfrau gehört.«

Ottavio lachte. »Oh ja, meine Frauen, jeden Tag schreiben mir die beiden, dass sie so bald wie möglich wieder herkommen wollen!«

Anna versuchte, sich ihre Irritation nicht anmerken zu lassen.

»In der Liebe ist es eben wie im Garten, man erntet irgendwann, was man ausgesät hat«, sagte sie.

»Aha, das hast du aber von mir gelernt!« Ottavio grinste.

Interessiert sah Pauline von ihren Lavendelblüten auf und blickte Ottavio gespannt an.

»Schön ist es hier, nur schade, dass in dieser Gegend die Wege so lang und umständlich sind. Anna sagt, dass du in einem einsamen Haus wohnst?«, erkundigte sie sich.

»Oh ja, etwas einsam ist es schon.«

»Stimmt doch gar nicht«, fiel Anna ein, »seit Kurzem erlebst du einen wahren Besucherinnenstrom.«

»Na, ganz so ist es nicht«, protestierte Ottavio schwach. »Ein paar Freundinnen waren schon da, natürlich, aber dafür war ich davor auch lange genug allein.«

»Ach ja, ich habe ganz vergessen, dass Ligurer das Understatement pflegen«, antwortete sie ironisch. »Wer hat sich denn als Nächste angesagt?«

»Nächste Woche kommt Lena, danach haben sich Christina und Vera angekündigt, die ich noch gar nicht kenne.«

»Was, drei Frauen, bei denen du Hoffnungen geweckt hast?«, rief Anna aus.

»Na ja, so würde ich es nicht nennen, wir können uns doch erst mal kennenlernen und befreundet sein. Dann wird man schon weitersehen.« Er zögerte ein bisschen. »Obwohl es nicht einfach ist, mit einer attraktiven Frau nur befreundet zu sein.«

Pauline war nicht nur eine gute Designerin, sie hatte auch

ein untrügliches Gespür für spannende Geschichten, und schnell hatte sie gewittert, dass dieses eine war.

»Ottavio, ich fasse jetzt mal zusammen: Du kennst also mehrere Frauen – ich weiß jetzt von drei –, die alle interessiert an dir sind, und du lernst jede Woche mindestens eine neue kennen. Stimmt das so?«

Ottavio seufzte. »Wenn es so einfach wäre ...«

»Ich würde mich auch gerne wieder verlieben, aber es klappt einfach nicht«, sagte Pauline, plötzlich fast weinerlich.

»Pauline, das Thema hatten wir schon«, griff Anna ein und goss ihr Risotto mit Weißwein auf. »Solange du mit Giovanni eine Wohnung teilst, geht das einfach nicht. Stell dir mal vor, du hast einen romantischen Abend verbracht und müsstest den Mann, der dir gefällt, vor der Tür stehen lassen!«

Das Zitronenrisotto duftete köstlich. »Oh, Kurkuma habe ich vergessen!«, rief Anna und gab schnell das feine gelbe Gewürz dazu. Pauline hatte den Tisch gedeckt und draußen ein paar Windlichter in zusammengerollten Feigenblätter aufgestellt. Anna füllte die Teller.

»Die Farbe des Risottos ist wunderbar, und geschmacklich ist es exzellent«, sagte Pauline begeistert. »Ottavio, du kennst also mehrere Frauen, die dich alle besuchen kommen. Ich habe schon gehört, über eine Anzeige, nachdem es hier so einsam ist.«

Ottavio strahlte Anna an. »Anna hat sie für mich aufgegeben. Sie hat das ziemlich gut gemacht.« Pauline wandte sich ihrer Freundin zu. »Kannst du auch eine für mich aufgeben?«

»Aber gerne«, sagte Anna betont gelassen. »Meinen Freundinnen stehe ich stets zu Diensten. Ich finde inzwischen, dass ich die perfekte Anzeigenschreiberin bin. Was suchst du denn?«

»Einen Gärtner.«

Ottavio lachte schallend, Pauline war nicht mehr zu bremsen. »Was hast du denn in der Anzeige geschrieben?«

»Dass Ottavio naturverbunden ist und eine gleichgesinnte Partnerin sucht. Nicht mehr und auch nicht weniger.«

»Klingt sehr bescheiden, aber dieses Understatement liegt dir ja.«

»Sicher«, erwiderte Anna, »aber genau das war es auch, was den meisten Frauen gefallen hat. Wenn ich daran denke, wie pathetisch solche Anzeigen sonst sind!«

»Sich über eine Anzeige kennenzulernen, das ist ja fast banal«, fand Pauline, die in ihrem Mitteilungsdrang nicht mehr aufzuhalten war. »Meine Tante Annalisa hatte ihren Mann früh verloren und ihren zweiten Mann bei der Trauerfeier eines entfernten Onkels kennengelernt. Er war der Dirigent der Kapelle, die die Trauermusik spielte, stellt euch das mal vor! Übrigens eine ausgesprochen glückliche Verbindung, trotz der traurigen Umstände, unter der sie begann.«

Ottavio hatte sich die zweite Portion Risotto genommen.

»Na sag ich doch, bei Hochzeiten und Beerdigungen, da spielt sich das Leben ab.«

»Natürlich, das Leben ist voller Überraschungen. Teresa hat ihre neue Liebe in der Kommune kennengelernt, als sie die Grundsteuer zahlen wollte. Es hat sich dann herausgestellt, dass es der Bürgermeister war«, lachte Anna. »Und weißt du, dass sich meine Münchner Freundin Conni trotz der Großmutter in ihrer Wohnung neu verliebt hat? Sie hat letzten Monat ihren Neuen am Zeitungskiosk kennengelernt! Die Zeitung war ausverkauft, und er lieh ihr das Feuilleton. Und dann sind sie zusammen ins Kino gegangen. Ist doch unglaublich, oder? Bislang sieht die Geschichte ziemlich vielversprechend aus.«

Pauline hatte Anna aufmerksam zugehört, als wenn sie selbst neuen Mut schöpfen würde. »Oh ja, ich habe Giovanni damals im Zug kennengelernt. Ich sah ihn an und wusste, dass ich mit ihm eine Tochter haben würde. So war es dann auch. Aber solche Vorgefühle sagen leider nichts über die Beständigkeit einer Verbindung aus.«

»Rosa habe ich vor vielen Jahren auch im Zug kennengelernt«, sagte Ottavio, der bis jetzt schweigend zugehört hatte.

»Ach ja, deine geheimnisvolle Jugendliebe, die überraschend auf die Anzeige geantwortet hat. Was ist eigentlich aus der geworden?«, fragte Anna neugierig.

»Na, sie ist immer noch mit der Pflege ihrer Mutter beschäftigt. Zwischendurch habe ich ihr geschrieben, wie ich lebe, wie mein Haus aussieht und was ich mir für die Zukunft vorstelle. Ich glaube, das Landleben wäre nichts für sie. Auf meinen zweiten Brief hat sie jedenfalls nicht mehr geantwortet.«

»Schade«, erwiderte Anna, »aber ich hatte mir so was schon gedacht. Ich wollte es dir damals nicht sagen, aber ich denke, dass man zwar Verbindungen aus der Vergangenheit wieder aufnehmen kann, aber es kommt selten vor, dass sie glücklich enden. Und inzwischen hast du ja auch eine andere, oder besser gesagt drei andere, im Sinn.« Sie schenkte noch eine Runde Wein nach.

»Ottavio, wie sieht das denn eigentlich aus, wenn du Besuch bekommst, stellst du ein besonderes Programm zusammen?«, erkundigte sich Pauline.

Ottavio blickte verstohlen zu Anna, schien aber fast erleichtert zu sein, in Paulines Anwesenheit über seine Besucherinnen sprechen zu können.

»Für den ersten Tag ist meist eine Motorradtour geplant.«

»Verstehe, das kommt bei Frauen immer gut an.«

»Danach ein Tag Strand, ein Tag in den Marmorsteinbrüchen von Carrara und ein Tag zum schiefen Turm nach Pisa, also das ist gewissermaßen das klassische Programm.«

»Oh ja, Carrara ist toll«, fiel ihm Anna ins Wort. »Frauen lieben alles, was archaisch ist: schwere Werkzeuge, raue Bergwelt und Arbeit in der sengenden Sonne. Die Mythen von Berg und Mensch gibt es in Carrara gratis dazu.«

»Ich sehe, du hast alle Highlights der Gegend ausgesucht, der Traum aller Touristinnen von Hongkong bis New York. Ich bleibe eine Woche hier, lädst du mich auch zu einer Motorradtour ein?«

»Na klar.« Ottavio rutschte etwas verlegen auf seinem Stuhl hin und her und grinste Anna zaghaft an, die immer noch keine Miene verzog. »Wir könnten die Küste entlangfahren und einfach anhalten, wo es uns gefällt.«

Er sah Anna an. »Ich meine, ich würde dich auch gerne zu einer Tour einladen.«

Anna winkte ab und hatte beschlossen, jeden Anflug von Eifersucht im Keim zu ersticken. »Ja, immer diese Pläne, von meinen Münchner Gästen kenne ich das schon: Bevor sie herkommen, wollen sie mindestens durch die halbe Toskana fahren. Und am Ende sitzen alle nur auf meiner Terrasse, trinken Wein, durchstöbern meine Bibliothek und können gar nicht genug kriegen vom Blick über das Meer.«

Paulines Neugier war noch lange nicht gestillt.

»Ottavio, das muss doch ein wunderbares Gefühl sein, wenn dich jede Woche die unterschiedlichsten Frauen besuchen. Da fühlt man sich doch wie der Herr der Welt! Ich würde das gern auch einmal mit den Männern probieren.«

Ottavio lachte. »Inzwischen ist es auch ein bisschen anstrengend geworden. Und außerdem: Anna hat schon recht – bei all den Ausflügen komme ich am liebsten wieder nach

Monte Fiore zurück. Es ist ein wunderbarer Ort. Ich glaube, er war schon vor über tausend Jahren besiedelt. In der Nachbarschaft habe ich neulich beim Umgraben ein paar Steine gefunden und einem Archäologen gezeigt, er hat gesagt, es müssen Überreste eines heidnischen Tempels gewesen sein. Ich habe dann nicht weitergeforscht, manchmal ist es auch besser, man weiß es nicht so genau. Unsere Vorfahren wussten schon, wo es sich gut leben ließ.«

»Auf den Hügeln, ja, in Albereto mare während des Sommers sicher nicht«, protestierte Anna.

»Früher kamen die Besucher hierher, weil ihnen das einfache Leben einen Spiegel vorgehalten hat, es hat ihnen etwas gezeigt, in dem sie sich wiedergefunden haben. Leute wie Angelina, Michelangelo und Augusto haben ihre Haltung bewahrt, aber die anderen? Für die zählt nur noch das schnelle Geld. Ohne Landbestellung können die Dörfer nicht existieren. Deshalb muss das Leben hier oben neu beginnen.«

Ottavio blickte in die Runde und schien selbst erstaunt über seine ernsten Gedanken zu sein. Pauline versuchte, wieder an die heitere Atmosphäre anzuknüpfen.

»Ottavio, wie ist es denn, wenn dich eine völlig unbekannte Frau besuchen kommt? Lässt du dir eigentlich vorher immer Fotos schicken?«

»Normalerweise schon, aber manchmal hält die Realität nicht ganz, was das Foto verspricht.« Auch Ottavio war offensichtlich zum Reden zumute. »Bei zwei hatte ich das Gefühl, die wollten einfach nur hier Urlaub machen. Wenn es nicht funktioniert, dann geht man sich eben aus dem Weg. Ich habe ja mein Zelt im Garten, das mich ein paarmal gerettet hat. Nur wenn ich merke, dass ich mich mit einer wohlfühle, nehme ich mir Zeit für sie.«

»Und die Wälder und Wiesen um dein Haus sind ja auch so

groß, dass man sich gut aus dem Weg gehen kann«, erinnerte sich Anna. »Aber Hauptsache, dass du selbst auf der Flucht vor deinen Besucherinnen in keine Falle für Wildschweine tappst.« Anna sah ihn herausfordernd an.

»Ottavio, was gefällt dir eigentlich an einer Frau?«, fragte Pauline betont sachlich.

Ottavio machte ein nachdenkliches Gesicht. »Am besten gefällt mir, wenn eine in sich ruht, wenn sie ihren eigenen Gedanken nachgeht und mir nicht ununterbrochen mit ihren Fragen auf die Nerven fällt. Und was ich überhaupt nicht ertrage, ist, wenn jemand fragt, wie es mir geht, was ich essen möchte, was ich denke, was ich gestern gemacht habe oder ständig mit mir reden will!«

»Das kenne ich«, sagte Pauline. »Das war der größte Konflikt zwischen mir und Giovanni, dass ich immer alles besprechen wollte und er meistens nicht!«

»Apropos«, sagte Anna, »neulich habe ich in der Zeitung in einer Umfrage gelesen, dass vierundvierzig Prozent der Frauen ohne Mann leben könnten, aber nicht ohne Telefon.«

»Ich glaube, dass die meisten Männer gar nicht nachdenken und den Frauen die wichtigen Entscheidungen überlassen«, stellte Pauline fest. »Ich kenne einen, der ständig etwas Unverständliches vor sich hin nuschelt und ungeheuren Erfolg bei Frauen hat. Jede denkt, dass er etwas Hochinteressantes von sich gegeben hat und nur sie es nicht versteht. Merkwürdigerweise fühlt sich dann jede herausgefordert, sein Geheimnis zu lüften, als sei es das größte Glück der Welt.«

»Nichts zieht unsere Phantasie mehr an als die weißen Flecken auf der Landkarte«, sagte Anna fröhlich, »weil wir sie mit unseren Phantasien und unausgesprochenen Wünschen füllen können.«

»Jetzt habe ich es endlich verstanden!« Pauline war vor

Begeisterung aufgesprungen. »Das größte Problem zwischen Männern und Frauen ist, dass sich hinter der Stummheit der Männer kein Geheimnis verbirgt!«

»Kann ich bestätigen. Ganz oft denken sie gar nichts«, meinte Ottavio.

»Aber du hast uns immer noch nicht gesagt, was dir an einer Frau gefällt.« Pauline ließ nicht locker.

»Mir gefällt, wenn mir eine im Garten hilft, wenn sie sieht, wo etwas fehlt, auch ohne dass ich viel Worte machen muss. Also, wenn sie meine Gefühle teilt, ohne groß darüber reden zu müssen. Die meisten Menschen reden so viel über unnötige Dinge. Schmeckt übrigens köstlich, dieses Risotto.«

Ottavio nahm sich ein Stück geröstetes Brot und beträufelte es mit Öl. »Auch wenn Brot mit Olivenöl immer noch mein Lieblingsgericht ist. Und dann gefällt mir, wenn eine Frau keine komplizierten Gerichte kocht, sondern einfach in den Garten geht und sieht, was wächst, aber kein Programm daraus macht.«

»Du willst also keine gefüllte Ente, sondern lieber Annas Zitronenrisotto!«

»Oh ja, solche einfachen Gerichte sind das höchste Glück für mich!«

Pauline gluckste vor sich hin.

»Anna kocht prima. Und jetzt erst, wo sie noch einen eigenen Garten hast. Stimmt's, Ottavio?«

»Ja, und außerdem hat sie das Grundprinzip verstanden: In denselben Topf gehört nur, was auch in der Natur seine Nase in dieselbe Luft steckt!«

»Sagt Maria auch immer. Es gibt hier einfach ein paar Lebensweisheiten, an denen kommt niemand vorbei.«

»Aber deinen Besucherinnen gefällt doch sicher, dass du auch handwerklich so begabt bist«, warf Anna schnell ein, weil

Ottavio sie plötzlich mit einem Blick bedachte, der ihr nicht geheuer war. »Ich meine, du bist so autonom in deinem Haus, allein.«

Zum Glück war Pauline dabei, die einfach weitersprudelte. »Wisst ihr übrigens, dass es in Florenz eine neue Agentur gibt mit dem Slogan ›Für alles, was eure Ehemänner nicht erledigen können‹? Ich habe gehört, sie soll überaus erfolgreich sein.«

Paulines gute Laune hatte Ottavio für einen Augenblick abgelenkt, der nun wieder wie gebannt sein Handy anstarrte.

»Auf was wartest du eigentlich?«

»Wer mir als Nächstes schreibt!«

»Aha, das bist du jetzt wohl gewohnt.«

»Ottavio, weißt du, was ich glaube?«, sagte Anna mit einer kleinen Portion Gift in der Stimme. »Dass du unersättlich geworden bist! Die immer neuen Bekanntschaften fliegen dir zu, ohne dass du dich überhaupt bemühen musst! Ich kann schon verstehen, dass du alle ausprobieren willst.«

»Ja, aber es könnte doch die eine dabei sein, die wirklich die Frau meines Lebens ist!«

»Wenn man einem Menschen begegnen soll, dann begegnet man ihm auch. Manchmal hängt es einfach vom Zufall ab. Das fängt doch schon bei unserem Zusammentreffen an. Wenn ich Angelina nicht gefragt hätte, ob sie jemanden zum Rasenmähen kennt, hätten wir uns nie kennengelernt!«

»Das wäre wirklich schade gewesen«, sagte Ottavio, jede Silbe betonend.

»Vielleicht ist manchmal die Zeit einfach reif für Veränderungen«, sagte Anna. »Wir beschäftigen uns so mit neuen Begegnungen, weil sie in unserem Innern eingeschrieben sind und weil wir sie uns tief im Unbewussten vorstellen können.«

Pauline gähnte leise. »Du meinst, es gibt gar keinen Zufall?«, fragte sie.

»Doch«, antwortete Anna, »vielleicht ist sogar alles Zufall, wie man es nimmt: Wichtig ist am Ende nur, was man daraus macht.«

Anna blickte über das Meer, das langsam in der Dunkelheit verschwand. Ottavio sagte nichts und nahm sich noch ein Glas Wein. Grigetta sah Ottavio aus großen Katzenaugen an und setzte sich still neben ihn.

Anna war fest davon überzeugt, dass Grigetta dem Gespräch höchst aufmerksam gefolgt war und jedes Wort verstand. Sie hätte viel darum gegeben, die Gedanken ihrer klugen Katze zu erfahren.

KAPITEL 8

Der Olivenhain

Es war Ende September, und die Sonne hatte es allmählich schwer mit den Wolken, die vom Meer hochstiegen und ihren behutsamen Glanzlichtern unablässige Streiche spielten.

Obwohl sich die Sonne Mühe gab, war es ihr den ganzen Nachmittag nicht gelungen, die dichte Wolkendecke zu durchdringen. Unter dem Grau des Himmels breitete sich eine leise Melancholie über der Landschaft aus, deren verblassendes Grün sehnsüchtig darauf wartete, wie ein wertvolles, verspätetes Geschenk noch einmal unter dem Nebelschleier aufzutauchen.

Zwei Tage nach Paulines Abreise, als sich die grauschwarze Dunkelheit bereits über die Landschaft gelegt hatte, klingelte spätabends Annas Telefon in die nächtliche Stille hinein. Es war Pauline.

»Giovanni ist ausgezogen!«

»Ach, wohin denn? Doch nicht auf sein geliebtes Boot am Brenta-Kanal?«

»Nein!« Paulines Stimme klang untröstlich, als hätte man ihr eine tödliche Beleidigung zugefügt. »Zu einer Frau namens Barbara, die rund und blond ist und in der Trattoria Cambusa in der Küche arbeitet!«

Anna unterdrückte ein Lachen, um Paulines Schmerz nicht zu beleidigen.

»Pauline, ich verstehe nicht, warum du ihn immer noch als

deinen Ehemann ansiehst, obwohl ihr seit vier Jahren nicht mehr wirklich zusammen seid!«

Pauline schniefte. »An mich und meine arme Tochter denkst du wohl überhaupt nicht! Was soll Matilda denn dazu sagen, wenn ihr Vater mit einer anderen Frau zusammenlebt?«

»Ach, Pauline«, sagte Anna beschwichtigend, »erinnerst du dich gar nicht mehr, wie euer Zusammenleben ausgesehen hat? Er war doch ohnehin nie da. Du hättest dir genauso gut eine Marmorstatue in die Wohnung stellen können! Und außerdem, andere Paare sind auch getrennt, und ihre Kinder sind glückliche Menschen geworden. Es macht doch keinen Sinn, dass du wegen Matilda den Schein aufrechterhältst.« Anna seufzte leise. »Ich glaube nicht, dass sie mit so zerstrittenen Eltern glücklich ist.«

Sie machte eine Pause. »Pauline, ich möchte doch nur, dass du glücklich bist!«

Pauline schniefte. »Ich muss immer daran denken, wie ich ihn kennengelernt habe. Er kam mir vor wie der schönste Mann der Welt. Ich erinnere mich an den Geruch seiner Haut, das Glück, das allein sein Anblick damals bei mir ausgelöst hat!«

»Du sagst es, damals, aber leider hatte das Schöne zwischen euch keinen Bestand. Sieh es doch trotzdem als großes Glück, dass du ihn kennengelernt hast, und bewahre die Erfahrung in deinem Herzen. Ich finde, du hast etwas Besseres verdient.«

»Aber wir haben doch eine gemeinsame Wohnung!«

»In der du die Hälfte der Zeit allein wohnst. Stell dir vor, du hättest einen neuen Partner, der in dein Leben passt und dich so liebt, wie du bist!«

»Du hast ja recht, ich hatte wenig von ihm, aber es gab

einen Mann in meinem Leben! Interessante Männer wachsen nicht auf Bäumen, weißt du!«

Anna musste lachen, als sie hinaus auf ihre Olivenbäume sah. Wer weiß, mit was die sie irgendwann noch beglücken würden?

Vielleicht mit einem Traummann, der aus dem Baum hervorsprang?

»Aber ist es nicht besser allein zu sein, als in einer so schlechten Beziehung zu leben? Damit nimmst du dir doch alle Chancen für ein besseres Leben!«

»Meinst du wirklich?«

Anna blieb unnachgiebig. »Ja, das meine ich. Wirtschaftlich gesehen brauchst du ihn nicht. Du verdienst doch viel mehr als er mit seinem Unijob. Und was eure Wohnung und die Ausbildung für Matilda anbetrifft, das kann man alles regeln.« Anna holte tief Luft und sah in die sternenklare Nacht hinaus. Sie dachte an ihre eigenen Sehnsüchte.

»Ich wünsche dir, dass du ihn endlich loslassen kannst! Das wäre das Beste für euch beide.« Sie machte eine Pause. »Ich fand ihn übrigens immer ganz nett. Nur irgendwie hatte man das Gefühl, dass ihr nicht so richtig zusammenpasst. Ich wünsche vor allem dir, aber auch ihm, dass ihr glücklich werdet!«

»Mit einer Frau aus der Küche! Stell dir doch mal vor, wie die am Abend riecht!«

»Bei all dem rohen Gemüse, das du ihm seit Jahren vorsetzt, musste er sich ja in eine Köchin verlieben.« Bei aller Freundschaft, Anna konnte sich die Bemerkung einfach nicht verkneifen.

Drei Tage später kam Pauline am späten Vormittag in Albereto superiore an. Ihre Reisetasche sah nach einem längeren

Aufenthalt aus. Erschöpft fiel sie, trotz Grigettas Protest, in den blauen Sessel.

»Hier, probier mal, junger Bonarda, hat mir gestern mein Weinlieferant aus dem Hinterland vor die Tür gestellt«, erklärte Anna und freute sich über die Gesellschaft ihrer Freundin.

»Dieser weite Blick bei dir erfrischt einfach die Seele.« Pauline seufzte und wirkte plötzlich ganz entspannt. Sie genoss die herbstlichen Sonnenstrahlen und den Blick über das ruhige Meer. »Was macht eigentlich Ottavio?«

»Ach, weißt du, manchmal ist er hier, dann wieder unterwegs. Ich glaube, er genießt einfach das Reisen. In seinem Herzen ist er Seefahrer geblieben.«

»Vielleicht geht es ihm gar nicht um eine Frau, und er will einfach mal raus«, sagte Pauline und nahm sich noch ein Glas Bonarda, obwohl es erst kurz nach elf Uhr vormittags war. Sie sah Anna mit großen Augen an. »Oder er hat die Richtige schon gefunden und weiß es noch nicht.« Pauline kicherte, der Wein tat offensichtlich seine Wirkung. »Ich finde ihn übrigens ausgesprochen interessant. Er sieht gut aus, ist zur See gefahren, kennt die Welt. Eigentlich müsste er dir doch gefallen.«

»Mir? Ich suche aber keinen Mann. Er ist ein guter Freund, nicht mehr.«

»Erzähl mir nichts. Ein Mann ist ein Mann, und eine Frau ist eine Frau. Das ist zum Glück auch in deiner Wildnis so.«

Bevor Anna antworten konnte, sah sie Maria in der Kurve auftauchen. Ein paar Minuten später kam ihre Nachbarin die Treppe herunter, was nur sehr selten geschah.

»Hier, ein neuer Korb für deine Kräutersträuße und damit du dein Gemüse im Garten besser ernten kannst. Ich wollte mich endlich für deine Pralinen bedanken. Außerdem habe ich gerade Zucchinikuchen gemacht, frisch aus dem Backofen.« Maria war keine Frau der großen Gefühle, sonst wäre ihr Anna um den Hals gefallen.

»Ich sehe ja, dass du der Landwirtschaft verbunden bist«, wehrte sie Annas Begeisterung ab und warf einen Blick in die Küche. »Gemütlich bei dir, von außen sieht dein Haus viel kleiner aus. Eigentlich haben hier ziemlich viele Leute Platz. Oh, eine Küche in Rosa, und du hast sogar ein altes Marmorspülbecken. War das schon immer hier?« Anna freute sich über Marias Kompliment. »Das hat Michelangelo irgendwo aus einem abbruchreifen Haus gerettet und hierhergeschafft.«

Maria setzte sich in die kleine Runde.

»War das neulich ernst gemeint, dass du darüber nachdenkst, einen Olivenhain zu kaufen?«

»Ja, vielleicht.« Anna zögerte.

Pauline stürzte sich auf den Zucchinikuchen. »Wie du hier von allen verwöhnt wirst! Das hätte ich auch gern mal.«

»Auf dem Land herrscht eben ein ständiges Tauschprinzip, wer etwas hat, gibt den anderen davon ab«, erklärte Anna.

»Also mein Cousin, Ernesto«, setzte Maria noch einmal an, »der hat einen Olivenhain, den er verkaufen möchte. Er liegt unten an der Kirche, von dir aus auf halbem Weg nach Albereto mare, du könntest sogar gerade noch zu Fuß hingehen. Wenn du willst, sag ich ihm Bescheid, und ihr seht euch den Hain mal an.«

»Natürlich wollen wir uns den Hain ansehen«, sagte Pauline mit vollem Mund. »Einfach köstlich, dieser Zucchinikuchen.« Sie nahm noch ein Stück. »Was ist denn da drin?«

»Na, Zucchini eben, deshalb heißt er doch so!«

»Und was noch? Wieso ist der so gelb?«

»Eier von meinen Hühnern, Ricotta, Kräuter und viel Parmesan.«

»Und warum will dein Cousin den Hain verkaufen?«, fragte Anna, deren Interesse geweckt war.

»Weil seine Frau angeblich ein paar bessere Stücke geerbt hat. Er sagt, sie liegen näher an der Straße. Aber glaub mir, Ernestos Hain ist perfekt.« Maria wandte sich zum Gehen. »Ich hab gesehen, dass du kein Holz mehr hast, sag mir Bescheid, wenn du Neues bringen lässt, dann können wir es gemeinsam bestellen.«

»In Ordnung, morgen rufe ich den Holzhändler an.«

Maria warf einen kritischen Blick auf Annas ungeordnete Holzscheite. »Beim Stapeln helfe ich dir dann.« Natürlich ging Maria nicht über die geteerte Straße nach Hause zurück, sondern den alten Maultierpfad an ihrer Quelle vorbei.

Kurze Zeit später war Marias Stimme vom anderen Rand des Amphitheaters zu hören.

»Ich habe Ernesto Bescheid gesagt, wenn es dir recht ist, kommt er heute Nachmittag vorbei!«

»Was gibt's zum Mittagessen?«, rief Pauline, plötzlich fröhlich.

»Zucchinikuchen.«

»Na gut, dann trinke ich noch ein Glas Wein. Von den Kalorien her kommt es hin.«

»Solltest du lieber nicht, hier weiß man nie, was noch passiert.«

»Wieso, willst du heute noch ins Kino gehen?«

»Nein, aber bei den holprigen Wegen hier ist es immer besser, wenn man einen klaren Kopf behält.«

Am späten Nachmittag, gerade als sich wieder ein paar Sonnenstrahlen zwischen den Wolken Platz geschaffen hatten, kam ein spindeldünner Mann mit karierter Windjacke und blauer Schiffermütze die Treppe herunter.

»Meine Cousine Maria hat gesagt, dass Sie einen Olivenhain suchen?« Seine Stimme klang zögerlich.

»Ja, sie einen Olivenhain und ich einen neuen Mann«, kicherte Pauline und nippte am Bonarda.

Ernesto blickte über Annas Garten und tat, als hätte er es nicht gehört. »Aha, ich sehe, Sie haben um Ihr Haus schon Oliven gepflanzt.« Er sah sich neugierig um. »Wissen Sie, eigentlich ist es bei uns gar nicht üblich, das Land unserer Vorfahren an Nichteinheimische zu verkaufen.«

»Ich weiß«, sagte Anna leise, die vor ein paar Stunden noch nicht geglaubt hätte, dass ihr jemand überhaupt ein solches Angebot machen würde.

»Aber es tut mir leid, den Hain verkommen zu lassen, und alleine schaffe ich es nicht. Leider haben meine Kinder kein Interesse daran.« Ernesto drehte den Rand seiner Mütze in beiden Händen. »Möchten Sie sich den Hain vielleicht ansehen? Jetzt ist es nicht mehr so heiß, sodass man bequem hinuntergehen kann.«

»Oh ja.« Anna und Pauline willigten begeistert ein.

Als Anna und Pauline in Ernestos klapprigen türkisfarbenen Fiat stiegen, bewegte sich im Kofferraum ein in mehreren Lagen Zeitungspapier eingeschlagener Tonkrug.

»Wozu ist der gut?«, fragte Pauline neugierig.

»Das ist eine *giara*, um Öl aufzubewahren«, antwortete Ernesto. »Wenn ich den Hain verkaufe, brauche ich sie ja nicht mehr.«

Also ein Köder, dachte Anna.

»Diese aparte Autofarbe scheint ja bei den Bauern hier besonders beliebt zu sein«, kicherte Pauline, »das ist der Vierte, den ich heute schon in so einem grünlichen Auto sehe.«

Ernestos elfjähriger Enkel, der im Auto gewartet hatte,

hielt eine Spielzeugtrompete in der Hand. In der ersten Kurve lehnte sich der Enkel aus dem Fenster und machte höllischen Lärm.

»Meine Hupe geht nicht«, erklärte Ernesto entschuldigend, als er den erstaunten Blick der beiden Frauen bemerkte.

»Deshalb hat mein Enkel seine Trompete mitgebracht. Man weiß ja nie, wem man hier in der Kurve begegnet.«

Er sagte es in einem Ton, als sei es das Selbstverständlichste auf der Welt, in unübersichtlichen Kurven die entgegenkommenden Autos mithilfe einer gelben Spielzeugtrompete zu warnen.

Pauline stieß Anna von der Seite an.

»Ganz schön verrückt, der Typ. Bin gespannt, wie der Hain aussieht.«

In Annas Kopf drehten sich die Wörter Bodenständigkeit, Olivenbäume und Wurzelschlagen und mischten sich mit den grellen Tönen einer Spielzeugtrompete.

Nach ein paar Kurven Richtung Meer und weiteren musikalischen Versuchen des Enkels machte Ernesto schließlich an einer unterbrochenen Leitplanke halt. Links und rechts standen gleichmäßige Reihen von zwei Meter hohen Olivenbäumen, die ihre Wipfel Richtung Meer neigten. Die Trockenmauern waren perfekt, der schmale Weg führte geradewegs in die *Macchia* hinein und war für Nichteingeweihte kaum zu erkennen.

»Achtung, da geht es abwärts!«

Flink wie ein Wiesel flitzte Ernesto voraus, in eine phantastische Urlandschaft aus Ginster, verkrüppelten Steineichen und *Pini marittimi* hinein. Nach ein paar Metern war der Weg durch einen Mini-Erdrutsch unterbrochen, was Ernesto nicht im Mindesten zu stören schien. Ernesto flitzte weiter den

Steilhang hinunter. Anna und Pauline sahen sich fragend an, bevor sie sich trauten, ihm vorsichtig zu folgen.

Unter den meisten Bäumen hingen orangefarbene Netze, die noch durch grobe Stricke zusammengebunden waren.

»Olivgrün und zartorange, was für herrliche Farben«, rief Pauline begeistert. »Es ist ja, als würde die ganze Landschaft von diesen Netzen zusammengehalten!«

»Nicolò, hör endlich mit der blöden Trompete auf!«, rief Ernesto genervt. Dann wandte er sich wieder den beiden Frauen zu.

»Hier sind alle Mauern bestens gepflegt, aber ich habe oft erlebt, welche Schäden ein einziger Novemberregen anrichten kann!«

»Besonders diplomatisch ist der Typ ja nicht«, murmelte Pauline, »wenn er dir vor dem Kauf schon erzählt, was hier alles passieren kann und wie du in Zukunft dein Geld loswirst.«

Auf halber Strecke wurde der Weg zu einer gefährlich steilen Geröllhalde. Der schmale Pfad ging immer steiler bergab, an einem bunten, wohlriechenden Gemisch von *Macchia* und schmalen Streifen kultiviertem Land vorbei. Rosa Karthäusernelken durchbrachen neben lila Herbstastern mit winzigen Blüten wie bunte Sterne das Grün.

»Hier rutsche ich lieber auf dem Hosenboden herunter«, rief Pauline fröhlich.

Nach der Geröllhalde war der Weg in abenteuerlichen Steinstufen angelegt. Der Blick öffnete sich auf das Meer, in der Ferne waren die Umrisse der Insel Gorgona zu erkennen. Im Hafen von Albereto bewegten sich winzige Gestalten, die sich emsig um ihre Boote zu schaffen machten. Drei riesige Strandkiefern, die mit ihren ausladenden Kronen die Olivenbäume überragten, wuchsen rechts am Weg. Die Vegetation im ganzen Tal war von hier aus gut zu sehen: Um das Dorf wuchsen Zitronen- und Orangenbäume, Feigenbäume mit tief hängenden Ästen, Kaki, noch voller Blätter und mit grünen Früchten. Um die Häuser waren Pergolen mit Kiwi- und Weinranken angelegt. Bis in drei- und sogar vierhundert Meter Höhe zogen sich breite Streifen von Weinterrassen und Olivenbäumen die Hügel entlang. Danach wuchsen nur noch dunkle Esskastanien, Pinien und hohe Steineichen.

Ernesto blieb stehen und wies auf einen wohlbestellten Olivenhain zu seiner Linken.

»Hier sind sie, meine *piante*«, sagte er stolz. »Das Wichtigste, das ich besitze, von meinem Vater geerbt. Meine Frau hat sogar vierhundert Bäume, aber im Nachbartal. Sie stammt nämlich aus Lagaccio. Früher sind die jungen Männer aus Albereto mit dem Boot nach Lagaccio gefahren, weil es in dem Dorf die schönsten Mädchen gab, und da hab ich sie auch kennengelernt.« Ernesto kicherte.

»Wenn ich daran zurückdenke, ich hab richtig Glück gehabt. Und sie hatte so viel Kraft! Das Wasser hat sie am Dorfbrunnen geholt und eimerweise nach Hause geschleppt. Als ich jung war, hat man zu den jungen Männern im Dorf gesagt: Heirate keine von denen, die Wasser im Haus haben, das sind Faulpelze. Ich kann es manchmal gar nicht fassen, wie sehr sich in unserer Zeit alles verändert hat.« Seine Augen füllten sich mit Wehmut. »Ja, das war meine Emilia früher, stark wie ein Pferd. Sie konnte sogar mit einem halben Zentner Holz auf dem Kopf eine halbe Stunde in der Kurve stehen und mit den Nachbarinnen reden, ohne müde zu werden.«

Pauline stieß Anna in die Seite. »Hast du gehört, was er gesagt hat? Richtig integriert bist du erst, wenn du mit dem Holzkorb auf dem Kopf ein Schwätzchen hältst. Und merk dir, seine und ihre Oliven! Bei Grundbesitz herrscht Gütertrennung!«

Gleich unterhalb der Oliven schloss sich eine Weinterrasse an.

»Die gehören meiner Schwester, können Sie aber auch haben«, sagte Ernesto, der Anna beobachtete und immer sicherer wurde, dass es ein glücklicher Tag für ihn werden würde.

Annas Blick hatte sich längst in den Bäumen verfangen, aber für den Augenblick wehrte sie Kaufangebote für weitere Grundstücke ab.

Die Bäume waren von einer Schönheit, die ihr den Atem nahm: Verteilt auf sechs schmale Terrassen, die von perfekten Trockenmauern gestützt wurden, zwischen deren Ritzen ein paar hellgrüne Farne und immer wieder winzige lila Astern hervorblitzten.

»Das sind die *settembrini*, der letzte Gruß des Septembers, die haben mir immer besonders gefallen.«

Auf den beiden unteren Terrassen wuchsen hohe, schmale Bäume, deren Äste unregelmäßig und ein bisschen ausgefranst Richtung Himmel strebten. An den Zweigen hingen winzige runde, grüne und violette Früchte.

»Das sind die *Moraiolo*-Oliven. Obwohl sie so winzig sind, geben sie dem Öl den intensiven Geschmack«, erklärte Ernesto. »Oh, die sehen wie kleine Schokoladenkugeln aus!« Pauline stieß kleine Entzückensschreie aus. »Und schau mal, die länglichen, die sind noch ganz grün, fast wie Pistazien!«

Ernesto blickte irritiert, Oliven wie Pistazien und Schokoladenkugeln, das hatte er noch nie gehört.

»Die länglichen hier sind *Taggiasche*, habe ich erst vor fünf Jahren gepflanzt, robust gegen Sonne, Kälte und Wind. Die können bis zu tausend Jahre alt werden. Aber wer weiß, ob unsere verrückte Welt ihnen so viel Zeit zum Wachsen lässt.«

»Und wieso haben Sie hier drei und nicht nur eine Sorte gepflanzt?«, fragte Anna sachlich.

»Das Öl in unserer Gegend ist am besten, wenn es aus den drei Sorten besteht, *Taggiasche*, *Moraiolo* und *Frantoio di Leccino*. Wenn die einen reif sind, sind die anderen noch halb grün. Ein Drittel ganz reife, ein Drittel grüne und ein Drittel mittlere, so entsteht das beste Öl mit dem intensivsten Geschmack. So habe ich es jedenfalls von den Alten gelernt.«

»Kommt mir wie eine eigene Wissenschaft vor. Wie alt sind denn die anderen Bäume?«, fragte Pauline.

»Die hier oben sind bestimmt hundert Jahre alt. Sie müssten mal geschnitten werden, dann tragen sie im nächsten Jahr doppelt so viel. Oliven nehmen es nicht besonders übel, wenn man sie nicht pflegt. Aber die geringste Pflege vergelten sie mit viel Dankbarkeit.«

»Hast du gehört, ein Olivenbaum kennt Dankbarkeit!« Pauline schlang ihre Arme um einen schmalen Baum. »Olivenbaum, ich liebe dich.«

Anna ging still durch das Gras, das frisch gemäht war und sauber gefegt wie ein Wohnzimmerboden aussah. Ehrfürchtig strich sie über die Rinde des ersten Baums. Wie viele Geschichten er schon erlebt hatte?

»Hier, sieh mal«, Pauline konnte ihr Mitteilungsbedürfnis kaum bremsen, »diese breiten Steinmauern sind völlig intakt! Hier möchte ich Picknick machen. Wenn ich wiederkomme, werde ich dir Champagnergläser aus Plastik mit abmontierbarem Stil mitbringen! Habe ich neulich in einem Florentiner Trendladen gesehen.«

Frauen, schien Ernestos Gesichtsausdruck zu sagen, und auch noch aus der Stadt.

»Ob es hier überhaupt Handyempfang gibt? Stell dir mal vor, ein Unwetter überrascht dich oder du wirst überfallen!«

Anna warf Pauline einen tadelnden Blick zu.

»Ist doch wichtig, es ist ganz einsam hier. Wenn du schreist, hört dich kein Mensch.«

Verständnislos sah Ernesto sie an, der Enkel kickte Pinienzapfen von einer Terrasse zur anderen.

»Wissen Sie, hier in den Oliven weiß jeder ganz genau, was die anderen machen. Sobald die Ernte beginnt, versammeln sich die Familien vollzählig hier, Kinder und Alte, vor Sonnenuntergang hat man gar keine Zeit, nach Hause zu gehen. Man hört jede Stimme, selbst bis ins Dorf.«

»Kann ich bestätigen. Seitdem ich hier wohne, finde ich auch, dass das Tal ausgesprochen dicht besiedelt ist«, kommentierte Anna, zu Ernesto gewandt. Schließlich hatte sie einen Ruf zu verlieren.

»Willst du mit ihm handeln?«, fragte Pauline leise, aber Ernesto hatte es schon gehört.

»Wenn ich fünftausend gesagt habe, dann weil ich fünftausend haben will«, sagte er entschieden und wischte damit das Thema vom Tisch.

»Der Hain ist perfekt«, sagte Anna, fast ergriffen, und blickte Ernesto an.

»Ein Problem wird es sein, ihn so perfekt zu erhalten. Verstehst du eigentlich was davon?«, fragte Pauline, wieder ernst geworden.

»Nein«, erwiderte Anna, die sich die Frage noch gar nicht gestellt hatte, »aber Ottavio wird mir am Anfang sicher helfen. Außerdem bin ich der Ansicht, dass man vieles lernen kann. In unserem Alter braucht man neue Herausforderungen, damit Geist und Körper beweglich bleiben!«

»Das schaffen Sie schon«, ermutigte Ernesto sie. »Ein Weinberg ist viel Arbeit, ein Olivenhain nicht. ›Ein Weinberg will jeden Tag den Herrn sehen‹, das Sprichwort kennen Sie doch? Einmal im Jahr muss das Gras gemäht werden, die Bäume gedüngt, alle paar Jahre geschnitten. Zum Schneiden müssen Sie einen Spezialisten beauftragen, einen der wirklich weiß, wie die *potatura* geht, damit die Sonne auch in die unteren Zweige dringen kann. Der Baum muss so geschnitten werden, dass sie hineinklettern und durch die Zweige hindurch aufs Meer sehen können. Ich kenne da einen in Lagaccio, die Leute nennen ihn *Apino*, weil er nie ohne seinen dreirädrigen Untersatz unterwegs ist. Und für die Ernte müssen Sie Ihre Freunde ranholen, jedenfalls alle unter achtzig, die noch laufen können. Zwei zum Pflücken, zwei zum Tragen und zwei, die die Leiter halten. Die können aber auch über achtzig sein.«

Ernestos Äuglein blitzten vor Schalk.

»Raten Sie mal, wie alt ich bin?«

Anna und Pauline sahen zuerst sich und dann ihn stumm an.

»Zweiundachtzig! Aber in meinem Alter zählen die Jahre rückwärts. Früher bin ich wie ein Wiesel die zwanzig Minuten bis ins Dorf hinuntergelaufen. Als Kinder sind wir einfach von einer Terrasse zur anderen gesprungen, und wenn wir hingefallen sind, hat uns die weiche Erde aufgefangen. Das waren noch Zeiten, das ganze Land war bestellt, und die Wege waren in Ordnung. Heute sind die meisten mit Dornen überwuchert. Viel Armut gab es damals, aber trotzdem, vielleicht ist es uns sogar besser gegangen, weil wir eine wirkliche Gemeinschaft waren.« Ernesto seufzte. »Sobald es dunkel wurde, saßen wir zusammen und haben uns Geschichten erzählt, meist bei meiner Cousine Maria oben. Aber das ist lange her. Heute sitzen alle vorm Fernseher, kaum auszuhalten.«

Wehmütig sah er über den Hang.

»Sie sehen ja, über zwei Drittel der Flächen sind aufgegeben. Jetzt habe ich Gicht und Arthrose, von der feuchten Luft im Winter, von der harten Arbeit tagaus, tagein. Noch nicht mal das Fleisch von meinen eigenen Schweinen darf ich mehr essen, meine Frau hat's mir wegen der Gicht verboten. Aber Kaninchenbraten esse ich schon!«

Ernesto zwinkerte den beiden Frauen zu.

»Wenn wir uns einig werden, lade ich Sie zu Stockfisch und neuem Olivenöl ein. Aber erst nach der Ernte auf dem Grundstück von meiner Frau, wenn ich weniger Arbeit habe.«

Pauline verdrehte die Augen. »Haben Sie Stockfisch gesagt?«

»Das ist hier die Spezialität, die es mit dem frischen Öl im November zu essen gibt«, erklärte Anna. »Das ist etwa so, als würdest du in Florenz zur Premiere in die Oper gehen.«

Mit listigen Äuglein blickte Ernesto unter seiner Mütze hervor.

»Eigentlich würde die Ernte in diesem Jahr noch mir gehören, aber meine Frau hat gesagt, wir verzichten, wenn Sie gleich kaufen wollen.«

Mit ernstem Gesicht streckte Anna die Hand aus.

»Einverstanden, also fünftausend.«

Ernesto schlug ein.

»Zum Notar«, sagte er, sichtlich erleichtert über den Verkauf, den er seiner strengen Frau als erfolgreich berichten konnte, »können wir ja irgendwann später gehen. Ich bin ein Ehrenmann, und Sie, hab ich gehört, halten Wort. Die Notare, alles Halsabschneider, haben Tarife, die keiner zahlen kann! Aber zum Glück zahlen das ja dann Sie.« Ernesto schien nachzudenken. »Übrigens würde ich Ihnen raten, sich bald beim Bauernverband einzuschreiben, dann kostet der Notar nur halb so viel.« Wehmütig blickte er über seine Oliven. »Das Öl in diesem Jahr wird bestimmt gut. Aber legen Sie sich einen Vorrat an, weil es im nächsten Jahr vielleicht gar nichts gibt. Oliven tragen nur alle zwei Jahre wirklich gut.«

Nach dem Handschlag hatte er offensichtlich Vertrauen gefasst.

»Wissen Sie, an Weihnachten fahre ich mit meiner Frau zu meinem Neffen nach Buenos Aires, weil sie es sich schon so lange wünscht. In Buenos Aires gibt es ein ganzes Stadtviertel, in dem noch Genueser Dialekt gesprochen wird, der sowieso wie Portugiesisch klingt«, verkündete er voller Vorfreude.

»Lauter Emigranten, eine halbe Million Menschen, wie mein Neffe, in der dritten Generation. Früher hat man rund ums Mittelmeer ja sowieso Genuesisch gesprochen, weil es so was wie eine Lingua franca war. Wenn man zu einem Leuchtturmwärter in allen möglichen Sprachen gesagt hat, mach das Licht aus, hat er nur erstaunt um sich geblickt. Wenn man es auf Genuesisch gesagt hat, hat er es kapiert und sich in Bewegung gesetzt. Das hab ich selbst mal erlebt!«

»Ach wirklich?« Pauline hörte fasziniert zu.

»Mein Großonkel war ausgewandert, wie viele hier. Sein Sohn hat ein Restaurant aufgemacht, und mein Neffe hat es übernommen. Die Leute fahren durch ganz Buenos Aires, wenn sie Trenette mit Pesto im Stadtteil La Boca essen wollen.«

Er machte eine Pause. »Ich war auch mal in Ägypten, ist aber schon lange her. Da hat das Kamelreiten fünfzehn Euro gekostet. War nichts für mich. Aber in La Boca, da werde ich mich wie zu Hause fühlen.«

Neugierig beobachtete er Pauline, die anfing, rosa- und lilafarbene Blumen zu sammeln.

»Wissen Sie, früher haben die Leute alles selbst angebaut, was sie brauchten, und ein bisschen Tauschhandel betrieben. Jede Familie hatte so viel, dass sie davon leben konnte, und der Rest wurde verkauft. Manchmal denke ich, wenn heute die Lastwagen streiken würden, die den Supermarkt beliefern, würden wir alle verhungern.«

»Und das Holz, das hier überall herumliegt?« Pauline stieß mit dem Fuß an einen Baumstamm.

»Gehört jetzt alles Ihnen. Sie brauchen aber eine *ruspa*, um die Stämme hinaufzutransportieren. Hier liegen mindestens *due quintali*, zwei Doppelzentner.«

»Überleg mal, was bringt dir das Geld auf der Bank?«, raunte Pauline. »So gut wie nichts! Ich glaube, du hast die fünftausend gut investiert.«

Ernesto machte sich an den Aufstieg.

»Früher gab es in Albereto drei Ölmühlen, heute keine einzige mehr. Einmal haben wir an einem einzigen Tag nach einem Sturm hundertsiebenundfünfzig Kilo Oliven gesammelt, aber das ist lange her.«

»An den Weg werde ich mich noch gewöhnen müssen«, sagte Anna, die etwas außer Atem oben angekommen war und strahlte.

Ernesto sah sie aufrichtig an. »Maria meinte, dass die Oliven bei Ihnen in guten Händen sind. Ich werde langsam alt, und mein Sohn lebt in der Stadt und interessiert sich leider nicht für die Landwirtschaft.« Er betrachtete seinen Enkel. »Manchmal nehme ich Nicolò mit, damit er selbst entscheiden kann, wenn er groß ist. In der Stadt rennen die Leute ja nur noch durch die Gegend. Ich frage mich nur, wohin?«

Als er ins Auto stieg, sah Anna, wie eine kleine Träne aus seinen Augenwinkeln rann.

Pauline ließ sich Zeit und kam langsam hinterher, weil sie

einen Armvoll Zweige, lila Herbstastern und rosa Nelken gesammelt hatte.

»Einfach großartig, diese Farben.« Sie warf einen sehnsüchtigen Blick Richtung Meer.

»Ich würde eine Hängematte aufhängen und ganze Nachmittage hier verbringen. Bestimmt würden mir wunderbare Entwürfe und Muster einfallen.«

Anna lachte und warf ihr einen beschwörenden Blick zu. »Pauline, von olivgrünen Pullovern mit bunten Sprenkeln kannst du später träumen und so oft hierherkommen, wie du willst.«

»Ihre Freundin hat ganz recht«, warf Ernesto ein, »es gibt nichts, das unsere Phantasie mehr anregt als die Natur. Nur haben das die meisten Leute noch nicht kapiert.«

Also ist es wirklich so, dachte Anna, sobald die Menschen einen Olivenhain betreten, werden sie zu Dichtern. Sie wandte sich wieder an Ernesto. »Von der Straße aus sieht man gar nicht, wie viele Wege in das Gelände hineinführen.«

»Nein, und das ist auch gut so, denn immer wieder machen Wanderer hier Rast, die fast genauso schlimm wie die Wildschweine sind. Trauben und Oliven in fremden Gärten abzupfen, das macht man auf dem Land einfach nicht.«

Zum Glück kam ihnen niemand entgegen, sodass die Spielzeugtrompete auf dem Rückweg nicht zum Einsatz kam.

»Die *giara* schenke ich Ihnen dazu«, sagte Ernesto, als sie vor Annas Haus angekommen waren.

»Eine *giara*, was für ein wunderbarer Einrichtungsgegenstand.«

Pauline war entzückt. »Ich würde den Ölkrug mit Astern und Weidenzweigen füllen.«

»Kommt überhaupt nicht infrage. Das ist eine *giara*«, sagte Anna, »und keine Dekoration.«

Schon lange hatte sie sich einen Ölkrug gewünscht, in dem Öl für das ganze Jahr und in der Anrichte daneben Brot und Wein aufbewahrt wurden.

»Ich finde, wir sollten heute feiern.« Pauline holte die beiden Flaschen Recioto aus der Reisetasche, die sie Anna als Gastgeschenk mitgebracht hatte.

»Ein bisschen viel Wein heute, findest du nicht?«

»Ja, aber das musste sein, ich habe keinen Mann mehr und du dafür einen Olivenhain.«

Der Wein sprudelte dunkelrot in die Gläser. Anna machte sich daran, die Steinpilze zu putzen und in Eier und Brösel zu wenden. »Riecht köstlich«, sagte Pauline, »was machst du denn da?«

»Steinpilze, in Scheiben geschnitten und wie Schnitzel gebraten, mit dem einzigen Unterschied, dass sie besser schmecken und gesünder sind.«

»Und du brätst sie in Öl?«

»Natürlich, alles! Olivenöl kann man bis zu hundertachtzig Grad erhitzen.«

Pauline hatte zwei Körbe Holz geholt und versuchte, mit Papier, Pinienzapfen und ein paar Holzspänen den Kamin anzuzünden.

»Sind die Pilze auch ein Geschenk?«

»Ja, von Domenica. Ihr Bruder hatte schon riesige Körbe an die Restaurants in Lagaccio verkauft, mehr als er überhaupt sammeln dürfte. Denn eigentlich bräuchte man eine Genehmigung dafür.«

In wenigen Augenblicken war der Raum vom wärmenden Feuer erfüllt. Pauline setzte sich davor und streichelte Grigetta.

»Weißt du, eigentlich beneide ich dich. Egal, was in deinem Leben passiert, du gehst ab jetzt in deinen Olivenhain, und am Abend bist du so müde, dass du an gar nichts mehr denkst. Der Olivenhain wird dein Leben verändern, und zwar mehr, als du dir selbst vorstellen kannst!«

Anna lächelte verträumt und blickte auf die Hügel gegenüber, die in der Abendsonne leuchteten. Vor sich sah sie goldgelbes Öl, das in die Flaschen rann und jedes Gericht in ein lukullisches Festmahl verwandelte. Begann die Ernte nicht Ende Oktober, wenn sie Geburtstag hatte? Sie stellte sich vor, wie sie ihre Freunde einlud und mit ihnen die Köstlichkeiten der Landschaft teilte: Öl, Oliven, ein paar Sardinen und frisch gebackenes Brot. In ihrem Traum stand ihr Schreibtisch unter einem Olivenbaum, dessen Früchte sie nährten und dessen Blätter sanft im Wind rauschten und der sie vor Sonne und Kälte schützte.

Ob es irgendwann sogar wieder einen Mann in ihrem Leben geben würde? Für einen Augenblick kam es ihr vor, als hätte Ottavios Suche neue und alte Sehnsüchte in ihr geweckt.

»Was meinst du, ist Albereto superiore eigentlich ein Ort zum Altwerden?«, fragte Anna.

»Wieso denkst du jetzt ans Altwerden?«, fragte Pauline verwundert. »Du hast doch gerade demonstriert, welche Kraft in dir steckt. Nach diesem Aufstieg! Und außerdem bist du gerade dabei, deinem Leben als Direktanbauerin eine neue Richtung zu geben. Und Ernesto hat recht, du solltest dich unbedingt beim Bauernverband einschreiben!«

»Das eine schließt das andere ja nicht aus. Findest du nicht, dass man sich in unserem Alter überlegen muss, wie man ab sechzig leben will?«

»Oh Gott, lass mich mit dem Alter in Ruhe, ich bin erst mit neunundvierzig erwachsen geworden.«

Anna wendete die Pilze in der Pfanne, bevor sie sie mit Petersilie, Pfeffer und Zitronensaft würzte. Dazu hatte sie einen

Salat aus Radicchio und Nüssen gemacht. Im ganzen Raum verbreitete sich eine anheimelnde Atmosphäre mit dem Geruch von gebratenen Pilzen und brennendem Kaminfeuer. »Das ist es ja gerade, man sieht sich selbst immer zehn Jahre jünger, als man ist, und irgendwann sitzt man in der Falle. Man braucht Hilfe und weiß nicht, wie man es anstellen soll.«

»Willst du dich etwa mit Anfang fünfzig im Altersheim anmelden?«

»Nein, natürlich nicht«, lachte Anna, »ich will so leben wie bisher. Wie alle anderen Menschen auch. Aber stell dir vor, wir würden uns hier gegenseitig helfen, verbindliche Absprachen treffen, vielleicht sogar ein *Agriturismo* mit Olivenanbau wie bei Teresa einrichten. Dann könnten alle hierbleiben, unabhängig vom Alter, und Albereto superiore könnte wieder ein lebendiger Ort für alle werden.«

»Du kommst aber auch mit schwierigen Themen an. Olivenhaine, Alter! Macht es dir was aus, wenn wir morgen darüber nachdenken? Das letzte Glas Recioto war zu viel.«

»Du hast schon den ganzen Tag dem Bonarda zugesprochen.«

»Prickelnde Getränke sind wie Mineralwasser und zählen nur halb«, antwortete Pauline fröhlich.

Zufrieden räumte Anna den Tisch ab. Nur Grigetta, die sogar Spaghetti mit Soße und gekochte Karotten aß, war enttäuscht, denn Steinpilze gehörten definitiv nicht zu ihren Lieblingsgerichten.

Pauline schloss die Augen und rollte sich behaglich vor dem Kamin zusammen. »Wunderbar, dieser Geruch nach Holz. Funktioniert übrigens gut, dein Kamin, ich finde, hier riecht es wie im Schloss. Wer hat den eigentlich gebaut?«

»Mein Freund Michelangelo natürlich«, antwortete Anna. »Soll ich dir was sagen? Seitdem wir mit Ernesto in den Oliven waren, hast du keine Sekunde lang an Giovanni und seine Neue gedacht. Es freut mich, dass du deinen Liebeskummer so schnell überwunden hast.«

»Stimmt. Zwischen all diesen verrückten Leuten hier hat man keine Zeit, um an etwas so banales wie Liebesprobleme zu denken.«

Pauline gähnte entspannt.

»Jedenfalls hast du das schönste und kleinste Gästezimmer, das ich kenne. Zwei auf drei Meter, so eng und gemütlich wohnt man sonst nur auf einem Boot.«

»Genau, mein Haus ist wie ein Boot. Und man muss sich verstehen, wenn man es in dieser Einsamkeit aushalten will. Alberto und Simona waren mal da, vor ihrer Trennung, und sind genau nach achtundvierzig Stunden wieder abgereist. Und Gregor hat es ja offensichtlich auch nicht ausgehalten.«

»Das ist es, du könntest ein *Agriturismo* für Paare einrichten. Wenn man Holz gehackt, die Kommunikation mit deinen Nachbarn gelernt, deine Katzenbande nach ihren Wünschen versorgt und Oliven geerntet hat, ist man für das gemeinsame Leben bereit. Oder man kann gleich zum Scheidungsanwalt gehen.« Pauline gluckste vor sich hin, so, als hätte sie sich schon lange nicht mehr so amüsiert.

Anna öffnete die Tür, um Grigetta hinauszulassen.

»Und deine Terrassenmauer ist auch nicht ohne. Man weiß nie genau, wie lange sie noch hält.«

»Sag nichts gegen meine Terrasse. Michelangelo hat sie im Frühjahr perfekt saniert. Davor war sie auf zwei morschen Holzstämmen gebaut.«

»Da ist mir sicher was entgangen.«

Pauline blickte skeptisch auf die steigende Anzahl von bunten Blumentöpfen, die Anna auf der Terrasse dekoriert hatte.

»Wann beginnt eigentlich die Olivenernte?«

»Je nach Wetter, manchmal schon Ende Oktober, manchmal Anfang November. Wenn das Wetter hält und es nicht regnet, geht sie bis in den Dezember hinein.«

»Ich bin jedenfalls dabei. Und wenn dein Ottavio noch auf Reisen ist, sag einfach Teresa Bescheid, dass du deine Freundinnen als Hilfskräfte brauchst. Auf uns Frauen ist schließlich Verlass.«

»Auf Ottavio auch.«

»Ich weiß, das hättest du gern, aber wenn er nun mal gerade auf Brautschau ist!«

Pauline warf noch einen raschen Blick in die stockdunkle Nacht, wo ein paar hundert Meter weiter ein schlabberndes Trinkgeräusch zu hören war.

»Nanu, welches Tier aus deinem Panoptikum ist denn das schon wieder?«

»Das sind Maria Rosa und Rodolfo.«

»Und welcher Spezies gehören die an?«

»Wildschweine. Sie trinken unten an Marias Quelle.«

Pauline setzte sich im Bett auf und lachte hemmungslos.

»Anna, ich fass es nicht! Du bist ein hoffnungsloser Fall. Verliebt in das Landleben, in Olivenbäume, deine Katzenbande, und die Leute hier sind auch nicht ohne. Von diesem Ottavio ganz zu schweigen. Wenn dich deine Münchner Freundinnen so sehen würden.«

»Na und? Dann könnten sie endlich etwas über das wahre Leben erfahren.«

Pauline nahm einen Schluck von Annas Kräutertee, der Spezialität des Hauses, den es nach dem Abendessen aus einem Zweig Rosmarin und ein paar Salbeiblättern gab und der, davon war Anna fest überzeugt, die Wirkung des Weins vertrieb. Sie wurde plötzlich ganz ernst. »Weißt du, wenn ich in der Stadt bin, ist mein Leben immer Routine. Ich arbeite, treffe Freunde, gehe am Abend zwei- dreimal die Woche aus oder lade Leute ein. Manchmal habe ich ein Ziel, manchmal verfolge ich es, dann wieder nicht und freue mich, wenn ich etwas erreicht habe. Es ist schön, wenn man sich verliebt, und wenn nicht, richtet man sich eben im gemütlichen Alltag ein. Im Sommer fährt man aufs Land, im Winter vergräbt man sich mit einem Buch in der eigenen Wohnung und zündet viele Kerzen an.«

»Und wie findest du es hier?«

»Hier ist alles anders«, antwortete Pauline, plötzlich ganz ernst. »Allein schon die Landschaft ist eine Urgewalt. Man bekommt ein Gefühl dafür, was ein gutes Leben ausmacht.«

»Das Leben ist hier nicht einfach, man muss zusammenhalten, um die Hindernisse zu bezwingen«, antwortete Anna ernst. »Aber wenn man es geschafft hat, kann man ziemlich nah an den Ursprüngen sein.«

Anna streichelte Grigettas graues Fell, die sich schließlich ein Stück Brot, in Öl getunkt, schmecken ließ.

»Lass uns schlafen gehen. Morgen müssen wir übrigens Holz besorgen. Zehn Doppelzentner für mich und zehn für Maria. Laut Wetterbericht wird es in den nächsten Tagen regnen. Am Abend werden wir wegen der Feuchtigkeit schon heizen müssen, auch wenn es am Tag noch warm ist.«

»Glaubst du eigentlich, dass zu einem guten Leben die Liebe gehört?« Pauline blinzelte schläfrig unter ihrer Bettdecke hervor.

»Das frage ich mich manchmal auch«, sagte Anna nachdenklich. »Ich weiß nicht, vielleicht nicht unbedingt. Ich finde, gute Freundschaften sind genauso viel wert. Und manchmal hat man eben Glück und findet die Liebe, manchmal eben auch nicht. Aber wichtig ist doch, dass man da, wo man hingeworfen wird, seine Frau steht. Jedenfalls hat das Ottavio neulich gesagt. Und all die Freuden, Überraschungen und Widrigkeiten, die einem jeden Tag passieren, das macht eben das Leben aus.«

»Ja, ja, Ottavio«, sagte Pauline und zog sich die nach Lavendel duftende Bettdecke über die Nasenspitze.

»Ich freue mich jedenfalls, wenn er zurückkommt«, sagte Anna.

Sie stellte sich Ottavios Gesicht bei der Nachricht vor, dass sie stolze Besitzerin eines Olivenhains war, und schlief mit diesem Gedanken selig ein.

KAPITEL 9

Anna und die Oliven

Langsam wurde es kühler an der Küste, und der Herbst meinte es gut mit den Menschen, weil sich die kalte Luft nur ganz langsam und vorsichtig in die Mauern schlich. Der Oktober hatte ein bisschen gemogelt und in der Mittagszeit noch Sommer gespielt. Nur am Abend wurde es schon deutlich frischer, was nach dem heißen Sommer fast eine Wohltat war.

In der Stunde nach Mitternacht, wenn Anna ihren Schreibtisch aufgeräumt und einen größeren Holzscheit für die Nacht aufgelegt hatte, ging sie für einen letzten Blick nach draußen. Ein paar Minuten lang genoss sie das Mondlicht, in das sie sich einhüllte, genauso, wie sie in der Mittagszeit in der Sonne gesessen hatte. Der kleine Nerino saß wie immer lautlos hinter ihr, als müsste er sie schützen gegen die unsichtbaren Gestalten der Nacht.

Wie eh und je hatten Maria und ihr Mann Antonio die Trauben von den schmalen Flächen geerntet und gepresst. Nur die kleinen weißen Trauben für den süßen Dessertwein trockneten noch bis Ende November an den Schnüren, die quer durch den Keller gespannt waren. In der Ferne, hinter den dunklen Silhouetten der Steineichen, waren die hohen, verzerrten Schreie der Raubvögel zu hören. In der kahler werdenden Landschaft überragten die Pinien an der höchsten Stelle der Passstraße wie dunkle Königinnen das Tal. Die Weinstöcke sahen ohne Laub auf den steinigen Anbauflächen wie traurige Gespenstervögel aus.

Manchmal roch es nach Regen, und ein paar Tropfen vermischten sich mit dem leise plätschernden Geräusch von Marias Quelle, wo sogar die Wildschweine jetzt seltener tranken. Im Herbst, wenn die Felder abgeerntet waren, blieben sie lieber oben im schützenden Wald.

Am liebsten beobachtete Anna das Spiel der Wolken, die über das Meer zogen und sich manchmal in Lichtmäntel hüllten, die von einer Wolke zur anderen sprangen.

Domenica hatte sich angewöhnt, Anna jeden Abend, gleich nach ihrem Bruder und ihrer Cousine, anzurufen, um aktuelle Neuigkeiten auszutauschen.

Dieses Mal überschlug sich ihre Stimme fast.

»Sieh mal raus, draußen ist eine Wolke am Himmel, wie ich sie noch nie gesehen habe!«

Die Wolke war fünfmal so groß wie der Mond, eine Wolkenkönigin, die mit ihrer opulenten Größe alle anderen Wolken verdrängt hatte. Sie war rund wie ein Globus, in den mit dunklen Linien die Kontinente eingezeichnet waren. Die Oberfläche der Wolke bestand aus mehreren Schichten dunkler Schleier wie das Kleid einer schönen, unheimlichen Tänzerin, die sich mit schwarzer Spitze für eine festliche Nacht geschmückt hatte. Dann blitzte hinter ihren dunklen Gewändern gleißend orangefarbenes Licht hervor, bis sich der Mond schließlich mit gewaltsamer Heftigkeit zwischen den schwarzen Schleiern hindurch seinen Weg durch das Tal bahnte.

Am Morgen nach dem Auftauchen der wundersamen Wolke setzte ein wütender Sturm ein. Annas schmales Haus war den Wassermassen kaum gewachsen. Durch alle Fugen und Ritzen bahnte sich das Wasser einen Weg unter den Türen und Fensterrahmen hindurch und schwemmte die schwarze Erde von den Steilhängen weg. Die Zweige der Olivenbäume duckten sich mühsam unter dem rasenden Wind.

Anna saß am Fenster und starrte beschwörerisch ihre Oliven an. Und die blieben, oh Wunder, allen Naturgewalten zum Trotz, an den Zweigen hängen, bis auf ganz wenige, die ins weiche Gras fielen. Anna las sie sofort auf, sobald sich der Sturm gelegt hatte, als ob es wertvolle Perlen wären.

Sobald es dunkel wurde, jagte der Herbstwind mit geballter Kraft über die Hügel und setzte sich in den Bäumen fest. Die dünnen Zweige voller Oliven bogen und neigten sich unter dicken Regentropfen und kämpften gegen den Wind. In Gedanken an ihre Oliven war Anna jede Nacht alle paar Stunden aufgewacht und hatte beschwörend zum Himmel geblickt. Erst am Morgen schlief sie ein, als sie sicher war, dass sich Regen und Wind nach Westen verzogen hatten.

»Meine armen Oliven!«, sagte Anna an diesem Vormittag zu ihren Nachbarinnen.

»Im Herbst ist das doch immer so«, beruhigte sie Maria, »es stürmt Tag und Nacht, aber die Oliven halten das aus.«

Wenn Anna die fragilen Äste betrachtete, war sie sich da nicht ganz sicher.

Ende Oktober hatten Teresa und Luigi ein großes Fest in ihrem *Agriturismo* ausgerichtet und ihre Freunde von auswärts sowie das halbe Dorf eingeladen. Es gab Schinken und Salami von schwarzen Schweinen, die durch Luigis Initiative in der Gegend endlich wieder gezüchtet wurden, Polenta mit geschmorten Pilzen und Lamm aus dem Ofen. Wider Willen, weil es zu viele geworden waren, hatte Luigi ein paar Schafe opfern müssen. Der ganze Ort hatte wohlwollend zur Kenntnis genommen, dass Teresa und Luigi schon seit über einem

Jahr glücklich zuammenlebten. Don Aurelio, der Dorfpfarrer, ließ durchblicken, dass er sie gerne trauen würde.

»Eine Braut, mit über sechzig!«, lachte Pauline, die mit Anna unter den Festgästen war.

»Warum nicht! Was für ein Glück, wenn man im Alter so etwas Schönes erleben darf«, strahlte Teresa.

»Dürfen Anna und ich dann Trauzeuginnen sein?«, fragte Pauline fröhlich. »Natürlich, aber vor allen anderen Terminen bringen wir Annas Olivenernte ein«, lachte Teresa.

Gemeinsam fuhren die drei Frauen am letzten Oktobersonntag nach Albereto superiore. Luigi verabschiedete sich augenzwinkernd. »Na, einmal im Jahr, wenn Anna Oliven erntet, kehre ich gern zu meinem Junggesellenleben zurück.«

»Wie viele Bäume hast du eigentlich?«, fragte Teresa auf der Fahrt durch die herbstliche Landschaft. Die Kastanien links und rechts der Straße hatten ihre Blätter verloren und den Menschen in verschwenderischer Fülle ihre Früchte geschenkt.

»Zwanzig Bäume ums Haus, dreiundsechzig im Hain.«

»Wir ernten, blicken über das Meer und machen Picknick, trinken ein bisschen Wein, schließlich haben wir Zeit«, freute sich Pauline, als sich ein paar Sonnenstrahlen nach den Regentagen blicken ließen.

»Picknick? Wein?«, rief Teresa, »kommt überhaupt nicht infrage!«

»Wenn wir angefangen haben, müssen wir so schnell wie möglich in die Ölmühle, die arbeiten ab Ende Oktober Tag und Nacht«, ergänzte Anna, die es kaum erwarten konnte.

»Pauline«, mischte sich Teresa ein, »Oliven reifen nach, wenn sie geerntet sind, und fangen nach ein paar Tagen zu faulen an. Eine Bäuerin, die auf sich hält, bringt die Früchte so schnell wie möglich, in jedem Fall innerhalb von zweiundsiebzig Stunden, zum Pressen, sonst ist das Ergebnis von minderer Qualität. Bei Spitzenölen müssen es sogar weniger als acht Stunden sein.« Wortlos, aber mit vielsagendem Lächeln, hörte sich Anna die Kommentare ihrer Freundinnen an.

Am nächsten Tag wollte Anna gerade Eimer und Jutesäcke ins Auto packen, als ihre Katzenbande mit Verstärkung ankam. Behutsam hatten sie ein schwarz-braun getigertes Kätzchen mit weißen Tupfen und grünen Augen in ihre Mitte genommen.

»Oh, ist die aber schön! Und sie hat Augen wie Liz Taylor.« Begeistert begrüßte Pauline den Neuankömmling.

»Wir können sie ja Lizzy nennen«, antwortete Anna ungeduldig.

Teresa schnappte sich die Wasserflaschen.

»Los jetzt, lass Liz Taylor mal in Ruhe, wir müssen aufbrechen, bevor es wieder zu regnen anfängt!«

Mit allen verfügbaren Eimern – Anna hatte sich von Domenica und Maria ausgewaschene Farbeimer geliehen – machten sich die drei auf den Weg. Anna hatte sechs große und drei kleine Jutesäcke im Kofferraum verstaut, bevor sie ein paar Kurven weiter zum Olivenhain fuhren.

»Was ist denn hier los? Mein Parkplatz ist besetzt!«

»Die waren eben alle schon vor uns auf und haben sich keine Gedanken über das Wetter gemacht!«, rief Pauline, deren Fröhlichkeit inzwischen ansteckend war. »Und schon gar nicht über die Männer!«

An der kaum sichtbaren Lücke in der Leitplanke standen Pick-ups und *Api*, als würde es zu einem besonderen, nur für Eingeweihte bekannten Ereignis gehen.

»Seht mal, wie schön, sobald wir auftauchen, sind am grauen Himmel die ersten rosafarbenen Wolken zu sehen!«

Anna hatte angstvoll den Wetterbericht und Domenicas Prognosen gegeneinander abgewogen. Für diesen Tag hatten beide Sonne und erst am Nachmittag Regen vorausgesagt.

»Rosa Wolken, ein gutes Zeichen«, fand Anna. Beim Abstieg hielt sich Pauline an den Olivenbäumen fest. »Gehört das Land hier schon dir?«, fragte Teresa.

»Nein, das gehört Domenicas Bruder Camillo, er hat die Netze schon Anfang Oktober zwischen den Bäumen gespannt. Bei jedem Windstoß fallen die reifen Oliven herab. Aber die Früchte sind überreif, wenn die Netze hochgezogen werden. Und Camillo lässt sie dann noch vierzehn Tage in seinen ausgedienten Kommodenschubladen liegen! Ich wundere mich ohnehin, dass sein Öl so gut ist.«

»Na, man muss eben nicht alles so machen, wie es in den Büchern steht. Es gibt auch Leute, die einfach ein glückliches Händchen für Olivenöl haben«, fand Teresa.

»Könnt ihr euch vorstellen, dass für die Leute hier der Hain fast an der Straße liegt!«, wunderte sich Anna.

Teresa lachte vergnügt.

»Oh ja, auf dem Land gibt es die horizontalen Wege des Müßiggangs und die vertikalen der Arbeit, an deren Ende entweder ein kulinarischer Hochgenuss oder irgendein anderes Highlight steht.«

»Ja«, sagte Anna bescheiden, »vielleicht hat man dann das Gefühl, dass einem die Landschaft ein bisschen gehört, wenn man einmal die Mühe und Freude der Ernte erlebt hat.«

»Anna, ich mag es einfach, wenn du eine Verbindung zwischen den Menschen und der Landschaft herstellst.« Pauline war von ihrer guten Laune nicht mehr abzubringen.

»Hier.« Anna wies auf die sechs schmalen Streifen Land, die sich wie schützende Gürtel um die Hügel schmiegten, jeder mit kleinen und großen Olivenbäumen. Darunter lag das Meer in seiner unendlichen Weite und glitzernden Pracht.

»Ah! Oh!«, Teresa sah den Hain zum ersten Mal und war hingerissen. »Man müsste ja direkt Vergnügungssteuer zahlen, wenn man bei dir arbeiten darf!«

Die Sonne war stärker geworden und glitzerte auf den Zweigen, die noch mit einer durchsichtigen Wasserschicht bedeckt waren.

Ob man das Wasser abstreifen und trinken kann?, fragte sich Anna und berührte vorsichtig die Blätter.

»Wie erntet man eigentlich Oliven?«, fragte Pauline und sah sich um.

»Na, wie Kirschen natürlich, nur dass es weniger spritzt und keine Flecken auf Designer-Pullovern zurücklässt!«

»Die grünen auch?«, fragte sie.

»Ja natürlich! Wir können uns doch nicht bei jeder Olive zuerst die richtige Farbmischung ansehen!« Unter den drei Frauen gab sich Teresa inzwischen als Expertin aus, die am meisten von Landwirtschaft verstand.

»In den alten Büchern ist jedenfalls zu lesen, dass jeder Baum grüne, mittelreife und in der Krone ganz reife schwarze Oliven trägt. Und die Kombination aus allen drei ergibt das beste Öl«, erklärte Anna, die sich ebenfalls kundig gemacht hatte.

»Kann man die eigentlich roh essen?« Pauline steckte sich neugierig eine grüne Olive in den Mund.

»Nein, sie enthalten zu viele Bitterstoffe, die man durch das Wasser entziehen muss«, ergänzte Teresa.

»Und wie macht man das?«, fragte Pauline.

»Domenica legt die grünen Oliven dreißig Tage in Wasser und dann in Salzlake ein, ein Liter Wasser und dreihundert Gramm Meersalz, aufgekocht. Früher hat man sie auch in

Asche eingelegt. Das hat mir jedenfalls Angelina erzählt. Wenn sie nicht kocht, geht sie auf Flohmärkte und sucht nach alten Rezeptbüchern.«

»Ich habe von vierzig Tagen gehört, aber wahrscheinlich machen das nur Leute so, die ein innigeres Verhältnis zur Bibel haben«, erklärte Teresa.

»Los, ihr beiden, es reicht jetzt mit theoretischen Überlegungen.« Anna wurde ungeduldig. »Kurz nach fünf Uhr wird es dunkel.«

»Wo fangen wir an?«, wollte Pauline wissen.

»Am besten bei den unteren *piane*. Vielleicht kriegen wir die beiden Terrassen bis heute Abend hin.«

Pauline hängte sich eine ausrangierte Badetasche wie ein Känguru um, Teresa band sich einen Gürtel um den Bauch, an dem sie den kleinsten Eimer festmachte.

»Habe ich mir bei den Bauern in meinem Tal abgekuckt, so habe ich beide Hände zum Arbeiten frei«, sagte Teresa, praktisch wie immer.

»Wisst ihr, dass sich meine Nachbarin Pinuccia abgeschnittene Ärmel um den Bauch bindet? Sie wirft noch nicht einmal uralte Pullover weg, die fast nur noch aus Löchern bestehen.«

»Das wundert mich nicht«, lachte Teresa, »die Ligurer sind geizig und erfinderisch, das haben sie schon ganz früh durch ihre schmalen Anbauflächen gelernt!«

»Ja«, bestätigte Anna, »es ist eigentlich kein Geiz, sondern Notwendigkeit, ein tiefer Respekt vor all dem, was uns die karge Landschaft schenkt.«

»Teresa, hast du gehört, dass sie ›uns‹ gesagt hat?«, feixte Pauline. Anna warf ihr einen kritischen Blick zu.

»Sollen wir auch die Oliven von der Erde auflesen?«

»Nur die ohne Dellen, die gerade heruntergefallen sind.

Ein Olivenbauer, der etwas auf sich hält, macht das nicht, aber hier machen das alle. Es sieht ja niemand. Sonst würden viel zu viele Oliven verloren gehen.«

»Schaut mal, hier, die schwarzen sitzen ganz oben in den Zweigen!« Übermütig kletterte Pauline auf einen dicken Stamm, der in der Mitte gespalten war.

»Pauline, bitte pass auf!«, rief Anna besorgt.

»Wie alt der Baum wohl ist?«, fragte Pauline und blickte von ihrem Ast auf die anderen beiden herab.

»Älter als wir, mindestens hundertfünfzig Jahre, der hat schon einiges gesehen!«, schätzte Anna.

»Kein Lichtmast weit und breit. Hier über dem Meer sieht es wie vor hundert Jahren aus«, verkündete Pauline von ihrem Hochsitz. »Also bei uns in der Toskana gibt es Traktoren mit Schüttelaufsatz!«

»Ja, bei euch in der Toskana ist vieles anders«, sagte Anna mit ironischem Unterton. »Aber hier sind die Anbauflächen einfach zu schmal und zu steil, um überhaupt irgendein mechanisches Hilfsmittel zu verwenden. Man kommt gerade so zu Fuß hin, wie sollte das mit landwirtschaftlichen Geräten gehen? Was glaubt ihr, wie viele Flächen deshalb aufgegeben werden? Ottavio beklagt das jeden Tag.«

»Ich finde, wir sollten eine Öl-AG gründen«, kicherte Pauline, »und aufgegebene Olivenhaine kaufen.«

»Und wer soll die pflegen?«, fragte Teresa, konkret wie immer.

»Na, Anna und Ottavio natürlich! Das passt doch, zusammen sind sie das A und O!« Pauline und Teresa lachten schallend, Anna blickte irritiert in die Runde.

»Oder wir, als Dreierbande«, schlug Teresa immer noch lachend vor.

»Ach ja, Ottavio, den gibt's ja auch noch«, sagte Anna

schließlich, »an den habe ich vor lauter Ernten gar nicht mehr gedacht.«

»Glaube ich dir nicht.« Teresa hatte nach einer Stunde bereits einen Eimer voll gesammelt.

»Männer, die einem gefallen, vergisst man nicht«, fand Teresa, »das weiß man doch.«

»Habe ich etwa mal gesagt, dass mir Ottavio gefällt?«

»Nein, aber du hast dich wochenlang mit ihm und seinem möglichen Glück beschäftigt«, stellte Teresa lakonisch fest und leerte die Oliven in einem Jutesack aus. Auch Anna machte sich daran, den ersten Eimer auszuleeren.

»Ah, dieses Geräusch, wenn die Oliven in die Erntegefäße fallen. Eigentlich ist es das schönste Geräusch der Welt. Hört ihr, wie man das aus den anderen Hainen bis hierher mitbekommt?«

Ein paar Meter weiter fing, noch unsichtbar, ein Hund zu bellen an. »Jetzt lenk nicht ab, Anna«, sagte Teresa und suchte sich einen neuen Baum aus. »Pauline, findest du es nicht merkwürdig, dass Ottavio unter so vielen Frauen nicht die Richtige gefunden hat?«

»Na, vielleicht hatte er eine im Sinn, die er bereits kennt und die perfekt zu ihm passt! Also wenn du mich fragst, hatte er von Anfang an nur an diese eine gedacht!«

Erwartungsvoll sahen die beiden Anna an.

»Redet keinen Unsinn und lenkt mich nicht ab! Ich leiste hier Akkordarbeit«, sagte Anna entschieden. Die beiden Freundinnen lachten.

In ein paar Metern Entfernung waren die Rufe von herumirrenden Wanderern zu hören.

»Wo kommen die denn her?« Pauline blickte nach oben.

»Per Albereto?« Eine Wanderin im rosa T-Shirt zeigte den Berg hinab.

»Nein«, sagte Anna, »nicht nach Albereto. Hier geht es nur in meinen Olivenhain.« Sie wandte sich zu den anderen beiden. »Wanderer, was denken die eigentlich, die können doch nicht einfach in mein Gelände einfallen!«

»Meinst du nicht, dass es vielen Wanderern gefallen würde, bei der Ernte mitzuhelfen?« Teresa hatte wie immer die passende Idee zur rechten Zeit. »Jeder, der hier durchläuft, könnte doch einen Baum adoptieren, oder zumindest mit ihm Freundschaft schließen!«

»Ja, und ich finde, darüber solltest du unbedingt mit Ottavio sprechen«, stimmte Pauline zu.

»Vielleicht. Wenn er mal wieder vorbeikommt.«

Und schon war Anna wieder ganz in den Anblick ihrer Bäume vertieft und las eifrig noch ein paar vergessene Oliven auf.

Am späten Nachmittag fielen die ersten Regentropfen vom Himmel, als jede einen der gut gefüllten Jutesäcke schulterte und sich die drei Frauen nacheinander an den Aufstieg machten.

»Kein Mann in Sicht, weit und breit.«

Pauline nahm ein paar Olivenzweige für die Blumenvase und Teresa eine Tüte mit Blättern für ihren abendlichen Gesundheitstee mit.

»Die Blätter sollen die gleiche gesundheitsfördernde Wirkung wie das Olivenöl haben, blutdrucksenkend, reinigend und was man nach einem anstrengenden Tag so braucht.«

»Verwendest du die Blätter frisch oder getrocknet?«, fragte Anna.

»Das ist egal.«

»Das ist mir viel zu gesund«, sagte Pauline, als sie vor Annas Haus angekommen waren. »Mir ist eher nach einem Glas Bonarda zumute. Es ist längst Zeit für einen Aperitif.«

Als Domenica die drei Frauen zurückkommen sah, warf sie zuerst einen kritischen Blick auf die Säcke.

»Die sind ja nur halb voll!«

»Wir haben sie gefüllt, so gut es ging, weil wir sie sonst nicht den Berg hinaufkriegen!«

»Für so was braucht man eben doch einen starken Mann! Wie habt ihr es überhaupt ohne Netze geschafft?«

»Na, wir haben direkt von den Zweigen geerntet!«

»Das darf doch wohl nicht wahr sein, das dauert doch viel zu lang!« Domenica konnte es kaum fassen. »Ihr könnt die Netze doch auf dem Boden ausbreiten, die Enden an den Bäumen festbinden und die Oliven einfach abstreifen. Und so geht ihr von Baum zu Baum. Man muss es sich ja nicht unnötig schwer machen. Außerdem gibt es einen mechanischen Rechen, mit dem man die Früchte schneller abstreifen kann. Nur musst du dann kurz deine Autobatterie ausbauen, damit du den Rechen anschließen kannst. Camillo macht es jedenfalls so.« Domenica lachte ihr raues Lachen, das bis auf die andere Seite des Amphitheaters zu hören war.

»Nächstes Jahr dann. Jeder muss eben seine Erfahrungen machen«, erwiderte Anna fröhlich. »Und jetzt sind wir erschöpft, aber glücklich. Das könnte überhaupt das Motto für unsere erste Ernte sein.«

Die ganze Katzenbande schaute interessiert von der Terrassenmauer aus zu, wie Anna, Teresa und Pauline die Jutesäcke ins Haus trugen. »Wieso können Katzen eigentlich nicht Oliven ernten? Wär doch nett, mit ihren kleinen Pfoten«, fand Pauline.

»Habt ihr euch eigentlich Gedanken über die Lagerung der Oliven gemacht?«, fragte Teresa.

»Wir nehmen Gemüsekisten und schlagen sie mit Tüchern aus!«, schlug Pauline vor, kreativ wie immer.

»Nein, wir bauen einen Holzverschlag, das habe ich auch bei den Bauern im Vara-Tal gesehen«, sagte Teresa.

»In Ordnung«, befand Anna, »Vorschlag angenommen.«

»Hast du keine Bretter?«

»Nein, aber lange Holzscheite, die man zusammenbauen kann.«

Teresa machte sich daran, die Möbel in Annas Wintergarten zu rücken, während Pauline ein Viereck mithilfe der Holzscheite abgrenzte.

»Das wird jetzt dein Olivenzimmer«, rief Pauline begeistert, »ich mach gleich ein paar Fotos davon.«

»Wollen wir nicht ein Tuch darunterlegen?«, fragte Anna.

»Nein, das ist unpraktisch, weil du die Oliven ja wieder aufschaufeln musst«, fand Teresa.

»Teresa, ich bewundere dich«, rief Pauline, »weil du theoretisch und praktisch einfach unschlagbar bist.«

»Ich möchte jeden Tag so viele Oliven ernten, dass ich am Abend bedenkenlos Pasta essen kann.« Glücklich saß Pauline vor ihrem vollen Teller.

»Anna, du bist die perfekte Pasta-Köchin geworden, Broccoli mit eingelegten *acciughe*, schmeckt einfach köstlich«, lobte Teresa.

»Voraussetzung ist, dass man im Sommer Sardinen eingelegt hat, die man im Winter essen kann«, bemerkte Anna stolz und freute sich über das Kompliment. Fröhliche Essen an ihrem Küchentisch, so hatte sie sich das Leben doch immer vorgestellt! War sie glücklich?

»Heute bin ich übrigens während des Sammelns zu wichtigen Erkenntnissen gelangt«, erklärte Pauline.

»Siehst du, essen und nachdenken kann man nur gemeinsam, Diäten verdammen zur Einsamkeit«, erwiderte Anna und verteilte den Nachschlag.

»Bei so einem Essen fallen mir immer die glücklichsten Momente meines Lebens ein.«

»Pauline, ich liebe deine geistreichen Einleitungen. Aber mach es bitte angesichts der allgemeinen Erschöpfung nicht ganz so spannend«, erwiderte Teresa.

Pauline häufte sich noch etwas Gemüse, das würzig nach Knoblauch und Sardellen schmeckte, auf die Gabel.

»Was war eigentlich der schönste Satz, den jemals jemand zu euch gesagt hat?«

»Na fang schon an, ich nehme an, du hast schon deinen schönsten Satz bereit«, forderte Anna sie auf.

Pauline wurde plötzlich ganz ernst.

»Ich habe einmal einen Stoffworkshop für behinderte Kinder gegeben. Und da hat ein Junge zu mir gesagt: ›Du bist so schön, dass die Meereswellen anhalten, um dich zu betrachten.‹ Könnt ihr euch das vorstellen?«

Anna und Teresa nickten ernst und bewundernd in Paulines Richtung, der eine winzige Träne aus dem Auge kullerte.

»Das war das erste Mal, dass ich mich wirklich schön gefühlt habe.«

»Ach was, du bist doch sonst so selbstsicher!«, rief Anna aus.

»Nein, ich tu nur so.«

»Dann solltest du es zugeben. Wenn man anderen begegnen will, ist es am wichtigsten, dass man man selber ist«, fand Teresa entschieden.

»Und dein schönster Satz?« Neugierig sahen beide in Teresas Richtung.

»Es ist schon lange her, da habe ich mal einen Mann gefragt, ob er mit mir einen Kaffee trinken würde. Es war nach einer Abendverstaltung unserer Agentur. Er war Sozialpolitiker, einer der ganz engagierten, und sah phantastisch aus. Leider habe ich zu spät bemerkt, dass er verheiratet war.«

»Natürlich«, sagten beide aus einem Mund.

»Wisst ihr, was er geantwortet hat?«

»Na sag schon!«

»Er hat gesagt, ›mit dir würde ich auch Gift trinken‹, als der Kaffee serviert wurde, und alle anwesenden Politiker mitsamt Ehefrauen haben sich erstaunt nach mir umgedreht.«

»Was für eine originelle Idee!«, fand Pauline. »Eigentlich würde so ein Satz als Heiratsantrag gelten. Natürlich nur, wenn der Mann frei ist.« Erwartungsvoll sahen beide Anna an.

»Natürlich.«

»Und bei dir?«

Anna war müde und spürte auf ihren Schultern die ganze Last als Besitzerin eines Olivenhains, die die ersten Schritte in ihrem neuen Leben als Direktanbauerin hinter sich hatte.

»Lasst mich in Ruhe mit euren Erinnerungen. Der Satz, den ich am liebsten hören würde, ist eher in die Zukunft gerichtet.«

Teresa und Pauline sahen sich gespannt an. »Nämlich?«, riefen beide gleichzeitig.

Anna setzte sich aufrecht hin. »Ich wünsche mir den Satz: Im nächsten Jahr werde ich für dich Netze ausspannen.« Alle drei brachen in fröhliches Gelächter aus.

»Na, das ist doch ganz einfach«, rief Pauline, »ruf doch einfach Ottavio an! Dann kommt das O zum A!«

»Ich glaube, ich sollte morgen früh gleich in der Ölmühle anrufen«, überlegte Anna, als sich das allgemeine Gelächter gelegt hatte, »die Termine sind rar, und wir dürfen die Oliven auf keinen Fall zu lange liegen lassen. Was meint ihr, schaffen wir es in zwei Tagen?«

»Wenn es nicht regnet, schon.« Pauline war optimistisch.

»Nimm den Termin einen Tag später, wir müssen in jedem Fall einen Regentag einkalkulieren«, riet Teresa, realistisch wie immer.

»Und vergiss nicht, dazuzusagen, dass du Direktanbauerin bist. Das ist doch die Voraussetzung, damit du die ortsüblichen Sonderkonditionen kriegst«, kicherte Pauline.

»Jetzt wird's spannend. Ab morgen legen wir einen Gang zu«, schlug Teresa vor.

»Wann fangen wir morgen an? Um sieben?«, fragte Pauline.

»Völlig unrealistisch. Um neun, weil vorher das Gras noch feucht vom Tau ist. Im nassen Gras rutscht man leicht aus«, sagte Anna, bevor sie ein letztes Mal nach dem Kamin, den Wolken draußen und ihren Katzen sah.

In der Nacht hatte sich der Wind gelegt, aber am nächsten Morgen hing tiefer Nebel über dem Tal, sodass weder die Straße noch die gegenüberliegenden Häuser zu erkennen waren.

Sobald sie aufgewacht war, hatte Anna im *Frantoio* angerufen. Aufgeregt kam sie mit einem Zettel und Termin zum Frühstückstisch, wo Pauline gerade ein paar *Amarene* in ihren Joghurt rührte. »Am Mittwoch, zehn Uhr.«

»Also, los geht's!«, forderte Teresa ihre Freundinnen energisch auf.

In Gummistiefel und Windjacken gepackt, schweigsam und mit Muskelkater vom ersten Tag geplagt, stiegen die drei Freundinnen in den Hain hinab.

»Hast du dir gemerkt, wo dein Hain eigentlich anfängt?«

»Nein, aber ich zähle immer sechs vom darunterliegenden Weinberg an.«

»Von unten? Das kommt mir ein bisschen kompliziert vor«, rief Teresa.

»Du könntest morgen ein blaues Band an den ersten Baum heften mit einem großen ›A‹ darauf. Man muss doch wissen, wo die eigenen Besitztümer anfangen!«, fand Pauline entschieden.

»Pauline, pass doch bitte auf, jetzt hast du mit deinen Stiefeln ein paar schöne Oliven zerquetscht«, nörgelte Anna.

»Oh, das tut mir leid!«, sagte Pauline mit gespielter Zerknirschung. »Was meint ihr, wer hat eigentlich das Olivenöl entdeckt?«

»Na, sicher jemand, der draufgetreten ist wie du und gemerkt hat, dass Öl rausspritzt«, antwortete Anna, der, bei aller Freundschaft, Paulines Fragen manchmal zu viel wurden.

»Olivenbäume werden bereits im Alten Testament erwähnt. Wahrscheinlich stammen die Bäume aus Zentralasien und waren schon vor viertausend Jahren bekannt. Vom Orient kamen sie dann nach Griechenland«, erklärte Teresa, die sich auch theoretisch mit Landwirtschaft befasst hatte. »Bei den Römern war das Öl als Schönheitsmittel geschätzt, erst allmählich hat es sich auch als Nahrungsmittel durchgesetzt. Es gab ausgebackene Kuchen aus Sesam, Hanf und Öl.«

»Mhm, stelle ich mir köstlich vor«, sagte Pauline. »Mit einem Wort: Olivenbäume haben die ganze Geschichte der Menschheit erlebt! Phantastisch, und Anna hat dreiundachtzig davon!«

»Ich weiß nur, dass es Benediktinermönche waren, die die Oliven vor tausend Jahren hierher an die Küste gebracht haben«, erklärte Anna.

»Ja, und das hat damit zu tun, dass Olivenbäume nach dem Ende des Römischen Reiches vor allem in Klostergärten kultiviert wurden. Denn für Ölkulturen braucht es Frieden und Beständigkeit«, ergänzte Teresa.

»Und wie ging es weiter?«, wollte Pauline wissen.

»Na ja, den ersten Aufschwung der Ölkultur gab es dann im Mittelalter, als die Bauern zum ersten Mal Besitzer ihrer Felder wurden. Aber ein wirklicher Wirtschaftsfaktor wurden Olivenbäume erst im 18. Jahrhundert. Damals waren Ligurien und die Toskana die Landstriche, in denen am meisten Öl erzeugt wurde. Zur Blütezeit des Olivenanbaus waren in Italien über eine Million Hektar Land mit Oliven bepflanzt. Danach hat man mit Zement mehr Geld verdient«, erklärte Teresa.

»Teresa, was du alles weißt!«, rief Pauline.

»Ja, das muss man doch, wenn man auf dem Land heimisch werden will.«

»Seht mal, heute Nacht waren Wildschweine hier!« Aufgeregt wies Pauline auf die gut sichtbaren Spuren.

Ein paar Meter weiter fing, noch hinter Bäumen verborgen, ein Hund zu kläffen an.

»Da unten sind Leute, ganz in der Nähe. Wir brauchen unbedingt eine Leiter. Ich gehe mal bei den Nachbarn nachsehen, ob die uns vielleicht eine leihen können.«

Schon nach ein paar Minuten kam sie wieder zurück, begleitet von einem dunkelhaarigen Mann.

»Darf ich euch Franco vorstellen, er kann uns seine Leiter leihen.« Wie immer hatte es Pauline geschafft, den ersten Mann, den sie traf, für ihre Belange einzuspannen.

»Ich freue mich, wenn ich den Damen helfen kann!«

Francos brauner Mischlingshund sprang aufgeregt um die kleine Gruppe herum.

»Wissen Sie, es gibt nur noch wenige Leute, die die Leidenschaft für Oliven teilen. Ich sehe, Sie gehören auch dazu.

Meine Mutter kam aus Kalabrien und war Olivenpflückerin. So hat sie hier meinen Vater kennengelernt. Olivenpflücken war früher ein reiner Frauenberuf. Pro Arbeitstag bekam man von den Bauern einen Liter Öl, das war übers Jahr wichtig fürs Familienbudget. Als ich noch klein war, hat mich meine Mutter mitgenommen und in einem Korb unter einen Olivenbaum gelegt. Sie kennen ja sicher schon den Satz, ›Wer einen Olivenbaum besitzt …‹«

»… stirbt niemals arm!«, riefen die drei fröhlich wie aus einem Mund.

Franco freute sich.

»Den Satz haben wir schon ein paarmal gehört«, sagte Anna.

»Anna, hast du gehört, einen Liter pro Tag, dass du dich ja nicht um unsere Entlohnung drückst«, warnte Pauline vergnügt.

»Seht mal her, das ist ein perfekter Baum mit lauter reifen Früchten, auf dem hängen mindestens sechzig Kilo Oliven, und mit der Leiter kommen wir jetzt endlich hinauf. Anna, dir fehlt es entschieden an Handwerkszeug! Aber jetzt wissen wir wenigstens, was wir dir die nächsten Jahre zum Geburtstag schenken! Ich jedenfalls eine Leiter!«, rief Pauline.

»Und ich lauter Netze«, verkündete Teresa. Alle lachten unbeschwert.

Der Baum hatte einen breiten, dunklen Stamm, der in der Mitte geteilt war, mit gleichmäßigen Zweigen, die gerade in die Höhe wuchsen.

»Seht mal, die hier, die winzig Kleinen, die gefallen mir«, sagte Pauline.

»Lass es bleiben, die bringen doch nichts«, wandte Teresa ein, weil an den abstehenden, etwas verwilderten Zweigen gerade geschätzte zehn Kilo Oliven hingen.

»Nein, jetzt hab ich schon angefangen. Und ein ordentlicher Olivenhain muss abgeerntet aussehen.« Pauline ließ sich nicht davon abbringen.

»Pass lieber auf, wo du hintrittst, ich habe noch keine Unfallversicherung für Erntehelfer abgeschlossen«, warnte Anna.

»Hört mal her, hier in den Zweigen mit den Winzlingen haben sich ganz viele Vögel niedergelassen. Hört ihr das Konzert?«

»Ja, sogar das Meer kann man bis unter die Zweige hören.«

»Und die Stimmen der anderen Leute! Gestern waren wir noch die Einzigen, und jetzt klingt es, als wären ganze Familien hier.«

»Schaut mal, das Licht! Es ist strahlend blau und vermischt sich mit dem Grün der Zweige.« Anna hatte schon den ganzen Nachmittag darauf gewartet, dass sich das Licht der Abenddämmerung in den Zweigen verfing. Durch die Zweige betrachtete sie den Himmel, dessen Blau sich, in verschiedenen Schattierungen, mit dem dunklen Grün der Bäume abwechselte.

Ottavio hat recht, dachte sie, es ist dieses strahlend blaue Licht, das einen hier gefangen hält und die Küste zu einem besonderen Ort macht.

Plötzlich war ein ganz leises Rauschen zu hören, so, als hätte der leichte Wind, der vom Meer heraufgekommen war, alle Bäume zu einem sanften Zusammenspiel ihrer Blätter vereint.

Ich werde Gregor vom magischen Licht im Olivenhain erzählen, dachte Anna. Vielleicht versteht er dann endlich, warum ich keine Krimis mehr schreiben will.

»Anna hat es wirklich gepackt«, sagte Teresa ernst.

»Gibt es eigentlich einen Namen für eine solche Begeisterung?«, fragte sie, an Pauline gewandt.

»Vielleicht Olivenweh – *Mal d' olive*, so, wie man Sehnsucht nach einem anderen Menschen oder einem fernen Land haben kann.«

»Ja, genau, ich glaube, das trifft es. *Mal d' olive*, wenn man ohne Olivenbäume nicht mehr leben kann. Was meinst du, Anna?«

Anna lächelte still vor sich hin.

»Wir müssen aufbrechen, in einer halben Stunde wird es dunkel. Dann kommen die Wildschweine vom Wald herunter, und das stelle ich mir nicht lustig vor.«

»Ohne Wildschweine hätten wir hier sogar ein Zelt aufstellen und hier übernachten können«, fand Pauline.

»Im Herbst? In der Kälte nachts? Ohne mich«, protestierte Teresa.

Anna machte eine letzte Runde von Baum zu Baum und zupfte übersehene Oliven ab.

Die sanften Linien der Terrassen bildeten die Wellen des Meeres nach, das in seiner ganzen Pracht vor ihnen lag. Das Meer und die Landschaft bilden eine Einheit, dachte Anna, das macht ihre Faszination, aber auch ihre Verletzlichkeit aus.

Unterhalb der terrassierten Streifen fielen die Hügel steil ins Meer ab. Vielleicht kam tatsächlich irgendwann der Tag, an dem die Natur sich zurücknahm, was ihr einmal gehört hatte? Denn hat nicht auch die Landschaft eine Seele, die sie verliert, wenn sie allzu sehr von den Menschen für deren eigene Interessen benutzt wird?

In der Ferne, über dem Meer, war das Nichts, in der Abenddämmerung nur ein Streifen graublauer Horizont zu erkennen. Anna ging noch einmal durch den ganzen Hain.

»Der hier, ganz am Ende, ist mein Lieblingsbaum.« Anna strich über den rauen Stamm und las ein paar letzte Oliven vom Boden auf.

»Los, komm jetzt, bei Dunkelheit schaffen wir den Aufstieg nicht«, rief Pauline, die schon den größten Jutesack geschultert hatte, Teresa packte den kleineren und die beiden Plastikeimer. Der mittlere blieb für Anna übrig.

Als die Sonne unterging, waren die Hügel im Osten in rotes Licht getaucht, bis das Grau der Dämmerung langsam in undurchdringliches Dunkel überging. Es war, als würden sich die Hügel immer mehr Richtung Meer schieben, das noch im letzten Licht des Tages lag. Im Osten wurde es zunehmend dunkler, während das Meer schon in eisiges, dunkles Blau getaucht war.

Schwer atmend, aber mit glücklichen Gesichtern, waren die drei mit ihrer Ernte an der Straße angekommen.

»Habt ihr gesehen, wie viele Haine alleine auf dem Weg ins Dorf aufgegeben sind? Am liebsten würde ich sie alle aufkaufen und ein Projekt daraus machen«, sagte Anna.

»Warum eigentlich nicht?«, erwiderte Pauline.

»Wisst ihr, was mir eingefallen ist?«, sagte Teresa zufrieden und schwer atmend. »Poseidon hat den Menschen das Pferd geschenkt und Athene die Oliven.«

»Willst du damit sagen, dass man mit Pferden Krieg führen und mit Oliven Frieden schaffen kann?«, fragte Pauline.

»So ähnlich. Deshalb hat auch Zeus den Baum als Zeichen des Friedens geliebt.« Teresa blickte glücklich über die friedvolle Landschaft.

Annas Spaghetti mit Ricotta und Kräutern waren zusammen mit Luigis Rotwein, den Teresa mitgebracht hatte, ein frugales Erntemenü. Danach gab es Schafskäse, mit Salbei, Rosmarin und wildem Fenchel gebraten.

»Luigis Wein ist köstlich, er hat sich schon lange den einfachen, aber guten Dingen verschrieben.«

»Wisst ihr was?«, sagte Pauline, »eigentlich bin ich froh, dass Giovanni endgültig ausgezogen ist. Es war schon lange zu Ende mit uns, ich habe nur ständig alle möglichen Ausreden gefunden, um es nicht zugeben zu müssen. Eigentlich hätten wir uns viel früher trennen müssen.«

»Pauline, sei nachsichtig mit Giovanni und vor allem mit dir selbst«, wandte Anna ein, »es macht keinen Sinn, dass man sich hinterher Gedanken macht, was besser gewesen wäre. Unsere Erfahrungen gehören zu uns, die guten und die schlechten. Schließlich haben sie uns zu dem gemacht, was wir heute sind.«

»Anna, seitdem du auf dem Land lebst, bist du ausgesprochen milde geworden!«, stellte Pauline fest. »Und fast weise! Du warst doch früher nicht so!«

»Man geht doch immer Kompromisse ein, sonst würde sich das Leben doch wie die reinste Hölle anfühlen! Ich bin Luigi gegenüber auch einige Kompromisse eingegangen, ohne die geht es in unserem Alter einfach nicht«, kommentierte Teresa.

»Wieso ›in unserem Alter‹? Was meinst du damit?«, wollte Pauline wissen.

»Na ja, zum Beispiel übernachtet er manchmal in seiner Junggesellenwohnung, auch wenn wir oft ganz glückliche Tage miteinander verbringen«, erklärte Teresa.

»Stört dich das nicht?«, fragte Pauline.

»Am Anfang hat es mich gestört, und dann habe ich gemerkt, dass wir beide einfach nicht mehr fünfzehn sind. Was ich inzwischen durchaus als Glück empfinde. Als wir jünger waren, waren wir auch dümmer. Und außerdem«, Teresa zögerte ein bisschen, »Luigi war mit keiner Frau länger als ein paar Wochen zusammen. Zum Glück habe ich ihn erst spät kennengelernt, als er offensichtlich dasselbe Bedürfnis wie ich nach Ruhe und Beständigkeit hatte.«

»Als ich Giovanni kennenlernte, hatte er noch die Bilder seiner Exfrauen überall rumstehen. Oh Gott, wenn ich daran denke. Und ich hab mich einfach nicht getraut, sie wegzustellen. Könnt ihr euch das vorstellen? Dabei habe ich die Hälfte der Miete bezahlt! Eines Tages habe ich die Wohnung streichen lassen und bei der Gelegenheit alles, was mir nicht passte, weggeräumt.« Pauline seufzte in der Erinnerung.

»Na siehst du, daran hättest du erkennen können, dass er doch nicht der Richtige für dich war! Obwohl, Rolf hatte auch noch ein paar Fotos seiner Ex in der Wohnung stehen, von den vielen Bildern seiner Mutter einmal abgesehen«, erinnerte sich Anna.

»Ja, ja, theoretisch stimmt das ja alles, aber was soll man machen, wenn man verliebt ist?«, fragte Pauline.

»Liebe ist immer eine Projektion von all dem, was man in sich trägt«, lachte Teresa.

»Diese Exfrauen spuken überall herum, aber sie tun ja nicht weh. Wie ein leiser, manchmal wohlwollender, manchmal zänkischer Geist.«

»So gesehen, waren auch die letzten beiden Jahre in meiner Ehe eine verlorene Zeit«, bemerkte Anna. »Ich hätte eher gehen müssen, aber ich hatte Angst davor, was danach geschehen würde.«

»Was danach kommt, ist immer besser als das, was vorher war«, entschied Teresa, plötzlich wieder hellwach. »Nur weiß man das vorher nie.«

»Manchmal ist es auch ganz einfach, man muss nur den Blickwinkel ändern und sich in die Lage des anderen hineinversetzen«, fand Anna.

»Aber hin und wieder ist es gut, die eigenen Wünsche zu überprüfen«, verkündete Teresa. »Sonst mischen wir uns einen unverdaulichen Salat aus Wünschen und wundern uns, wenn wir Magenschmerzen bekommen.«

»Schlussstriche zu ziehen ist einfach schwierig, wenn man Kinder hat«, sagte Pauline nachdenklich.

»Das verstehe ich«, pflichtete Anna bei. »Und inzwischen würde ich mir wünschen, mit Rolf in freundschaftlicher Verbindung zu bleiben. Wenn man etwas Abstand hat und die Wunden geheilt sind, könnte es doch sogar funktionieren.«

»Pauline hat recht«, rief Teresa aus, »seitdem du Landbesitzerin geworden bist, bist du irgendwie milder gestimmt! Früher hattest du doch über alles und jeden ziemlich hart geurteilt.«

»Oh ja, das stimmt«, lachte Anna, »ich fürchte, das war eine Folge der vielen Großstadtmorde, mit denen ich mich beschäftigt habe. Aber damit ist es jetzt vorbei. Wollen wir nicht darauf anstoßen?« Sie schenkte eine letzte Runde aus Luigis Keller ein.

»Was willst du eigentlich als Nächstes schreiben?« Pauline konnte wie immer ihre Neugier nicht bremsen.

»Na ja, vielleicht eine Liebesgeschichte.« Anna zögerte. »Oder eine Geschichte darüber, wie man zu den Wurzeln zurückfinden kann.«

»Kann man das denn?«, fragte Pauline.

»Oh ja, man muss nur genau hinsehen«, antwortete Anna.

»Ich gehe jetzt schlafen«, sagte Teresa, »dass ihr beiden auch immer am späten Abend mit so schwierigen Themen anfangen müsst. Morgen brauchen wir unsere ganze Kraft im Olivenhain.«

Am nächsten Morgen tobte ein heftiger Wind ums Haus, der Nebel hielt sogar das Meer hinter einem dichten Schleier versteckt.

»Ich sehe die Oliven vor lauter Nebel nicht mehr!«

Pauline hatte sich ihre blaue Kaputze tief übers Gesicht gezogen.

»Du siehst aus wie ein Gespenst, das aus dem Olivenhain kommt«, sagte Anna. »Wird Zeit, dass du eine Outdoor-Kollektion für Erntehelfer entwirfst!«

»Anna, du hast dir wirklich ein wildes Hobby ausgesucht. Und dieses Klima hier, einmal sieht es nach Badewetter und dann wieder nach Weltuntergang aus«, klagte Pauline.

»Das Gelände ist so rutschig, dass man unheimlich aufpassen muss«, warnte Teresa.

»Wir müssen ernten, und wenn es weiße Mäuse regnet! Und die Oliven unterhalb vom Haus müssen auch noch drankommen.«

Wenn es um ihre Oliven ging, kannte Anna einfach kein Pardon.

»Oh, mit so schmerzenden Knochen bin ich schon lange nicht mehr aufgestanden«, sagte Pauline, als um sieben Uhr der Wecker klingelte. Anna und Teresa schaufelten die Oliven wieder vom Boden in die Jutesäcke, die sie mit gemeinsamer Anstrengung in den Kofferraum von Annas Auto hievten. Pauline hielt die ganze Aktion mit dem Fotoapparat fest. Anna hatte wohlweislich gute drei Stunden für die Vorbereitungen und die zwanzig Kilometer zur Ölmühle gerechnet, weil sie auf keinen Fall zu spät kommen wollte.

Seit dem frühen Morgen war der *Frantoio* hell erleuchtet, auf dem winzigen Parkplatz davor standen lauter rote und grüne *api* voller Jutesäcke.

»Wir sind die einzigen Frauen«, stellte Pauline trocken fest.

»Und die Männer sind alle über siebzig!« Teresa sah sich aufmerksam um. »Und haben sich dem Aussehen von Olivenbäumen angeglichen.«

»Habt ihr die Nase von dem gesehen?« Pauline kicherte. »Und diese Waage für Oliven könnte man bestimmt auch für Kühe und Stiere verwenden.«

»Jetzt bin ich aber gespannt, wie viel Kilo es sind!«, sagte Anna aufgeregt.

»Hundertachtundsechzig!«, sagte der Angestellte, der wie ein Botticelli-Jüngling aussah und die groben Säcke auf eine Waage geworfen hatte.

»Was, so wenig?« Anna war enttäuscht.

»Und dafür haben wir tagelang geschuftet!«, bedauerte Pauline.

»Das ist nicht wenig, wenn die Oliven noch so grün sind«, sagte der Jüngling mit den Locken und setzte sein schönstes Lächeln auf, »und dafür schmeckt das Öl sehr fruchtig und ist besonders gesund.«

»Schön, Ihre Oliven«, sagte ein älterer Herr hinter ihr mit kariertem Hemd und sympathischem, wettergegerbtem Gesicht und sah fast zärtlich auf Annas Oliven. »Und nicht wie das halb verfaulte Zeug, mit dem die großen Ölmühlen arbeiten. Pah, dieses Pack! Wer Öl panscht, gehört hinter Gitter.«

»Wie, aber das passiert doch nicht hier?«

»Natürlich nicht, ich meine die Großbetriebe. Sie produzieren minderwertiges Öl aus halb verfaulten Oliven, das wir Lampantöl nennen. Denn damit haben wir früher die Lampen angezündet! Stellen Sie sich das mal vor! Das wird dann mit Geschmacksverstärkern aus der Chemiefabrik vermischt, damit es wie richtiges Öl schmeckt. So weit ist es mit unserer Welt gekommen.«

Anna blickte betreten.

Der Mann sah die drei Frauen anerkennend an.

»Aber Sie wissen ja jetzt, wie schwer die Arbeit ist. Drei Euro für einen Liter Öl im Supermarkt, das kann es wohl nicht sein! Aber zum Glück gibt es ja Leute wie Sie.«

Liebevoll fuhr er mit der Hand durch die Oliven.

»Ich sehe schon, Ihre Oliven haben die richtige Reife. Wichtig ist, dass der Säuregehalt unter einem Prozent liegt, aber das kriegen Sie hin.«

Anna lächelte ihn dankbar an.

»Wenn ich es mir recht überlege«, erwiderte sie, »finde ich es gut, dass es hier so unbequem ist. Die Profitgeier kommen also gar nicht auf die Idee, es hier mit ihren Betrügereien zu probieren.«

»Unsere Oliven sind wirklich die schönsten«, sagt Pauline stolz, »hast du die schwarzen Dinger von dem vor uns gesehen?«

Ein mageres Männlein in grüner Windjacke hatte selbstbewusst zwei Säcke mit pechschwarzen Oliven ausgeleert, aber doch neidisch auf die intakten Früchte von Anna geblickt.

»Gott sei Dank wird die hydraulische Anlage nach jedem Pressvorgang gereinigt, von den schwarzen Dingern will ich nichts in meinem Öl!«, sagte Anna.

»Bis du sicher?«, fragte Teresa. »Kontrolle ist besser als Vertrauen, ich rühre mich hier nicht weg.«

»Und seht mal, der, der hat mehr Blätter als Oliven in seinen Steigen«, entdeckte Pauline.

»Man lässt keine Blätter zwischen den Oliven«, erklärte Anna, »weil das Öl sonst holzig schmeckt. Domenica ist abends vor dem Fernseher tagelang damit beschäftigt, die Oliven von Blättern zu befreien.«

»Das mit den Steigen ist allerdings eine gute Idee«, fand Teresa, »habt ihr gesehen, dass man die hier ausleihen kann?«

»Oh, schaut mal, jetzt werden die Oliven geduscht!« Pauline war hingerissen.

»Ciao Olive«, sagte Anna, als ihre grasgrünen und blau gescheckten Winzlinge nach dem Waschvorgang in einem Stahlschlund verschwanden.

»War doch schöner, als es früher noch die alten Mahlsteine gab.« Bedauernd sah Pauline den Oliven nach.

»Bist du verrückt! An die Mahlsteine wurden Esel mit verbundenen Augen gespannt!«, mahnte Teresa.

Die Ölpresse, die wie eine gigantische Autowaschanlage aussah, bestand aus einem Labyrinth aus meterlangen Stahlrohren, in die winzige Durchblicke eingelassen waren. Der Jüngling und ein älterer Mann mit Goldkette machten sich geschäftig an den Schalthebeln zu schaffen. Vier Pressvorgänge liefen jeweils parallel. Pauline flirtete mit dem Jüngling, der ihr lächelnd zunickte, und winkte die beiden anderen heran, um durch ein quadratisches Glasfenster ins Innere der Rohre zu sehen.

»Schaut mal her, diese braune Paste, das waren mal unsere Oliven!«

»So sieht's aus«, schrie der Jüngling, der noch nicht einmal Ohrstöpsel trug, »wenn das Fruchtfleisch vom Kern gelöst und zerquetscht wird. Denn das Öl ist in der Haut und im Fleisch enthalten. Und Olivenöl muss als einziges Öl nicht raffiniert werden.«

Fasziniert sah Pauline abwechselnd den Jüngling und die lehmbraune Masse in einem der Stahlrohre an.

»Und was passiert mit der Haut und den Steinen, die übrigbleiben?«

Der junge Mann wies auf das einzige seitliche Fenster im Raum. Davor lag eine sich in jeder Minute vergrößernde Halde, auf die es unablässig aus dem letzten Teil der Stahlrohre tropfte. Die braune Masse verströmte einen leicht bitteren, keineswegs unangenehmen Geruch.

»Bitteres Fruchtwasser und zermahlene Steine. Wird alles als Düngemittel und Tierfutter verwendet.«

»Beeindruckend.« Pauline lächelte dem jungen Mann zu.

»Ein perfekter Recyclingprozess. Was man in einer Ölmühle alles lernen kann. Wie nennt man eigentlich die Männer, die hier arbeiten? Das müssten dem Namen nach doch auch Müller sein, oder?«

»Oh ja, vielleicht könnte Anna *frantoiana* werden, was für ein schöner Beruf!«, fand Teresa begeistert.

Der ältere Mann in Olivgrün machte den drei Frauen ein Zeichen und legte einen Hebel um.

»Ist das unser Öl?«

Gebannt standen die drei Frauen am Ende des Stahlrohrs, bis die ersten Tropfen grüner Flüssigkeit in den Plastiktrichter tropften. Anna konnte ihren Blick nicht abwenden. Ihr kam es vor, als sei es pures, flüssiges Gold.

»Resa quattordici!« Der ältere der beiden Männer hielt Anna triumphierend einen Zettel vor die Nase, auf dem noch die Summe, dreißig Euro, stand, die sie für den Pressvorgang zu zahlen hatte.

»Und was heißt das?«, fragte Pauline.

»Vierzehn Prozent Ertrag pro hundert Kilo, das heißt, dass wir uns für unseren ersten Versuch ziemlich gut geschlagen haben!« antwortete Anna.

»Und der Säuregrad?«, fragte Anna ängstlich.

»Null Komma sieben Prozent!«, antwortete der Mann. Anna konnte ihr Glück kaum fassen.

»Ich habe schon lange nicht mehr etwas so Schönes erlebt«, fand Pauline.

Anna packte mit größter Sorgfalt die vier Fünf-Liter-Kanister in die leeren Jutesäcke. Sie war nahe daran, vor Freude in die Luft zu springen.

»Eine industrielle Produktion war es zwar nicht, aber es hat Spaß gemacht«, kommentierte Teresa strahlend.

Auf dem Heimweg schwappte das Öl in den Kanistern in jeder Kurve. »Jetzt muss ich bei diesen Straßen auch noch die Kanister festhalten«, kommentierte Pauline, die auf dem Rücksitz saß. Anna konnte es kaum abwarten, ihr erstes eigenes Öl zu probieren. Zu Hause angekommen, standen Anna, Pauline und Teresa in stiller Ehrfurcht um Annas Küchentisch und hielten ein Stück Brot in der Hand, das sie vorsichtig in Öl tunkten. »So etwas Köstliches habe ich noch nie in meinem Leben gegessen«, sagte Pauline in das allgemeine Schweigen, worauf sich die drei in die Arme fielen und in befreites Gelächter ausbrachen.

»Wisst ihr, was ich bei der Ernte gelernt habe?«, sagte Anna am Abend beim letzten Glas Rotwein vor dem brennenden Kamin.

Auf dem Tisch standen zwei große Flaschen mit grünem Öl, Annas Dank an Teresa und Pauline, das nach Artischocken und frischem Heu roch und in der Nase und im Mund pure Glückshormone freisetzte. Den drei Freundinnen kam das flüssige Gold wie ein Wunder vor.

Draußen hatte es wieder leicht zu regnen begonnen, und sobald Anna die Terrassentür öffnete, vermischte sich der Geruch des Regens mit dem von verbranntem Holz.

»Ich habe gelernt, dass die Orte zu der Landschaft und ebenso die Menschen zu den Orten und zur Landschaft gehören.«

»Vielleicht haben wir bei der Olivenernte etwas entdeckt, was wir vorher vergessen hatten«, sagte Teresa. »Wir essen nämlich, was wir ernten, und wir ernten, was wir pflanzen. Manchmal finde ich es ein bisschen verrückt, wie Luigi mit seinen Schafen umgeht. Aber es liegt ein Zauber über dem eigenen Leben, wenn sich die Kreise schließen und man die einfachen Dinge wiedergefunden hat.«

»Soll ich euch sagen, was mir bei der Ernte am besten gefallen hat?«

Pauline blickte ihre beiden Freundinnen an.

»Es war eine Arbeit, die uns einander nähergebracht hat. So muss es wahrscheinlich auch früher gewesen sein, als viele Generationen dieses Landschaftskunstwerk geschaffen haben.«

»Domenica sagt immer, dass es die wesentlichen Dinge im Leben sind, die man im Olivenhain lernt: Kontinuität und Beständigkeit«, ergänzte Anna, »denn es sind die immer gleichen, alltäglichen Gesten, die das Leben ausmachen.«

»Es war ein tolles Erlebnis, das Highlight in diesem Jahr«, fand Pauline. »Eigentlich war es ein bisschen wie in die Oper gehen, nur dass wir nicht so elegant angezogen waren.«

»Nichts gegen Giuseppe Verdi. Aber ich gehe lieber in die Oliven«, lachte Anna.

»Es ist eine schöne Arbeit, weil man sich unablässig der Sonne entgegenstrecken muss.« Pauline hielt sich vor Müdigkeit kaum noch auf den Beinen.

»In unserem Fall dem Regen«, bemerkte Teresa trocken.

»Gibt es eigentlich einen Preis für das beste Öl in dieser

verrückten Gegend? Es würde mich nicht wundern, wenn du ihn am Ende noch gewinnen würdest. Die richtige Leidenschaft dafür hast du ja schon.«

»Vielleicht im nächsten Jahr«, erwiderte Anna augenzwinkernd, »aber auch meine Helfer müssen natürlich entsprechend eingespielt sein.«

»Warum ist Olivenöl eigentlich so gesund?«, fragte Pauline, neugierig wie immer.

»Weil es zu siebzig Prozent aus einfach ungesättigten Fettsäuren besteht. Außerdem enthält es Phenolsäure und Polyphenole, die als Antioxidantien Entzündungen hemmen und freie Radikale binden.« Teresa wusste wie immer Bescheid. »Olivenöl wirkt sich positiv auf die Arterien, den Blutdruck und den Cholesterinspiegel, sogar bei Diabetes, aus. Es wirkt auf den Fettstoffwechsel und damit auf Blutdruck und Blutgerinnung. Neulich habe ich sogar beim Zahnarzt gelesen, dass das Krebsrisiko gesenkt werden kann.«

»Ach ja, was man beim Zahnarzt so alles liest«, fand Pauline skeptisch.

»Aber Tatsache ist, dass in den Ländern rund ums Mittelmeer fünfundzwanzig Prozent weniger Darmerkrankungen vorkommen als im Norden«, ergänzte Teresa. »Und vorstellen kann ich mir durchaus, dass Olivenöl gesünder als tierisches Fett ist.«

»Jetzt fängst du auch noch mit Zahlen an – hör auf, Teresa!«, unterbrach Anna sie.

»Und was heißt das alles konkret?«, fragte Pauline leicht ungeduldig.

»Na, durch die Wirkung von Olivenöl werden deine Zellen geputzt und alles rausgeworfen, was giftig ist«, antwortete Anna.

»Also, jetzt habe ich es verstanden. Und ist unser Öl jetzt

eigentlich kalt gepresst?« Pauline war mit ihren Fragen noch lange nicht zu Ende.

»Ja, natürlich. Obwohl dieser Begriff auf den Flaschen immer irreführend ist. Die mechanischen Ölmühlen heute arbeiten immer mit Wasser um die siebenundzwanzig Grad, wirklich heißes Wasser hat man nur früher zugesetzt, als man noch nicht mechanisch, sondern mit Matten gepresst hat.«

»Ach ja, ich sehe schon, Ölmachen ist eine eigene Wissenschaft. Aber schade, dass wir jetzt ein ganzes Jahr lang keine Oliven ernten können. Ich habe mich schon richtig daran gewöhnt.« Pauline verzog ihren Mund zu einem charmanten Lächeln, wie es nur ihr gelang. »Wenigstens haben wir noch zwanzig Kilo zum Einlegen aussortiert. Wässern, einlegen, neue *salamoia* ansetzen, was glaubst du wie viel Arbeit da noch auf dich zukommt. Und bitte sei so nett und teile uns alle paar Tage den Zustand unserer Oliven mit«, bat Pauline.

»Soll ich wöchentlich eine schriftliche Presseerklärung abgeben?« Anna warf ihren beiden Erntehelferinnen einen ironischen Blick zu.

»Oh ja, bitte, wöchentlich ist gut, so haben wir uns das vorgestellt!«, rief Pauline fröhlich aus.

Anna hatte die Gläser abgeräumt und sich wieder an den Tisch gesetzt.

»Ich habe euch noch nicht gesagt, was ich morgen nach eurer Abreise tun werde«, sagte sie.

»Ist doch klar, du rufst Ottavio an und fragst, ob er im nächsten Jahr Netze für dich ausspannt«, sagte Pauline und grinste.

»Nein«, Anna räumte zufrieden lächelnd die Gläser weg, »ich werde Domenica helfen und mit ihr in die Oliven gehen.«

»Wie, die ganze Plackerei noch mal von vorn?«, rief Pauline aus. »Anna, ich fass es nicht!«

Teresa und Pauline sahen sich vielsagend an.

»Ja, ja, Olivenbäume sind älter als Menschen und sehen gelassen ihrem verrückten Treiben zu«, schloss Teresa.

KAPITEL 10

Liebe im Olivenhain

Keuchend war Domenica an der Bushaltstelle in Albereto superiore ausgestiegen, die seit dem letzten Regen nur noch aus einem Holzpfahl mit einem zerfetzten Fahrplan bestand.

»Sieh mal, so viele Oliven habe ich heute Morgen geerntet!«

Domenica zeigte auf zwei riesige Plastiktaschen.

»Was, alleine? Warum hast du nicht Bescheid gesagt? Ich helfe dir, sie ins Haus zu tragen«, bot Anna an. »Und wofür brauchst du den Regenschirm?«

»Na, damit die Oliven hineinfallen! Ich spanne den Schirm aus und streife die Oliven von den Ästen ab. Einer von diesen *foresti* fuhr vorbei und hat gesagt, er habe zwar schon viel gesehen, aber noch nie eine Olivenernte mit Regenschirm.«

Auch Anna war ausnehmend gut gelaunt, der Anblick des Regenschirms erheiterte sie.

»Du hättest doch auf mich warten können. Ich hab dir doch versprochen, dass ich dir helfe. Übrigens habe ich mich gestern bei der Kooperative der Direktanbauer in Lagaccio eingeschrieben.«

»Willst du jetzt doch noch Bäuerin werden?«

Domenica schlang sich das grüne Plaid um die Schulter, das Anna ihr zum Geburtstag geschenkt hatte.

»Weißt du überhaupt, was das für ein hartes Leben ist? Komm schnell mit rauf, damit ich dir eine *madonnina* geben kann.«

Anna lachte. »Was, willst du mir eine kleine Madonna schenken?«

»Nein, das ist ein Pilz, den ich heute Morgen im Wald gefunden habe. Du kannst eine *frittata* daraus zubereiten.«

»Oh, es hätte mich auch gewundert, wenn es einmal nicht ums Essen gegangen wäre.«

Domenicas Gesicht verzog sich schmerzhaft, als sie die Treppe zu ihrem Haus hinaufstieg. »Es war zu viel heute Morgen, und jetzt tun mir alle Knochen weh.«

»Warst du mal beim Arzt?«

»Ma che medico!«

Wie alle Italiener, wenn sie verärgert sind, machte Domenica die typische Geste, die bedeutet, dass ihr die ganze Welt den schmerzenden Rücken herunterrutschen kann.

»Ich habe Arthrose von der Feuchtigkeit im Winter, Maria und Pinuccia haben auch kaputte Knie, von den mühsamen Wegen, die wir ein Leben lang zurückgelegt haben. Jeden Tag sind wir zu Fuß hinunter in die Oliven gegangen und haben die Kaninchen gefüttert. Wenn es schön war, haben wir auf dem Dach der Hütte zu Mittag gegessen. Und wenn es geregnet hat, mussten wir trotzdem gehen. Jetzt bin ich alt, und ich habe keine Lust mehr, dieses Leben zu führen!« Domenica strich sich über das schmerzende Knie.

»Und was machst du dann mit dem Olivenhain?« Mit einer Hand griff Anna in die volle Plastiktasche. Die dunkellila Oliven fühlten sich prall vor Öl an, angenehm glatt und schwer.

»Die soll der Teufel holen!«

»Der Teufel«, lachte Anna. »Meinst du, der traut sich überhaupt hierher?«

»Der Teufel oder wer eben zuerst kommt. Du kannst das Land haben, wenn du willst.«

»Aber gerne«, sagte Anna und wusste nicht, wie ihr geschah.

»Ich nehm dich beim Wort«, sagte Domenica. »Jetzt brate ich erst mal die *madonnina* für dich, und nach dem Mittagessen fahren wir hin.«

Zwei Stunden später saß Domenica neben Anna im Auto.

Das Gelände lag drei Kurven unterhalb von Annas Haus direkt an der Straße und war mit einem Zaun verschlossen, der zur Hälfte heruntergerissen war.

»Hier, sieh dir das mal an: Jemand hat mir ein paar neu gepflanzte Bäume geklaut! Denk bloß nicht, dass die Menschen hier besser als anderswo sind.«

Unterhalb einer gleichmäßigen Reihe von Oliven lag ein riesiger Stein, der von der Straße bis zur ersten Terrasse reichte.

»Bist du sicher, dass es hier nur zu deinem Olivenhain und nicht zu den Anfängen der Erde geht?«, fragte Anna lachend.

»Du meinst wegen dem Felsbrocken da? Der war schon immer hier. Aber die anderen sind beim letzten Herbstregen von oben heruntergekracht. Das kommt daher, dass Luciana die Mauern nicht mehr pflegt. Wenn einer anfängt, das Land aufzugeben, bricht drumherum alles zusammen.«

»Es sieht aus, als würde der Stein den Eingang zu einer märchenhaften Urlandschaft bewachen.«

»Das hättest du wohl gern, damit du von Gnomen und Feen und sonstigem Getier träumen kannst. Ich kenn dich doch!«, lachte Domenica.

»Ziemlich viele Steine hier«, lenkte Anna ab und setzte ihren Fuß vorsichtig auf einen Weg, der vor Geröll kaum noch zu erkennen war.

Domenica schaute sich prüfend um. »Ein bisschen Arbeit

hättest du schon. Aber mit einer *ruspina* schaffst du es ganz schnell«, sagte sie bestimmt, als müsste sie sich selbst davon überzeugen. »Ein paar Tage, und du hast hier aufgeräumt. Natürlich brauchst du die Steine, wenn du die oberen Mauern wieder herrichten willst. Du könntest sie zerschlagen und wahre Kunstwerke schaffen.«

»Ich?«

»Ich meine natürlich nicht du, aber zum Beispiel dieser Ottavio. Dann hätte er endlich was zu tun, anstatt nur auf deiner Terrasse zu sitzen.«

»Wenn er bei mir ist, arbeitet er eigentlich immer, das weißt du doch!«, widersprach Anna.

»Ach ja?«

»Und was deine Geröllhalde anbetrifft, meinst du nicht, es müsste doch eine richtige *ruspa* sein und man bräuchte ein paar Wochen dafür?«, gab Anna zu Bedenken.

Domenica stieg weiter nach oben, ohne sich noch einmal umzusehen.

Rechts zogen sich perfekte Reihen von Olivenbäumen den Hügel entlang, während links ein Weg in abenteuerlichen Zickzack-Linien zum oberen Teil des Geländes führte.

»Domenica, nicht so schnell!« Anna hatte Mühe, den steilen Hang hinaufzugehen, wo kaum noch ein Weg zu erkennen war. Domenica hingegen war nicht zu bremsen.

»Wenn ich langsamer gehe, fallen mir meine Schmerzen wieder ein.«

Domenica warf einen prüfenden Blick auf die Steine, Hügel und Bäume. »Weißt du, meine Schwiegereltern haben mir das Land vermacht, weil ich sie bis zum Schluss gepflegt habe. Ich trenne mich nicht gern davon.« Sie machte nun doch eine Pause und sah sich um. »Aber ich weiß ja, dass es bei dir in guten Händen wäre.«

»Verstehe«, sagte Anna etwas verlegen, als ob es zu viel der Ehre wäre, eine völlig verwahrloste Geröllhalde zum Verkauf angeboten zu bekommen.

»Irgendwer muss ja mal anfangen, die Terrassen wieder aufzuforsten, warum nicht du? Du pflanzt neue Bäume, machst dein eigenes Öl und setzt hier ein Zeichen. Und du wirst sehen, alle machen es dir nach. Wenn ich nicht irre, hast du doch sowieso vor, hierzubleiben.«

»Meinst du? Ich hab noch nicht darüber nachgedacht.«

»Das glaub ich dir nicht«, antwortete Domenica überzeugt, »aber allein schaffst du es nicht.« Sie drehte sich kurz auf der Steinstufe um, die in den Fels gehauen war. »Warum tust du dich nicht mit diesem Ottavio zusammen? Er treibt sich doch sowieso ständig bei dir rum. Damit hier endlich geordnete Verhältnisse herrschen.« Je schmaler der Weg hinauf wurde, desto schwerer atmete Domenica vor Anstrengung. »Was sollen denn die Leute denken! Eine Frau alleine und ein fremder Mann, der ständig auf der Terrasse sitzt!«

»Ottavio? Den habe ich schon lange nicht mehr gesehen«, sagte Anna lächelnd. »Aber gut, ich kann ihm den Hain ja mal zeigen.«

»Wenn ich Geld und Kraft hätte, würde ich das Gelände selbst herrichten. Aber erstens habe ich kein Geld, zweitens bin ich zu alt, und drittens habe ich keine Idee, was ich damit machen kann. Allein schafft man so was nicht.«

»Wie schade.«

»Oder auch nicht. Vielleicht ist es auch gut so. Ohne neue Ideen kann es hier nicht weitergehen. Manchmal kommt es mir vor, als wenn die *foresti* klüger als die Einheimischen wären.«

»Was sagt denn deine Familie dazu?«

»Wer? Camillo? Der hat immer Hunger und ist schon überfordert, wenn er zwei Kaninchen auf einmal schlachten muss. Hast du schon mal gehört, dass hier jemand die Landwirtschaft unterstützt? Alle kommen her und machen große Augen, wie schön es hier ist. Aber wenn es ums Arbeiten geht, hat niemand mehr Interesse.«

Anna ging hinter Domenica her und hörte ihr stumm zu.

»Es geht noch weiter, bis oben zum Lichtmast. Wenn du die Brombeeren gerodet hast, kannst du irgendwann auch wieder die Abkürzung von der Kurve aus hinuntergehen, ganz nahe bei deinem Haus. Der Kaninchenstall ist irgendwo unter den Dornen verborgen. Du kannst ja deine Maurer engagieren und ein Zweithaus für deine Gäste draus machen.« Domenica sah über das Meer, über dem sich dunkle Wolken zusammengezogen hatten. »Lass uns zurückgehen, das Wetter gefällt mir nicht. Sieh mal, eine schwarze Windhose, die von Blitzen eingehüllt ist. Wenn es nicht so gefährlich wäre, könnte man den Anblick sogar schön finden.«

»Hoffentlich treffen die Blitze kein Schiff, das draußen auf dem Meer unterwegs ist«, sagte Anna und dachte an all die Piraten, Kobolde und Meerjungfrauen, von denen sie seit der Ernte geträumt hatte.

Domenica schlang ihr grünes Plaid noch fester um sich.

»Hoffentlich. Die alten Seefahrer konnten noch die Formen der Wolken und Wellen lesen. Heute können sie das nicht mehr und stoßen sogar mit Felsen zusammen, die man mit bloßem Auge sieht. Aber das ist das Gute an unserer Küste, dass ein Hafen neben dem anderen liegt.«

»Ich sage Ottavio Bescheid«, beschloss Anna, als sie sich keuchend neben Domenica an den Abstieg machte. »Wenn er mitmacht, bin ich dabei.«

Domenica grinste. »Ich kenn dich doch, du hast längst alles

beschlossen. Aber keine Angst, ob mit oder ohne Ottavio, ich mach dir einen Freundschaftspreis.«

Als Anna nach dem Mittagessen nach Hause kam, wählte sie sofort Ottavios Nummer. Sie konnte es kaum abwarten, seine Stimme zu hören. »Anna!« Ottavio klang hocherfreut.

»Ich hoffe, du bist nicht enttäuscht, dass nur ich es bin«, sagte sie mit ironischem Unterton.

»Nein, ganz im Gegenteil, wie kommst du darauf.« Ottavios Entrüstung war durchs Telefon zu spüren und klang ehrlich.

»Wie viel Zelte für Besucherinnen hast du denn inzwischen in deinem Garten aufgebaut?«, fragte Anna. Sie konnte sich die Bemerkung nicht verkneifen.

»Hast du eine Ahnung! Trotz meiner Zäune haben die Wildschweine gestern Nacht meinen Winterkohl umgemäht, sind einfach unter dem Zaun durchgekrochen! Wenn es so weitergeht, werde ich überhaupt nichts mehr anpflanzen können.«

»Tja, du wohnst eben zu nahe am Wald«, sagte Anna lakonisch. »Vielleicht wird es Zeit, dass du dich in zivilisiertere Gegenden herabbegibst.«

»Ich fürchte, dass du recht hast. Die Wildschweine sind inzwischen zu einer festen Größe geworden.«

»Ottavio, ich rufe dich an, weil ich dir was zeigen möchte.« Anna machte eine kleine Pause. »Etwas, das vielleicht viel wichtiger als deine Wildschweine ist.«

»Jetzt machst du mich aber neugierig.«

»Komm einfach vorbei. Ich habe eine Überraschung für dich.«

»Hast du Likör gemacht, wie Angelina? Aus Zitronen und Orangen gemischt?«

»Hör auf damit, Liköre! Ich denke jetzt in größeren Zusammenhängen. Mit solchen Nichtigkeiten gebe ich mich nicht mehr ab!«

»Jetzt sag schon!«

»Während du den *Latin lover* spielst, widme ich mich der Landwirtschaft«, sagte Anna fast trotzig.

»Ach ja? Und das heißt?«

»Ich habe einen Olivenhain gekauft und mein erstes Öl gepresst. Und jetzt will ich Domenicas Land kaufen und in großem Stil Oliven anbauen.«

Anna hörte, wie Ottavio kurz die Luft anhielt und sie zwischen den Zähnen ausstieß. Dann war es still. Es klang, als wenn ihm am anderen Ende der Leitung der Hörer aus der Hand gefallen wäre.

»Ottavio, bist du noch dran?«

»Und wie. Ich komme sofort vorbei.«

Eine halbe Stunde später parkte Ottavios türkisfarbenes Auto unter Annas Pinien. Seine Augen strahlten, als er sie sah. Dann fiel sein Blick auf die mit Oliven und Wasser gefüllten Eimer, die neben Annas Spülbecken standen.

»Oh, ein Haus voller Oliven! Deine Kredenz wird sich langsam füllen. Das hast du dir doch immer gewünscht!«

»Meine Freundin Pauline hat ihre Leidenschaft für Oliven entdeckt. Nach der Ernte war sie nicht davon abzubringen, auch noch zwanzig Kilo einzulegen. Ich weiß inzwischen nicht mehr, wohin mit den Eimern. Und irgendwann wird die Küche unter Wasser stehen, weil jemand darüber gestolpert ist.«

»Na, deine Gäste werden sich freuen!«

»Ich werde mich endlich bei dir mit eingelegten Oliven revanchieren können. Wo hast du eigentlich die ganze Zeit gesteckt?«

Ottavio tat erstaunt.

»Wieso fragst du? Ich war hier, habe Oliven geerntet, wie du auch.«

»Und wer hat dir geholfen?«

»Julia war hier«, sagte Ottavio etwas zögernd, und senkte seinen Blick zum Boden.

»Und, wieder keine große Liebe?« Anna tat, als wenn sie das nur am Rande interessieren würde.

»Ehrlich gesagt war ich neugierig, wie sie sich anstellen würde.«

Anna spürte eine leise Unruhe in der Magengegend.

»Und, warst du zufrieden mit ihrer Hilfe?«

»Eigentlich wollte ich über diese Geschichten gar nicht mehr sprechen.«

»Warum denn auf einmal nicht mehr? Erzähl schon, wie war es denn?«

»Sie kam mit dicken Arbeitshandschuhen hier an!«

»Aha«, sagte Anna nur und grinste, »eben wie jemand aus der Stadt.«

»Kannst du dir das vorstellen? Jemand, der die sanften, reifen Oliven nicht auf der Haut spüren will!«

»Gar keine schlechte Idee«, murmelte sie, »man teilt seine Freunde in gute und schlechte Helfer bei der Olivenernte ein. Merk ich mir für das nächste Jahr, obwohl ich mit Pauline und Teresa eigentlich ganz zufrieden war.«

»Sie hat während der Ernte ununterbrochen Kekse gegessen!«, sagte Ottavio, immer noch entrüstet.

»Oh, das darf man nicht! Sagt Domenica auch immer, essen und Wein trinken darf man erst hinterher.«

»Und dann hat sie Fotos von allen meinen Bäumen gemacht!«

»Und warum stört dich das? Ich habe mal gehört, dass

Indianer sagen, dass man durch die Abbildung den Bäumen etwas von der Seele raubt. Ist es deshalb?«, fragte Anna.

»Bäume und Pflanzen haben eine Seele, auch wenn sie bestimmt nicht so kompliziert wie bei uns Menschen ist«, entgegnete Ottavio entschieden.

»Mein Olivenbaum aus einem Münchner Supermarkt ist übrigens das beste Beispiel dafür. Stell dir vor, obwohl er noch ein Zwerg ist, hat er mir besonders viele Oliven geschenkt. Ich vermute, das war aus lauter Dankbarkeit.« Anna lachte.

»Ich freue mich, dass du meine Leidenschaft für die *piante* teilst. Es gibt nichts Schöneres. Wenn man hier lebt, muss man sich auch um die Landschaft kümmern, und die hängt nun mal eng mit der Landwirtschaft zusammen.«

Draußen hatten sich die Nachmittagswolken aufgetan, und die Sonne hatte die Landschaft in ein großzügiges Herbstlicht getaucht. Annas drei Katzen saßen still auf der Terrassenmauer, als wollten sie sich nichts entgehen lassen.

»Genau. Und deshalb habe ich dich auch angerufen. Domenica will ihre Oliven verkaufen. Ich möchte dir den Hain zeigen, er liegt nur ein paar Kurven weiter, wir könnten sogar zu Fuß hinuntergehen.«

Anna war glücklich, dass Ottavio neben ihr ging. Manche Menschen mochte man einfach in seiner Nähe haben, dachte sie, sie müssen gar nichts weiter tun. Verstohlen sah sie Ottavio von der Seite an. Sein Gesicht war noch gebräunt vom Sommer, mit seinem markanten Profil sah er tatsächlich wie ein mutiger Seefahrer früherer Zeiten aus. Es müsste schön sein, ihn immer neben sich zu haben, dachte sie. Es gefiel ihr, wie er sich bewegte, auch wenn sein Rücken schon ganz leicht gebeugt war. Zu beiden Seiten der Straße hatten sich lila blühendes Erika und Berberitzen mit roten Beeren breitgemacht, der Wind trug den zarten Geruch von Meer herauf.

»Weißt du noch, wie du das erste Mal zu mir gekommen bist?«, fragte Anna.

»Oh ja«, antwortete Ottavio und lächelte. »Als wenn es gestern gewesen wäre. An jenem Nachmittag hatte ich beschlossen, mein Leben zu ändern. Es hat mich viel Überwindung gekostet. Du warst so kühl und unnahbar.«

»Ich, unnahbar?«

Ottavio sah Anna amüsiert an.

»Wieso, wundert dich das?«

»Ja, schon.«

»Wir kannten uns doch gar nicht, und immerhin habe ich dir sehr freundlich ein Glas Wein angeboten.«

»Natürlich, aber man hat gemerkt, dass es dir schwergefallen ist.« Ottavio lachte bei der Erinnerung. »Du wolltest mit der Welt, oder besser gesagt mit Männern wie mir, einfach nichts zu tun haben.«

»Meistens weiß man selbst am allerwenigsten, wie man auf andere wirkt«, lachte Anna, »jedenfalls hast du mich damals neugierig auf das andere Leben hier gemacht.«

»Weißt du, wie ich dich damals genannt habe? ›Die kühle Frau auf der anderen Seite des Hügels‹.«

Anna lachte vergnügt. »Und weißt du, wie Domenica dich genannt hat? ›Der Sarazene mit dem wilden Blick‹.«

Das Meer lag wie eine spiegelglatte Fläche vor ihnen. Seit ein paar Tagen hatte es sich in eisige Winterfarben gehüllt, beeindruckende, weiße Wolkengebilde kündigten den nahen Regen an.

»Das ist ein wahres Abenteuer«, sagte Ottavio, in Domenicas Hain angekommen, und blickte auf die verwilderten

Terrassen hinauf. »So ist Domenica, ich hätte es mir denken können. Weißt du, wie lange sie das Land schon aufgegeben hat?«

»Seit dem Tod ihres Mannes, nehme ich an, zehn Jahre werden es schon sein.«

»Der Hain ist ein Kunstwerk, eine Urlandschaft, wie sie heute kaum noch zu finden ist. Hier kannst du alle Phasen im Verhältnis Mensch und Natur erkennen: Perfekte Mauern neben undurchdringlichem Dickicht, dichte Baumreihen und hier vorne eine Wüste aus Stein.«

»Sieh dir diese Bäume an«, sagte Anna, »sie zeichnen die Linien der Landschaft, ihre Anhöhen und kleinen Erhebungen nach.«

»Die Flächen mit den Oliven hat Domenica offensichtlich immer sorgfältig gepflegt. Siehst du, wie perfekt geschnitten sie sind? Von der freien Baumkrone aus erreicht die Sonne jeden einzelnen Zweig.«

Anna stieg eine kleine, verfallene Mauer hinauf und strich durch die Zweige.

»Domenica und ihr Geiz! Sie wartet, bis die Früchte Ende November prall von schwerem Öl sind, um ja keinen Tropfen zu verlieren«, erklärte Ottavio. »Ich kann es ja verstehen. Früher haben die Bauern noch im Januar Oliven geerntet, aber durch den Klimawandel werden die Oliven inzwischen immer früher reif.«

Am Ende der ersten Reihe, die direkt in die *Macchia* überging, stand ein efeuumwachsener Nußbaum, dessen Stamm doppelt so dick wie der der Olivenbäume war.

»Ich werde mich immer an meinen Großvater erinnern, für den Feigen manchmal das einzige *companatico* waren, die man getrocknet auf einer Brotscheibe aß.«

»Das reicht doch, oder?«, lachte Anna. »Solange du Öl und

Holz, Nahrung und Feuer hast, kann dir im Leben nichts passieren.«

Ottavio sah den Berg hinauf. »Wenn du all die kaputten Trockenmauern wiederaufgebaut hast, kannst du dich wirklich als Teil einer tausendjährigen Landschaft fühlen.«

Anna spürte plötzlich einen Anflug von unermesslichem Glück und wünschte sich nichts mehr, als dass der Hain – und der Mann neben ihr – zu ihrem Leben gehören würde. Vorsichtig strich sie über die Rinde. Der lange zurückliegende Abend bei Angelina fiel ihr ein, als sie angefangen hatte, sich in die Landschaft zu verlieben.

»Wenn ich mir vorstelle, ich wäre in München geblieben, dann hätte ich all das nie erlebt. Ich hätte jeden Tag Kerzen angezündet, mich auf dem Sofa eingeigelt und mir eingeredet, dass das Leben eben so ist.«

»Tja, aber es kann eben auch ganz anders verlaufen, wenn man sich auf solche Abenteuer einlässt.«

Auf der linken Seite führte eine schmale Treppe hinauf, neben der sich ein ausgewaschenes Flussbett den Hang hinaufzog. Zwischen der Steinlandschaft links und einer schilfbestandenen Wiese rechts verlief ein schmaler Pfad, der kunstvoll aus einzelnen Stufen zusammengefügt war.

Ottavio reichte Anna die Hand, um ihr beim Aufstieg zu helfen.

»Oh ja, Domenica. Es hat ihr überhaupt nicht gepasst, als ich damals bei dir aufgetaucht bin. Wahrscheinlich hat es eine Weile gedauert, bis sie meine Qualitäten erkannt hat. Und wahrscheinlich ist sie immer noch nicht ganz überzeugt.«

»Doch, sie mag dich.« Anna nahm die nächste Stufe, die zu einem dreieckigen Plateau führte, in dessen Mitte ein einziger Olivenbaum wuchs.

»Sie hat mich ausdrücklich gebeten, dir das Gelände zu zeigen.«

Die kleine Anhöhe war ein perfekter Aussichtsplatz: Im Osten, Richtung Levante, lagen winzige Weiler, um alte Heiligtümer erbaut, im Westen, zur Ponente, dunkle Steineichen und Kastanienwälder.

»Hast du eigentlich vor, wieder auf Reisen zu gehen?«, erkundigte sich Anna beiläufig.

»Nein, vorläufig bleibe ich hier. Es gibt für mich keinen besseren Ort, was soll ich draußen in der Welt, wo ich nichts Neues lernen kann. Was man zum Leben braucht, lernt man doch im Olivenhain.« Ottavio lachte leise. »Übrigens, bei mir rufen immer noch interessierte Frauen an, offensichtlich ein paar Nachzüglerinnen.« Nachdenklich sah er über das Meer. »Es war überhaupt ein merkwürdiger Sommer, ganz anders als sonst, meine Gäste gaben sich die Klinke in die Hand. Ich bin immer noch erstaunt, wie viele neue Menschen ich durch diese Anzeige kennengelernt habe.«

»Oh ja, dreiundsiebzig Frauen, wer erlebt das schon. Manchmal habe ich dich um deine Reisen und Begegnungen beneidet. Wenn man andere Menschen kennenlernt, erschließt man sich immer auch einen neuen Teil der Welt. Es ist wie ein Mosaik, das sich am Ende zusammenfügt, und das macht schließlich unser Leben aus.« Anna hatte sich auf eine niedrige Mauer unter einem Baum mit tief herabhängenden Zweigen gesetzt.

»Weißt du, wie alle Männer habe ich angenommen, dass die Liebe vom Himmel fällt. Aber dann habe ich gemerkt, dass Liebe in unserem Alter anders ist. Ich selbst bin langsamer geworden, das Leben verläuft nach einem anderen Rhythmus, wenn man nicht mehr unendlich viel Zeit vor sich hat.«

Anna, die ihm aufmerksam zugehört hatte, konnte das bestätigen. »Ja, und vor allem in unserem Alter braucht man Toleranz für Zweisamkeit, das habe ich schon bei den Besuchen meiner Freundinnen gemerkt.« Gedankenverloren las sie ein paar abgebrochene Zweige vom Boden auf.

Anna stieg zur nächsten Terrasse, die den Blick aufs offene Meer freigab. Ganz am Ende, von Brombeeren überwuchert, war noch die Außenmauer einer kleinen Hütte zu erkennen, neben der ein schiefer Feigenbaum wuchs. Also hier hatte Domenica ihre Kaninchen gehalten.

»Siehst du die Hütte?«

»Oh ja, eines von diesen winzigen Dingern, aus denen man, wenn man geschickt genug ist, ein Haus bauen kann«, erwiderte Ottavio.

»Ein Minihaus?«, fragte Anna lachend.

»Ja, das reicht doch, ein Liebesnest!«

»Apropos Liebe, ich hab mal gelesen, dass man sich nur dreimal im Leben wirklich verlieben kann«, sagte Anna.

»Und wie oft warst du schon verliebt?«, fragte Ottavio.

Anna dachte kurz nach. »Ich glaube, zweimal.«

»Dann hast du ja noch einmal gut!« Ottavio sah sie schweigend an. Anna schmunzelte in sich hinein und wurde jäh von Wassergeplätscher aus ihren Gedanken gerissen. »Schau mal hier, eine Quelle!«

Hinter der Hütte, zwischen Schilfrohren verborgen, hatte Anna einen Wasserlauf entdeckt, der sich sanft seinen Weg zwischen dem Dickicht bahnte.

Prüfend hob Ottavio vor der Hütte ein paar Steine auf. »Die Hütte ist gar nicht so klein, noch ganz aus Trockenmauern gebaut. Sie hatte sogar mal zwei Stockwerke. Warum müssen die auch immer in der Mitte auseinanderbrechen?«

»Vielleicht, weil das ihre Schwachstelle ist, so wie das Herz bei uns Menschen. Wie viele Männer gibt es hier eigentlich noch, die solche Mauern bauen können?«

»Wenige, aber inzwischen gibt es ein paar junge Leute, die sich für die alte Kunst interessieren. Wir können nur hoffen, dass dieses uralte Wissen nicht verloren geht.«

»Glaubst du, dass man das lernen kann?«

»Oh ja, du bestimmt!«

Anna riss ein paar trockene Äste ab, die den Weg zur Quelle versperrten.

»Also haben rückblickend deine vielen Besucherinnen dazu geführt, dass du dir Gedanken über die Liebe gemacht hast?«

»Meine Besucherinnen?«, antwortete er erstaunt. »Nein. Ich glaube, es waren die Gespräche mit dir.«

»Ach ja?«

»Weißt du, die Liebe in jungen Jahren ist doch viel zu sehr auf den kurzen Rausch angelegt: Wenn man Glück hat, ist sie beständig, aber man darf nicht damit rechnen. Man ist neugierig auf die Welt, auf die Menschen, die einem noch begegnen können«, erklärte Ottavio.

»Du hast recht. In der Jugend steht man auf der Bühne und betrachtet gelassen die, die lächelnd näher kommen«, fand Anna. »Manchmal lächeln wir zurück, manchmal ziehen wir vorbei, weil wir anderes im Sinn haben.«

»Man erwartet immer die heftigen Gefühle, damit man sich selbst lebendig fühlt«, sagte Ottavio und war näher an Anna gerückt.

»Aber wie unser Leben auch verläuft«, antwortete sie, »es ist schließlich die Suche nach Liebe, in der wir uns wiederfinden, die uns traurig und verletzbar, aber auch wesentlich und hoffnungsvoll macht.«

Dicht hintereinander gingen sie ein paar Schritte weiter.

»Sieh mal, ein Kapernstrauch. Und hier, diese lila Knospen, das könnte sogar Safran sein!«, rief Anna aus.

»Reicht mindestens für fünfzig Teller Risotto, Angelina wird sich freuen.«

»Und hier ein Pfirsichbaum, mit einem einzigen, vertrockneten Pfirsich! Domenica hat im Lauf der Zeit alles angepflanzt, was ihr selbst schmeckt: Kapern, Safran, Feigen.« Anna war begeistert.

»Die Pfirsichproduktion könnte man vielleicht noch ausbauen.« Ottavio lachte vergnügt. »Mit einem Pfirsich mehr wäre es ja schon eine Steigerung um hundert Prozent!«

»Denkst du manchmal an die Frauen, die du kennengelernt hast?«, fragte Anna und strich über die Blätter des Pfirsichbaums.

»Ja, manchmal denke ich noch an sie. Aber sie sind wie lieb gewonnene Gespenster, die manchmal in meinen Träumen auftauchen.«

Anna lachte erleichtert. »Lieb gewonnene Gespenster, ja, das trifft es genau.«

»Ja, ich glaube, dass man im Alter einfach achtsamer ist. Aber dafür dauert es eben auch länger, bis man sich einem anderen Menschen gegenüber öffnen kann. Und vielleicht könnten das die Jüngeren von uns lernen«, erklärte Ottavio, »so, wie wir von alten Menschen lernen, dass das Leben endlich ist.«

»Ich bin froh, dass ich dich getroffen habe«, sagte Anna plötzlich.

Ottavio sah sie an und strahlte, als hätten sich das Funkeln der Sternschnuppen eines ganzen Sommers und das Leuchten aller Glühwürmchen auf Annas Terrasse vereint.

Sie blickte durch die silbrigen Blätter der Olivenbäume,

über die Terrassen, die Felder, die Felsen, Pinien und Steineichen hinunter zum Meer. In der Ferne waren die Inseln Capraia und Gorgona zu erkennen.

»Ich habe von dir gelernt, wie man einen Garten bestellt. Das heißt, wie man leben und überleben kann. Weißt du noch? ›Wer einen Olivenbaum sein eigen nennt, stirbt niemals arm.‹ Ich erinnere mich, wie ich diesen Satz zum ersten Mal gehört habe.« Anna lachte, Ottavio wurde plötzlich ganz ernst.

»Weißt du, was ich mir am meisten wünsche?«

»Na sag schon.«

»Ich wünsche mir, dass ich jeden Oktober die Netze für deine Olivenernte ausspannen darf.«

»Abgemacht«, sagte Anna strahlend, »du darfst.«

Wenn das Gelände nicht so steil gewesen wäre, hätte sie am liebsten einen Luftsprung gemacht.

Ottavio legte eine Hand auf Annas Schulter und blickte über das Meer und die hügelige Landschaft. Kurz bevor die Sonne unterging, jagte sie noch ein paar Lichtstrahlen über das Meer, die sich in der Ferne verloren. Die Weinberge und Haine waren wie ein Kessel, der nur durch den Himmel und das Meer begrenzt wurde.

»Domenica hat gesagt, dass zurzeit besonders viele Sternschnuppen an unserer Küste fallen, weil am Samstag Neumond ist.«

»Sternschnuppen?«, Ottavio strahlte. »Brauche ich nicht. Mein Wunsch hat sich bereits erfüllt, wenn ich für dich Netze ausspannen darf.«

»Meiner auch«, sagte Anna leise.

»Die Liebe ist einfach schön, wenn man sich unter einem Olivenbaum küsst.«

Als Ottavios Gesicht sich zu ihr neigte, schloss Anna die

Augen und fragte sich kurz, wer eigentlich gesagt hatte, dass Männer nicht auf Olivenbäumen wachsen. Dann dachte sie nichts mehr.

»Die Empfängerinnen deiner poetischen Nachrichten werden aber enttäuscht sein, dass du jetzt anderes im Sinn hast«, sagte Anna, als sie auf dem Nachhauseweg fröhlich nebeneinander hergingen.

Ottavio lachte sein raues Seefahrerlachen, das ihr so vertraut geworden war. »Und das hast du wirklich geglaubt? Ich habe dir das nur vorgespielt. Das waren die Worte, die ich am liebsten dir geschrieben hätte, wenn ich mich nur getraut hätte.«

»Und warum hast du dich nicht getraut?«

»Du wolltest mit Männern nichts mehr zu tun haben, das hast du doch selbst gesagt. Du hättest manchmal dein Gesicht sehen sollen.«

Anna hätte sich am liebsten hinter dem riesigen Stein auf Domenicas Olivenhain versteckt.

»Also hat es diese ganzen Frauen gar nicht gegeben?«

»Einige schon, die waren auch hier, und eine Reise habe ich auch unternommen. Aber die Verständigungsprobleme waren enorm, viele hatten gar keine Vorstellung vom Landleben. Sie folgten einfach irgendeiner romantischen Idee, wollten im Süden leben. Schon als ich damals zum ersten Mal auf Reisen ging, war mir klar, dass ich mich in dich verliebt hatte.«

Annas blaue Augen wurden immer größer.

»Gib's doch zu, ohne die Anzeige hättest du dich doch nie für mich interessiert!«, sagte Ottavio.

»Na ja, es stimmt schon, durch die Anzeige habe ich mir zum ersten Mal wieder Gedanken über die Liebe gemacht.

Liebe in unserem Alter, das war für mich kein Thema mehr. Ich hatte damit abgeschlossen«, gab Anna zu.

»Na siehst du. Ich musste mir was ausdenken, um dich zu erobern«, sagte Ottavio und strahlte mit der untergehenden Sonne um die Wette. »Also war es doch eine gute Idee.«

Als Anna und Ottavio gemeinsam zurückkamen, blickte Domenica zufrieden durch ihren abgeernteten Olivenbaum auf Annas Terrasse hinunter.

»Na, hast du ihm das Gelände gezeigt?«

Anna nickte.

»Und, Ottavio, was meinst du?«

»Ich glaube, es würde mir gefallen. Natürlich nur, wenn Anna an meiner Seite ist.«

Domenica lachte.

»Sag ich's doch. Diese Seefahrer muss man zähmen, sonst richten sie nur Unglück an. Männer sind zum Gießen da, ich hab's dir immer gesagt. Aber Gott sei Dank gießt er ja jetzt. Übrigens, heute war dieser Centenaro aus Mailand hier.«

»Wer?«, fragte Anna. »Na, dem dein Haus vor dir gehört hat! Er hat sich ganz neidisch umgesehen. Ich glaube, jetzt tut es ihm leid, dass er das Haus verkauft hat, und er sucht wieder ein Objekt.«

»Oh Gott, den will ich hier aber nicht mehr sehen.«

»Wir auch nicht. Aber schön, dass du jetzt hier wohnst. Und dass du endlich Landbesitzerin bist.«

Bevor Anna die Haustür aufschloss, hielt sie kurz inne und atmete den Geruch von verbranntem Holz ein, der sie an Gemeinschaft und Zusammenhalt im Weiler erinnerte. Die Dreierbande lag auf der Terrassenmauer und putzte sich. Alle taten so, als sei es völlig normal, dass Anna gemeinsam mit Ottavio nach Hause gekommen war. Und alle drei blinzelten dem A und O aus wissenden Katzenaugen zu: Na, das haben wir doch schon immer gewusst.

Am Abend rief Pauline an. Sie konnte wie immer ihre Begeisterung kaum bremsen.

»Alle waren hier und haben dein Öl getestet! Es schmeckt ausgezeichnet! Giovanni sagt, dass er noch nie ein so gutes Öl probiert hat, es ist weicher als andere Öle, kratzt nicht im Hals. Und seine Farbe, einfach perfekt, obwohl das Grasgrün etwas zurückgegangen ist. Giovanni und ich haben sogar Frieden geschlossen, wir wollen Freunde bleiben, vielleicht lag es am Öl.«

»Was macht eigentlich deine Kollektion in Olivgrün und Lavendelblau?«

»Bin dabei«, rief Pauline fröhlich, »und wahrscheinlich werde ich auch noch Schmuck aus alten Strickborten kreieren. Die chinesische Konkurrenz wird sich noch wundern.« Pauline lachte. »Und ich bin natürlich auch im nächsten Jahr wieder bei der Ernte dabei. Allein schon deshalb, weil du am Abend so gute Pasta kochst.«

»Kann ich ein Kleid in Olivgrün bei dir bestellen?«

»In Ordnung, wann brauchst du es denn? Ich nehme an, zur Hochzeit?«

Anna lachte unbeschwert. »Könnte gut sein. Auch wenn Olivgrün für eine Hochzeit eher ungewöhnlich ist. Aber in meinem Fall würde es sogar passen.«

»Und vergiss nicht, die Salzlake der Oliven zu wechseln«, warnte Pauline lachend, »nicht, dass du vor lauter Glück meine mühsam gesammelten Oliven vergammeln lässt.«

Eine Stunde später rief Teresa an.

»Stell dir vor, Luigi hat neulich ein paar Kollegen eingeladen, lauter Landwirte hier aus der Gegend, die auch in der Politik tätig sind. Wir haben eine Blindverkostung aus fünf Ölen gemacht. Dreimal darfst du raten, welches das beste war.«

»Doch nicht meines?« Anna konnte es kaum fassen.

»Und falls du vorhast, noch ein paar Bäume dazuzukaufen: Ich hätte schon ein paar Abnehmer für dein Öl.«

Anna sah verträumt auf den Regen hinaus. Es regnete schon seit drei Tagen ununterbrochen. Am vierten Tag kam endlich Ottavio vorbei.

»Ich habe gestern mit Carlo, dem Agronom aus der Kooperative, gesprochen. Die *barbartelle* kosten ein Euro pro Stück, wenn du bis Ende Dezember bestellst. Du musst nur noch herausfinden, welche Sorte für dein Gelände am besten geeignet ist.«

»Was sind denn *barbatelle*?«

»Na, die jungen Weinreben, die entstehen, wenn man Stöckchen schneidet und veredelt. Man pflanzt einen kleinen Zweig in die Erde, und bevor man sich versieht, wird ein Rebstock draus!«

»Und wie finde ich heraus, welche Sorte für mein Gelände geeignet ist?«

»Wir gehen hinauf und nehmen ein paar Erdklumpen mit.«

Als Anna den letzten Holzscheit dieses Abends aufgelegt hatte, klingelte noch einmal das Telefon. Gregor war ausnahmsweise gut gelaunt.

»Anna, ich habe über uns nachgedacht. Es tut mir leid, dass ich nicht so aufmerksam zu dir war, wie du es verdient hättest.« Er zögerte. »Aber ich habe auch meine Grenzen erkannt. Ich bin einfach zu alt, um mich noch einmal von vorne auf eine neue Liebesgeschichte einzulassen. Lass uns Freunde bleiben, so wie früher. Du bist und bleibst meine Lieblingsautorin, und ich verstehe ja, dass du eine Auszeit gebraucht hast.«

Anna spürte, dass Gregor sich am anderen Ende mit seiner Entschuldigung schwertat.

»Ich wollte dir nur sagen, dass ich mit allem einverstanden bin, was du schreiben willst.«

»Auch eine Liebesgeschichte?«

»Wenn es unbedingt sein muss.«

»Einverstanden. Ich glaube, ich habe eine Geschichte für dich. Ich habe nämlich eine Anzeige für jemanden aufgegeben, der auf der Suche nach Liebe war. Ich wollte es dir, als du hier warst, noch nicht sagen, weil ich noch nicht wusste, wie die Geschichte weiterging.« Anna hörte, wie es am anderen Ende der Leitung ganz still wurde. Sie spürte über 650 Kilometer, dass Gregor ihr zum ersten Mal nach langer Zeit aufmerksam zuhörte. Einen Augenblick lang vernahm sie die Geräusche von draußen, den Wind, das Rauschen der Olivenzweige und die Kampfgeräusche ihrer Katzen, die sich um eine Beute stritten.

»Und dann bist du selbst genau dem begegnet, der auf der Suche nach Liebe war? Aber hoffentlich erst, nachdem ich bei dir war?«

»Ja, warum, ist das wichtig für dich?«

»Ja«, sagte Gregor leise.

»Genau so war es. Und jetzt baue ich mit ihm Oliven an.«

»Und wie geht es weiter? Heißt das, du willst in diesem einsamen Nest wohnen bleiben?«

Anna zögerte einen Augenblick.

»Ein paar Monate im Jahr schon. Ich lade meine Freunde zur Olivenernte und während des Sommers ein. Ich hoffe, du bist auch dabei. Der Rest ergibt sich dann schon.«

Zum ersten Mal, seitdem sie ihn kannte, lachte Gregor richtig unbeschwert.

»Der Gedanke gefällt mir. Ich hatte so was im Gefühl, als ich bei dir war. Willst du die Geschichte nicht aufschreiben? Liebe im Olivenhaus! Vielleicht komme ich dann auch mal wieder vorbei. Ich meine, als Freund von dir und …«

»Ottavio. Natürlich schreibe ich die Geschichte auf. Vielleicht kannst du es dir noch nicht vorstellen: Aber Liebe in unserem Alter ist schön, wenn man sich unter einem Olivenbaum küsst.«

LIGURISCHE REZEPTE
Für glückliche Essen

Angelinas Lieblinsgerichte

Kräuter-Tomatensauce

Zutaten:
1 Zwiebel
3 EL Olivenöl
1 Dose geschälte Tomaten bzw. 300 frische, geschält und gewürfelt
½ Bund Petersilie
1 Lorbeerblatt
4 Salbeiblätter
1 Zweig Rosmarin
1 Teelöffel zerriebener Oregano
1 Teelöffel Thymian oder 1 Zweig frischer Thymian
1 ganze Knoblauchzehe
1 Prise Zucker
Basilikum-Blätter
Salz, Pfeffer
geriebener Pecorino

Zubereitung:
Die Zwiebel mit den Kräutern und der ganzen Knoblauchzehe im Olivenöl anbraten, Tomaten und eine Prise Zucker zugeben, 20 Minuten auf kleiner Flamme weiterköcheln, bis die Sauce eingedickt ist. Nudeln (z. B. Spaghetti) nach Packungsanweisung al dente kochen und abgießen. Mit Basilikum-Blättern und geriebenem Pecorino servieren.

Acciughe al limone

Zutaten:
600 g frische *acciughe*
4 Zitronen
2 EL Öl
1 EL geriebener Oregano
1 Knoblauchzehe, gehackt

Zubereitung:
Die Fische ausnehmen und die Gräten entfernen, in einen tiefen Teller legen und mit dem Zitronensaft bedecken. Acht Stunden in dem Zitronensaft garen lassen. Die Fische abspülen, vorsichtig trockentupfen, mit Olivenöl, zerriebenem Oregano und kleingeschnittenem Knoblauch servieren.
(Anmerkung: Dieses Rezept kann man tatsächlich nur mit fangfrischen Sardinen vor Ort zubereiten. Angeblich braucht man auch Meeresluft für das Gelingen!)

Rotbarben in Tomatensauce

Zutaten:
800 g Rotbarben mittlerer Größe
2 EL Olivenöl
1 Selleriestange
½ Bund Petersilie
1 Knoblauchzehe
1 Dose geschälte Tomaten
1 dl Weißwein
Salz, Pfeffer

Zubereitung:
Karotte, Sellerie, Petersilie und Knoblauch klein schneiden und in Olivenöl anbraten. Tomaten zugeben und zugedeckt 30 Minuten köcheln lassen. Weißwein zugeben, mit Salz und Pfeffer abschmecken. Rotbarben ausnehmen, säubern und in der Tomatensauce 5–10 Minuten garen. Wenn die Fische klein sind, reicht es, sie von einer Seite zu garen. Etwas frische Petersilie darüber streuen. (Anmerkung: Das Originalrezept stammt aus der berühmten Sammlung von Pellegrino Artusi, der auf seinen Reisen durch Italien die Rezepte der einzelnen Regionen gesammelt hat.)

Geschmorte Tintenfische mit Kichererbsen

Zutaten:
2 EL Olivenöl
2 Dosen Kichererbsen (oder 250 g getrocknete und vorgekochte)
1 Bund kleingeschnittene Petersilie
1 Knoblauchzehe, ganz
2 Lorbeerblätter
500–600 Gramm gesäuberte (auch tiefgefrorene) Tintenfische (seppioline)
1 EL Tomatenmark (plus 1 Glas Wasser) oder zwei frische, geschälte und gewürfelte Tomaten
1 Glas Rotwein (1 dl)

Zubereitung:
Die Tintenfische in 2–3 Zentimeter breite Streifen schneiden, Fangarme würfeln und zusammen mit der ganzen Knoblauchzehe und der Petersilie 5 Minuten in Öl anbraten. Die Kichererbsen zugeben und unter Umrühren 10 Min. weiterschmoren. Den Rotwein zugeben, 10 Minuten köcheln, zum Schluss die gewürfelten Tomaten. Mit Salz, Pfeffer (noch besser Peperoncino) abschmecken und noch 30–40 Minuten weitergaren.

Angelinas Zitronenmenue

Artischocken mit Parmesan

Zutaten:
4 frische Artischocken
2 Zitronen
100 g gehobelter Parmesan
Petersilie
2 EL Olivenöl, Salz, Pfeffer

Zubereitung:
Die Artischocken von den harten äußeren Blättern befreien, halbieren und das innere Stroh entfernen. In einer Schale mit Wasser bedecken , den Saft einer Zitrone hineingeben, damit die Artischocken nicht braun werden. Die gesäuberten Artischocken mit einem scharfen Messer in Ringe schneiden, und mit Zitronensaft beträufeln. 2 EL Olivenöl mit dem Saft einer Zitrone, mit Salz und Pfeffer mischen und darüber träufeln. Die Parmesan-Spalten darauf verteilen und mit der Petersilie garnieren.
(Anmerkung: Wenn Angelina keine Artischocken bekommt, bereitet sie dieses Gericht mit 200 g kleingeschnittenen Selleriestangen und 300 g in Scheiben geschnittenen Champignons zu.
Es gibt auch eine köstliche Winter-Variante dieses Gerichts. Dafür verwendet sie:
4 gekochte rote Beeteknollen
Saft von 1 Zitrone und ½ Orange
2 EL Öl
½ Teelöffel Senf
150–200 g Schafskäse, in Scheiben geschnitten
Kerne von ½ Granatapfel
Salz, Pfeffer

Zubereitung:
Die rote Beete in feine Scheiben schneiden, in der Marinade aus Öl, Senf, Salz und Pfeffer sowie dem Zitronen- und Orangensaft kurz ziehen lassen. Auf einer Platte kreisförmig anrichten, die Kerne des halben Granatapfels und den Schafskäse darauf verteilen.

Pasta mit Scampi und Zucchini

Zutaten:
2 EL Olivenöl
1 EL gehackte Petersilie
1 Knoblauchzehe, ganz
1 Bund Lauchzwiebeln
300 g Zucchini
1 EL kleingehackte Ingwerwurzel oder ½ Teelöffel Ingwerpulver
250–300 g geschälte Scampi
1 Lorbeerblatt
1 dl Weißwein
1 Bio-Zitrone
1 halber Teelöffel Kurkuma
Salz, schwarzer Pfeffer

Zubereitung:
Die Lauchzwiebeln und Zucchini in dünne Scheiben schneiden und in Öl, mit Petersilie, Knoblauch und Lorbeerblatt anbraten. Mit Salz und Pfeffer würzen. Wein zugeben und 5 Min. weitergaren. Den Abrieb und Saft einer Zitrone und die Gewürze zugeben. Nudeln nach Packungsanweisung kochen, abgießen. Die Scampi in wenig Butter kurz anbraten. Sobald die Zucchini weich sind, Scampi zugeben und alles mit den Nudeln vermischen und etwas Petersilie darüber streuen. Ein paar Spitzer Zitronensaft und ½ Olivenöl zugeben.

Hühnerbrustfilet in würziger Zitronensauce

Zutaten:
2 EL Olivenöl
600 g Hühnerbrustfilet
1 Orange
1 Zitrone
1 Stück Ingwerwurzel (ca. 10 g)
¼ TL süßes Paprikapulver
½ TL Kurkuma
1 TL brauner Zucker
2 EL schwarze Oliven

Zubereitung:
Bio-Orange und Zitrone sehr fein schälen und die Schale würfeln. Aus den Schalen, dem Saft der Zitrone und Orange, dem gewürfelten Ingwer, Knoblauch, Paprika, Zucker und 1 TL Olivenöl eine Marinade rühren. Die Hühnerfilets 2 Stunden in der Marinade ziehen lassen. Herausnehmen, trocken tupfen und in zwei Zentimeter breite Streifen schneiden. Öl in einer Pfanne erhitzen, Hühnerfilets zugeben und von allen Seiten anbraten. Mit Kurkuma, Salz und Pfeffer würzen und mit der Marinade ablöschen, Oliven zugeben und 10 Min. weiter schmoren.

Zitronenkuchen

Zutaten:
200 g Mehl
200 g Speisestärke
1 TL Backpulver
3–4 Bio-Zitronen
400 g weiche Butter
400 g Puderzucker
5 Eier
2 EL Limoncino (wahlweise)

Zubereitung:
Zitronenschale abreiben, Saft auspressen, ⅛ L abmessen. Mehl, Speisestärke und Backpulver in eine Schüssel sieben. Butter und Puderzucker cremig rühren, die Eier und ⅛ L Zitronensaft und Zitronenschale zugeben, mit der Mehlmischung verrühren. Den Teig in eine Gugelhupfform streichen. Im vorgeheizten Backofen bei 225 Grad 45 Minuten backen. Übrigen Zitronensaft mit Limoncino verrühren. Den warmen Kuchen mit einem Holzstäbchen einstechen und mit der Zitronensaft-Limoncino-Mischung (oder nur mit Zitronensaft) beträufeln. Mit Puderzucker bestäuben.

Kürbisrisotto

Zutaten:
2 EL Olivenöl
1 Zwiebel
400 g roter Reis oder Wildreis
300 gewürfelter Kürbis
100 g Ziegenfrischkäse
Abrieb und Saft einer Bio-Orange
Gehackte Pistazien oder Mandeln
0,750 Liter Brühe
Parmesan

Zubereitung:
Die gewürfelte Zwiebel in Öl anschwitzen, den gewürfelten Kürbis zugeben, mit einem Schöpflöffel heißer Brühe ablöschen, Reis und Orangensaft zugeben. Sobald die Brühe aufgebraucht ist, schöpflöffelweise neue Brühe zugeben. Am Ende die abgeriebene Schale einer Bio-Orange und 100 g Ziegenfrischkäse untermischen und verrühren.
Mit einer Prise Kurkuma, Salz und Pfeffer würzen und mit Parmesan servieren.

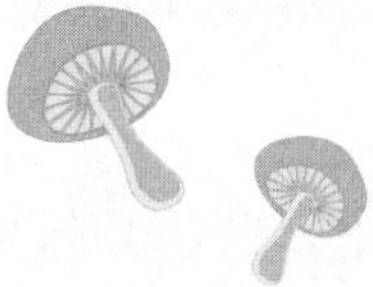

Steinpilzsuppe

Zutaten:
4–5 mittelgroße frische Steinpilze
1 L Gemüsebrühe (Fertigprodukt oder selbstgemacht aus Karotten, Zwiebeln und Sellerie)
10 g Butter
1 EL Olivenöl
1 Knoblauchzehe
1 EL Mehl
2–3 EL Sahne
Salz, schwarzer Pfeffer
4 geröstete Brotscheiben
Petersilie
Parmesan

Zubereitung:
Die Pilze sauberreiben und in Scheiben schneiden, 1 L Brühe zubereiten. Die zerdrückte Knoblauchzehe in Butter und Olivenöl anbraten, die Steinpilze zugeben, salzen und pfeffern. Nach 5 Min. etwas Mehl anbinden, gut umrühren und unter ständigem Rühren 1 Schöpflöffel Brühe zugeben. Den Knoblauch entfernen, die restliche Brühe zugeben und bei mäßiger Hitze 15 Min. einkochen lassen. 2–3 EL Sahne unterrühren, von der Kochstelle nehmen, gehackte Petersilie darüber streuen. Mit Parmesan und gerösteten Brotschreiben servieren.
(Anmerkung: Dieses Rezept aus der Emilia-Romagna ist das einzige Zugeständnis, das Angelina beim Thema Sahne macht. Diese Suppe schmeckt auch mit anderen Pilzarten gut).

Angelinas Sardinen

Zutaten:
800–1000 g Sardinen
1 Dose Tomaten oder 6 frische, geschält und gewürfelt
2 EL Olivenöl
1–2 EL gehackter Ingwer
3 Selleriestangen
3 Lauchzwiebeln
Petersilie
1 Knoblauchzehe
1 Peperoncino

Zubereitung:
Öl in einer Pfanne erhitzen, Knoblauch, Ingwer, Petersilie und Lauchzwiebeln kleinschneiden und hineingeben. Tomatenstücke zugeben, mit Weißwein ablöschen. Selleriestangen in 1 cm breite Streife schneiden und mitdünsten. Den Fisch zugeben und mitdünsten. Mit einer Prise Zucker, Salz und Peperoncino abschmecken.
(Anmerkung: Dieses Rezept ist eine frische Variante der traditionellen *acciughe*-Gerichte, die sich auch mit anderem Fisch leicht zubereiten lassen. Dazu passt Basmatireis).

Hühnerbrust mit Artischocken

Zutaten:
600 –800 g Hühnerbrust (oder Truthahnbrust)
4 Artischocken (oder 1 Dose eingelegte, ohne Öl)
1 dl Weißwein
3 EL Olivenöl
2 Eier
Saft von 3 Zitronen
Abrieb von 1 Zitrone
1 EL gehackte Petersilie
1 Knoblauchzehe (ganz)
4 EL Brühe

Zubereitung:
Die Hühnerbrustfilets in Streifen oder Würfel schneiden. Olivenöl erhitzen, Fleischstücke und Knoblauchzehe zugeben und von beiden Seiten 5 Minuten anbraten, mit Wein ablöschen. Hitze reduzieren und zugedeckt 5 Minuten weiterschmoren. Artischocken von den harten Blättern befreien, achteln und das innere Holz herausschälen, in Salzwasser 15–20 Minuten kochen. (Alternativ: 1 Dose abgetropfte Artischocken). Zum Hühnerfleisch geben und 5 Min. mitschmoren.
Eier verquirlen, mit Zitronensaft, Zitronenschale, Brühe und Petersilie vermischen. Hühnerfleisch von der Kochplatte nehmen, die Brühe und Eimischung zugeben und sorgfältig einrühren. Unter ständigem Rühren eindicken lassen. Vorsicht, die Sauce darf nicht kochen, sonst gerinnt das Ei. Petersilie darüber streuen. (Anmerkung: Dieses Gericht schmeckt statt mit Artischocken auch mit Zucchini oder Pilzen sehr gut)

Vegetarische Pasta alla Carbonara

Zutaten:
1 Zwiebel
1 Knoblauchzehe (ganz)
3 EL Olivenöl
300 g Zucchini
2 Eigelb
Salz, Pfeffer, Muskatnuss
400 g Spaghetti
Salz, Pfeffer
Parmesan

Zubereitung:
Zwiebel in Streifen schneiden, mit der ganzen Knoblauchzehe im Öl anbraten. Fein geschnittene Zucchini zugeben und leicht anbraten. Nudeln nach Packungsanweisung kochen. Sobald die Nudeln gar sind, abgießen, wenig Wasser (ca. 2 EL) aufheben.
2 Eigelb aufschlagen und mit der Zucchini-Zwiebel-Mischung , vermischen, falls die Sauce zu fest ist, etwas heißes Nudelwasser zugeben. Mit Parmesan servieren.
(Anmerkung: In Italien rechnet man 80 Gramm Nudeln pro Person, wenn es einen weiteren Gang gibt, sonst auch 100 g.)

Angelinas schnellstes Gericht:

Spaghetti alle erbe

Zutaten:
3 EL Olivenöl
1 Knoblauchzehe, gehackt
6 Salbeiblätter
Nadeln von einem Zweig Rosmarin, gehackt
½ TL Majoran
2 Thymianzweige oder ½ TL getrockneter Thymian
2 EL Zitronensaft

Zubereitung:
Spaghetti nach Packungsanweisung kochen. In einer Pfanne Knoblauch und alle Kräuter in Olivenöl anbraten. Mit den Nudeln vermischen, mit Zitronensaft beträufeln und mit geriebenem Pecorino servieren.
(Anmerkung: Dieses einfache Gericht schmeckt ebenfalls köstlich, wenn man 10–150 g Ricotta (alternativ: Frischkäse) unterrührt, den man kurz zusammen mit den Kräutern und dem Öl erwärmt.)

Orangentarte (Crostata all'arancio)

Zutaten für den Mürbeteig:
200 Mehl
75 g Zucker
1 Ei
100 Butter
3 Bio-Orangen
Für den Belag:
½ Päkchen Vanillepuddingpulver
2 EL brauner Zucker
1 Zitrone
2 Eier
2 Eigelb
150 g Puderzucker
1 TL Limoncino oder Orangenlikör
150 Schlagsahne

Zubereitung:
Mehl mit Zucker, 1 Ei, Butter und 1 Prise Salz zu einem glatten Teig verkneten. In Folie wickeln und 30 Min. kalt stellen.
Flache Tarte-Form ausfetten. Den Teig auf einer bemehlten Arbeitsfläche ausrollen, in die Tarte-Form geben, mehrmals einstechen. Den Backofen auf 200 Grad bzw. Umluft 180 Grad vorheizen, den Mürbeteigboden 10 Minuten backen.
2 Orangen und 1 Zitrone waschen und die Schale abreiben. Orangen und Zitrone auspressen und mit dem Puddingpulver verrühren. 1 Orange schälen, in 6–8 dünne Scheiben schneiden und mit braunem Zucker bestreuen. 2 Eier, 2 Eigelbe, Orangenschale und Puderzucker schaumig rühren, die Pudding-Orangen-Mischung unterrühren. Sahne steif schlagen und unter die Creme

heben, mit Limoncino bzw Orangenlikör vermischen. Im Backofen 30 Minuten backen. Herausnehmen, die Orangenscheiben auf dem Kuchen verteilen. Nochmals 15 Min. backen. Erkalten lassen und mit Puderzucker bestreuen.